横田順彌
明治小説コレクション
1

Novels set in the Meiji period
by Jun'ya Yokota

時の幻影館
星影の伝説

横田順彌

日下三蔵［編］

柏書房

目次

装丁　芦澤泰偉
装画　影山徹

時の幻影館

秘聞◉七幻想探偵譚

蛇

1

「おお、ちょうどいいところへ、やってきたな」

原稿の束を包んだ風呂敷を抱えて、日本橋区本町にある博文館《はくぶんかん》新館三階の編集室に入ってきた鵜沢《うざわ》龍岳《りゅうがく》の顔を見るなり、〈冒険世界〉編集長席の押川《おしかわ》春浪《しゅんろう》がいった。

「なにごとですか?」

龍岳が春浪の斜め向かいの空席に腰をおろし、紺がすりの着物の袖《そで》で、額の汗を拭《ふ》きながらいった。時は明治四十三年四月十五日。

「いや、きみに、ちょっと取材してきてもらいたいことがあってね。だが、その前に、原稿をもらっておこう。枚数は予定どおりかい?」

春浪がいった。

「はあ、三枚超過して三十三枚になりました」

龍岳が、風呂敷包みをほどいていった。

「ああ、そのくらいなら、別にかまわんよ。いや、今度の『空中魔陰謀団』はすこぶる読者の評判がいい。先月の増刊号の『時間機械の秘密』も、臨川《りんせん》がウエルス以上だと褒めておった」

春浪がいった。

「中沢さんがですか?」

龍岳が手を止め、ぱっと顔を輝かせた。まだ、小説を書くようになって一年にもならない駆け出しの冒険小説家にとって、バンカラ派青少年のバイブル的存在である〈冒険世界〉の編集長・押川春浪に褒められることは、もちろん光栄であったが、それ以上に、春浪の大親友で文学派の新進評論家として注目されている中沢臨川に褒められることは、大きな名誉だった。

「うん。話の展開もいいが、文章がいきいきしており、切れ味があるといっておつた」

春浪が、微笑を浮かべながらいった。

「やあ、それはうれしいなあ」

龍岳が、思わず大きな声を出した。

「よかったじゃないか、龍岳君。今度、ぼくのほうの雑誌にも、なにか書いてもらおうか」

〈冒険世界〉と編集部を接している〈実業少年〉編集長の石井研堂《いしいけんどう》が、口をはさんだ。

「えっ、ほんとうですか？」

龍岳が、石井のほうに顔を向けた。

「ぼくのところは、実業雑誌だから、冒険小説というわけにもいかんが、なにか、未来世界の商業的な興味をあつかった科学小説あたりがいいかもしれんね。書いてもらう号が決まったら、また、連絡しよう」

石井がいった。

「ありがとうございます。がんばって、おもしろいものを書きます」

龍岳が、ぺこりと頭を下げた。そして、原稿を春浪に渡した。

「じゃ、春浪さん、これ」

「うん。たしかに、受け取った。いや、きみはいつも、原稿が早くて助かるよ。それにしても、このごろは、だいぶ忙しいのだろう。今度、大学館から長いものを出すそうじゃないか」

春浪がいった。

「はい。一週間ほど前に頼まれました。火星世界を探検する話を書こうと思っています」

龍岳が答えた。

「それは、おもしろそうだ。しかし、大学館は印税の支払いがよくない。ちゃんともらいたまえよ。まあ、もし、もめごとになるようだったら、俺がなんとかするが」

「ありがとうございます。それで、春浪さん、本になる時、まえがきを書いていただけますか？」

「ああ、いいとも。よろこんで、書かせてもらうよ」

「よかった。ほっとしました。でも、まさか、こんなに早く、本を書けるとは思っていませんでした。これも、みんな、春浪さんのおかげです」

　龍岳がいった。

「なにをいっておるのだ。それはきみの力だよ。いや、〈冒険世界〉もきみに書いてもらうようになってから、好評なのだ。最初に、きみが原稿を持ってきた時から、これはいいものを書く男だと思ったが、俺の目には狂いがなかった。俺としてもうれしい。なにしろ、俺にはとうてい書けん、宇宙空間の話が書けるところがいいな。きみは冒険小説より、科学小説をたくさん書くべきだ。もう、明治も四十三年、飛行機が空を飛ぶ時代だ。これからは冒険小説でも、もう古い。科学小説の時代だよ。臨川も同じことをいっていた」

　春浪がいった。

「はい」

　龍岳がうなずいた。


　鵜沢龍岳、本名鵜沢純之助《じゅんのすけ》が『海底軍艦』ほかの、冒険小説で知られる大ベストセラー作家・押川春浪の編集する、冒険武侠雑誌〈冒険世界〉に冒険小説や科学小説を書くようになったのは、半年ほど前からだった。三年前に法政大学の文科を卒業して、作家を志望しながらも、師についたり、文学サークルに所属することを嫌ったため、なかなか道が開けず、印刷会社に勤めながら文章修行をしていた純之助が、春浪と知遇を得たのは、前年の明治四十二年十一月、神田の錦輝館《きんきかん》で開催された伊藤博文《いとうひろぶみ》の追悼演説会でだった。

　ハルビン駅頭で暗殺された伊藤博文の演説会は、押川春浪や春浪の親友で虎髯彌次《とらひげやじ》将軍の異名を持つ、早稲田大学応援隊長・吉岡信敬《よしおかしんけい》らの発議で開催された。この時、法政出身でありながら早稲田贔屓《びいき》で、野球応援を通じて、吉岡と知り合いになっていた龍岳は、信敬に春浪を紹介されたのだ。

　そこで、以前より春浪の小説や〈冒険世界〉の愛読者であり、作家を志望していることを話すと、春浪は龍岳に作品を持ってくるようにといってくれた。喜んだ龍岳が、さっそく冒険科学小説の短篇『月世界怪戦争』を持ち込むと、春浪はそれを即座に採用し、以後〈冒険世界〉に毎号ページを与えてくれるようになった。

明治四十三年の三月号からは、はじめての連載『空中魔陰謀団』が開始され、春浪の作品をもしのぐ、読者の圧倒的な支持を得ていた。

「それで、春浪さん、取材というのは？」

渡した原稿に、ぱらぱらと目を通している春浪に、龍岳がいった。

「うん。そのことだが、きみは探偵にも興味を持っておるだろう。いつか、シャアロック・ホルムズはおもしろいといっておったね」

春浪が、原稿を机の引き出しにしまいながらいった。

「はあ、探偵小説も嫌いではありませんが……」

龍岳がいった。

「なら、ちょうどいい。実はある事件を調べてきてもらいたいのだ。内容によっては、記事にして、〈冒険世界〉に載せたい」

春浪がいった。

「しかし、実際の探偵となると、うまくできるかどうかわかりませんが、どういう事件なのですか？」

「それが、さっき、早稲田の大隈《おおくま》さんから電話があってね」

「大隈重信《しげのぶ》伯からですか？」

「そうだ。なんでも、伯の家の賄《まかな》い人の田舎、――といっても、荏原《えばら》郡の入新井《いりあらい》村だから、遠くはないのだが、ここで、一昨日火事があって、住んでいた西洋人の婦人が焼け死んだのだそうだ。最初は、ただの失火と思われていたらしいのだが、なにやら、疑問の点もあるらしい。もちろん、警察が捜査しておるのだが、おもしろい記事になるのではないかといわれるのだよ」

春浪がいった。

「ほう。すると、放火殺人事件かなんかですか？」

「そんなところではないかな。俺も詳しいことは知らんのだ」

「おもしろそうですね。でも、なんで、わざわざ、大隈さんがそんなことを電話してきたのですか？」

龍岳がいった。

「いや、それが、来月の〈冒険世界〉に、大隈さんの談話をもらおうと思って、数日前に書簡を送っておいたのだ。そうしたら、いま、ちょっと忙しくて会うことができんが、〈冒険世界〉に載せるのだったら、おもしろい話があるということでね」

春浪が、着物の袖《そで》に手を突っ込み、懐を探りながらいった。

「きみ、すまんが、煙草はないか？」

「ぼくは煙草をやらんのです」

龍岳がいった。

「そうだったな。きみは酒も煙草もやらんのだったな。金が残ってしょうがあるまい」

春浪が、冗談をいった。

「春浪君、ゴールデンバットでよければ、あるぞ。きみは、いつも敷島《しきしま》だったと思うが」

石井がいった。

「あっ、すまんです。それで結構ですから、一本ください。ついでに、マッチもお願いします」

春浪がいった。龍岳は椅子から立ちあがろうとする春浪を制して、石井の机まで歩いていき、煙草とマッチを受け取ると春浪に渡した。

「いや、すまん。それで、龍岳君。今日、きみは身体はあいておるのかね？」

春浪が煙草に火をつけながらいった。

「ええ。この原稿があがりましたから。実は〈中学世界〉からも、短いものを頼まれているのですが、まだ時間があります」

龍岳がいった。

「そうか、それでは、〈冒険世界〉の特派記者ということで、取材してきてくれんか。むろん、取材費としての日当は出すよ」

春浪がうまそうに煙草の煙を吐き出しながらいった。

「いや、日当などいりませんが。まだ、警察が調べているわけですか？」

「ではないかな」

「記者が、現場に近づけるのでしょうか？」

「それは、だいじょうぶだ。警視庁刑事の黒岩《くろいわ》君に話をしてある。捜査のじゃまさえしなければ、取材をしてもいいといっていた」

「そうですか。わかりました」

龍岳がうなずいた。

「俺も行きたいのだが、昨日、飲み過ぎて、まだ、身体がしゃんとせん。三十四にもなると、若い頃のような元気が出んよ。それに、今日は夕方から運動記者倶楽部《クラブ》の会合があってね。都下中等野球大会の打ち合わせをしなければならんのだ。今度、大隈さんに始球式をやってもらおうかと思っている」

春浪がいった。

「それはいいですねえ。大隈さんにやってもらえば、話題になりますよ」

龍岳がいった。

「だろう。俺もそう思ってね」

春浪がぴくっと鼻を動かした。

「まさしく、痛快です。米国の職業野球では、必ず、最初の試合には、市長が始球式をやるそうですね」

龍岳がいった。そして、ひと呼吸入れて続けた。

「じゃあ、もう、ぼく取材に出発していいのですか？」

「いや、待ってくれ。いうのを忘れていたが、信敬君が、一緒に行くことになっている。もう、そろそろ、こちらに着くころだ。時間も時間だから、昼食をしてから出かけたほうがよかろう」

「信敬君が行くのですか？」

「いやかね？」

春浪がたずねた。

「とんでもない。信敬君に一緒にきてもらえれば、心強いですよ。彼はどこでも顔が利きますから、ぼくの入りこめないところでも、取材できます。でも、なんで、信敬君が……」

龍岳が、ちょっと、ふしぎそうな表情をした。

「別にどうという理由はない。ただの弥次馬だ。まあ、がまんして、一緒に行ってやってくれ。じゃまになったら、置いて帰ってきてかまわんから」

春浪がいったその時、編集室の入り口のほうから、大きな声がした。

「春浪さん、じゃまはひどいですなあ」

てかてかに光った学生服姿の吉岡信敬が、右手に帽子を握りしめて、春浪のほうを見ていた。編集室内に、どっと、笑い声があがった。

「あっ、これはいかん。内緒話を聞かれてしまったか」

春浪が、剃りあげた坊主頭をなでながらいった。

「なにが内緒話ですか、あんなに大きな声で。どうせ、ぼくはじゃまものですよ」

信敬がいった。

「いや、失敬、失敬。俺はどうも、嘘《うそ》のつけんたちなもので、つい真実をいってしまうのだ。許してくれたまえ」

春浪がいった。また、室内に笑い声があがった。

「まったく、春浪さんにあったら、かなわんなあ」

信敬が笑った。

「久しぶりだね、信敬君」

口をとがらせて編集部に歩いてきた信敬に、龍岳がいった。

「やあ、龍岳君。先月の羽田の試合《マッチ》で会ったきりではないか」

信敬がいった。ふたりは、三月の始め、この年の先頭をきって、羽田グラウンドで行なわれた横浜外人倶楽部対早稲田大学野球部の試合いらいの対面だった。ふたりとも、〈冒険世界〉の仕事をしているのだが、なぜか、すれ違いが続いていたのだ。

「元気そうだね」

龍岳がいった。

「いやあ、ぼくはほかには、なんの取柄もないからね。自慢できるのは、元気だけだ」

信敬が、大きな声でいった。

「おお、さすがは信敬将軍、自分のことを、よく承知している」

ふたりの話を黙って聞いていた、石井が笑いながら口をはさんだ。

「やっ、これは、研堂さんまでひどいですなあ」

信敬が、頭をかいた。

「なにがひどいものか。ぼくは、褒めておるのだよ」

石井がいった。

「そうですか？　しかし、ぼくは、ちっとも、褒められているような気がせんですよ。けなされているような心持ちです」

信敬がいい、また、室内が爆笑の渦に包まれた。

2

事件の現場は、入新井村の字《あざ》河原作で、池上村との村境に近い木立地のはずれにある一軒家だった。東海道線の大森停車場で降りた龍岳と信敬が、目的地に到着したのは、午後二時少し前だった。

あたりは畑作地で、その西側に林とも呼べないような、小さな木立地があり、その木立地に隣接したところに立っていた半洋風の平屋が全焼していた。火事のあったのは、もう、二日前のことだったが、まだ、あたりには、火事の現場特有の焦げるような灰の臭いがしていた。

ただの火事ではないらしいというので、厳重な警戒がされていることを予測していたふたりだったが、現場は放置されたままで、立ち入り禁止の縄ひとつ張られてはいなかった。警察や新聞関係者の人影もなく、あたりは閑散《かんさん》としていた。焼け落ちた家を取り巻くように、一面に咲いているピンク色のれんげ草が、妙に印象的だった。

「やあ、これは、みごとに焼けているなあ」

信敬が、ほとんど灰と化した家の跡を前にして、感心したような声を出した。

「それにしても、春浪さんは、刑事が調査にきているようなことをいっていたが、もう、だれもいないようだね」

龍岳が、ちょっと、困ったような顔をした。

「これで、取材しろといわれても、どうすればいいんだか」

「近所の人に聞いてみるしかないと思うが、これはまさに一軒家だからな。しかし、変なところに、ぽつりと家があったものだ」

信敬が、あご髯をさすりながらいった。それから、あたりをぐるりと見まわした。そして、十五間《けん》ほど前方のねぎ畑に下肥を撒いている、手拭《てぬぐ》いで頬かむりをした農夫を見つけると、続けた。

「あの男に聞いてみよう」

「うむ」

龍岳が答え、ふたりは、信敬たちに背を向けて仕事に精を出している農夫に近づいていった。

「すまんです。ちょっと、ものを聞きたいのですが」

畦道《あぜみち》の途中で、龍岳が男に声をかけた。

「ん?」

突然、背後から声をかけられて、びっくりした男が振り返って、声にならない声を出した。

「なんだね」

「実は、一昨日火事になった、あの家のことなんですが」

龍岳が、視線を火事現場のほうに向けていった。

「あんた、警察の人かね?」

男がいった。

「いえ、雑誌の記者です」

龍岳が答えた。駆け出しの身で、小説家というのは、おもはゆい気がしたからだった。

「雑誌の記者さんか。なら、わし、話すことはないだよ。わしが、知っていることは、全部、警察の旦那に話しただからね」

男は、ぶっきらぼうな口調でいった。

「ぜんたい、どういう、火事だったのですか? いや、編集長から、行けばわかるといわれてきたんですが、だれもおらず、皆目わからんのです」

龍岳がいった。

「だから、わしは話すことはない」

男がぴしゃりといった。

「きみ、そんないいかたせんでもいいではないか!」

龍岳と農夫のやり取りを聞いていた信敬が、怒ったような声を出した。

「そんないいかたといっても、わしは、これがふつうのしゃべりかただからね。だいたい、人にものを聞くのに、帽子も取らないというほうはなかんべ。見れば、大学生のようだが、いまの学生は礼儀を知らんのかね」

男は、すまして答えた。

「あっ、いや、これは、すまんです。つい、無礼をしてしまった。ぼくは、早稲田大学応援隊の吉岡といいます」

信敬が、帽子を脱いで、頭を下げた。

「早稲田の吉岡？　じゃ、あんたが虎髯彌次将軍かね？」

男の表情が、急になごやかになった。

「そうです。吉岡信敬です」

信敬がいった。

「おお、そうかね。いや、わしの親戚の息子も、今年、早稲田に入ったよ。そうか、あんたが、吉岡将軍か。しかし、なんで、その将軍があの火事を調べに？」

男が、ふしぎそうな声を出した。

「ぼくは、学生ですが、〈冒険世界〉の記者の仕事もしておるのです」

「ああ、押川春浪先生の雑誌だね」

「そうです。それで、ここに、奇妙な火事があったと聞いて、記事にしようと、小説家の龍岳君と取材に来たようなわけです」

信敬が説明した。

「鵜沢龍岳といいます」

龍岳が挨拶《あいさつ》した。

「そうだったかね。わしは百姓で、学はないが、春浪先生の本は、若い頃よく読んだものだよ。ほれ、『海底軍艦』といったかな。あんたも、ああいう小説を書くのかね？」

「龍岳君は、第二の押川春浪といわれている新進作家ですよ。いまに、日本一の冒険、いや科学小説作家になります」

龍岳に替わって、信敬がいった。

「そうかね。そんな立派な先生と知らずに、ぞんざいな口をきいて悪かっただね。それで、火事のなにが知りたいのだかね」

男が、それまでの、つっけんどんな調子を、がらりと変えていった。

「なにというより、ぼくたちは、ほとんど、なんにも知らないのです。そもそも、あの家に住んでいたのは、どこの国の人なのですか？　西洋人の婦人が焼け死んだと聞いていますが」

龍岳が質問した。

「ギリシャ国のマリアちゅう後家さんだ。年は四十五くらいだったそうだよ」

男が、頬かむりしていた手拭いをはずし、額の汗を拭きながらいった。

「ギリシャ人とは、珍しいですね。ひとりで住んでいたのですか」

「いや、それが、目の悪いばあやと、これも、目の悪い子供と三人で住んでいてね。ふたりとも、日本人だがね。子供は尾《お》崎健三《ざきけんぞう》ちゅって五歳になるだよ。赤ん坊の時に、家の前に捨てられていたのを、後家さんが拾って育ててきただよ」

「捨子ですか」

「そうだな。後家さんは、六年ばかり前に、あの家に引っ越してきたんだけれども、ばあやはギリシャにいた時から、後家さんの家で働いていたちゅうことだ」

「なにか、仕事をしていたのですか？」

「いや、ギリシャにいた時は、旦那が名前の知られた彫刻家だったそうだけんども、病気で死んで、後家さんになって、なぜか日本にきて、ここに住んでいただね。たいした財産家で、暮らしには困っていなかっただな。といっても、ぜいたくな暮らしはしてなかったようだけどもね」

男が説明した。

「なるほど。火事は一昨日でしたね」

龍岳がいった。

「そうだ、夜の八時過ぎだったかな。で、消防団がかけつけたんだが、火のまわりが激しくて、後家さんとばあやが焼け死んじまっただよ」

男が、暗い声でいった。

「すると、少年は助かったのですか？」

信敬が質問した。

「ああ、火事になった時、家にいなかっただからね」

「どこにいたんです？」

龍岳がいった。

「本郷の大学病院に入院していただよ。目の手術してね。なんでも、明日、退院することになっているそうだよ。健坊も、かわいそうな子だ。生まれてすぐ捨てられて、目は見えねえ。やっと、手術が成功して、退院という矢先に、育ての親が火事で焼け死んじまうだからな」

男が、ふうっと、ため息をついた。

「火事の原因は、わかっておるのですか？」

龍岳がいった。

「うむ。それが、警察では火つけと事故の両方で調べているらしいね」

「火つけ？　そいつは、けしからん！」

信敬が、突然、大声を出したので、龍岳と男が一瞬、びくりと身体をふるわせた。

「話には聞いていたが、さすがに彌次将軍の声はでかいだね」

男が苦笑いしながらいった。

「これで、奮《フレー》え、奮《フレー》えをやったら、さぞ、見ものだべ」

「やってみますか？」

信敬がいった。

「よせよせ、信敬君。こんなところで、カレッジエールなどやったら、狼でも出たかと思って、猟師が鉄砲かついで出てくるぞ」

龍岳が笑った。

「それで、放火かもしれないという理由はなんなのですか？」

「焼け跡に、石油罐《かん》が転がっていたそうだよ。それと、後家さんの持っていた指輪だのなんだのが、見当たらないいちゅうことだ」

「じゃ、泥棒が入って、宝石を盗んで、手がかりを消すために、火をつけた？」

「警察じゃ、そう見ているようだけどもね」

「犯人の目星はついておるのですか？」

信敬がいった。

「いや、皆目、見当がついていないらしいね」

男がいった。

「なるほど。これは、ちょっとした記事になりそうだな。捨子を育てていた金持のギリシャ人の後家さんが、焼き殺されたか……」

信敬がいった。

「その後家さんという人は、どんな人だったのです？」

龍岳がたずねた。

「それが、だれも、よく知らないんだよ」

男が、左右にかぶりを振った。

「知らない？　だって、六年も前に越してきたのでしょう」

龍岳がいった。

「うん。けども、家事のいっさいがっさいは、ばあやがやってて、後家さんは、ほとんど外には出てこなかっただから、近所の者でも、あんまり顔見た人がいないだね」

男がいった。

「でも、そのばあやは、目が悪かったのでしょう」

龍岳がいった。

「それが、まるで、目の見える人間とかわらぬ働きしてただな」

男がいった。そして、龍岳たちの背後に視線を移動させて、続けた。

「ああ、ちょうどいい。刑事さんがきただ。詳しいことは、あの人に聞いたらいいだよ」

男のことばに、ふたりが、背後に首を巡らすと、例の焼跡のほうに向かって、歩いていくふたつの人影が見えた。ひとりは、三つ揃いのグレーの背広に身を包み、ハンチング帽をかぶった背の高い男で、その後ろに矢がすりの着物に、オリーブ色の袴《はかま》をつけた小柄な女性がいた。遠くから見ても、美人とわかる女学生だった。

「あの人は、警視庁の腕利き刑事で、黒岩ちゅう人だよ」

男がいった。

「ああ、あの人が黒岩さんですか」

龍岳がうなずいた。

「後ろの女学生は？」

信敬がいった。

「知らないだな。今日、はじめて見ただ」

男がいった。

「じゃ、向こうに行ってみよう。どうも、仕事の手を休めさせてしまって、すまんでした」

龍岳がいった。

「なに、かまわねえ。ちょうど、一服しようと思っていたところだ。あんたがたなら、なんでも話してやるだから、聞きたいことがあったら、また、くればいいだ。わしは、松本作造ちゅうだよ。それから、将軍、さっきいった親戚のことよろしく頼むだよ。政治科の松本幸一ちゅうだ」

男がいった。

「承知しました。大学であったら、挨拶しておきます」

信敬がいった。

「じゃ、どうも」

龍岳が頭を下げた。男も答礼する。

「いや、実におもしろそうな事件だなあ。龍岳君、これは記事になるだろう」

信敬が、黒岩刑事たちのほうに向かって、歩を進めながらいった。

「まだ、わからんが、とにかく、黒岩刑事に詳しいことを聞いてみよう」

龍岳がいった。

「黒岩さん、黒岩刑事。ぼくらは、〈冒険世界〉の者ですが」

信敬が、まだ、ふたりとは、五間も離れているというのに、大きな声で怒鳴った。けれど、信敬の蛮声はもちろん、充分に黒岩たちの耳に届いた。黒岩と後ろの女学生が、龍岳たちのほうを振り向いた。龍岳と目が合うと、女学生が軽く会釈をした。あわてて、龍岳と信敬が頭を下げる。そして、小走りに黒岩の側に駆けていった。

「黒岩さんですね」

一間のところで、立ち止まった龍岳が、ふたたび声をかけた。

「〈冒険世界〉の鵜沢龍岳です」

「やあ、きみが龍岳君か。いつも、小説を読んでいるよ。きみのことは、春浪さんから聞いている」

黒岩が、にこやかに答えた。

「あっ、いかん。自己紹介をするのを忘れた。黒岩四郎《しろう》です。これは、妹の時子《ときこ》といって、女子高等師範の学生です」

「はじめまして」

時子と紹介された女学生が、小さな声でうなずきながらいった。

「鵜沢です。どうぞ、よろしく」

龍岳が会釈した。

「ぼくは……」

続いて、挨拶をしようとする信敬を、黒岩がさえぎった。

「知っておるよ。吉岡信敬君」

「はあ、どうも。はじめまして。しかし、なんでぼくのことを？」

信敬がいった。

「きみのことを知らん人間は、東京にはおらんよ。なあ、時子」

黒岩が笑った。

「ええ。でも、吉岡さんて、写真で見るより、優しいお顔なのですね」

時子が、くすっと笑っていった。

「いやあ、ははは。どうも、みんなに、そういわれます」

信敬が照れて、ごしごし頭をかく。

「龍岳君。時子は女のくせに、〈冒険世界〉を読んでおってね。きみの小説にすっかり夢中になっておるのだよ。前から、会ってみたいといっておったが、こんなところで会えるとは思わなかったな。時子、どうだ、龍岳君は想像以上にいい男ではないか？押しかけ女房になるか」

黒岩が、妹を冷やかした。

「いや、お兄さまったら！」

時子が、色白のうりざね顔を、耳までまっ赤にして、下を向いた。庇髪《ひさしがみ》の鬢《びん》のほつれが、どきりとさせるような色気をかもしだしていた。

「いいなあ、小説家は。こんな美人に、夢中になってもらえるのだから。ぼくも応援隊はやめて、小説を書いてみるか」

信敬が、うらやましそうな顔でいった。

「なにか、発見がありましたか。警察では放火かもしれないと捜査していると聞きましたが」

龍岳が、信敬のことばを無視するように話題を変えた。

「いや、昨日の調べ以上には、なにも見つからんよ」

黒岩がいった。その時、焼跡の中程に足を踏み入れてしゃがみこみ、手にした木の枝で灰をかきまわしていた時子がいった。

「お兄さま、蛇の焼け焦げ死体が、なん匹もありますわ」

「蛇？」

黒岩が聞き返した。

「ええ。縁の下に、巣でもあったのかしら？　でも、この蛇ちょっと変ですのよ。みんな、尻尾が切れているみたい」

時子が、小首をかしげていった。

3

しばらく、火事の現場を見てまわった四人が、大森停車場近くのミルクホールの椅子に腰を降ろしたのは、四時半ごろのことだった。それぞれに、注文をすませると、黒岩がいった。

「まあ、そんなわけで、さっきもいったように、ぼくは、どうしても、あれはただの火事とは思えないのだ。しかし、放火とも思えん」

「えっ、放火を証明するために、調べていたのではないのですか？」

龍岳が、びっくりした顔でいった。

「うん」

黒岩がうなずいた。

「しかし、宝石が盗まれたそうじゃないですか？」

信敬がいった。

「いや、それが、その後の調べで、盗まれたと思っていた指輪や宝石は、盗まれていないことがわかったのだよ。それらは、全部、大学病院の健三少年の部屋に、箱に入れて置いてあった。数日前に、ばあやが持ってきたのだそうだ」

黒岩が説明した。

「それは、ふしぎな話ですね。では、ひょっとすると、そのばあやが、盗んで病院に隠し、夫人を焼き殺して奪うつもりだったのではないですか？　ところが、手ちがいで、自分も逃げ遅れて死んでしまった」

龍岳がいった。

「うん。ぼくも、それは考えてみたのだが、あの忠実なばあやでは、あり得んよ。それに、宝石を隠すなら、何も病院に持ってくることはなかろう。そこで、ぼくは、この火事は実はマリア夫人の覚悟の自殺ではなかったかと考えておるのだ。というのは、数日前に、夫人は自分の財産のすべてを、養子の健三少年の名義に変更していたことがわかったのだ。そして、手元の宝石類は、ばあやに病院に届けさせた。いかにも、火事で自分が死ぬことを予測しているような、手際のよさではないか」

黒岩が、ミルクのカップを口に運びながらいった。

「焼身自殺ですか？　しかし、夫人に、死ななければならない理由があったのですか？」

龍岳がいった。

「そこなんだよ。それがわからん。というのは、病院の話によると、夫人はこれまで、早く健三少年の目の手術をしてやりたいといい続けていたらしいのだが、小さいので今日までできなかった。それが、今度、やっと望みがかなって、手術ということになり、しかも、それは成功したのだ。それで、なぜ、自殺せねばならんのか……」

黒岩が、顎《あご》に手を当てていった。

「待ちに待っていた養子の少年の目が治ったというのに、自殺するなんて、絶対におかしくてよ」

時子が口をはさんだ。

「妹はこういうんだ。警視庁としての見解も、放火殺人か失火のどちらかとしておるのだが、ぼくは、どうも、自殺のような気がしてならんのだ。単なる刑事の勘にすぎんのだがね。そこで、一緒に行くといってきかん、このおきゃんを連れて調べにきたというわけなのだ。ずぶの素人《しろうと》のほうが、真実を発見することがあるからね」

黒岩がいった。

「お兄さま、わたし、おきゃんじゃありませんことよ」

時子が、ぷっと頬をふくらませていった。そのしぐさが、龍岳にはたまらなく、かわいらしく思えた。

「そうですなあ。ぼくも、妹さんのいわれることのほうが正しいと思いますなあ。せっかく、はじめて、少年に自分の顔を見せてやることができるというのに、自殺してしまうというのは変だ」

信敬がいい、ごくりと音を立てて、ミルクを飲み、焼きパンをかじった。

「そのマリア夫人とは、どういう人なのですか？近所のお百姓もほとんど、姿を見たことがないといっていましたが」

龍岳がいった。

「それが、よくわからない。なにしろ、夫人が外に出てくることは、めったになかったそうだ。まれに、夜遅く外に出てくることもあったが、その時は決まって、色眼鏡をかけていたという。だから、だれも夫人の素顔を見たものがおらんのだ」

黒岩がいった。

「ものすごい、醜女《しこめ》だったのかもしれんぞ」

信敬がいった。

「でも、少しぐらい器量がよくなくっても、そんなことで、かわいがっていた坊やの目が開くのを待たないで、死ぬなんて、ふつうでは考えられなくってよ。どんなに、醜い顔だったとしても、お化けではないのですもの。わたしだって、人さまの顔のことなんかいえませんけど」

時子がいった。

「いやあ、時子さんは、大別嬪《べっぴん》さんだ。なあ」

信敬がいった。

「う、うん」

龍岳が、困ったように答えた。時子が下を向いた。

「とにかく、なにしろ、めでたいことなのに、死ぬのは変だ。たとえ、財産全部をもらっても、少年は育ての親に会い、一緒に暮らしたかったにちがいない。夫人にしたところで、同じ気持ちのはずだ」

信敬がうなずいた。

「では、やはり、物盗りの仕業ということになるか。そうなると、これは迷宮入りの可能性が高い。あんな場所だから、よそ者がきたのなら、だれかが姿を見ているだろうが、それもないのだ」

黒岩が首をかしげた。

「西洋人は、よく、色眼鏡をかけるらしいが、夜まででかけるというのは、いかにも奇妙ですなあ」

龍岳がいった。

「ぼくも、それがひっかかっている。それと、この夫人に関しては、妙な噂《うわさ》がいくつかある」

黒岩がいった。

「ほう。どんな噂ですか?」

信敬がいった。

「もう、三年ほど前のことになるが、村の若者が、酔っぱらって、夫人に夜這《よば》いをかけるといって出かけたっきり、そのまま行方不明になってしまった。どこを探しても、どうしても行方が判明せず、神隠し事件として、新聞紙にも載ったくらいだ。ところが、今度、家が火事になったら、その焼け跡から……」

黒岩がいった。

「死体が出たですか?」

信敬がいった。

「いや、死体ではないが、人間の等寸大の石の彫刻が焼跡に転がっておったのだ。その彫刻を見た村人たちが、行方不明になった青年の顔に、よく似ているといいだしてね。いま、その石像は警視庁で調べておる」

黒岩が説明した。

「まさか、その石像の中に、行方不明になった若者が埋めこまれているということはないでしょうね？」

龍岳がいった。

「あっはははは。それはない。ちゃんと、専門家の手で調べたよ。で、関係者の話を総合してみると、どうも、夫人の死んだ亭主がギリシャでこしらえたものを、運んできて家の中に飾ってあったらしいということだ。顔が似ているのは、まあ、偶然の一致だね。とはいうものの、なんだか奇妙な話だろう」

黒岩がいった。

「夫人は、なぜ、日本にきたのですか？」

龍岳がいった。

「それもよくわからん。ただ、ギリシャでの生活に疲れたといっていたらしい。また、罪ほろぼしというようなこともいっていたようだ」

「罪ほろぼし？」

「ギリシャでは、何をしていたのでしょう？」

「わからんね。それと、もうひとつ。これは、ふしぎというほどのものでもないかもしれんが、夫人は蛙《かえる》料理を、よく食っておったという噂がある。まあ、日本人でも、赤蛙を食うことがあるし、米国あたりでは、雄牛蛙という大きな蛙を食用にするらしい。しかし、夫人は蛙ならなんでも食ったらしいよ。ばあやに頼まれて、蛙を取って売っていたという子供たちが近所にたくさんおる」

黒岩がいった。

「ギリシャでは、婦人が蛙を食うのですか？　ギリシャの婦人とは、接吻《せっぷん》はしたくないですなあ」

信敬が笑いながらいった。そのことばに、時子がくすっと笑った。

「まあ、食べ物は、その国によって、いろいろちがうようですからね。フランスではでんでん虫を食うというし」

龍岳がいった。

「お兄さま、わたしは、蛙を食べていたのは夫人ではなく、蛇だと思いますわ」

時子がいった。

「蛇？」

龍岳が首をかしげた。

「ええ。さっきの蛇、夫人が愛玩用に飼っていたのだと思います。一匹ならともかく、あんなにたくさん、十四ぐらい死体がありましたもの」

時子がいった。

「蛇をねえ」

信敬が首をひねった。

「飼っていたとしたら、その餌に蛙がいりますわ」

時子がいった。

「なるほど」

龍岳がうなずいた。

「だが、もし、そうだとしても、なぜ、あの蛇の死体には尻尾がなかったのだろう」

黒岩が腕組をして、ふうっとため息を吐き出した。

その時だった。店の入り口のほうから奥へ向かって歩いていた中年の紳士が、いきなり、つんのめって、店の床の上に四つんばいになった。信敬が通路側に伸ばしていた足につまずいたのだ。転ぶと同時に、紳士の頭から黒いものが、一間も空中を飛んで床に落ちた。かつらだった。

「あっ!」

紳士は、床に転がったまま、頭を押さえたが、その時には、もう、とっくにかつらはなかった。その紳士の頭は、みごとに禿《はげ》あがっていた。それを見た、店内の客がいっせいに笑った。

「し、失敬な!」

紳士が立ち上がり、まっ赤な顔で、頭からゆげを出さんばかりにわめいた。それが、さらに笑い声を大きくした。

「き、きみ、こんなところへ足を出しているなんて、危ないじゃないか。謝りたまえ!!」

紳士が、信敬を睨《にら》みつけた。

「やっ、これは、すまんです。ぼくは、早稲田大学応援隊の吉岡信敬といいます。失礼しました。許してください!」

信敬が椅子から立ちあがり、直立不動の姿勢でいい、頭を深々と下げた。信敬はふざけたつもりはなく、真剣に謝ったのだが、何をやってもオーバーになってしまう、その行動と吉岡信敬の名前が、三度、店内に爆笑の渦を巻起こした。あわてたのは、信敬だった。

「諸君、笑うのはこの紳士に対して失礼です。笑わんでください。足を出しておったぼくが悪かったのです！」

信敬は、店内に響き渡る声でいった。さすがは、野球応援で鳴らした信敬で、効果はばつぐんだった。またたくまに、店内に静寂が訪れた。そこまでは、よかった。ところが、店内が静かになったところで、信敬は紳士に目をやった。信敬の謝罪で、やや、怒りの解けた紳士は、床に落ちたかつらを拾って、ふたたび頭に乗せるところだった。そして、後ろ前に乗せた。

「ぶっ‼」

信敬が、その光景を見て、おもいっきり吹き出した。続いて、紳士を除く全員が吹き出した。

「き、きみたちは、かつらが、そんなに珍しいのか！」

紳士がわめいた。

「あっ、そうか！　もしかすると⁉」

龍岳が、黒岩の顔を見ていった。

「なんだね？」

黒岩がふしぎそうな表情で、龍岳を見た。

「焼跡に、かつらはありませんでしたか？　燃えかすでもなんでも」

「さて、気がつかなかったが」

「そうですか。それじゃ、ぼくは、もう一度、現場に戻ってみます。もし、焼跡にかつらの燃えたのがあれば、ぼくの探偵が当たっているかもしれません」

龍岳が、テーブルを揺らして、椅子から立ちあがった。

「おお、龍岳君。出よう、出よう。こんなところは、早く退散するにかぎる」

自分で騒ぎの元を作っておきながら、信敬がまるで人ごとのようにいった。

「どういう探偵ですの？」

時子がいった。

「いまは、まだ、いえんです。焼跡に一緒に行ってみませんか」

龍岳がいった。

「はい。行きます」

時子が答えた。

「ぼくも、行くよ」

黒岩もたちあがった。

4

「どうも、すまんかったね。こんなところまで、きてもらって」

観客席の中に、春浪の姿を見つけた龍岳が、近づいていくと、春浪が軽く手をあげて合図しながらいった。

「いえ、ぼくも、この試合《マッチ》は見たかったのです。どっちが勝っているのですか?」

龍岳が春浪の隣りに腰を降ろしながらいった。

「いま、清《きよし》のバントヒットで、稲門《とうもん》が二点目を入れたところだ。二対零だよ」

春浪が、グラウンドにちらりと目をやりながらいった。

「この羽田のグラウンドができてから、土曜、日曜以外でも、試合《マッチ》が楽しめるようになったのがいいですね」

龍岳がいった。

「これで、地目が砂でなくて、海からの風が吹かなければ、文句はないのだが」

春浪がいった。羽田公開競技場、いまでいうスポーツ総合グラウンドは、一年ほど前に京浜電車会社によって作られた、日本最初の鉄道会社所有の本格的多目的グラウンドだった。

明治二十年代から、野球は、学生を中心として、国民のあいだに浸透しつつあったが、施設が需要に応えきれていなかった。野球のグラウンドはたいていが、学校に所属するもので、一般人が自由に使えるものは、ほとんどなかった。これでは、野球は発展しない。スポーツの中でも、とりわけ野球の普及に力を入れる春浪は、友人の中沢臨川と語らって、臨川が技師長として勤務する京浜電車会社の上層部を説き、会社が有する羽田の二万坪の空き地に総合グラウンドを設置させたのだ。

数ある野球チームの中でも実力のずば抜けているのが、早稲田大学と慶應義塾の二校だった。明治三十六年に両校は、はじめてあいまみえ、対抗戦としての早慶戦を開始した。この両雄の熱戦は満天下の野球ファンを熱狂させたが、明治四十三年の時代では、それを見ることができなかった。

明治三十九年秋、興奮した両校弥次の過激な行動が原因となって、早慶戦は学校当局から禁止され、以後、両校の試合は一度も行われていなかった。この両校応援隊の衝突の時、早稲田の指揮を取っていたのが、吉岡信敬であり、その時の野球部キャプテンが押川春浪の弟の押川清だった。

その後、早慶戦復活を熱望する春浪らの努力によって、早慶のOBチーム、稲門倶楽部と三田《みた》倶楽部が結成され、両者は時折、この羽田グラウンドを舞台にして、早慶戦復活を前提にしたデモンストレーションゲームを行っていた。この日のゲームも、そのひとつで、押川清は五番セカンドで出場していた。

「三田―稲門戦でこれだけのお客が入るのだから、ぜひ早慶戦を復活したいですね」

龍岳が、観客席を見渡しながらいった。

「休日でもないのに、五千人は入っておるよ。みんな、俺のように、会社を抜けだしてきたのかしらん」

春浪が笑いながらいった。

「それはともかく、昨夜の電話では、例の火事事件は記事にはならんということだったが」

春浪が質問した。

「それが、記事にしてならないことはないと思うのですが、ぼくはしないほうがいいと思うのです。黒岩さんも、もう、この事件からは手を引いて、ただの失火として処理することにするといっておられました」

龍岳がいった。

「すると、ほんとうは、失火ではないのか？　昨晩は、このあたりまでしゃべって、俺が眠ってしまったのだったな。いや、実にすまんことをした。風呂からあがって、だいぶ、ひっかけておったので、つい……。だが、俺も弱くなったものだよ。これまで、ただの一度だって、電話の途中で寝てしまうことなどなかったのだが、龍岳君に失礼だと、あとで亀子にひどく怒られてしまった」

春浪が照れ臭そうにいった。

「いえ、失礼なんて、そんなことは気にしないでください。ただ、ぼくがこんなことをいうのは、おこがましいですが、どうか、お酒はほどほどに。からだを壊しては、元も子もありません」

龍岳がいった。

「うむ、気をつけるよ、それで、その火事は、やはり、失火ではないということなのか」

春浪がいった。

「ええ、どうも、ちがうようです」

龍岳がうなずいた。

「では、放火殺人かね?」

春浪がたずねた。

「いいえ、放火といえば放火ではありますが、覚悟の焼身自殺です」

「焼身自殺? そのギリシャ婦人がか。マリアとかいったね」

「そうです」

「なぜ、自殺など図ったのだ。その婦人は目の悪い捨子を育てたばかりではなく、今度、その子供の目を手術で治してやったというではないか。それなのに、どうして、死ぬのだ?」

「少年は、今日、大学病院を退院する予定です……」

龍岳が、質問と異なる返事をした。

「わからんな。目が見えるようになって、めでたい話だといのに、自殺の理由はなんなのだ?」

春浪が首をひねった。

「マリア夫人は少年に、自分の顔を見られるのを恐れたのです」

龍岳がいった。

「顔を見られるのを恐れた? どういうことだ」

春浪が龍岳の顔を覗《のぞ》き込むようにしていった。

「それが……。これから先は、大いなる仮説ですが」

龍岳がひとことといい、大きく深呼吸して続けた。

「実は、マリア夫人は人間ではなかったのではないかと思うのです」

「なに、人間ではない？」

春浪がいった。

「はい。昨夜もお話したように、夫人はめったに、人前に姿を見せず、夜でも色眼鏡をかけておるというので、ふしぎだなと思ったのです。それに、行方不明になった村の青年の顔によく似た石像が焼跡に転がっていたというし、ばあやは目が見えず、育てられた少年も目が悪い」

「ふむ」

「しかも、ばあやは、いつも蛙を集めていた。どうも、おかしいことばかりです。焼跡を調べてみると、尻尾のない蛇の焼けた死体が、十匹近くありました。これで、ぼくは、夫人に疑問を抱きました。そこで、焼跡に戻って、よく調べてみると、思ったとおり、夫人がかぶっていたかつらの焼け残りがありました。ぼくは、そのかつらの燃えかすを見て、夫人が人間ではなかったのではないかと思ったのです」

龍岳が、力強いが、周囲をはばかって、押さえた声でいった。

「尻尾のない蛇の死体とかつらで、人間ではないのではないかと思った？……おお、そうか！　すると、その婦人は蛇頭夜叉《じゃとうやしゃ》か!!」

春浪が、あたりの観客が思わず振り向くような大きな声を出した。

「ええ、ギリシャ神話に出てくる、メジューザという怪《あやし》の物ではないかと……」

龍岳がいった。

「なるほど。蛇頭夜叉は髪の毛の代わりに、頭に蛇を生やしておるわけだ。頭から生えている蛇だから、尻尾はない。その目を見た者を石にしてしまうから、夜でも色眼鏡をかけているわけだな。そして、ふだんは、頭の蛇をかつらで隠している」

春浪が、なん度もうなずきながらいった。

「そうです。夜這いにいった青年は、運悪く夫人の素顔を見てしまったにちがいありません。それで、石になってしまったのです」

龍岳がいった。

「だから、まかないも、目の見えないばあやにやらせていた。目の見える人間では、たちまち、石になってしまうわけだ」

春浪がいった。そして、続けた。

「亭主が、ギリシャの有名な彫刻家だったというが、もしかすると、その婦人が人間を石像にしていたのかもしれん」

「ぼくも、そうではないかと思っています」

「蛙は、蛇の餌だったのだな」

「ええ」

「しかし、なぜ、その蛇頭夜叉が、日本にきたのだろう?」

「ギリシャの生活に疲れた、罪ほろぼしがしたいといっていたそうですから、怪物としての生活がいやになり、だれも知らない東洋の国で、人間としてひっそり、人助けでもして暮らしたかったのではないですか。ところが、たまたま、目の悪い捨子の少年を拾い、育てることになった。日がたつにつれ、夫人は少年がかわいくなっていった。そうなると、少年の目が見えないのが、かわいそうでならない。そこで、夫人は少年の目を治してやることにした。しかし、目が治れば、どうしても、少年は夫人の顔を見ることになる。顔を見れば、少年は石像と化してしまう。だから、夫人は、少年の目を治してやるその代わりに、訣別を決意して、自ら命を断ったのでしょう。たぶん、夫人の正体を知っているばあやも、夫人にしたがったのです」

龍岳が、長い説明をした。その時、観客席がわっと湧きかえった。ゲームに何か変化があったらしかった。だが、春浪も龍岳も、うなずいて足元を見たまま、グラウンドに視線をやろうとしなかった。

「人間の子供に愛情を捧げても、怪物は、結局、怪物で人間にはなれなかったというわけか……」

春浪が、低い声でぽつりといった。

「淋《さび》しい話だな」

「そうですね」

「しかし、これなら、取材記事どころか、おもしろい怪奇小説が書けるではないか？　蛇頭夜叉の正体を科学的に説明すれば、科学小説にもできそうだ」

「ぼくは、メジューザという怪物は、遠いむかし、なにかの理由で、この世界と次元を異にした、他の世界からやってきた生物の子孫ではないかと思っているのです」

龍岳がいった。

「ほう、そんな、仮説があるなら、まちがいなく、痛快な小説ができるぞ」

春浪がいった。

「じゃ、春浪さん、書きますか？　材料はぼくが出しますよ」

龍岳が顔をあげ、春浪の目をじっと見つめていった。

「いや、俺は書かんよ。とても、忙しくて、そんなものを書いておるひまはない」

春浪が、にやっと笑っていった。

「春浪さんが書けないというのを、ぼくが書くわけにはいかんです。ぼくは、なにごとも控え目な性格なんです」

龍岳も笑っていった。

「偶然とはいえ、俺と同じ性格だね」

春浪がいった。その時、ふたりの背後で、大きな声がした。

「ふたりとも、応援もせんで、なにをしゃべっておるのです？」

青竹に白い布をしばりつけた、大旗を持った、吉岡信敬が立っていた。

「やっ、すまん、すまん」

春浪が、大袈裟《おおげさ》なゼスチャーでいった。

「龍岳君、時子さんの話かい？」

信敬が片目をつぶっていった。

「ん？　なんの話だ、それは？」

春浪が、龍岳の顔を覗きこんだ。

「い、いや、別にどういうことじゃありません。さて、話もすんだし、あとはじっくりと試合《マッチ》を見ましようか。やあ、いつもながら、河野君のダンシングスローは華麗ですなあ」

龍岳が、春浪の好奇に満ちた視線を避けて、グラウンドを見やった。

「龍岳君。それで、実際は、その婦人は……」

春浪が、話しかけようとした時だった。ふたりの頭上で、大旗がばさばさと左右に大きく揺れ、信敬の破《わ》れ鐘《がね》のような蛮声があたりに響き渡った。

「奮《フレー》え、奮《フレー》え、河野!!」

この信敬の蛮声に呼応して、周囲の観客が拍手した。春浪の声は拍手にかき消され、もう、龍岳の耳には届かなかった。

縄

1

チーンと音がして、電車が停留場に止まった。

「日比谷公園、日比谷公園！　お降りのかた、お乗りのかた、お早く願いまーす」

首から切符や小銭の入った、大きな鞄《かばん》をぶら下げた車掌がいった。

五、六人の乗客が先を争うようにして降りて行き、入れちがいに三人が乗り込んできた。商人ふうの男がふたりに、手に巾着《きんちゃく》袋を下げた庇髪《ひさしがみ》の、小柄な目鼻だちの整った若い女性がひとりだった。

「動きまーす」

車掌の声と同時にチンチンと鈴がなり、車体がビリビリと揺れたかと思うと、電車はゴーと低い音をたてて走りだした。

女性は財布を出してキップを買うと、空席のない車内を見渡していたが、車内の中ほどの席に腰をかけている、紺がすりに袴《はかま》姿の若い男を見つけると、うれしそうに、その前に歩いて行き、吊り革につかまった。

男はしかめっ面で目を落とし、膝《ひざ》の上に置いた中折れ帽のひさしを指でなでる動作を繰り返しながら、なにかしきりに考えごとをしているようで、女性には気がつかなかった。しかし、女性も男に声をかけるようすもなく、口許に小さな微笑をたたえながら、黙って男を見下ろしていた。

電車がカーブにさしかかり、ガクンと揺れた。立っていた十人ほどの乗客が、前へつんのめった。

「おっととと！」

赤銅色の髯面《ひげづら》、肩までかかる長髪を藁《わら》で結び、太いステッキを手にした、四十歳近いと思われるフロックコート姿の一風変わった風体《ふうてい》の男がバランスを崩して、その前に立っていた若い主婦らしい女性の持っていた日傘を蹴っ飛ばし、床に転がした。

「やっ、失敬、失敬‼」

男はあわてて、しゃがみこみ、日傘を拾いあげようとした。その時、電車がまた大きく揺れた。男は座席に腰を降ろしていた、七三分けのハイカラ紳士の靴を、いやというほど踏みつけた。

「あっ痛たたたた！」

紳士が悲鳴をあげた。

「すまんです。許してくれたまえ。おっとととと！」

男は、またつんのめり、そのまま、どしんと床の上に尻《しり》もちをついて座り込んでしまった。乗客がいっせいに笑った。苦虫を嚙《か》み潰したような顔で考えごとをしていた男も、これには笑い出さずにはいられなかった。男の前に立っていた若い女性もこらえきれずに、くすっと笑った。男と女性の目が合った。

「あっ、これは時子《ときこ》さん」

男がいった。

「こんにちは。龍岳《りゅうがく》さん」

女性が挨拶《あいさつ》した。男は、いま〈冒険世界〉〈中学世界〉などの青少年向き雑誌で新進気鋭の科学小説作家として売り出し中の鵜沢《うざわ》龍岳、女性は警視庁の腕利き刑事・黒岩四郎《くろいわしろう》の妹で、女子高等師範学校の生徒の黒岩時子だった。

「ずっと、ここに立っていたのですか？」

龍岳がたずねた。

「いえ、日比谷公園からです。声をおかけしようと思ったのですけれど、なにか、お考えごとをされているようでしたから」

時子がいった。

「いや、締め切りの間近に迫った小説の筋がまとまらんので、頭を抱えていたところです。さあ時子さん、お掛けなさい」

龍岳が、座席から腰を上げていった。

「いいえ。わたくし、よろしいですわ。龍岳さん、お座りになってください」

時子が、はにかんだような表情でいった。

「ぼくは、じきに降りますから。芝公園に取材に行くところなのです」

「わたくしも、三田四国町で降りますの。ですから……」

「しかし、まあ、お掛けなさい」

「いえ……」

ふたりが、おたがいに遠慮して、顔を見合わせた時だった。

「じゃ、すまんが我輩が座らせてもらおう」

転んだ床から、日傘を拾って主婦に渡し、やっとのことで起きあがると、尻についたほこりをはたいていた例の髯面長髪男が、ふたりをかき分けて、返事を聞くより早く、どっかと座席に腰を降ろした。

また乗客が、どっと笑った。

「どうぞ、よろしくってよ」

時子がいった。

「いやあ、すまんですな、お嬢さん。別嬪《べっぴん》さんで、しかも気持ちも優しい」

髯面男が、大声でいった。しかし、男は時子を揶《や》揄《ゆ》しているようすはなく、いかにも自然で快活なことばぶりだった。これには、龍岳も口許をゆるめざるを得なかった。

「あら、いやですわ」

時子が、顔を赤くした。

「ところで、神田までは、どれくらい時間がかかるのかね」

男が、車両の後ろにいる車掌にたずねた。

「神田？　神田は、この電車じゃないですよ。これは南行だから、反対の北行に乗ってください」

車掌が答えた。

「なに、反対の方向!!　やっ、また、しくじった。降りる、降りる。運転士、電車を止めてくれ！」

髯面男が、ばねじかけの人形のように、座席から飛びあがって叫んだ。

「お客さん、こんなところでは電車は止まれません」

車掌が、あわてていった。

「そこを、なんとか」

髯面男が両手を合わせて、車掌を拝んだ。車内はもう、爆笑の渦だ。

「じきに、内幸町《うちさいわいちょう》の停留場です。そこで降りて、乗り換えてください」

「そうか。車掌君、いま何時だ。ぼくは一時からはじまる、錦輝館の南極探検発表演説会に行かねばならんのだよ」

髯面男がいった。だが車掌は、髯面男の問いには答えず、鈴をならした。

「電車が止まります。内幸町、内幸町。市街鉄道線は乗り換え。お降りのかたは、お早くねがいまーす」

「おお、着いたか。車掌、降りるぞ。諸君、失敬。お嬢さん、ありがとう。龍岳君、ますます、おもしろい小説を書きたまえよ」

髯面男は、車内に響き渡る大声で、早口にそれだけまくしたてると、電車から飛び降りていった。

「えっ?」

見知らぬ髯面男に、名前を呼ばれた龍岳が、びっくりして、ふりかえった時には、もう男の姿は見えなかった。

若干の乗客の入れ換えがあり、電車はまた、動きだした。

「いまの人、どなたでしたの?」

吊り革につかまった時子がたずねた。

「いや、ぼくは知らんのです。しかし、なんで、ぼくの名前を知っていたのだろう。……ん、待てよ。そういえば、どこかで見た顔のような気もするが……」

龍岳が、首をひねった。

「どう見ても、お仲間の文士さんじゃなくってよね」

時子が笑った。

「まさか、文士ではないが、なにか雑誌か本のアートで見たような気がする」

龍岳がいった。

「へえ、そんな有名人ですか?」

そばに立っていた商人ふうの男が、口をはさんだ。

「ええ。だれだったたか。たしかに、見た覚えがあるのだが」

龍岳が、顎《あご》に手を当てた。

「なんだか、乞食旅行者みたいな格好だったけどね」

商人ふうの男がいった。

「そうだ、思いだした！　あれは、中村春吉《なかむらはるきち》さんだ。自転車に乗って、世界一周の無銭旅行をした」

龍岳が、ぽんと左の手の平を、右手の拳で叩いていった。

「あら、中村春吉さんなら知っていてよ。押川春浪《おしかわしゅんろう》先生が、ご本をお書きになっていますもの」

時子もうなずいた。

中村春吉は、明治五年生まれの探検家だった。といっても、探検を仕事にしているのではない。どんどん国際化されていく日本の中で、今後どんな仕事をするのが国家の利益になるかを調査するために、明治三十五年、単身自転車による無銭世界一周を企て、冒険小説を地でいくような痛快旅行を、みごとなし遂げた、バンカラの権化《ごんげ》ともいうべき快男児だった。

こんな人物だから、当時の冒険小説界の雄、押川春浪とは昵懇《じっこん》の間がらで、中村の口述を春浪が原稿にまとめ、『中村春吉自転車世界無銭旅行』という書を、博文館から刊行しているほどだった。

この書は、前年の明治四十二年に発売され、バンカラ信奉者の青少年に愛読され、版を重ねていた。春浪の筆の力もあって、その内容は抜群のおもしろさだったが、あまり若い女性の好みそうな内容ではなかった。しかし、小柄で優しい顔に似合わず、春浪の冒険小説や、春浪が主筆をつとめる〈冒険世界〉などの冒険雑誌を愛読する時子は、刊行と同時にこれを読んでいた。

「しまった。中村さんだとわかっていたら、挨拶をしておくのだった」

龍岳が悔しそうな顔をした。

「おもしろい、おかたですね」

時子がいった。

「ええ。春浪さんから、話は聞いていたのですが、最近は、また満洲だか朝鮮に渡ったということだったのです」

「南極探検発表会式に行かれるとか……。あの会は今日でしたのね。わたくし、すっかり、忘れていましたわ」

明治四十三年七月五日。この日は白瀬《しらせ》矗《のぶ》中尉の南極探検隊発表会式だった。

「今日は発表会式があるのです。ぼくも行きたかったのだが、小説の材料集めをしなくてはならないので、断念したのです。中村さんは演説でもするのかな」

「大隈《おおくま》伯爵や、三宅《みやけ》雄二郎《ゆうじろう》博士が応援演説をなさるのでしょ」

「そのようですね。それにしても、時子さんは南極探検のことにまで詳しいなあ。女性とは思えんほどだ」

「あら、これでも女でしてよ。でも、男に生まれていたら、白瀬中尉と一緒に南極に行きたいくらいですわ。賄《まかな》い婦として、お願いしてみようかしら。龍岳さんは、南極に行きたいと思われなくって？」

時子が、龍岳の顔をのぞきこむようにいった。

「いや、ぼくは九州の出身ですから、どうも寒いところは苦手です。もっとも、小説なら北極でも南極でも舞台にはしますが……。そうだ、今度の〈中学世界〉の小説は南極探検の話にしてみようかな」

龍岳がいった。

「さっきの、中村春吉さんが、自転車で南極に行かれる話になさったらいいわ」

時子が笑った。

「それはしかし、いくら中村さんでも、自転車で氷の上は走れんでしょう」

龍岳も笑った。

「そこを、走らせてしまうのが、文士さんの仕事じゃなくって？」

時子がいった。

「あ、いや、これは一本取られましたね。それじゃ、南極で殺人事件の起こる話でも書きましょうか。そうだ時子さん、今度、お兄さんにお話をうかがいたいのですが、都合のよい日を聞いていただけませんか。珍しい死にかたをした人間のことを、知りたいのです」

　龍岳がいった。そのことばを聞いた、龍岳の前の席に座っている初老の婦人が、隣りの旦那らしい男の脇腹をつついた。

「いや、もちろん、小説の材料に使いたいのです。いま、ある雑誌から、殺人事件を扱った小説を頼まれていましてね」

　龍岳が、わざとその婦人に聞こえるように、大きな声でいった。

「あら、それなら、今夜にでも兄に会われるとよくってよ。いま、兄は蠍《さそり》の毒で殺されたらしい人の事件を捜査していますのよ」

　時子がいった。

「蠍というと、南洋の砂漠に住む毒虫ですね？」

「そうです」

「それは、たしかに珍しい。だが蠍の毒というのは、実際、人を殺せるのですか？　あれは小説の中だけの話かと思っていた。で、犯人はわかったのですか？」

「それが、まだ見当がつかなくて、それで、わたくし兄の手伝いで、慶應義塾に調べものにまいりますの」

「なにを、調べるのですか？」

「はい。その殺された人が慶應義塾に関係があるので、そのお友だちのことやなんかを調べに……」

「なるほど。むずかしい事件らしいですね」

「いま、ここでは、詳しいことはいえませんけど、兄は頭を抱えています」

「ははあ。黒岩さんが頭を抱えるというのは、大変な事件だ」

　龍岳がいった。

「あら、兄はいつも、頭を抱えていてよ。珍しいことではありませんわ」

　時子が、にっこりしていった。

「時子さん」

　龍岳が、突然まじめな表情になって、時子の顔を見つめた。

「はい」

時子が、ちょっと驚いたような顔で答えた。

「おねがいがあるのですが」

「おねがい？」

「そうです」

「どんなことですか？」

龍岳に顔を見つめられた時子が、やや上気したような口ぶりをした。

「ぼくも一緒に、慶應に行っていいでしょうか？」

龍岳がいった。

「ええ、それはかまいませんけど、芝公園の取材は、どうなさいますの？」

時子が、心配そうにいった。

「後日にします。ぜひとも、その殺人事件の話を聞きたいのです」

「よくってよ。じゃ、一緒にまいりましょ」

時子の顔がほころんだ。

2

「すると、その蛭田《ひるた》という男の死体は、あの上に乗っかっていたのですか？」

龍岳が、高さが二十尺ほどもある、愛宕《あたご》神社の鳥居の上を見上げていった。

「うん。乗っていたというより、引っ掛かっていたという感じだった。ちょうど、腹をくの字に折った形だ」

黒岩四郎が自分の腹に手を当てて、説明した。龍岳と時子が電車の中で出会った日の翌日の昼前だ。

「それは、いったい、どういうことなのですか？あんなところへ、どうやって死体を乗せることができるのです？」

龍岳が、とても信じられないという顔をした。

「それが、さっぱりわからんから、困っているのだよ。時子は梯子《はしご》を使ったのだろうというが、いくら探しても、このあたりに、そんな長い梯子はなかった」

黒岩がいった。

「でも、お兄さま。あの上に死体が乗っけられたのは、夜中のことよ。よその場所から運んできたのかもしれなくてよ」

しばらく、黙って龍岳と黒岩のやりとりを聞いていた時子が口をはさんだ。

「しかし、どこから運んでくるにしろ、高さを考えれば、とうてい、ひとりではむりだ。まあ、少なくとも三、四人の人間が必要だろう。ということは、だれかに見つかる可能性も高い。わざわざ、そんな危険を冒して、なんのために、あんなところに死体を乗せなければならんのかわからんよ」

黒岩が腕を組んだ。

「それに、死体を乗せるとなると、時間もかかりますね。生きた人間が登るのなら、そんなに時間はかからないかもしれませんが、死んだ者を運んで乗せるわけですから」

龍岳も肩をすくめる。

「まさに、破天荒《はてんこう》な事件ですね。蠍の毒で殺した人間を、鳥居の上に引っ掛けたのですか」

時子が質問した。

「警視庁のほうでは、ぜんぜん、犯人の手がかりはないのですか？」

「うむ。昨日、お前も慶應で調べてきて、わかったと思うが、死んだ蛭田という男は実業家の仮面をかぶった色魔だったから、恨んでおる者も少なくない。だが犯人と思われる者は、まだ浮かびあがっておらん」

黒岩が少し、大きな声で説明した。参拝客たちが、鳥居の下で首をひねっている三人を、ふしぎそうにながめながら、通りすぎて行く。しかし、三人は、自分たちが見られていることなど、少しも気にかけているようすはなかった。

「しかし、意外でしたね。世間には大学出の秀才と思われていた男が、学生時代から、女性問題を何度も起こしていたというのは」

「頭がいいことは、実際らしい。だが人格的に問題がある。人間は、外見だけではあてにならんね。時子、龍岳君にも気をつけたほうがいいぞ。親切なふりをして、なにをするかわからんからな」

「いや、黒岩さん。それは、ひどいですよ」

龍岳が、笑いながらいった。

「そうよ、お兄さまったら、あんまりでしてよ」

時子が、ぷっとほっぺたをふくらませた。

「なにも、お前が、そんなにふくれ面をせんでもいいじゃないか。龍岳君は、許婿《いいなずけ》でもなんでもないのだからね。それとも、もう、お前のほうから、申し込んだのか？」

黒岩が、時子をからかった。

「いやな、お兄さま」

時子が、ぷいと横を向いた。

「怒るな、怒るな。そういう顔をすると、龍岳君に嫌われるぞ。なあ、龍岳君」

「いや、それは、その……。それよりも、殺人事件のことですが」

龍岳が、あわてて話題を変えた。

「死体を鳥居に乗せるのを見た者がいないということは、さっき聞きましたが、もの音を聞いた者もいないのですか」

「いないのだよ。梯子を何人かの人間が運んできて、死体を乗せたとすれば、音ぐらいは気がつく者もありそうだがね」

「では、その晩、なにか変わったことは？」

「なにもない。ただ、そのすぐ横手の左官屋が、大八車に積んでおいた縄を、朝起きてみたら、だれかにいたずらされたらしく、きちんと巻いておいたはずなのに、ぐしゃぐしゃにされて放りだされていたと怒っていたよ」

黒岩が、鳥居の左手の裏のほうに、目をやっていった。

「縄ですか。長いのですか？」

龍岳が質問した。

「二十尺ぐらいはあっただろう」

黒岩が答えた。

「じゃ、犯人はそれを使って……」

「どうやって、使うんだね。たしかに、この鳥居の高さと同じぐらいの長さはあるよ。だが、その縄を使ったら、どうすれば、あの上に死体が乗せられるかな」

黒岩がいった。

「そうか。その倍の長さがあれば、ひとりが鳥居の上に登って、縄で死体を引っ張りあげることもできそうだけど、鳥居と同じ長さでは、とても、むりですね」

龍岳が、また、鳥居を見上げた。

「お兄さま、蠍のほうが手がかりがあったのですか？」

時子がたずねた。

「なしだ。解剖をした鑑定人がいうには、蠍の毒で死んだことはまちがいないが、人を殺すほどの猛毒を持った蠍は、もちろん、日本にはいない。だから、外国から持ち込まれたのだろうという。そこで、動物園だの蠍を飼っている見世物小屋などを当たったが、どこにも、そんなおそろしい蠍はいなかった」

黒岩がいった。

「犯人は最近、南洋にでも行ってきた人かもしれなくってよ」

時子がいった。

「うん。いま、それを調べてはいる。しかし、蠍を持ってきたかこないかまではわかるかどうか……」

「ぼくたちは、最初から殺人事件と決めていますが、たとえば、事故ということはないのですか。その蛭田という男が南洋帰りの人から、おみやげに蠍をもらった。ところが、それが逃げ出し、この鳥居の上に登ってしまった。そこで、追いかけて捕まえようとしたところ、鳥居の上で刺されてしまったとか」

「それは、小説ならおもしろいが、実際にはあり得んね。鑑定人の話では、蛭田が蠍に刺されて死んだのは、死体が鳥居の上で発見されたのより、少なくとも、一日くらい前だという。死体は、どこかで殺されてから、ここに運ばれたのだ。しかも、蛭田の家は小石川の大塚町だよ。なんで、こんなところで、蠍が逃げ出すのだ」

黒岩が首を横にふった。

「生きた姿の蛭田さんが、最後に目撃されたのは、小石川の公園ですのよ」

時子がいった。

「すると、犯人は蛭田を小石川のどこかで殺して、翌日の夜、死体をここに運んで、鳥居の上に乗せた……」

龍岳が、呟《つぶや》くようにいった。

「それが、一番、考えやすいのだが、さて、問題は鳥居だ。なぜ、こんなところに乗せたのか。ただ、鳥居に乗せるのなら、愛宕神社にこなくても、小石川にだっていくらでもあるだろう」

黒岩がいった。

「いやはや、どうにも、不思議な事件ですね。実は黒岩さん、小説の締め切りが迫っているのに、さっぱり話ができあがらんから、この事件のことを書けんかと思っておったのですが、これでは書きようもないですよ」

龍岳が、眉根にしわを寄せて、頭をかいた。

「ここまで、実際にあったことを書いて、あとは空想でやっつけてみてはどうかね？　きみは科学小説や空想小説の専門家なのだから、なんとかなるだろう」

「いや、およびもつかんです。宇宙人類の飛行船が、死体を空中にぶらさげて、運んできたとでもしますか」

「あら、それ、おもしろくてよ」

時子がいった。その時だった。参道のほうから、一台の人力車が勢いよく鳥居に向かって走ってきた。三人が、思わず、人力車に目をやった。

「いやあ、遅くなってすまん！　だが、手がかりがつかめたぞ」

まだ、俥《くるま》が止まらないのに、座席の上に中腰になった男が、大きな声で叫ぶようにいった。押川春浪だった。

「春浪さん、遅い、遅い」

三人の目の前で停止した俥から飛び降りてきた押川春浪に、龍岳がいった。

「これでも、全速力でやってきたのだ。途中で、二台俥を変えたよ」

　そういって、春浪が俥屋のほうに目をやった。俥屋が、もみ手をしながら会釈した。

「あのう、旦那……」

「なんだっ？」

　春浪が、怒ったような口調でいった。

「昼前につけば、酒手《さかて》をくださると……」

　俥屋が、おそるおそる申し出た。

「なに、酒手？　もう、ドンは鳴っただろう？」

　春浪がいった。

「いえ、まだで」

　俥屋が、愛想笑いをしていった。

「ほんとうか？」

　春浪が、龍岳のほうに顔を向けた、ちょうど、その時、東北の方向から、ドーンと腹に響くような音がした。宮城《きゅうじょう》の旧本丸の号砲台から放たれた、十二時を知らせる午砲《ごほう》だった。その午砲は、明治九年から続けられていた。

「いまのが、ドンでやす」

　俥屋がいった。

「そうか。よし、ぎりぎりだったが、約束は約束だ。ほれ」

　春浪は、薩摩《さつま》がすりの袂《たもと》から、五十銭玉を取り出すと、車夫に手渡した。

「ありがとうございます、旦那」

　春浪の渡した酒手は、予想していた額より多かったらしく、車夫がうれしそうに、何度も頭を下げながら、後じさった。

「で、これが、問題の鳥居だね」

　春浪が、黒岩に話しかけながら、鳥居を見上げた。

「そうです。いま龍岳君とも話しておったのですが、まったく奇妙でしてね」

　黒岩がいった。

「なるほど。いくら夜中でも、こんなところに、人に気づかれずに死体を乗せるなど、できるわけがない」

　春浪が、自分自身にいい聞かせるようにうなずいた。

「それが、実際、乗っていたのですから、わけがわからんのです」

黒岩がいった。

「すこぶる、奇怪だ」

春浪がいい、時子の顔に視線がぶつかると、はっとした表情になった。

「やっ、うっかりした。黒岩君、このお嬢さんが、時子さんですな」

「黒岩時子でございます」

時子が会釈した。

「押川春浪です」

「いつも春浪先生のお作品、拝見させていただいております」

時子がかしこまった調子でいった。

「いや、これは別嬪さんだし、礼儀正しい、よい妹さんだ」

春浪がいった。そのことばが、龍岳には、自分のことのようにうれしかった。

「なにが、礼儀正しいものですか。いまは、春浪さんにお目にかかって、緊張しておるだけです。家ではお転婆《てんば》でお転婆で……」

黒岩がいった。

「いや、これからの女性はおしとやかなだけではいかん。快活なほうがいいのですよ。なあ、龍岳君」

春浪がいった。

「は、はあ」

龍岳が、あいまいな返事をした。

「まあ、龍岳君は、時子さんがそばにおればそれだけでいいようだが……あっははははは」

春浪が笑った。

「春浪さん。困りますよ」

龍岳が、顔を赤くした。

「なあに、困ることはない。だれだって、こんな美人がそばにいてくれるなら、それだけでうれしくなってしまう。俺だってうれしい。それはそれとしてだ、例の蠍の事件だが」

春浪がいった。

「なにか、わかりましたか？」

龍岳が、からだを乗り出した。

「中村春吉君の話では、インドに猛毒を持った蠍がいるらしい」

春浪がいった。

「でも、それだけでは、蛭田を刺した蠍がインドのものかどうか、わからないでしょう」

「それが、蛭田と蠍につながりが見つかった」

「といいますと?」

黒岩が質問した。

「中村君が、一週間ほど前、浅草の洋食屋で、蛭田らしき男とインド人が、いい争いをしているのを見たといっておるのだ」

春浪が説明した。

「じゃ、その喧嘩が原因で、インド人が蠍を使って蛭田を……」

龍岳がいった。

「そう性急に結論は出せんと思うが、考えられんことではない。黒岩君、いま東京にはインド人は、どれくらい居るのだろう?」

「ちょっと、わかりませんが、五十人もおらんのではないでしょうか。すぐに、東京中のインド人をあたってみましょう」

「インド人といえば、ひと月ばかりまえ、この愛宕神社の裏手の林で、インド人の若い女性が凌辱《りょうじょく》されたと、うわさ話に聞いたような気がしますが」

龍岳がいった。

「うむ。そういえば、俺も聞いたぞ。日本人の酔っぱらいに、引きずりこまれたかという話だったな」

春浪がうなずいた。

「明かりが見えてきましたね」

黒岩が、きりっとした表情でいった。

3

「中村さん、いい旅館じゃないですか」

若い女中が、五人分の茶と茶菓子の饅頭をテーブルの上に並べるのをながめながら、押川春浪がいった。

「うん。さすがに、上等旅館のことだけはある。いや、昨日まで泊まっておった日本橋の旅館が、あまりにひどかったので、少々値段は張るが、ここに鞍《くら》替えしたのだ。下等はともかく、最近、流行《はや》りの茶代廃止会に入っている旅館だというので、どんなものかと二日ほど泊まってみたが、いやはや、ひどいものだ。飯など食えたものではないし、茶代を取らんかわりに、手拭《てぬぐ》いまで買わねばならんのだよ。便所の紙代まで取るというのだから、なにをかいわんやだ。落ち着いて糞《くそ》もできん。あっ、これは美人の前で下品なことをいってしまった」

中村が頭をかいた。しかし実際は、それほど下品なことをいったとも、思っていないような口ぶりだった。

「あれでは、スマトラやインドあたりの貧民窟の木《き》賃宿《ちんやど》と変わらん。その点ここは、すこぶるいい。清潔だし、女中さんも愛嬌がある。うむ、井筒屋は日本一の旅館だ」

中村春吉が、湯飲みに茶を注いでいる女中のほうを向いて、わざと大きな声でいった。

「ありがとうございます。旦那さんに、お客さんが、日本一といっていましたといっておきます」

女中が、にこやかな顔でいった。

「おお、よろしく頼むよ。ついでに宿代を少し、まけてくれんかといってくれ」

中村が、髯面の口許をゆるめた。

「なんだ、ばかに褒めると思ったら、そんな下心があったのですな」

春浪が笑った。女中も、口を押さえて笑いをこらえている。

「うむ。正直なところ、五賃《ごちん》征服将軍の我輩としては、たしかに、この旅館は素敵だが、二円の宿代はきついよ」

中村がいった。

「時子が、くすくす笑いながら読んでおったので、ぼくも、中村さんの本を読ませてもらいましたが、五賃将軍という名前は愉快でした」

黒岩がいった。

五賃将軍というのは、無銭旅行の際、中村が自ら名乗った号で、汽車賃、船賃、家賃、宿賃、地賃を払わずに旅行することの宣言でもあった。つまり、自分は無銭旅行家であるというアッピールとしてつけた号なのだ。

「いや、あの本を読んでくれましたか。それは、うれしい。もちろん書いてあることは、嘘《うそ》いつわりのない事実ばかりだが、春浪君が実にうまくまとめてくれたので、いかにも評判がいいのです」

中村がうれしそうにいった。

「あれは、ぼくも読みましたよ。小説の中で、猛獣と戦う場面を書く時など、参考にしています」

龍岳がいった。

「黒豹と戦った時のお話、思わず、からだが震えました」

時子が、英雄を見るような目で、中村を見つめた。

「あの時は、実際、死ぬるかと思ったですよ。見てください。これが、その傷です」

そういいながら、中村が左腕のシャツをまくって、テーブルの上に突き出した。手首と第二関節の中間あたりに、くっきりと歯の跡が残っている。四人が、覗き込んだ。茶を配り終えた女中も一緒に覗《のぞ》き込む。

「お客さん、猛獣使いなんですか?」

女中がたずねた。

「ちがうちがう。この人は中村春吉さんといって、自転車で世界無銭旅行をした大蛮客だ。これは、インドの山中で黒豹と闘った時の傷だよ」

春浪が説明した。そして、中村に向かって続けた。

「しかし、猛獣使いとまちがえられるようではいかんですなあ。中村さん、また、なにかおもしろいことをやりませんか。ぼくが、本にしますよ」

「いや、その件では、実は我輩もきみに相談したいと思っておったのだ。今度、朝鮮に虎退治に行くつもりなのだ」

中村がいった。

「それはいいですなあ。ぜひ、通信を送ってください。〈冒険世界〉に載せましょう」

春浪がいった時、すぐ目の前の上野停車場から、甲高い汽車の汽笛が響いてきた。黒岩が背広のポケットの懐中時計を見た。午後八時五十分だった。

「仙台行きの最終ですな。すっかり、昔の話に興じてしまった。さっそく、本題に入ろう」

中村がいった。

「では、どうぞ、ごゆっくり」

女中が立ちあがり、部屋の外に姿を消した。

「それで、黒岩君。我輩はなにをしゃべればいいのですか」

中村がいった。

「はあ、いろいろ、ありますが、まず蠍です。さっきも電話でおたずねしましたが、ほんとうにインドには、人が死んでしまうような猛毒を持った蠍がおるのですか？」

黒岩が質問した。

「おる、おる。我輩も一度、刺されかかって飛び上がったことがある。大きさが四寸くらいもあって、これに刺されると牛でも死んでしまうということだった。もっとも、そういう蠍はインドだけでなく、アフリカや南米にもいるそうだが」

中村がいった。

「そうですか。しかし今度の場合はインドにいるかどうかが、大きな問題なのでして……」

黒岩が、念を押すようにいった。

「うん。それなら、まちがいない。たしかにおる。我輩が保証する」

「そうですか。わかりました。では、次に中村さんが浅草で見たといわれる、殺された蛭田と口論していたというインド人のことですが、頭髪の白い五十がらみの紳士というのは……」

「そのとおりです。歳は我輩も、はっきりとはわからんかったけれども、たしかに髪は白かった。旅行者や船員という風体でもなく、紳士といった感じだったが」

「なるほど。それで、口論の内容ですが」

黒岩が続けて質問した。

「英語ではなく、インド語でまくしたてていたので、我輩にもよくわからんのだが、なにか、自分の娘がどうのというようなことだった。蛭田という男は、英語でノーノーと繰り返すばかりだったが、いかにも、そのインド人を小馬鹿にしたようすで、我輩もいい気持ちはしなかったよ。旅行の時は、インド人には非常に親切にされたからね」

中村が、女中の置いていった饅頭に手を伸ばしながらいった。

「お兄さま。じゃ、やっぱり」

時子が、黒岩の顔を見つめた。

「おそらく、まちがいないね」

黒岩がうなずいた。

「では、浅草で雑貨商をやっているという……」

龍岳がことばをはさんだ。

「バマ・カライという男だ」

黒岩がいった。

「その男が犯人だというのかい？」

春浪がたずねた。

「おそらく、そうだと思います。ぼくは直接会ってはいないのですが、部下の話では、尋問をしたら、ひどく取り乱していたということです。それに、バマ・カライは否定していますが、どうも、浅草六区の朝日館でインド舞踏を演じていた、ひとり娘が蛭田に凌辱されたらしいのです」

黒岩が説明した。

「あの、愛宕神社の林の中の事件か」

春浪が、たばこに火をつけながらいった。

「そうです」

「そうか。それで、そのインド人は、蛭田を殺して、娘の仇を討ったというわけだな」

「たぶん」

「なら、ちょうどいい。そんな破廉恥《はれんち》な男は殺されて当然だ。立派な大学まで卒業しておりながら、日本帝国の恥になるようなことをするやつは、死んでしまったほうがいい。黒岩君、もう捜査は中止したまえよ」

春浪が、怒りを満面に表わしていった。

「はあ。実際、ぼくもバマ・カライ氏が気の毒でなりません。相当な学歴を有しながら、婦人を襲う、しかも外国婦人を凌辱するような男は死んでちょうどいいと思っております。ですが、たとえ、どんな理由があるにしろ、殺人は殺人ですから警視庁としては、犯人を逮捕せんわけにはいかんのです」

黒岩がいった。

「そこを、なんとかすることはできんのか？」

春浪がいった。

「そうよ、お兄さま」

時子も、厳しい表情でいう。

「それはむりだよ。法律というものは、そういうものではない。しかし、この場合、犯人は捕まっても、たいした罪にはならんでしょう。だれだって、自分の娘が凌辱されれば、その男を殺したいと思うでしょう。ぼくだって、もしも時子が、そんな目に遇ったら、黙ってはいません」

黒岩が、きっぱりといった。

「注意したまえよ、龍岳君」

春浪が茶々を入れた。

「なんですか、春浪さん。ぼくを蛭田と一緒にせんでください！」

龍岳が、まじめな表情で抗議した。

「あははは。冗談だよ。それにしても、実際、蛭田はけしからん！」

春浪が、また憤慨していった。

「そのインド人は、家に蠍を飼っておったのだろうか？」

中村がいった。

「それは、まだ、わかりませんが、飼っていたのかもしれませんし、凌辱事件の後、インド船員にでも頼んで、持ってきてもらったのかもしれません」

黒岩がいった。

「なんにしても、殺すだけならば、どんな方法でもあったろうが、わざわざ蠍の毒で殺したというのが、怨みの深さを物語っておるね」

春浪がうなずいた。

「蠍の毒で死ぬのは、それは苦しいらしい」

中村がいった。

「それで、そのインド人は、もう逮捕したのかね？」

春浪が質問した。

「いえ、まだですが、逃げるそぶりはないので、明日、逮捕することになるでしょう」

黒岩が答えた。

「そうか、かわいそうだな」

春浪が、しんみりした口調をした。

「ですが、黒岩さん。これで、犯人はわかったとしても、あの鳥居の上の死体の謎は、どう説明するのですか。いえ、そのインド人の父親が娘の仇を討ち、蛭田の死体を、わざわざ愛宕神社まで運んできたことはわかります。しかし、鳥居の上に乗っかっていたというのは、どういうことですか?」

龍岳がいった。

「それは、見せしめということだろう」

春浪がいった。

「それはそうですが、どうやって鳥居の上に乗せたのか……」

龍岳が、ふっと息を吐いた。

「うん。問題はそこだ。ぼくには、どうも、死体運びを手伝った者がいるとも思えんのだ」

黒岩が、腕組みをして、つぶやくようにいった。

「バマ・カライ氏、本人に聞いてみるしかないと思うのだが」

その時だった。ばたばたと駆けてくる足音がして、襖の外から女中が怒鳴った。

「黒岩刑事さま、警視庁からお電話です」

「うむ。いま、行く。電話はどこだ?」

黒岩が立ち上がり、襖《ふすま》を開けて質問した。

「一階の帳場です」

女中が答えた。

「よし。案内してくれ」

「はい」

ふたりは、あわただしく、廊下を走っていった。

「なにか、わかったのでしょうか?」

開かれたままの襖に目をやりながら、龍岳がいった。

「そのようだね」

春浪が、大きく首を縦に振った。

「でも、そのインドのおかた、なんとか、無罪にしてあげられないのでしょうか」

時子がいった。

「どうだろうなあ。人を殺しておるのだから、黒岩君のいうとおり、無罪とはいかんような気がするが……」

中村が、二つ目の饅頭に手を伸ばした。

「裁判の時は、ぜひ傍聴したいですね。なによりも、鳥居の上に、どうやって死体を乗せたかが知りたいです。ひょっとすると、これは小説の種になるかもしれません」

龍岳がいった。

「さすがは文士だ。ちゃんと、小説の種にしようと思っておる。だが、そういうところをみると、なにか思い当たることがあるのかい？」

中村が、饅頭をほおばったままいった。

「はあ。犯人がインド人というので、もしやと思うことがあるのですが……」

「ほう、それはなんだね？」

今度は、春浪が興味深そうな表情をした。

「それは……」

龍岳がいいかけた時、黒岩が緊張した顔で、部屋に駆け込んできた。

「バマ・カライ氏から警視庁に、自殺をほのめかす電話が入ったそうです」

「なに、自殺⁉」

春浪が、腰を浮かせて、叫ぶようにいった。

「それはいかん。なにも、死ぬ必要はない！」

「そのとおりだ」

龍岳も大きな声を出した。

「バマ・カライの家に行ってみよう」

春浪がいった。

「いや、愛宕神社に行きましょう」

黒岩がいった。

「愛宕神社で自殺するといったのかね？」

春浪がたずねた。

「そうはいっていないのですが、娘さんには、芝のほうに用事があるといって出たそうです」

「じゃ、愛宕神社だ！」

龍岳がいった。

「ぼくも、そう思うのだ。で、いま俥を呼ばせました」

黒岩が春浪のほうを見ていった。

「お兄さま、わたくしも一緒に……」

時子が、心配そうな顔をした。

「安心しろ。ここまできて、お前だけ残してはいかん。連れて行くよ。しかし、仕事のじゃまをしてはいかんぞ」

黒岩がいった。

4

俥を飛ばした五人が、愛宕山に到着したのは、十時過ぎだった。昼間は平日でも、かなりの参拝客がある愛宕神社も、その時間には、もう人影は完全に途絶えていた。月も星も出ていない曇《くも》り空の夜で、あたりは漆黒《しっこく》の闇に包まれている。

五人は、例の鳥居の前で俥から降りた。龍岳は、旅館から借りてきた探見電灯で照らしてみたが、なにも発見することはできなかった。

「どこにおるのだろう」

中村が、あたりを見回した。

「みんなで、手分けをして探したほうがいいかもしれんな」

春浪がいった。

「そうしましょう。ただし、なるべく静かにおねがいします。弥次馬が集まってくると、めんどうなことになりますので」

黒岩がいった。

「じゃ、俺は右手に行ってみる」

春浪がいった。

「よし、我輩はこっちだ」

中村が、左手の暗闇を覗き込んだ。

「では、われわれは境内を調べます」

黒岩が、神社の境内の続く、正面の石段を見上げていった。

「時子、危険だからはぐれるなよ」

「はい」

時子が答え、龍岳、黒岩に続いて石段を登りはじめた。

「時子さん、足下に注意してください。これで照らして」

龍岳が、探見電灯を時子に手渡した。

「ありがとう」

時子が、にっこり笑って、探見電灯を受け取る。その一瞬、明かりが時子の顔を横切った。薄く紅をさした唇が、龍岳の目を射た。はっとするような時子の美しさに、龍岳が思わず歩を止めた。

「どうした、龍岳君?」

龍岳の足音が止まったのに気づいた黒岩が、振り返った。

「なんでもありません。急ぎましょう」

「うん。時子、気をつけろよ。すまん、龍岳君、時子の手を引いてやってくれ」

「ひとりで登れます。お兄さま」

時子が、小さい声でいった。

「いいから、手を引いてもらえ。めったにない機会だぞ」

黒岩が、にやっと笑った。

「はい」

時子が左手を差し出した。その手を、龍岳の右手がつかまえた。

「行きますよ」

「はい」

時子が答えた。

夜の十時過ぎとはいえ、七月の空気はなまぬるかった。石段を駆け登り終えた時、三人の顔には、じっとりと汗がにじんでいた。龍岳は、息をはずませながら、着物の左の袖《そで》で額の汗を拭《ぬぐ》った。右手はまだ、しっかりと時子の手を握ったままだった。

「時子、ちょっと電灯を貸してくれ」

黒岩がいった。

「はい」

時子が、黒岩に探見電灯を手渡す。黒岩は、ちらりとふたりの手がまだ握られたままになっているのを見た。だが、なにもいわなかった。そして、明かりを正面の本殿のほうに向けた。人影はなかった。ゆっくりと、右手の茶店のほうに明かりが動く。無人の縁台が闇の中に浮かびあがった。やはり、人影はない。

「だれも、おらんようだね」

黒岩がいった。

「そう……」

龍岳がいいかけた時、握られている時子の手に力が加わった。

「お兄さま、あれ！」

時子が左手の闇を覗き込んでいった。

「なんだ」

黒岩と龍岳が、時子の視線の先を注視した。三人のいる場所から三間《げん》ほど先の空間に、なにやら白い影が見えた。白い影は、地上から六、七尺ほどのところにゆらゆらしている。あわてて、黒岩が電灯を照らした。闇の中に、白い影が浮かびあがった。

「あっ!!」

思わず、龍岳が叫んだ。空中に、白い洋服姿の男が浮いていた。しかも、それは逆立ちをした状態だった。両手がだらりと、地面に向かって垂れている。ちょうど、万歳をした格好を逆様《さかさま》にしたような感じだ。

「きゃっ!!」

押し殺した叫びをあげて、時子が龍岳にしがみついた。

「なんだ、あれは……」

黒岩が一番、冷静さを保っていた。

「なんで、空中で人間が逆立ちできるのだ……ん、首に縄が巻きついている」

なるほど、その逆立ち状態で空中に浮かんでいる男の首には、縄が二重に巻きついており、その一方の先端が、まっすぐ、地上に伸びていて、二、三周とぐろを巻いた格好になっていた。

「死んでいるようです。あれは、インド人ですよ」

最初の驚愕から醒《さ》めた龍岳が、空中の男の顔と服装を確かめるようにしていった。

「そうらしい。バマ・カライ氏だろう。しかし、これは……」

そこまでいって、黒岩は時子のほうを向いた。

「これ以上、近づいてはいかんぞ。龍岳君、きてくれ」

「はい」

龍岳が答えた。いとおしそうに、時子が龍岳のからだから離れた。

「なにが、どうなっているのかわからん。気をつけてくれたまえ」

黒岩がいい、先に立って空中の死体に近づいた。

やはり、男のからだは空中に逆様に浮かんでいた。周囲には、木の枝などはもちろんなく、ただ、地上から、まっすぐに立った縄が支えになっているように見えた。

黒岩は、地面についた縄のまわりを探見電灯で照らしだした。どう見ても、縄は二、三周、蛇がとぐろを巻いたように地面に這《は》い、それから空中にまっすぐ伸びているだけだ。それ以外に男の死体を支えているものはなかった。

「こんなことが、どうして、あり得るのだ……」

黒岩が、ことばを吐き出すようにつぶやいた。

「引力の法則に逆らっておる」

「インド魔術です」

龍岳がいった。

「なにかの本で、読んだことがあります。インドの魔術師は、念じるだけで縄を空中に、まっすぐ伸ばすことができるそうです」

「インド魔術? そうか、そういえば、部下が朝日館のインド舞踊の合間に、バマ・カライ氏も手品だか曲芸のようなことをやるらしいといっていた」

「ただ、空中に伸びた縄の先で首を吊るというのは……」

「とうてい信じられんが、こうして目の前にある以上は、信じないわけにはいかんだろう?」

「そのとおりです」

「自殺にちがいないだろうね。まさか、他殺ではあるまい」

黒岩がいった。

「まず、自殺でしょう。蛭田を殺した罪を悔いての、覚悟の自殺だと思います。蛭田を殺そうと思った時、死ぬつもりだったのではないでしょうか。そして、われわれに、あの鳥居の上の死体の謎を解き明かしてくれたのです」

龍岳がいった。

「あっ、そうか。つまり、蛭田の死体も、これと同じように、縄の魔術を使って鳥居の上に乗せたというわけか」

黒岩がいった。

「だと思います。ここまで、死体をどうやって運んだかはわかりませんが、死体を乗せたのは、これと同じ方法ですよ」

龍岳が、自分にいい聞かせるようにいった。

「まだ信じがたいが、実際にここに、死体が浮いているのだからな……」

黒岩が、ふうっと息を吐いた。

「お兄さま、あれ！」

いつのまに、近づいてきたのか、時子が、地面の縄から一間ばかり離れたところを指差した。

「なんだ？」

黒岩が聞きかえし、時子の指の先を見た。

「蠍じゃないかしら？」

時子が、闇の中に目を凝らしていった。時子の目のよさには定評がある。

「どれ？」

黒岩が、前かがみになって地面を見た。明らかに死んでいるとわかる、大きな蠍が腹を上にして転がっていた。

「おお、たしかに蠍だ。死んでいる。バマ・カライ氏は、蛭田を殺すのに使った蠍まで、証拠として残してくれたのか」

黒岩がいった。

「なにも、死ぬことはなかったのに……」

龍岳がいった。

「それにしても、この魔術の種は、どうなっているのだろう？」

黒岩が、そっと手を伸ばし、指先を縄に触れた。

その瞬間だった。ぴんと張っていた縄が、急にぐずぐずと崩れ、どさっと音を立てて、空中の死体が地面に叩きつけられた。反射的に、三人が死体のそばから飛びさがった。

「さっぱり、わかりませんね。ぼくの読んだ本では、この縄の魔術はインド人のある者だけができる、種や仕掛けのない正真正銘の魔術だと書いてありましたが……」

龍岳が、地面に落下した死体を見つめていった。

「うん」

黒岩が、肯定しているのか否定しているのかわからない、低い声で答えた。

「おーい、黒岩君。龍岳君！」

石段の中ほどらしきところから、春浪の声が聞こえた。

「春浪さんだ」

龍岳が、黒岩の顔を見た。

「龍岳君、この死体を、向こうの梅の木の下に運ぶ。手伝ってくれ！」

黒岩が、きびきびした口調でいった。

「時子、お前は石段のほうにいって、春浪さんたちが、こっちへくるのを、少し足止めしてくれ」

「はい」

時子は答えると同時に、石段のほうに駆け出した。

「動かしてしまっていいのですか？」

龍岳が死体の肩の下に、手を差し込みながらいった。

「かまわん。俺が責任を取る。バマ・カライ氏は、梅の木の枝に縄をかけて、首吊り自殺をしたことにする。いいね」

「わかりました」

「春浪さんや中村さんには悪いが、残された娘さんのこともある。あまり、新聞や雑誌で取り沙汰されたくないのだ。わかってもらいたい」

「もちろんです」

「小説にもならんよ」

「ええ、するつもりはありません」

「そうか。ありがとう。よし、では、頭を、そう、もう少し、右のほうに……」

黒岩が指示した。

「おーい。間に合わなかったそうだね」

石段を上がりきって、暗闇の中に黒岩たちを認めた春浪が怒鳴りながら、駆けてきた。後ろに中村もいる。

「ええ、残念でした。この梅の枝にぶら下がって」

黒岩が、梅の木を見上げていった。

「ばかだなあ。死ぬ必要はなかったのに」

春浪が、梅の木の下に横たわった死体に目をやり、首を横に何度も振った。

「まったくだよ。悪いのは蛭田のほうだったのだからな」

中村もいった。そして、死体の首に巻きついた縄をじっと見つめた。

「みなさんは、ここで待っていてください。ぼくは社務所に行って、警視庁に電話をしてきます」

黒岩がいった。

「うむ。それがいい」

春浪がうなずいた。

「龍岳君。俺は断然、〈冒険世界〉に色魔撲滅のための記事を書くぞ。もちろん、このインド人のことは書かんがね」

「いいですね。ぼくにも、記事を書かせてください」

龍岳が答えた。

「まったく、異国から、はるばる日本にやってきて、必死でがんばっている人間の一家をめちゃくちゃにするとは許せん！」

春浪が悔しそうに、ことばを吐き捨てた。

「こんな形で、事件が解決してほしくありませんでしたわ」

時子がいった。

「そのとおりだ。時子さん。まったく、悔しい」

春浪は、そういいながら、死体のそばにしゃがみこんだ。悔し涙のにじんでくる顔を、隠しているようだった。

「龍岳君」

その春浪の後ろ姿を見つめながら、中村が龍岳を五、六歩後方に導き、耳元で囁《ささや》いた。

「はっ?」

龍岳が答えた。

「空中に立った縄の魔術の自殺かね?」

「えっ、いや、梅の枝に……」

「それにしては、首に巻きついた縄が長すぎやしないかね。木の下は草なのに、服が泥だらけだ。それに、鳥居の上の死体は、どう説明するのだ」

「それは……」

「我輩も、実はインドでこれと同じものを見たことがあるのだよ」

「そうでしたか……」

「しかし、心配はいらん。だれにもしゃべらんよ。春浪君にもな」

中村が、目で春浪を差した。

「はい」

龍岳がうなずいた。

「わかった」

中村が答え、春浪に声をかけた。

「春浪君、必要なら、我輩も記事を書かせてもらうよ。といっても、実際に筆をとってもらうのは、きみになると思うが……」

「そうですか。ぜひ、頼みます」

春浪が、振り返っていい、ちょっと、間をおいて続けた。

「しかし、首を吊るには、この縄は少し長いようなんだが……」

霧

1

「どうだい、頭がすっきりしただろう？」

潮風を頬に受けながら、大きく深呼吸している鵜《う》沢龍岳《ざわりゅうがく》に、阿武天風《あぶてんぷう》が笑いかけながらいった。

「はい。すこぶる、いい気分です」

船の舳先《へさき》のほうに座っている龍岳が、ちょっと天風を振り返って答えた。

「そうか。それはよかった。すっかり、へこたれておるきみを、むりやり連れてきたかいがあったというものだ」

天風が、艪《ろ》を握っている船頭と顔を見合わせながらいった。

「いや、それをいわれると、面目ありません。しかし、さっきは実際、頭が割れそうに痛かったのです」

「苦しそうな顔をしておったね。あれで、いったい、どのくらい飲んだのだって？」

「それを聞かんでください」

龍岳が、顔の前で手を左右に振った。だが、天風はにやにやしながら、ことばを続けた。

「五勺《しゃく》ぐらいは、やったのか？」

「まさか！」

龍岳が、飛びあがるように天風のほうに向き直った。船が、その衝撃でぐらりと右に傾いた。

「先生、気をつけてくだせえよ」

船頭がいった。

「いや、すまん、すまん。しかし、天風さんが、とんでもないことをいうので、思わず飛びあがってしまった」

龍岳が、船頭と天風の顔を見比べていった。

「なにが、とんでもないのだ？　わしはとんでもないことなどいったおぼえはないぞ」

天風がいった。

「いまいったではないですか。五勺も飲んだのかとは、なにごとです。僕が飲んだのはお猪口《ちょこ》に三杯です。飲めないというのに、臨川《りんせん》さんが、むりやりに……」

龍岳が、苦虫を嚙《か》み潰したような顔をした。

「なんだか、若い娘がてごめにでもされたようないいようだな。それにしても、たった、お猪口三杯で、あのていたらくか。弱いとは聞いておったが、信じられんな」

天風が、下戸《げこ》はとうてい理解できないという表情で龍岳を見つめた。

「そんな顔をしないでください。天風さんや春浪《しゅんろう》さんのように酒を水がわりに飲むような強い人には、想像もつかないでしょうが、僕みたいな真の下戸には、たった、お猪口三杯が死ぬほど苦しいのです」

龍岳が、やや声の調子を落とし、真剣な口調で、前夜の酒席を思いだすようにいった。

「今度、満洲に行くことになった内垣さんの〔天狗《てんぐ》倶楽部《クラブ》〕送別会を、明日〔芝浦館〕で開く。もし、都合がつくなら、きみも出席せんか。みんなに紹介をしてやろう。そこで、きみも〔天狗倶楽部〕員になりたまえよ」

〈冒険世界〉の原稿を届けに行った龍岳が、押川《おしかわ》春浪に、こういわれたのは、前日の昼過ぎのことだった。龍岳が押川春浪に見出され、新進の科学小説作家として〈冒険世界〉に原稿を書くようになってから、十か月ばかりたつ。その間に、龍岳は春浪の紹介などで、その交遊関係を大幅に広げた。

特に、早稲田大学出身者系のバンカラ・スポーツ社交団体〔天狗倶楽部〕のメンバーとは、その頭目のひとりが春浪だったことから急速に接近した。だが、龍岳は個々のメンバーとは、つきあいがあったものの、まだ、メンバー全員が集合する場には、一度も出席したことがなかった。

〔天狗倶楽部〕は、むずかしい規則のある会ではなく、入るも拒まず、辞めるも拒まないことを原則とした親睦団体で、野球や相撲などのスポーツをやることをたてまえに、その後の酒宴を主たる目的としたような豪傑連の会だった。

　龍岳は、春浪と知り合ったばかりのころ、〔天狗倶楽部〕の酒宴に誘われたことがあった。けれど、その時は、春浪をはじめとして、その弟の元早稲田大学野球部主将・押川清《きよし》、同じく鉄腕投手と謳われた河野《こうの》安通志《あつし》、先輩冒険小説作家・阿武天風、工学士にして文芸評論家の中沢《なかざわ》臨川などという、名だたる酒豪の名前に恐れをなして、出席を遠慮した。まったくの下戸が、親しいつきあいのない酒豪連の酒席に出席しても、苦痛以外のなにものでもないことを、龍岳はこれまでの体験から、よく理解していたからだ。

　だが、今回はちがった。その後の個々のメンバーとのつきあいの中で、龍岳が下戸、それも徹底した下戸であることは知れ渡っていた。だから春浪らの酒の席に顔を出すことがあっても、もうだれも、龍岳にむりに酒をすすめる者はなかった。そこで、はじめて、約二十人のメンバーが出席するという〔天狗倶楽部〕送別会に出席し、〔天狗倶楽部〕の新会員として挨拶《あいさつ》を述べることにしたのだった。

　ところが、座った席がよくなかった。ふだんは温厚な人がらだが、酒が入ると、だれかれかまわず喧《けん》嘩《か》を吹きかける癖のある中沢臨川の席の隣りに座らされてしまったのだ。いつもは、龍岳には酒をすすめない臨川も、この日はいささか様子が異なり、酔っぱらってしきりに龍岳を攻撃する。

　最初は、必死になって断っていた龍岳だが、そのうち、臨川の目が座り、得意の「馬鹿、馬鹿！」を連発しはじめた。龍岳にとっては、大先輩にあたり、龍岳を高く評価してくれている臨川が相手では、それ以上、断ることもできない。龍岳は、しかたなく、お猪口に三杯、正確には二杯半の酒を口に運んだのだった。

そして、その結果は、飲む前からわかってはいたものの、悲しいほどに情けなかった。たった二杯半で龍岳は、みごとなまでに酔っぱらい、続く激しい頭痛に別室で寝込むことになってしまったのだ。その酩酊《めいてい》ぶりは尋常ではなく、とうてい渋谷町の自宅に戻れる状態ではなかった。

そこで、めんどう見のいい天風が、芝浦から、さほど遠くない大井町の親戚の家に、龍岳を連れて行き、泊めることにしたのだ。天風の親戚の家につき、床をとってもらった龍岳だったが、頭痛が激しく、熟睡できない。ふとんの上でごろごろ転げまわっている龍岳を見て、天風は夜が明けるのを待ちかねるように、近くの海に行って潮風に当たろうと、外に連れ出した。

龍岳は渋った。割れるように痛む頭で外に出ることは、あまりにも辛かったのだ。だが、天風に引きずられるように浜川の海岸に出、天風の顔見知りの漁師に頼んで、船を海に出してもらうと、まるで霧が晴れるように、頭の痛みが消えていったのだ。

「失敬、失敬。なにもきみを責めておるわけではないのだが、わしなどには、猪口三杯で、これほどに苦しむ人間の気持ちがわからんものでな」

天風が、すまなそうに頭をかいた。

「いや、実際、ぼくも少しは酒が飲めたらばいいと思うこともないではないです。しかし、ああ頭が痛くなっては、どうにもなりません。ですが、潮風を吸ったら、きわめて、よい気分になりました。天気もいいし……。やあ、実に富士山がきれいだ」

龍岳が、澄み渡った西の空に聳《そび》え立った富士山に目をやって、気持ちよさそうにいった。

「一幅《ぷく》の絵を見るような美しさだね」

天風もうなずく。

「しかし、それには、あのタンクが目障りですね」

龍岳が、森ケ崎の海岸に立っている大きなガスタンクを睨みつけるようにしていった。

「人間の生活が便利になるのはいいですが、そのために天然が壊されていくのが、気に入らんですねえ。こんなきれいな景色に、瓦斯《ガス》タンクがでしゃばるのは、おもしろくないですよ」

「ほほう。これは、驚いた。龍岳君は、まさに春浪さんの跡継ぎだ」

龍岳のことばを聞いた天風が、びっくりした表情でいった。

「春浪さんの跡継ぎとは、どういうことですか？」

龍岳が質問した。

「なに、以前、春浪さんと、やはり船でここにきたことがあるのだが、その時、春浪さんが、いまのきみのことばとまったく同じことをいったことがあるのだ」

天風がいった。

「はあ。春浪さんも瓦斯タンクがじゃまだと？」

「うん。ひどく憤慨しておったが、評判のいい冒険小説や科学小説を書く人間は、同じようなことを考えるものだね。わしなど、なんの感慨も持たずにぼんやりとタンクを見ておったよ」

天風が首をひねりながら、笑った。

「なにをいってるんですか、天風さん。冒険小説はタンクと関係ありませんよ」

「いや、関係あるさ。わしは、未来のことを書いても、深い考えが書けんが、春浪さんやきみの小説には、文明論的なところがある。とうてい、わしにはまねできん。たしかに、きみと春浪さんは考えが似ておるよ。似ておらんのは、酒だけだな」

「とんでもない。ぼくなど、春浪さんの足下にもおよびません」

「なに、謙遜することはない。今度の〈中学世界〉の『海魔窟探検』など、春浪さん以上のできといってもいいくらいだ」

「ずいぶん、褒めてくれますね」

「なにか、おごるか？」

「わかりました。ぼたもちを山ほどおごりましょう」

「いらん、いらん。きみはわしをあん殺する気か」

天風が、冗談を飛ばしながら、わざとらしく顔をしかめた。

「先生、これから、どっちのほうへ船をやるかね？」

船頭がいった。

「そうだなあ。少し、品川方面に回してもらおうか。だいぶ、あちらこちらから船が出てきたようだな」

天風がいった。いつのまにか、太陽はかなり高いところに昇っており、あたりの空気も、船を漕ぎ出したころにくらべると、もう、だいぶ暖かくなっていた。凪《な》いだ海のそこここに、まっ白な帆に朝日を受けた漁船の姿が見える。

「いま、なん時だ？」

天風がたずねた。

「六時少し前です」

龍岳が、着物の懐から時計を出していった。

「正確には、五時四十五分です」

「そうか。まだ、そんな時間か」

天風がうなずき、品川寄りの海上を、波をけたてて滑るように走っていく一隻のスチームボートに目をやった。龍岳もボートの音に気がつき、目をやった。ボートの上には、運転士と背の高い男、庇髪《ひさしがみ》の若い女の姿が見えた。

「……？　あれは、黒岩《くろいわ》さんじゃないかな」

「黒岩？　萬朝報《よろずちょうほう》の涙香《るいこう》さんか」

天風が、スチームボートのほうを見ながらたずねた。

「いや、警視庁の黒岩四郎《しろう》刑事です」

龍岳が答えた。

「ああ、春浪さんと親しいという」

「ええ。しかし、こんな時刻にこんな所で、なにをしているのだろう。まさか、ぼくたちみたいに、酔いをさましにきたわけでもないでしょうが」

「ほんとうに、黒岩刑事だったのか？」

天風が、龍岳たちの乗っている漁船とはスピードが異なり、どんどん小さくなっていくスチームボートのほうを見やりながらいった。

「そう、見えたけどなあ……」

（あの若い女性は、たしかに黒岩さんの妹の時子《ときこ》さん……）といいかけて、龍岳はことばを飲み込んだ。龍岳がひと目惚れし、また向こうも、まんざらではなく思っているらしい女性の名前を、気安く天風に聞かせたくない気がしたからだった。

「たぶん、そうでしょ」

ふたりのやりとりに、船頭が口をはさんだ。

「というと、ここらでなにか事件でもあったのかね？」

天風が、船頭の顔を見上げた。

「新聞記事にはならなかったようだが、三日前の夜、あのボートが走っていったあたりで、人が溺れ死んだですよ」

船頭がいった。

「人が溺れた？　それに、刑事が出てくるというのは、殺人かね」

龍岳がたずねた。

「それが、よくわかんねえで、刑事さんが、調べにきているだね。昨日もきてたみたいだね」

船頭が答えた。

「ぜんたい、どういう事件なんだい？」

天風がいった。

「詳しくはわからねえんだがね。が、わしの聞いたには、袖《そで》ケ浦《うら》の海岸で、どこだかから海を見にきた若い女《あま》っ子が、浜のならず者に船に乗ってみねえかって誘われて、乗ったはいいが、沖に出たところで、てごめにされそうになったちゅう話だね」

「ほう」

龍岳がうなずいた。

「あわやっちゅうところで、船が傾いてふたりとも、海に放り出されちまった。ところが、女っ子のほうは助かったが、男のほうは死んじまった」

「自業自得じゃないか」

天風がいった。

「そりゃまあ、そういうことだが、ふしぎなのは、その女っ子は、まったく泳げねえちゅうに助かり、逆に男のほうは、このあたりじゃ、泳ぎの名人だったに、溺れ死んじまったでね」

「その娘は、海岸に泳ぎついたのかい？」

「それが、娘のいうには、ボートから浮き輪を投げてくれた人がいるというが、そんな夜の海で、だれがボートに乗っていたか。だいいち、浮き輪を投げるくらいなら、ボートに助けあげたほうが、早いだからね」

船頭がいった。

「では、浮き輪だけ投げて、ボートには助けあげなかったのか」

天風が質問した。

「へい。それで、女っ子は波に浮いているところを、通りがかった漁船に助けられただね」

「なるほど。で、警察では、なんだと?」

「警察は、どう考えているかわかんねえが、ここらの者のうわさでは、なにか、わけありで、その女っ子が事故に見せかけて男を殺したんじゃあるめいかといってる」

「ふーむ。おもしろそうな話だな」

龍岳がいった。

「小説の種になりそうかね?」

天風が、興味深そうにいった。

「わかりませんが、おもしろいじゃないですか。もう少し、詳しく話を聞きたいですね。船頭さん、船を、あのボートに近づけてくれないか」

龍岳が、はるか沖合に停止しているスチームボートのほうに、目をやりながらいった。

2

「すると、やはりきみが袖ケ浦の海岸に行った理由は、ただ、海を見たかったということだけなのだね」

三人に見つめられながら、横長のテーブルの前に、いかにも居心地悪そうに座っている少女に向かって、黒岩四郎が注意深く、穏やかな口調でいった。

「はい……」

少女が、蚊の鳴くようなか細い声で返事した。

「これ、静江《しずえ》。十五にもなって、なんだね、その返事のしかたは。刑事さんは、お前を捕まえにきたわけじゃないんだよ。その時の様子を詳しく説明しなさいといってらっしゃるんじゃないか。お前は悪いことをしたわけじゃなし、もっと、はきはき答えるんだよ。そんな小さな声じゃ、聞こえないよ」

静江と呼ばれた少女の後方、一間《けん》ばかりのところに座り、それまでせわしげに団扇《うちわ》を使っていた母親が手を止めて、きつい調子でいった。

「いえ、奥さん、だいじょうぶです。娘さんの声は、ちゃんと聞こえています」

黒岩が、母親を目で制止ながらいった。

「そうですか。いえ、この娘は年より、ずっと子供で……。おや、もうこんな時間。刑事さんたち、お昼は、おそばでも取りましょうかね」

母親が柱にかかった時計に、目をやりながらいった。時刻は十一時三十分だった。

「いや、なにもかまわんでください。今日は、ほんの二つ、三つ、もう一度、確認しておきたいことがあってきただけです。じきに終わります」

黒岩がいった。

「でも、三人もきていただいているのに。それじゃ、西瓜《すいか》でも……」

母親が、畳から腰をあげた。

「気をつかわんでください。さっきもいったように、ぼくたちふたりは刑事ではありません。かってについてきただけですから」

黒岩の左隣りに座っている龍岳が、さらに左の黒岩の妹・時子と顔を見合わせていった。

「まあ、遠慮しないでもいいじゃありませんか」

母親は、そういうと、そそくさと台所に姿を消した。

「すみませんなあ」

黒岩が、軽く会釈した。

少女を襲い、船から落ち溺れて死んだ男は前科をもった、そのあたりで札つきの不良だった。そんなこともあり、警視庁では、この男の水死事件を単なる事故として処理しようとしていた。

黒岩としても、男が死んだのは自業自得であり、どう捜査してみても、地元の漁師たちがいっているような、少女の計画的犯行とは思ってはいなかった。溺れて死んだ男が、泳ぎが達者だったというのは、勘ぐれば勘ぐれないこともないが、運悪く、手足がつったのかもしれないし、そんなケースは、これまでにもいくらでもあった。

だが、この事件には、殺人事件という観点とは、まったく別の、どうにも割りきれない部分が残っていた。隠しごとをしているとは思えないのだが、少女の証言に、どうも、あいまいな部分があるのだ。

そこで、黒岩は、その日の朝早く、自費でスチームボートをしたてて、現場を再検証し、午後、再度、事件の当事者である少女、平田静江を雑貨商を営む小石川区竹早町《たけはやちょう》の家にたずねたのだった。そして、龍岳と時子は、いつものように、黒岩に頼みこんでの、押しかけ助手だった。

「ただ、海を見に行ったというのは、家に戻ってから絵を描こうとか、そういうことを考えていたわけかね？」

黒岩が、ふたたび少女にたずねた。

「いいえ」

少女が、首を横に振った。

「お兄さま、女というものはね、特別、なにかをしようということはなくても、ただ、海を見たり、川を見たりしたいなと思うことがありましてよ。ねえ、静江さん」

時子が、黒岩と少女の顔を見くらべながらいった。

「ふむ。そんなものかね。すると、時子、お前にも、そんなことがあるのか？」

「ええ、ありますわ」

「そうかねえ。時子のような、お転婆《てんば》にも、そんなローマンチックな気持ちがあるのか。信じられんなあ、龍岳君」

黒岩が龍岳の顔を見ていった。

「は、はあ」

龍岳が、なんと答えたものか、思案にくれたような表情をした。その龍岳の顔を見て、少女がくすっと笑った。時子は、龍岳がどう答えるかと身構えている。

「で、きみが海を見ていると、その松造《まつぞう》という若い男が、船に乗らないかと誘ったわけだね」

「はい」

龍岳は、とっさに、話題を変えて少女に質問した。

少女がうなずいた。

「それで、きみは乗せてもらった。それが、夕がたの五時ぐらいだったね」

黒岩がいった。

「あたし、もう、帰る時間だったので、断ったんです。そしたら、ほんのちょっとだけ乗ってみないかっていうので……。あたし、海が大好きだから……」

少女が答えた。

「ところが、松造は船をどんどん沖に漕ぎ出して行き、あたりは暗なってきた。濃い霧が出てきて、視界もひどく悪くなる。きみが帰りたいといったが、松造は、岸にもどらない。で、あたりにほかの船の姿が見えなくなったの見計らって、突然、襲ってきた」

黒岩が、これまでの調べで、少女が説明したとおりをなぞった。

「ええ。あたし、船の上を逃げ回りました。その時、船が大きく揺れて……」

少女は、紅潮した顔でいった。

「ふたりとも、海に放りだされた。さて、問題はそれからだ。泳げないきみが、あっぷあっぷしていると、霧の中から一艘のボートが現れて、上に乗っていた若い海軍の下士官服姿の人が、浮き輪を投げてくれた。きみは浮き輪にしがみついた。そうだね？」

「はい」

「きみは、浮き輪につかまり、助けてくださいといった。すると、ボートの上の人間は、それはできないと答えた。まちがいないね」

黒岩が確認した。

「まちがいありません」

少女が答える。

「それから、後の様子を、もう一度、思い出せるだけ細かく、説明してくれないかね」

「はい。あたしが、どうしてですかというと、船の上の人は、困ったような顔をしました。それから、だいじょうぶ、すぐに助けがくるといったんです。それで、あたしは、もうそばに別の船がきているのかと、あたりを見回しました。すると、あたしの後ろのほうに大きな軍艦みたいな船の姿が見えました。

びっくりして、ボートの上の人を見ると、その人はにっこり笑って、ひとことだけ、『あれは畝傍艦《うねび》だよ』といったんです」

少女が、それまでより、はきはきした口調でいった。

「畝傍艦だって？」

龍岳が、思わず大きな声をあげた。

「龍岳君も、まさかと思うだろう。ところが、たしかに、畝傍といったというんだ」

黒岩が、困ったような顔をした。

「いいました。あたし、うそなんかついていません。ほんとに、あの海軍さんは、畝傍艦だといいました」

少女が、訴えるような目で龍岳を見た。

「でもね、畝傍というのはね……」

「それは、刑事さんに聞きました。あたし、それまで、畝傍がどういう船か知りませんでした。でも、あの人は、畝傍艦だといったんです」

「どれくらいの歳の人だったの？」

ややや興奮ぎみの少女に、時子がやさしくたずねた。

「はっきりは、わからないけれども、二十四、五ぐらい」

少女がいった。

「まちがいなく、日本人ね」

時子がいった。

「ええ」

少女がうなずいた。

「と、こういうことなんだがね。ぼくは、この娘《こ》がうそをついているなどとは思っていない。しかし、どうして、ここに畝傍が出てくるのか。それが、わからんのだ。そのボートの下士官は、なぜ、畝傍だなどといったのだろう」

黒岩が、首を左右に振った。

「畝傍って、ずっと昔、沈没した軍艦でしてよね」

時子がわかっていることを、もう一度、確認するようにいった。

「ええ。明治十九年の暮、新嘉坡《シンガポール》付近で消息を断ってしまった、そのころでは、最新の日本の軍艦です」

龍岳がいった。

軍艦〔畝傍〕は、富国強兵策を図る日本政府が清《シン》国艦隊に対抗できるだけの艦隊を整えるために、フランスに頼んで製造してもらった三千六百トンほどの高性能巡洋艦だ。明治十九年十二月、予定どおり完成し、フランスから日本に回航途中、シンガポールを出たところで消息を断ち、その後、まったく手がかりないまま、亡失とされた。すなわち、忽然《こつぜん》と海の上から消えてしまった艦だ。

当時、この事件は日本国内はもちろんのこと、イギリス人やフランス人が乗り組んでいたこともあって、この両国をはじめとし、世界の一大関心事となった。また、日本の必死の捜索にもかかわらず、漂流物ひとつ発見できないという、そのミステリーじみた消失のしかたは小説家の絶好の興味の対象として、その後、しばしば、冒険小説などの材料になっている。押川春浪も、その代表作〔海底軍艦〕シリーズに、この畝傍を登場させているほどだ。

時子が、まだ生まれる以前に起こった、この畝傍事件について知識を持ち合わせていたのは、その春浪の『海底軍艦』を読んでいたからだった。

「だから、もし、それが、ほんとうに畝傍だとしたら、これは、ならず者が溺れ死んだというような、些細《ささい》な事件ではないのだよ」

黒岩がいった。

「春浪先生の小説のように、実際は沈んでいなくて、どこか南洋の無人島に隠れていたのかもしれなくってよ」

大の春浪ファンである時子が、目を輝かせていった。

「しかし、小説ならともかく、三千六百トンもある軍艦ですからね。品川の沖までやってくれば、だれもが気がつくはずですよ」

龍岳がいった。

「その事件のころ、その付近に軍艦はいなかったのですか？」

「海軍は否定している。軍艦どころか、その時刻には、大きな船の姿などなかったはずだといっている」

黒岩がいった。

「まさか、幽霊船でもないでしょうなあ」

龍岳がいった。

「それが、一番、説明しやすいのだがね。警視庁の刑事ともなると、それは畝傍艦の幽霊船でしたとは、報告できんのだよ」

黒岩が、ちょっと、おどけた口調でいった。

「その点、小説家は突飛なことをいえていいねえ。これを幽霊船の話にしても、だれも文句はいわんんだろう」

「まあ、そうですね。もっとも、ぼくは科学小説家ですから、科学的説明なしでは書けませんが」

その時、台所から母親の声がした。

「刑事さん。すいませんが、ちょっと、娘をこっちにこさせてください。静江、静江、来ておくれ」

「どうぞ、かまわんよ」

黒岩が、少女にいった。

「はーい」

少女が立ちあがって、足早に台所に向かった。

「やはり、あの娘《こ》の神経でしょうかね」

その後ろ姿を見ながら、龍岳がいった。

「うん。溺れて死ぬかもしれないという恐怖の中のできごとにしては、記憶がはっきりしすぎているような気もすることはするのだ。だが、あの娘は、その大きな船の姿を見た直後、船のそばに大渦巻ができて、松造が吸い込まれていくのまで目撃しているというのだよ。そのボートの若い下士官の顔も、はっきりと覚えているといっている。俺には、どうも、ただの神経の作用とばかりはいえんような気がしてならないのだ」

「なるほど。不可解な話ですね。ですが、あの娘が松造という男を故意に殺害したという可能性はないのでしょう?」

龍岳がたずねた。

「いや、それはない。船が転覆したのは、まちがいなく、事故だ。まあ、それがはっきりしているから、刑事としては、多少、あの娘の頭の中が混乱しておったとしても問題はないのだが、くどいようだが、俺は畝傍というのが気になってならんのだ」

黒岩がいった。

「そうだ、黒岩さん。あの娘は、その後、通りかかった漁船に救われたわけでしたね」

「うん」

「その時、摑まっていた浮き輪は、どうなりました？」

「海軍に調べてもらっているが、よく、わからないらしい。なにしろ、畝傍のボートに、どんな浮き輪が備えつけてあったかなど、いま、わかる人間はおらんのだ。フランスにいって、当時の関係者を探せば、あるいはわかるかもしれんが、日本にはわかる者はいないのだよ」

黒岩が肩をすくめた。

「たしかに、そうですね。……あの娘を助けた漁船は、大きな船を見ていないのですか？」

龍岳がいった。

「見ていない。もっとも、その時は、あたりはかなり濃い霧で、ほとんど、視界がきかなかったという話ではあるがね。この数日前から袖ケ浦沖は、霧が深いのだそうだ」

黒岩が説明した。

「やっぱり、幽霊船かもしれなくってよ。だって、幽霊船って霧の深い夜に出てくるものでしょう？」

時子がいった。

3

日本橋本町にある博文館編集室の押川春浪の席で、鵜沢龍岳が原稿用紙にペンを走らせていた。前夜、別の用件で春浪に電話をした龍岳が、ついでに例の畝傍の話をすると、春浪はすっかり興に乗ってしまい、編集中の〈冒険世界〉に載せるから、急いで原稿を書くようにというのだった。そこで、龍岳は翌日の午前中に編集部にやってくると、まだ出社していない春浪の席を借りて、原稿を書きはじめたのだ。

その日、——明治四十三年八月二日は、曇《くも》り空だったが、湿気の多い蒸し暑い日だった。龍岳は白がすりの袖《そで》を肩までたくしあげ、左手に持ったうちわを時折、せわしげに動かしながら、原稿書きに没頭していた。

阿武天風が、麻の背広に身を包み、大股で編集部に入ってきたのは、ちょうど三枚目の原稿を書き終え、四枚目にかかろうとしているところだった。

「やあ、龍岳君。来ておったのか!」

春浪の席に、龍岳の姿を認めた天風が、大きな声でいいながら、パナマ帽を机の上に置き、隣りの河岡潮風の席に腰を降ろした。

「昨日は、どうも失礼しました。すっかり、お世話をかけてしまって」

龍岳が、ペンを持つ手を止めていった。

「なあに、わしも久しぶりに海に出て、気分がよかった。また、行こうじゃないか。ところで、こんなところまで出張ってきて、なにを書いておるのだい?」

「それが、昨日、黒岩さんから聞いた事件を春浪さんに話したら、おもしろいから、すぐに原稿にしてくれといわれまして」

「ああ、あれか? あれが原稿になるのかね?」

天風が、けげんそうな表情をした。

「ええ。あの時は黒岩さんは、ぼくにも天風さんにも、詳しい話をしてくれなかったでしょ。ところが、あの後、ぼくは黒岩さんと一緒に、助かった娘の家を訪ねたのです」

「ほう。そうだったのか。なんだか、気が動転していて、いうことがはっきりしないとかいっていた娘だろう?」

天風がいった。

「そうです。で、本人の口から話を聞いてみると、これが、まことに奇怪至極《きっかいしごく》なんです」

龍岳が、わざと気をもたせるような口振りをした。

「奇怪至極?」

天風が身体を乗り出した。

「ええ。あの時、黒岩さんは口を濁していたけれど、その娘のいうには、自分を助けてくれたのは、ボートに乗った日本の海軍士官だったというんです」

「なるほど。ところが調べてみると、そんな時間や場所に海軍のボートはいなかったはずだというのだな」

「いえ、それどころじゃないんです。その娘がいうには、そのボートに乗っていて、浮き輪を投げてくれた海軍士官は、畝傍艦の乗り組員だったというんですよ」

「なに、畝傍艦⁉」

天風が、目を丸くし、額にしわを寄せていった。

「そんな、馬鹿な！」

「天風さんも、そう思うでしょう？　だれだって、そう思いますよねえ。でも、その娘はまちがいなく畝傍艦のボートに浮き輪を投げてもらったし、大きな船の姿も見たといいはるんです」

龍岳が説明した。

「それは、どういうことなんだ？」

天風がいった。

「わかりません。ただ、娘がうそをつく必要はないと思いますし、だいたい、十五、六のふつうの娘が畝傍を知っているとも思えないでしょ。なにか、理由があってうそをつくにしても、なにも畝傍を出してこなくてもいいんじゃないかと思うんですが」

龍岳がいった。

「そうだな。しかし、そうなると、話はどうおさまるのだ」

「おさまらないんです。それで、時子さんなんかは、畝傍艦の幽霊じゃないかというんですが」

「だれだ、時子さんて？」

「ほら、昨日、ボートで会った、黒岩さんの妹さんですよ」

「ああ、あの別嬪《べっぴん》さんか」

「その幽霊船説を、春浪さんが、すっかり気に入ってしまいましてね。〈冒険世界〉に載せたいから、なんとか、うまくまとめてみろというわけで、原稿を書いているんですが……」

龍岳が、原稿用紙に、ちらっと目をやっていった。

「ふーむ。話としてはおもしろいが……。きみも信じておるのか？」

天風がいった。

「いや、ぼくにはなんともいいようがないです。ですから、原稿も事実とは書かずに、そういうこともあるかもしれないと書くつもりですが」

龍岳がいった。

「その娘は、その大きな船が畝傍だとどうしてわかったのだ。三本マストや二十四サンチ砲で、わかったのだろうか。畝傍艦の写真は、たしか右後方から撮影したものが、一枚しかないはずだが、かりに、どこかで娘がその写真を見ていたとしても、素人《しろうと》が、ちょっと見ただけで、畝傍とわかるとは思えない」

元職業軍人の少尉で、日露戦争当時は軍艦「千代田」に乗り組み、日本海大海戦に参加した天風は、さすがに畝傍について詳しかった。

「娘は、その下士官が、大きな船を指して、あれは畝傍艦だと説明してくれたといっているんです」

龍岳が説明した。

「うーん。しかし、信じられんなあ。死にかかって幻覚を見たのではないか。幻覚にしても、なぜ、畝傍が見えたかはわからんがね」

天風が、大きく首をひねった。

「それにしても、品川沖は、このところ、事件続きだな」

「ほかにも、なにかあったのですか?」

龍岳が質問した。

「それがだね、数日前から、貨物船と称して横浜に入港していた某国の船が、夜になると密かに出港して、品川沖に出没していたことが、海軍の調べで判明したのだ」

天風が、低い声でいった。

「東京湾要塞を偵察していたのですか?」

龍岳がたずねた。

「それもあるが、どうも、あのあたりの水深を測量していたらしい」

「なるほど。で、それは、やはり露西亜《ロシア》の船ですか?」

「いや、それはわしも、教えてもらえなかった。が、たぶん、そんなところだろう。露西亜の船ではないとしても、その手先であることはまちがいない」

天風がいった。

「その話なんだがな。なんでも、手先に日本人が混じっておるそうだ」

ふいに、ふたりの背後から声がした。

「えっ⁉」

反射的に振り返ったふたりの目に、愛用のハンチング帽を右手に握りしめ、厳しい表情をした春浪が立っていた。

「あっ、春浪さん」

龍岳が、あわてて席を立とうとした。

「ああ、立たんでいいよ」

そういうと、春浪は向かいの〈実業少年〉編集部の空き机から、椅子を引っ張ってきて、ふたりのそばに腰を降ろした。そして、がなるようにいった。

「実にけしからん話じゃないか！　日本人が敵の手先になって軍事探偵を働くとはなにごとだ。そういう売国奴《ばいこくど》は、徹底的に拷問にかけて死刑にせねばいかん」

「日本人が、敵の軍事探偵を……。それは知りませんでした」

天風がいった。

「俺も、さっき、原田《はらだ》さんから聞いたのだ。あの人の情報だから、まちがいあるまい」

春浪が、うなずきながらいった。

原田というのは、日露戦争当時、乃木《のぎ》大将の下で二〇三高地を戦った陸軍予備役中尉、原田政右衛門《せいえもん》のことだ。春浪とは昵懇《じっこん》の間がらであり、筆も立つところから、〈冒険世界〉にペンネームで時折、原稿を載せていた。

「まったく、許せんやつですね」

龍岳がいった。

「ここのところ、夜になると霧が出るので、それに乗じて、測量をしておったらしい。それも、どこから手に入れたのか、下士官の服を着てボートに乗り、海軍の調査を装っていたというのだ」

春浪がいった。

「そいつは、用意周到ですな。もうすっかり白状したのですか」

天風がいった。

「いや、なかなか口の固いやつらしく、まだ白状はしていないということだが……」

春浪がいった。

「……下士官の服を着て、ボートで測量していたのですか？」

龍岳が、ことばを嚙みしめるように質問した。

「ということだが、それが、どうかしたかね？」

春浪がいった。

「ええ、例の畝傍の幽霊船の話ですが……。もしかしたら、あの娘に浮き輪を投げたボートの下士官というのは……」

龍岳が、春浪と天風の顔を見ながらいった。

「おお、そうか！　では、溺れそうになった娘を助けたのは、幽霊船でもなんでもなくて、その売国奴!!」

春浪が、声を張り上げた。

「なるほど。それだと、ぴったりと話の辻褄《つじつま》が合うな」

天風がうなずいた。

「と、思うのですが」

龍岳がいった。

「浮き輪を投げただけで、ボートには助けあげなかったことや、日本海軍の下士官の服装……。娘の話にぴったりじゃないですか」

「その娘に正体がばれてはまずいので、畝傍艦の乗り組員などといって、幽霊船話をこしらえたわけだな」

天風が、なっとく顔でいった。

「いくら、相手が売国奴でも、若い娘が溺れているのは見過ごすことができなかったのでしょうね」

龍岳がいった。

「そうだよ、そうにちがいない」

天風が、ことばに力をこめた。

「霧の中に見えた大きな船というのは、畝傍どころか軍艦でもなくて、その売国奴の乗った偽装貨物船だったのだろう。若い娘には、軍艦も商船も区別はつかんだろうからね」

春浪がいった。

「思わぬところから、幽霊船の正体がわかりましたね」

「うむ」

「わしは、春浪さんに、この不埒《ふらち》な売国奴のことを、〈冒険世界〉でやっつける記事を書いてもらおうと思ってきたのだが、まさか、あの事件と結びつくとは思わなかったなあ」

天風が、鼻の下の髯をなでながらいった。

「所詮、幽霊船なんてあるわけはないのだ。わかってみれば、こんなものにちがいないよ」

春浪が、当然だという表情で笑った。

「しかし、春浪さん。龍岳君の話では、すっかり、幽霊船話が気に入って、〈冒険世界〉に載せることにしたのでしょう?」

天風が、笑いながらいった。

「いや、それはまあ、畝傍の幽霊船が現れたといえば、おもしろい読物にはなるからね」

春浪が弁解するようにいった。

「じゃ、記事は予定どおり載せるのですか?」

今度は、龍岳が質問した。

「さて、どうしたものかなあ。幽霊船ではないとわかってしまっては、龍岳君も書きにくかろうね」

「では、わしの話と一緒にして、幽霊船と思ったが、実際は卑劣漢の売国行為だったとしては、どうですか」

天風がいった。

「だが、その件は、まだ取り調べ中だから、いま、へたなことを書いてしまうと、軍に叱られるかもしれんからな。それに、書きかたによっては、売国奴の人助けを褒めることになってしまいかねん」

春浪が、着物の懐から手拭《てぬぐ》いを出して、顔の汗を拭《ふ》いた。そして、龍岳に向かって続けた。

「原稿は、もう、だいぶ進んでおるのかい?」

「三枚まで終わったところです」

龍岳が答えた。

「そうか。まだ、たいして進んではおらんな。それでは、龍岳君。きみには実にあいすまんが、この記事は取り止めということにしていいかな」

春浪がいった。

「ええ、ぼくはかまいません」

龍岳がいった。

「それでは、売国奴の秘密測量事件がはっきりしたら、天風君がいったように、幽霊船事件とくっつけて、まとめることにしよう。だから、その原稿は捨ててしまわんで、その時までとって置いてくれたまえ」

春浪がいった。

「わかりました。そうします。ところで、秘密測量事件のことは、もう黒岩さんは知っているのでしょうか？」

龍岳がいった。

「いや。これは、まだ極秘事項のはずだから、おそらく知らんだろう」

春浪がいった。

「では、黒岩さんに知らせては、まずいでしょうか。昨日、黒岩さんも頭を抱えこんでいたから、真実を教えてあげたいのですが」

「うむ。それはかまわんのじゃないか。事件を調べている警視庁の刑事が知らんで、われわれだけが知っていたのでは気の毒だからな」

「そうですか。じゃ、ぼくは、ちょっと警視庁に行ってきます」

龍岳が、椅子から立ちあがった。

「龍岳君、とりあえず、電話をしたほうがいいのじゃないかね」

春浪がいった。

4

夕食の時間帯だというのに、西洋料理店〔中央亭〕の店内に客はまばらだった。店の一番奥の座席に席を取っている龍岳たち五人を除けば、テーブル席にふたり連れと三人連れが、それぞれ一組ずつ座っているだけだった。警視庁に近い、この店は警察関係者が、よく利用したが、いまは、ほかに関係者の姿も見えない。

四角いテーブルを囲んで、壁側に黒岩、春浪が陣取り、その向かいに龍岳、平田静江、時子が並んでいた。

「なにになさいますか?」

お茶を並べ終わった年配の女性店員が、一同の顔をざっとながめていった。

「ここは、なにがうまいのかね?」

春浪が、壁に貼り出された品書きに目をやりながら、黒岩にたずねた。

「そうですねえ。安月給なので、あまり高いものは食ったことはありませんが、カツレツはなかなかいけますよ。なあ、時子」

黒岩が、時子に同意を求めた。

「そうか。じゃ、カツレツにしよう。お嬢さんも、それでいいですかな」

春浪が、少女にいった。

「はい。あたしはなんでも……」

少女が、うつむいたまま小さな声で答えた。

「よろしい。では、お姐《ねえ》さん、カツレツを五人前だ」

「カツレツは上と並がありますが」

店員がいった。

「おお、そうか。それじゃ、上にしてくれ」

春浪は店員にいい、黒岩に続けた。

「代金は〈冒険世界〉で持つよ。ほかにも、食いたいものがあったら、遠慮せんで頼んでくれ」

「ビールかお酒は、よろしいのですか?」

店員がいった。

「うむ。死ぬほど飲みたいのだが、先に仕事をすませてしまおう。カツレツが来てから、頼むことにしよう。それから、悪いが大事な話があるので、食事を運ぶのは三十分たってからにしてくれ」

「はい。承知しました」

「こんなところに呼び出した上に、飯までごちそうしていただいてすみません」

店員が調理場のほうに歩いていくのを見送りながら、黒岩がいった。

「なあに、雑誌記者というものは、出歩くのが商売だ。それに、〈冒険世界〉は龍岳君の小説のおかげで、売れに売れておるので、これしきの食事代など心配におよばん。万一、館主が文句をいったら、龍岳君の稿料から引いておこう」

春浪が、冗談をいって笑った。

「それは、ひどいですよ。春浪さんの月給から引いてください」

龍岳がいいかえした。

「なあに、龍岳君。いざとなったら、こっそり警視庁払いということにしてしまうから、安心したまえ」

春浪が、またふざけた。

「それは、困る、春浪さん。わたしの首が飛びます」

黒岩がいった。

「まあ、その時は〈冒険世界〉記者として雇ってあげよう。……さて、冗談はともかくとして、本題に入るかな」

春浪が、少女の顔をちらりと見ていった。それまで、春浪たちのやりとりに笑顔を作っていた少女が、たちまち緊張した表情になった。まだ、あどけなさが残っているものの、もともと目鼻立ちのいい顔が、緊張で憂《うれ》いをおび、一種独特の美しさを作りあげていた。

「別嬪さんふたりを前にして、改まると、どうも緊張するなあ」

春浪が、ちっとも緊張したようすなくいった。そのことばに、少女がくすっと笑い、着物の襟《えり》に手をやった。それは山吹色に臙脂《えんじ》色の格子柄模様の銘仙《めいせん》の着物で、高価なものではなかったが、少女にはよく似合っていた。髪も、ちょっとおしゃれをしてきたらしく、庇の横を丸くして、髷《まげ》を押し潰した形のハイカラ風に結《ゆ》っていた。

「では、黒岩君、頼む」

少女が笑顔に戻ったのを確認して、春浪がいった。

「実は、さっき、龍岳君から電話をもらい売国軍事探偵の秘密測量船のことを聞きました。なるほど、そうだったのかと、その時は合点がいったのですが、ぼくには、どうしても畝傍というのが、ひっかかりましてね。そのにせ下士官が、静江君をごまかすために、なぜ、畝傍を持ち出す必要があったのか、うそをつくなら、でたらめの船の名前でいいと思うのです」

黒岩がいった。

「それは、だれかに行動を怪しまれた時、幽霊船話ということにして、ごまかそうという魂胆だったんじゃないですか」

龍岳がいった。

「それも考えられないではないが、畝傍の幽霊船などにしたてたら、かえって人目をひいてしまうことが考えられるじゃないか。現にきみは、それで原稿を書こうとしていたというし」

黒岩がいった。

「その船の人たちは、もし、だれかに見つかった場合には、どうごまかすかということを、あらかじめ考えていたと思いますわ。だったら、もっと、静江さんをなっとくさせる、言い訳が考えられてよ。それより、一番いいのは船の名前なんかいわないで黙っていることじゃなくて？」

時子が、龍岳の顔を覗き込むようにしていった。

「なるほど。考えてみれば、時子さんのいうことはもっともだ」

春浪が、顎《あご》に手を当てたままうなずいた。

「そこで、時子に海軍省にいってもらって、畝傍の乗り組員のことを調べてきてもらったのです」

黒岩がいった。

「教えてくれたかね？」

春浪がたずねた。

「資料課に、ぼくの中学時代の友だちがいるものですから」

黒岩が説明した。

「それによると、畝傍に乗っていた日本の海軍士官は七名でした。ほかに技術少尉候補生の海軍留学生が一名です」

「ちょっと、待ってください。それじゃ、黒岩さんは、静江さんを助けた海軍士官は、その中のだれかだというんですか？ 畝傍が消えたのは十九年も前のことですよ。もし、沈没しておらず、春浪さんの小説みたいに、なにかの理由があって、どこかに隠れていたのだとしても、消えた時そのままの乗り組員ということはないでしょう？」

龍岳が、黒岩を見つめた。

「それに、黒岩君には大変失礼だが、小説ならともかく、現実に畝傍が沈没せずに存在しているとは、とうてい考えられんだろう」

春浪が、首を横に振った。

「ぼくも、もちろん、そう思います」

黒岩がいった。

「では、なんのために、当時の乗り組員などを調べたのですか」

龍岳がいった。

「まあ、龍岳君。そう結論を急がないでくれたまえ。時子、写真を出してくれ」

「はい」

黒岩に指示された時子が、脇に置いてあった風呂敷包みを手早く開き、書類封筒を取り出して、黒岩に渡した。黒岩は封筒を受け取ると、中の写真を手にしていった。

「ちょっと、集めるのに苦労しましたが、これが畝傍に乗っていた海軍関係者の写真です」

「ほう」

春浪が珍しそうに、黒岩の手元をのぞきこんだ。黒岩は手の中に重ねた八枚の写真を、ゆっくりと一枚ずつ少女のほうから正しく見える形で、テーブルの上に並べ出した。龍岳にも春浪にも、黒岩がなにをしようとしているのかが、すぐに理解できた。したがって、ふたりの視線は少女の顔に集中した。

「静江君、この八枚の写真を、よく見てもらいたい」

黒岩がいった。

「はい」

少女がうなずき、目の前に並べられた八枚の写真に、顔を寄せて順番に首を動かした。はじめの七人に対して、なんの変化も見せなかった少女の表情が、八枚目の候補生の写真のところで大きく変わった。

「こ、この人です。あたしに浮き輪を投げてくれたのは、この人です。この人が助けてくれたのです」

少女の声は、うわずっていた。

「静江さん、まちがいないのね」

時子が、写真を手に取り、食い入るように見つめている少女に、そっといった。そこには二十四、五歳のにこやかな表情の若い下士官服の青年が写っていた。

「ええ、まちがいありません。この人でした」

少女が、今度は、はっきりとした口調でいい、うなずいた。

「お兄さま、やっぱり、そうでしたわ」

時子がいった。

「やっぱりとは、どういうことだね」

春浪が、黒岩の顔を見た。

「静江君の説明してくれた、下士官の顔立ちから、時子がこの人にまちがいないといっておったのです」

「でも、そんな馬鹿な……。その写真は、いつ撮影したものですか」

龍岳が質問した。

「畝傍に乗る少し前に、フランスで撮影したものだよ」

黒岩がいった。

「じゃ、やはり、十九年前の姿ですよ。どうして、静江さんが若い姿のままの、その人に助けられたのですか。そんな話はない!」

龍岳が、とても信じられないという表情で、首を左右に振った。

「なに者なんだ、この青年は?」

春浪が質問した。

「明治十年に、少年留学生としてフランスに渡り、造船学を学んで帰国するところだった杉成吉《せいきち》という人です」

黒岩が説明した。

「しかし……」

龍岳が、なにか口を挟もうとした時、少女の声がそれを遮った。

「杉成吉という人、あたし知っています!」

大きな声だった。

「知っているとは、どういうことだね?」

春浪がたずねた。

「父さまの写真帖に、父さまが尋常小学校の時、お友だち三人と撮った写真が貼ってあって、そのひとりの名前が杉成吉と書いてありました」

「それは、たしかかね」

春浪がいった。

「はい。たしかです。父さまは静岡で生まれたのですが、学校で一番仲がよかったといっていました」

少女がいった。

「この人は、静岡県生まれなのか？」

春浪がいった。

「たしか裏に……」

そういいながら、黒岩は少女がテーブルの上に置いた写真を手に取り、裏を返した。

「静岡県出身と書いてあります」

黒岩がいった。

「ということは、ぜんたい、この事件はどういうことなのだ」

春浪が、自分自身にいい聞かせるように呟いた。

「話そのままならば、この杉成吉という人が、少年時代の親友の娘さんである、静江さんの命を救ったということですね」

龍岳が、淡々とした口調でいった。

「そこまでは、さほど、珍しい話ではありません。問題は、その杉という人が十九年前に、畝傍艦と運命を共にしているはずであるということだけです」

「やはり、畝傍艦も、その杉という人も幽霊だったのでしょうか？」

時子がいった。

「あたし、幽霊に助けられたのですか？」

少女が、ぶるっと身をふるわせた。

「そう考えれば、それなりに説明はつくが、実際、そんな話が、あり得るのだろうか？」

黒岩が、また写真を見つめていった。

「世の中には、摩訶《まか》不思議なことも存在するものさ」

春浪がいった。

「あれ、春浪さんは、いつも科学で説明できないことはないはずだといってますよ」

龍岳が、ちょっと口をとがらし、抗議口調でいった。

「まあ、そうだがね。時には例外もあるだろう」

春浪が答えた。

「でも、ぼくには幽霊は信じられません」

龍岳が首を横に振った。

「では、こんな説明はどうだ。畝傍艦が行方不明になったのは、海に沈んだのではなく、なんらかの理由で時間の隙間に落ちてしまった。それが、なにかの拍子で十九年後、突然、品川沖に現れた。そして、静江君を助け、また時間の彼方に消えてしまった」

春浪が、さらりといってのけた。

「時間の隙間ですか。なるほど！　じゃ、畝傍艦は、またいつか、どこかに出現するかもしれないのですね」

龍岳が目を輝かせた。

「それは、わからんよ。きみが幽霊は信じられんというから、小説のつもりで空想してみたのだ。これなら、なんとなく科学的に見えるではないか」

春浪が笑った。

「理学者が聞いたら、怒るかもしれんがね。それはそれとして、俺は、いささか腹が減ってきた。おーい、そろそろ、カツレツを持ってきてくれんか。それから、ビールもだ」

春浪が店の奥に向かって、大きな声で怒鳴った。

そして、龍岳に向かって、小声で続けた。

「実際のところ、こんな奇妙な事件はない。幽霊船にしても、時間の隙間にしてもだ、ビールでも飲んで、酔っぱらわんことには、とうてい今夜は眠れそうもないよ」

馬

1

「龍岳《りゅうがく》君、きみ、御岳山《おんたけさん》に取材に行ってくれんか！」

店に入ってきた鵜沢《うざわ》龍岳の顔を見るなり、先に席についていた押川春浪《おしかわしゅんろう》がいった。明治四十三年九月五日の午後三時。日本橋区本町の博文館近くの蕎麦《そば》店〈浅田屋〉。

「御岳山ですか？」

春浪の突然のことばに、なんと答えていいかわからず、龍岳が聞き返した。

「そうだ。御岳だ。いやか？」

春浪が、早口に、ことばを続ける。

「どうも、話がいまひとつ……」

龍岳が、椅子に腰を降ろし、春浪の顔色をうかがうようにしていった。

「あっははは。そうだった。いや、いかん。俺は、話がすっかりわかっておるが、きみには、なにもわかっておらんのだな。いや、失敬、失敬！」

春浪が照れくさそうに頭をかいた。

「実は、こういうことなのだよ。……あっ、蕎麦は、もう注文しておいた。天ざるでいいだろう」

「はあ、結構です」

「そうか。うん、それで、その話というのだがね。未醒《みせい》が、持ち込んできたのだ」

「小杉《こすぎ》さんが？」

「そうだ。未醒は、このところ太平洋画会展の準備の関係で、地方の友人たちと連絡を取っておるらしいのだが、その中のひとりで、信州の木曾に住む友人から、おもしろい話を聞いたというのだよ」

春浪の瞳がきらりと光った。話に乗っている証拠だった。

「どういう話ですか？」

「それがだね。御岳山中の小さな郷《さと》で、天狗《てんぐ》倒しがあったそうだ。それも、火柱つきの珍しいもので、かなりの数の木が倒れたらしい」

「いつごろのことですか？」

「うむ。未醒も手紙の文面を読んだだけだし、俺はその未醒の話を聞いただけだから、どこまで話が正確なのかはわからんが、もう、かれこれ一年ばかり前のことのようだ」

「それは知りませんでした。隕石《いんせき》でも落ちたのでしょうかね」

「ではないかと思うのだが、その後、この郷にふしぎなことが起こったというのだ」

春浪が、からだを乗り出した。

「どういうことですか？」

龍岳がたずねた。

「それが、なんでも、天狗倒しいらい、郷から病人がいなくなってしまったというんだよ。その郷には医者はなく、病人は隣り村の医者を訪ねたり、近くの町の薬屋で薬を買っていたらしいのだが、最近は、まったく、それがないというのだ。医者に見放されて、今日か明日かといわれていた年寄りも、いまはぴんぴんしているという。それで、そのあたりでは、これは天狗様のご利益《りやく》だと、うわさになっているそうだ」

「それは、おもしろい話ですね」

「な、おもしろいだろ。それに、まだ、あるのだ。その郷では、やはり、天狗倒しのあと、住人がみんな寝坊になってしまったというんだ」

春浪が、笑いながらいった。

「それは、どういうことですか？」

「わからんね。それと、もうひとつ」

「まだ、あるのですか？」

「うん。やはり、天狗倒しいらい、住人がひどく、よそ者を嫌うようになり、近所の村の者でさえ、めったに、郷に入れなくなってしまったそうだ」

「へえ。ずいぶん、いろいろありますね」

龍岳がうなずいた。

「そこでだ。それらの話が実際なら、これは、〈冒険世界〉にぴったりの、おもしろい記事になると思うのだよ」

「ええ、それはおもしろいですよ。天狗倒しの謎なんて、いいじゃありませんか」

「で、俺は未醒に、その友人に紹介状を書いてもらって、もう少し、詳しく正確な記事を送ってもらおうと思ったのだ。ところが、未醒のいうには、その友人は、いま九州を旅行しておって、木曾にはおらんという」

春浪が、いかにも残念そうな顔をした。

「それで、ぼくに？」

「そうなんだが、それよりも、俺は自分でいってみるつもりでおったのだ。ところが、どうしても、それができんのだよ。きみ、会ったことがあるだろう、中村直吉《なかむらなおきち》君」

「いいえ。中村春吉《はるきち》さんは、例のインド人の自殺事件の時、お会いしましたが、直吉さんのほうは存じません」

龍岳が、首を横に振った。

中村直吉は、慶応二年生まれの世界無銭旅行家だ。明治三十四年に六十か国訪問、十五万マイル行程の世界一周無銭旅行を企て、七年の歳月をかけてこれを成し遂げる。アジア、ヨーロッパ、アメリカはもちろんのこと、オーストラリアや、ほとんど日本人の探検家の入ったことのなかったアマゾンの奥地まで分け入るという快挙を達成したのだ。

こういう人物を、探検好きの春浪が見逃しておくはずはなかった。明治四十一年、この中村の口述を春浪がまとめた『五大州探険記』シリーズの刊行がはじまり、次々と巻を重ね、この十一月には第四巻の刊行予定となっていた。

「そうだったかな。何度か博文館にもきておるのだが、会っていないか。まあ、それはいい。で、俺は直吉君の『五大州探険記』の第四巻を、どうしても、今月中にやっつけてしまわなければならんのだ。〈冒険世界〉は潮風君に発奮してもらうとしても、御岳に行くとなれば、一週間はかかるだろう。なんとしても時間を割くことができんのだよ」

春浪が、ほんとうに悔しそうな表情をした。その時、女中が蕎麦を運んできた。

「おお、きたきた。まずは、蕎麦を食おう」

春浪が、箸《はし》に手を伸ばした。

「今日は、こっちのほうはやらないのですか?」

龍岳が、右手で猪口《ちょこ》を持つしぐさをした。龍岳は、酒は一滴もやらなかったが、こんな場合、まず春浪が酒を注文しないことはないので、ふしぎに思ったのだ。

「今日は、あとで館主と会うことになっておるのだ。いくら俺でも、館主との会見に、酒の匂いをさせていてはまずいだろう」

春浪が笑った。

「なるほど、そういうことでしたか。それで、御岳には、いつ行けばいいのですか?」

龍岳が、箸を口で割りながらいった。

「では、行ってくれるか!」

春浪が、うれしそうな顔をした。

「春浪さんが、行けといえば、どこにでもいきますよ」

龍岳が笑顔でいった。それは龍岳の本心だった。自分を科学小説家として見出し、高く評価してくれている春浪は、龍岳にとっては親よりも恩の大きい師だった。春浪の引き立てがなければ、いまの龍岳はないのだ。

「うむ。できるだけ早いほうがいいが、未醒の都合もあるので、二、三日後に出発してもらうことになるだろう」

「すると、未醒さんも、同行してくれるのですか?」

「うん。あの男も、ほんとうに旅行好きだなあ。一と月前に、俺と本州横断の大バンカラ旅行をやったばかりだというのに、御岳と聞いて、いてもたってもいられなくなってしまったらしい。それから、まだ、確定ではないが、黒岩《くろいわ》君も同行したいといっている」

「えっ、黒岩刑事が」

龍岳が、ちょっとおどろいた表情で、箸にはさみかけていた海老《えび》のてんぷらを放して、春浪の顔を見た。黒岩四郎《しろう》は、警視庁第一部刑事課の腕利き刑事だ。

「ということは、これは、なにか事件と関係があるのですか?」

「いやいや、ちがう。たまたま、黒岩君が休暇を申請して認められたところだったのだよ。この夏は、仕事が忙しかったので、夏ばてを癒すために、時子《ときこ》さんと軽井沢にでも行くつもりでおったらしいのだが、俺が御岳の話をしたら、すっかり乗り気になってしまってね。おかげで、時子さんが、大むくれだと、黒岩君、困っておったよ」

「時子さんは、留守番ですか?」

「御岳まで行くのは、むりだろう。まあ、あの山もいまは女人禁制ではなくなったとはいえ、道は険しい。もっとも、きみとしては、時子さんが行くと行かんでは、だいぶ、元気の出かたもちがいそうだが」

龍岳と黒岩刑事の妹の時子が、たがいに憎くからず思っていることを知っている春浪が、ちょっぴり、冷やかすようにいった。

「春浪さん。そんなことをいわないでください。ぼくは、ただ、時子さんは留守番ですかと聞いただけです」

龍岳が、むきになっていった。

「いや、すまんすまん。怒らんでくれ。その代わり、もう、ひとり、お供をつけるから」

「だれですか?」

「こういう旅行には、なくてはならん男だ」

春浪が愉快そうに笑った。

「あっ、わかりました。信敬《しんけい》君ですね」

「あっははは。大正解だ。天狗倒しの調べなら、〔天狗倶楽部《てんぐクラブ》〕を代表して、自分が行くと、大はりきりだ。野球のマッチをすっぽかしても行くと息まいておったよ」

「そうですか。信敬君が行ってくれると、座が楽しくなっていいですよ」

龍岳がうなずいた。

吉岡《よしおか》信敬は、虎髯彌次《とらひげやじ》将軍の異名を持つ、早稲田大学応援隊長だ。春浪や龍岳の所属するスポーツ・バンカラ社交団体〔天狗倶楽部〕のメンバーのひとりで、東都の名物男として、あまねく、その名を天下に轟《とどろ》かせていた。まだ、大学生の身でありながら――もっとも、長いこと学生を続けてはいるが――、乃木《のぎ》や東郷《とうごう》といった、ほんものの将軍とともに三将軍などと称せられるほどの人気ものだった。

十歳も歳の差がありながら、春浪とはきわめて親しく、春浪のもっとも信頼している友人のひとりだった。龍岳が春浪と知り合うきっかけを作ってくれたのも、この信敬だった。したがって、龍岳にとっても、信敬はおろそかにできない友人だった。

「うーむ。話をしておるうちに、俺もまた、行きたくなってきた。未醒に黒岩君に信敬ときみか。いや実に楽しそうだ」

春浪が、うらやましそうにいう。

「どうしても、行かれないのですか？」

「だめだ。実は、さっき館主と会見するといったのも、直吉君の本の件なんだよ。自分でいうのもなんだが、これが、すこぶる、よく売れておってね。営業が一日でも早く完成するようにと、館主に俺をせっつくように、そういったらしい」

春浪が苦笑した。

「それでは、いくら取材といっても、東京を抜け出すわけにはいきませんね」

龍岳が笑った。

「むりだな。しかたがない。俺のぶんも龍岳君、しっかり取材してきてくれ。しかし、手紙によれば、その郷の連中の人づきあいの悪さは、想像以上のものらしいから、取材は苦労するかもしれんぞ」

「そんなに手強いところなのですか？」

「まあ、行ってみなければわからんがね」

「でも、ぼくひとりでは心もとないですが、未醒さんや信敬君が一緒なら、なんとかなるでしょう」

「信敬が行けば、天狗も逃げ出すか。ほんとうに、記事になるような、ふしぎがあればいいのだがね。まあ、御岳山は役行者《えんのぎょうじゃ》ゆかりの霊峰だから、なにかありそうだな。ところで、ある程度、記事になるかどうかめどがついたら、ハガキでいいから、先に知らせてくれんか。もし、天狗倒しなどというのは、うそっぱちだった時には、なにか別の記事をつっこまねばならんからね」

「わかりました。……それで、春浪さん。ぼくの連載のほうはどうなるのです?」

龍岳が、おそるおそる質問した。

「それはきみ、いうまでもない。当然、書いてもらうよ」

春浪がいった。

「そうすると、場合によっては、旅行記事とふたつということになるのですか?」

龍岳が、あわてた顔でいった。

「そうしてもらうしかあるまい。信敬や黒岩君には頼めんし、未醒には絵を描いてもらわねばならんから、そうなると、どうしても、記事はきみということになるなあ。なに、いつもの月よりは大変かもしれんが、きみはまだ若い。二、三日夜通しで頑張ってもらえば、なんとかなるだろう」

春浪が、軽い口調でいった。

「春浪さんは、そんなに気軽にいいますが……」

龍岳が、つぶやくように抗議した。

「だいじょうぶ、だいじょうぶ。成せば成る、成さねば成らぬなにごともだ。はっはははは」

春浪の表情は、愛弟子を前に、いかにもうれしそうだった。

2

最初に、休憩を提唱したのは、吉岡信敬だった。御岳川沿いの道と分かれ、山道を五里も北へ登った細い滝のそばだ。暗い緑樹のあいだからほと走り出て、一筋白く懸かった滝の水は、下の小さな石に水しぶきを飛ばしながら、清い泉を作っている。遠くで、しきりにブッポウソウが鳴いていた。

「いやあ、疲れた。ひと休みしよう」

信敬が、キャラコ帽をぬぎ、小さな滝を見上げるようにしていった。

「いいねえ。ここならば景色もいいし、涼しい。ぼくも、いささか、くたびれた」

黒岩四郎が、背中の荷物を降ろした。

「このあたりは何千年も昔から、ほとんど変わっておらんのだろうね」

小杉未醒が、あたりに目を配っていう。

「どうですか？　絵の題材になりそうなものは、見つかりましたか？」

黒岩が、未醒にたずねた。

「うむ。さっき見た、野飼いの木曾駒が印象に残っている。がらにもないが、今度は馬でも描いてみようかと思うよ」

「馬ですか、いいですねえ。ぼくも馬は大好きだ。なんでも、このあたりでは馬を大事にして、家の中の一番日当たりのいい場所を、馬小屋にする風習があるらしいですね」

黒岩がいった。

「うん。それも、ぜひ、見たいと思っておるのだ」

「まあ、未醒さんなら、なにを描いても、また、入選はまちがいなしですよ」

黒岩が、当然といわんばかりの顔をした。

小杉未醒は、売り出し中の洋画家だった。日露戦争当時は国木田独歩《くにきだどっぽ》の主宰する近事画報社の従軍画家として活躍し、明治四十一年には、文展に初入選。以後、毎年のように入選し、画壇の話題をさらうことになる。押川春浪とは明治三十八、九年ごろ知り合い、四十一年、春浪が雑誌〈冒険世界〉を創刊すると、その表紙絵や挿絵を担当した。

豪快でスポーツ好き、酒好きな性格は春浪とうまがあい、春浪とは極めて親しい交際をしている。もちろん〔天狗倶楽部〕のメンバーのバンカラ画伯だ。

「ところで、信敬君。調子悪そうだな」

龍岳が、荒い息づかいの信敬にいった。

「うむ。昨日の宿で、あまり眠れなかったのが、こたえておる。実際、あの年寄りの咳《せき》には閉口した」

「信敬君は、そんなに気になったか。俺は、酒の勢いで、ぐっすり眠ってしまったが」

未醒が、手拭《てぬぐ》いを水に浸しながらいった。

「すごい、いびきでしたね。ほんとうは、あの年寄りの咳よりも、未醒さんのいびきで眠れんかったのです」

「やっ、これは、よけいなことをいってしまった。やぶへびだった」

未醒が、ぽりぽりと頭をかいた。

「龍岳君。もう、桃原郷《ももはらごう》は近くなのだろう?」

黒岩が、龍岳にたずねた。

「このいいかげんな地図によれば、あと二里というところですね」

龍岳が地図を広げながら説明した。

「二里か? じゃ、すぐだ。いま四時半だから、日暮れまでには充分、到着できる」

「どうにも、からだがしゃんとせん。早く、そこまで行って、横になりたい」

信敬が、帽子をうちわがわりに使いながら、いかにもたいぎそうにいった。顔色も、少し青い。

「しかし、桃原郷には、宿はないぞ」

龍岳が答えた。その時、山のほうから、このあたりの住人と思われる初老の男が、急ぎ足で下ってきた。

「ちょっと、ものをたずねたいのだが、桃原郷までは、あとどれくらいだろうか?」

「そうだね、一里半ぐらいだ。しかし、これから桃原郷に行くのは、やめたほうがいいずら」

男がいった。

「桃原に行っても、泊まるところがないぞ」

「それは、覚悟の上だ。どこか、農家の空き部屋でも借りようと思っている」

未醒がいった。

「それは、だちかん。おまえさまたちは、東京の人ずら。だしたら、それは、泊めてくれんぞい。知っとる人でもいりゃあ別だが。ま、あんねえ、変わった郷《さと》はここいらでも珍しいぞい。むかしゃ、よその村ともつきあっとったが、一年ぐれえ前から、ひどく、つきあいが悪くなったのい」

男が、肩をすくめるようなしぐさをした。

「なんでまた急に？」

未醒が質問した。

「さあ、知らんぞい。あの天狗倒しがあってからずら」

「その天狗倒しには、火柱もあがったそうだね？」

黒岩がいった。

「ああ、そういう話だが、よく知らんぞい。おまえさまたち、天狗倒しを調べにきたんか。なんしろ、ふしぎな郷だよ。死にかかっとった年寄りも元気になるし、なにを食べとるんか、子供たちゃあ、よく肥えとる」

男が首をひねった。

「宿のほうは、金を払ってもだめかね？」

龍岳がいった。

「だちかん。悪いことはいわん。ちょっと、後もどりして、沢戸峠の茶屋にでも泊めてもらうほうがいいぞい」

男がいった。

「そうか、いや、ありがとう」

龍岳が、頭を下げた。

「なに、礼はいらんよ。気をつけてくりょ」

男は、龍岳たちが自分の忠告に対し、どう行動するかは、たしかめようとせず、それだけいい残すと、ふたたび道を下っていった。

「さて、どうするかな？」

小さくなっていく男の姿を見送りながら、未醒がいう。

「その土地のことはその土地の人間が、一番詳しいですからね」

黒岩が、出発の身仕度をしながらいった。

「ぼくは、もどりたくないですなあ。せっかく、ここまできて、あと一里半で郷につくというのだから、先に進みましょう。なに、もし泊めてくれんというのなら、炭焼き小屋でもなんでもいいじゃありませんか。なあ、龍岳君」

信敬がいった。

「まあ、ぼくらはかまわんよ。一番へこたれている信敬君のことが心配なんだ」

龍岳が、小さく笑っていった。

「だったら、心配はいらん。とにかく、郷に行こう！」

自分が心配されていることに不満な信敬が、少しとがったいいかたをした。

「じゃ、先に進もう。話は桃原についてからだ。まだ、宿を断られたわけでもないのだし……」

未醒が、荷物を背負いながらいった。

もう、すっかり、汗のおさまった四人は、だれが音頭を取るというわけでもなく、足並を揃えて、小さな滝をあとにした。それまで広葉樹の林は、細い山道の両側から、おおいかぶさっていたが、十分ほど歩くと、丸く空がすいて見えてきた。傾きかけた陽が目の下の谷に落ち、はるかかなたに、幾個の遠村を照らし出している。

幾重にも重なった山々が、それからそれへと峰を連ね、近くは緑、遠くは青く輝き、あるいは雲間に隠れていた。その山の中央に聳《そび》えているのは乗鞍岳《のりくらだけ》で、乗鞍岳の肩越しに頂きをのぞかせているのが、槍《やり》ケ岳《たけ》だった。

あと一里半で、目的地に着くというので、四人の足は早かった。やがて、左手に林の中から小さな滝川が現れ、それを渡ると目指す郷に出た。表示は見つからなかったが、桃原にちがいなかった。地図にあったとおりの、戸数十戸ばかりの、極めて小さな集落だった。一番山道寄りにある家の軒に、木曾福島の呉服屋の、一年ほど前の売り出し広告が、覚明様のお札《ふだ》などといっしょに貼ってあった。

「覚明様のお札はいいが、あの売り出し広告は、なんなのだ？」

信敬が、その軒を見て笑った。

郷の人々は、四人の姿を認めると、背戸《せど》や厩《うまや》の陰に、さっと身をひそめた。ただ、子供たちだけは、目を丸くして、郷の入口の四人を取り囲むように集まってきた。

「すっかり、見世物になってしまったなあ」

未醒が笑った。

「テテンノグーをやってみようか」

信敬がいった。テテンノグーとは、〔天狗倶楽部〕のエールだ。

「よせよせ、信敬君。こんな田舎の郷のまん中で、いきなり、きみの蛮声を発したら、それこそ、泊めてもらえる話もだめになる」

末醒が、あわてて、手を横に振った。

「くそっ、なんという薄情な連中だ。うむ、ううう！」

廃殿の一番奥に、筵《むしろ》を敷いて横になっている吉岡信敬が、うめいた。

「だいじょうぶか、信敬君？」

黒岩が、信敬に目をやる。

「なんの、これしき。少し、横になっていれば、すぐ治ります。それより、腹のたつのは、郷のやつらだ」

信敬が、また、声を荒らげた。

「うむ。俺も、これほどとは思わなかった。なにをいっても、泊められんの一点張りだからなあ。しかし、にぎり飯をめぐんでくれただけでもよしとせにゃいかんだろう」

末醒が、筵の上にあぐらをかき、蠟燭《ろうそく》の弱々しい光をはさんで、反対側に座っている龍岳にいった。

「だが、酒が欲しいなあ」

行けばなんとかなると、桃原郷までやってきた四人だったが、うわさどおり、郷の人間はよそ者を、極端に毛嫌いしているようで、いくら金を出すといっても、どこの家も泊めてくれるどころか、郷の中にさえも入れてくれなかった。

途方にくれた四人は、郷長《さとおさ》を呼び出し事情を説明した。長は、ほかの者に比べれば、もののわかった人間ではあったが、宿の提供については、かたくなに拒み、その代わり、郷から十町ほど離れた山奥にある廃屋同然の神社の廃殿に泊まることを許可し、にぎり飯を分けてくれたのだった。信敬が、腹痛を訴えだしたのは、霧雨の降りだした、まっ暗な山道を、四人が這《は》うように、廃殿に辿《たど》りついた直後からだった。

「信敬君、寒くはないか」

龍岳が、心配そうにいった。

「寒くはないが、水が飲みたい」

信敬が答えた。

「水か。えーと、水筒は……」

龍岳は、暗い蠟燭の明かりのもとで、水筒を探した。

「水筒なら、こっちだ。だが、もう、あまり水は残っておらんぞ」

末醒が、自分の近くにあった水筒を、振ってみて、中の音を聞きながらいった。

「じゃ、ぼくが汲んできましょう」

龍岳がいった。

「しかし、きみは水のありかがわかるのか?」

末醒が、やや驚いたような顔をした。

「ここから、たいして離れていないところに、小川が流れていましたよ」

「ほんとうか?」

「ええ。水が必要な時は、ここと記憶にとめておきましたから、まちがいありません」

「ふむ。さすがは、科学小説家だね」

末醒がいった。

「これは、科学小説とは関係ありませんよ。ただ、たまたま目に入っただけです」

龍岳が笑った。

「そのおくゆかしいところが、実に龍岳君らしい。これが、春浪なら、いまごろ鬼の首でも取ったような顔をしておる」

末醒も笑った。

「とにかく、汲んできましょう」

「すまんなあ、龍岳君」

水筒に残っていた、わずかな水を飲みほした信敬がいった。

「なあに、気にするな。そのかわり、きみが元気になったら、荷物を全部、押しつけるさ」

龍岳は、軽い口調でいい、水筒を受け取り、足下の探見電灯を拾いあげた。

外は、霧とも雨ともつかない細い雨が、まだ降り続いていた。龍岳は、未醒の菅笠《すげがさ》を借りると、ひもをしっかりと顎に結びつけ、廃殿の外に出た。そして、扉のところまで黒岩と未醒に送られ、探見電灯の明かりをつけた。

「気をつけるのだぞ」

「むりはするなよ」

「はい」

龍岳は霧雨の中を、桃原郷の方向に下りはじめた。時刻は、午後八時少し前だった。

雨で滑る険しい道は、やっと、人ひとりが通れるほどの細さで、右側が、灌木《かんぼく》類や笹の生えた傾斜地になっていた。いまにも、熊か猪でも出てきそうな雰囲気を感じながら、龍岳は、おぼつかない足取りで、記憶にある小川を目指した。太い幹の木々が、左手からおおいかぶさっているので、雨はあまりかからなかった。そう遠くないところで、ふくろうの啼き声がした。

龍岳は佐賀県の山奥で生まれ、五歳までを過ごした。だから、山の匂いも、夜の山の静けさも、よく知ってはいた。しかし、知っていることと、気味の悪さは、問題が別だった。

探見電灯の調子が悪くなったのは、廃殿から五町ほど下ったところだった。明かりがついたり、消えたりしはじめたのだ。

「くそ!!」

龍岳は、探見電灯を振ってみた。するっと、電灯が手からすり抜けた。電灯は、空中に弧を描いて、左手の灌木の斜面に、ばさっと音をたてて落下した。

龍岳は、あわてて、電灯を拾おうと、斜面の落葉の中に足を踏み込んだ。落葉の下には、土がなかった。右足が、ずぶずぶとくさった落葉の中にもぐり込んだ。左足をつっぱったが、バランスを保ちきれなかった。そのまま、からだが前のめりになり、頭のほうから、斜面に突っ込んでいった。

「わっ!!」

大きな声を出した瞬間、激痛が両方の目に走った。木の枝が突き刺さったようだった。右手で、両目を押さえながら、龍岳は斜面を転げ落ちた。そして、十メートルほど落ちたところで、肩から激しく、地面に叩きつけられ、そのまま失神した。

3

「お気がつきになられましたか？」

鈴をふるような若い女性の声が、柔らかいわらのようなものの上に、仰向けに寝かされている龍岳の耳に響いた。

「ああ……」

龍岳は、ことばにならない声を出した。一瞬、思考回路が混乱して、その女性の声が、黒岩時子のもののように思えた。しかし、すぐに事態を把握して、右手を顔に運んだ。目に厚く、包帯が巻かれているのがわかった。痛みはなかった。肩にも違和感はない。

「目、目は？」

「だいじょうぶです。たいした傷ではありません。治療をしておきましたから明日の朝になれば、元どおりに見えるようになります」

女性の、すずしげな声が答えた。

「あなたは、どなたです？　ここは？」

龍岳が、当然の質問をした。

「わたしは、小夜《さよ》と申します。ここは……」

女性は、一瞬いいよどみ、そして続けた。

「桃原郷のわたしの家です」

「あなたが、ぼくを助けてくださったのですか？」

龍岳は、そういいながら、疑問を感じた。それは、その女性のことばだった。少しも、訛《なま》りがない、きれいな東京弁なのだ。こんな木曾の山の中に、東京弁を使う女性がいるのが信じられなかった。

「はい。山道に倒れておいででしたので、お連れしました」

「あなたが、ひとりで？」

「いいえ、馬を連れておりましたから、その背に乗せて」

「ああ、そうでしたか。そういえば、おぼろげに、馬にゆられたような記憶があります。ほんとうに、ありがとう。おかげで助かりました。あなたに発見していただかなければ、いまごろ、どうなっていたかわかりません。なんと、お礼をいっていいか。……申し遅れました。ぼくは、東京からきた鵜沢龍岳という科学小説家です」

「科学小説家？」

女性の声が、微妙に変化した。けれどそれが、どういう意味を持つ変化であるか、龍岳にはわからなかった。

「科学小説に、興味がありますか？」

「はい。遠い星の世界のお話など、興味を持っております。あなたも、そんな小説をお書きになるのですね？」

女性の笑顔が見えるような口ぶりだった。

「はあ、先月は、火星世界に天使のような人が住んでいる話を書きました」

龍岳が、照れくさそうにいった。

「おもしろい、お話ですわ。そんな、お話をお書きになるのなら、あなたは、星の世界の人類を信じておいででしょ？」

「ええ、もちろんです。すると、あなたも……」

龍岳は、そんな話をしている時ではないと思いながらも、つりこまれるようにいった。

「はい。わたしも、遠い星の世界には、人が住んでいると思います。ええ、きっと住んでいます」

女性が、ことばに力をこめた。

「ずいぶん、はっきりといいますね」

龍岳が、ちょっと、おどろいていった。

「あっ、いいえ……。ごめんなさい。こんな時に、どうでもいい話を、むきになってしまって……。つい、あなたが、科学小説家だといわれるものですから」

女性が、申しわけないことをしたというような声を出した。

「いいえ、女性の中にも、あなたのような進歩的な考えの人がいるということは、うれしいことです。……ところで、ぼくのことは、一緒の者たちには伝わっているのでしょうか？」

龍岳がいった。

「いえ、まだです。すぐ、使いの者を走らせようと思ったのですが、そうすると、みなさんをこの郷《さと》にお呼びして、お泊めしなければならなくなります。それは、できませんので……」

女性が、すまなそうにいった。

「なぜ、ここの人たちは、そうまでかたくなに、われわれが泊まるのを拒否するのです?」

「わたしが、ここにいるせいなのです」

「あなたは、この土地の人ではないのですか?」

「はい」

「そうか、どおりで、きれいな東京弁を使うと思いましたが……。どちらから?」

「ごめんなさい。それは、お答えできません」

女性の声は、淋しそうだった。

「そうですか。なにか、わけがおありのようですね。……それで、ぼくは、これから、どうすればいいのでしょうか?」

龍岳がたずねた。

「申しわけありませんが、また、あの廃殿に帰っていただきます。だれかに、あなたを背負ってまいらせます。水筒はいっぱいにしておきました。それから、腹痛の薬も用意いたしました。これをお飲みになれば、すぐに元気になられます。お酒も、少しだけ」

「そこまでしていただけるとは……。けれど、そこまでしてくれながら、泊めてはもらえないというのは……。この郷には、なにか、人に知られたくない秘密でもあるのですか? 実は、ぼくたちは、天狗倒しの話を聞いて、雑誌の記事にしようと取材にきたのです。ぼくは、その天狗倒しは、隕石だとにらんでいるのですが、どのあたりに落ちたのですか?」

「わたし、天狗倒しの話は、ぞんじません」

女性がいった。けれど、それが真実でないことは、目の見えない龍岳にも声の調子でわかった。しかし、龍岳は、そのことについては、それ以上、質問しなかった。

「そうですか。では、死を間近にしていた老人が、天狗のご利益で元気になったという噂は、ほんとうですか？」

「さあ……」

女性の返事は、あいまいだった。

「実は、そんな話を、この郷のみなさんから、お聞きしたいと思ってきたのです。明日にでも、あなたから、協力してくれるよう、お話しいただけませんか」

「いえ、それはできません。それに、たとえ、お聞きになっても、だれも、なにも、しゃべらないでしょう……」

女性がいった。

「でも、隠すような話じゃないでしょう。天狗倒しで、病気が治ったとしたら、おもしろい逸話になると思うけど」

龍岳が、食いさがった。

「あなたに、おねがいがあります」

突然、女性の口調が変わった。

「えっ⁉」

龍岳は、どきっとして、聞き返した。

「どうか、わたしたちを、そっとしておいてくださ い。あと二か月、いえ、あと一と月だけ、この郷のことをお調べにならないでいただきたいのです」

女性の声には、強い響きがあった。

「なぜですか……」

龍岳がいった。けれど、女性は、それには答えなかった。

「どうか、おねがいでございます。あと、一と月だけ……」

女性の声には、悲壮感さえ感じられた。

「わかりました」

龍岳が答えた。それは、必ずしも、龍岳の本心ではなかったが、なぜか、そう答えずにはいられなかった。

「ありがとうございます。あなたを信じます。……みなさんも、ご心配されていることでしょう。そろそろ、お戻りにならないと」

女性の足音が龍岳のそばから離れた。その時、龍岳は、なにげなく女性のからだがあるだろう方向に、右手を伸ばした。着物ではない、なにか肌触りのいい暖かいものが、龍岳の手に触れた。

「あっ!」

女性が、小さな声をあげた。こつこつと響く足音が、龍岳のそばから離れた。なんだか、その足音は、ふたりの人間のような気がした。そう思った時、いましがた手が触れたものの感触を、龍岳は思いだした。それは、馬だった。

「この部屋の中には、馬がいるのですか?」

龍岳がいった。

「馬? いいえ、おりませんわ。ここにいるのは、わたしひとりです」

部屋の少し離れたところから、女性が答えた。静かな口調だった。だが、声がかすかに、震えているのを、龍岳は聞き逃さなかった。

「そうですか。では、ぼくの思いちがいですね」

「どうしても、行くのか?」

桃原郷の入り口で立ち止まった龍岳が、元気いっぱい跳ねるような足取りで先を行く信敬に声をかけた。翌朝の九時。前日の細かい雨がうそのような晴天で、気温も高い。

「行くとも。あの特効薬の礼をいわなければならん。男、吉岡信敬、この礼をいわずに、この地を立ち去るわけにはいかん」

信敬が、いつもの調子で、少々、芝居がかったせりふを吐いた。

「きみだって、目を治療してもらった礼をいわなければいかんじゃないか!」

「それはそうだが、ここの人たちは、われわれを歓迎していないではないか。それに、何度もいったように、天狗倒しの話は、知らないというし……」

「だが、龍岳君。ぼくは弥次馬だからいいが、きみは〈冒険世界〉の取材で、わざわざ、ここまできたのだろう。その女性の話を聞いただけで、ほかに、なにも調べないでいいのかね」

黒岩が、じっと龍岳の目を見つめていった。それは、刑事の目だった。

「かまいません。記事にするかしないかの判断は、ぼくにまかされているのです」

龍岳が、黒岩の目を見ずにいった。

「そうか。それなら、ぼくが口を出す問題じゃないがね」

「龍岳君、そういわずに、とにかく行こう」

信敬は、そういうと、龍岳の返事を待たずに、すたすたと、人気のない入り口に進んでいった。龍岳には、引き止める余裕もなかった。

郷の中は、静けさに包まれていた。田舎の人は朝が早い。しかし、もう九時だというのに、ここには人影が、まったく見えなかった。家々の雨戸は、しっかりと閉ざされたままだ。龍岳たちが、通るのを見て、鶏小屋の中の鶏やちゃぼが低く鳴く以外に、音らしい音がなかった。

「まだ、みんな寝ているようですなあ。たしかに、これは日本一、寝坊な田舎のようだ」

信敬が、一軒の家の戸口から、中をのぞくような動作をしていった。

「これでは、その美しい東京弁をしゃべる婦人の家がわからんなあ。一軒、叩き起こしてみますか？　それとも、黒岩さん。刑事だといって飛び込んでくれませんか」

「おいおい、信敬君。むちゃをいうなよ。いくら刑事でも、寝坊はとがめられないよ」

黒岩が、苦笑いしながらいった。

「しかし寝坊でも、時刻からして、もう、起きてはくるころだとは思うがなあ……」

未醒が、せまい道の両側に並ぶ、古びた家々をながめていった。

「あすこに見える、あれ……。なんだろう？」

突然、信敬がいった。信敬がのぞいているのは、中央の広場から十間ほど離れた、屋根の高い納屋のような建物だった。

「なにがあるんだ？」

全員が、その建物に駆け寄り、小さな窓をのぞいた。十五畳ほどの広さの建物の中に、奇妙な物体があった。丸い、煤《すす》けた金属の瓦斯《ガス》タンクのようなものだった。

「ふしぎな物体だ！」

それまで、ほとんど、しかたなくという感じでついてきていた龍岳の目が輝いた。さすがに、科学小説家だけあって、龍岳の未知のものに対する好奇心は、人一倍強かった。

「これは瓦斯タンクとはちがうなあ」

直径二間半ほどの金属球を見上げた未醒がいった。黒岩も、首をかしげる。実に奇妙な金属球だった。大きさを別にして、その球に一番よく似ているものといえば、潜水服のヘルメットだった。そこここに、大きなリベットの跡があった。また、あちらこちらに、別の金属を鋳《い》かけた跡があった。球の周囲には、大工道具や、溶接器具、鉄板、針金などが散乱している。

「あの球を修理しているようですね」

龍岳がいった。

「らしいが、ぜんたい、あれはなんの球なのだ」

未醒が、眉根にしわを寄せる。

「なんとも、奇妙なものだね。しかし、窓があるところを見ると、中が部屋になっているんじゃないかな」

黒岩がいった。

「まさか、こんなところで、軍が新兵器の開発をしているのでもないでしょうなあ」

信敬が、自分のことばを、まったく信じていない口振りでいった。

「兵器でもなさそうだが、家としても形が奇妙すぎる。見当がつかないね」

黒岩が、腕組みをしてうなった。

「郷の連中は、これを隠して、ぼくたちを泊めんかったのでしょうかね」

信敬がいった。

「かもしれんな」

未醒が答えた。

「となると、いよいよこれは、連中を叩き起こして、いったい、これがなんなのか、聞き出さねばならんぞ」

　信敬が、農家のほうに顔を向けて、きつい口調でいった。

「しかし、信敬君。きみは、薬をもらった礼をいいにきたのではないか？」

　末醒が笑った。

「はあ、それはそうですが……」

　信敬が、困った顔をして、頭をかいた。

「龍岳君。科学小説家の智恵で、これが、なんだか、わからないかい？」

　黒岩が質問した。

「はあ、実際、なんともわかりません。ですが、ひょっとすると……」

　龍岳が、物体を見上げていいかけた時だった。納屋のちょうど反対側の土蔵のような建物で、かたっと音がした。四人がいっせいにふり向いた。地上から一間ぐらいのところにある、たったひとつの小さな窓が、内側から観音開きに開いた。四人は動きを止め、緊張したおももちで、窓に視線を貼りつけた。

　そこには、このあたりの田舎娘とは思えない、あかぬけた感じの、色白の美しい女性の姿があった。歳は二十歳を少し越えたぐらいだろう。この地方特有の髷《まげ》を結《ゆ》い、だいだい色の、かすりの着物を着ていた。

　その女性は、両手を窓の縁にかけ、上半身を乗り出すようにして、龍岳たちを見下ろした。龍岳は、その顔を見たとたん、それが昨夜、自分を助けてくれた女性であることを、半ば直感に理解した。

「やあ、あなたですな。昨晩、龍岳君を助け、ぼくに薬をくれたのは？」

　信敬が、めったに出さないよそいきの声で、ていねいにたずねた。美女は、それを否定も肯定もせず、にっこりと信敬に笑いかけた。えくぼのできる笑顔は、また一段と美しかった。

「すばらしい、美人だな。だが、どこかに淋《さび》しい陰がある」

　末醒が、龍岳の耳元で囁《ささや》いた。

「これは、なんですか？」

黒岩が、納屋の中を指差して、問いかけた。女性は、なにも答えなかった。

「昨晩は助かりました。おかげで、目はすっかり治りました。ありがとう」

龍岳が、女性の顔を見つめていった。

「お酒もうれしかったですな」

龍岳のことばに、末醒が続けた。

「ぼくも、もう、すこぶる元気になった。まったく、あなたのおかげだ」

信敬がいった。三人のことばに、女性は、とても、うれしそうな顔をした。だが、口を開こうとはしない。

「なぜ、口をきかんのだろう?」

末醒が、小声で龍岳にいった。

「わかりません。昨晩は、きれいな東京弁をしゃべったのですが」

龍岳が、首を横に振った。その時だった。四、五軒先の家の雨戸が、開く音がした。

「おっ、ようやく、お目覚めだな」

信敬が、音のほうを振り返った。

「みんなが、起きる時刻です。どうか、なにも聞かずに、この郷を立ち去ってください。そして、この郷のことも、この物体のことも、わたしのことも、あと一と月だけ、忘れていただきとうございます」

龍岳が、前の晩、聞いたのと同じ、女性の鈴をふるようなすずしげな声が、四人の耳に響いた。その声には、緊張感が漂っていた。そして、従わずにはいられない、強いなにかが感じられた。しかし、龍岳が見上げたその女性の唇は、少しも動いてはいなかった。

「龍岳君。あの女性のことばに従ったほうが、よさそうだね」

黒岩がいった。

「ええ」

龍岳もうなずく。

「うむ、決めたぞ」

丸い金属の物体から離れながら、末醒がことばに力をこめた。

「なにをですか？」

龍岳が質問した。

「来年の展覧会の絵は、あの女性の姿にするよ」

未醒が、まだ、窓から四人をじっと見ている女性を振りかえっていった。

4

「あっ、時子さん！　どうして、ここに」

春浪の妻・亀子が開けた客間の襖《ふすま》の奥を見た龍岳が、びっくりしたように、甲高い声を出した。ここは、東京牛込区矢来町《やらいちょう》の春浪の家。龍岳たちが、東京にもどってきた日の翌日、日曜日の午前十時ごろだった。

「おお、きたな。さあ、座りたまえ」

部屋の中央のテーブルの前に、あぐらをかいている春浪が、目を丸くしている龍岳にいった。春浪の前には、黒岩時子が、にこやかな笑顔で座っていた。

「さあ、どうぞ。びっくりされましたでしょう。主人が、どうしても、龍岳さんには、部屋に入るまで時子さんのことをお話してはいけないというものですから……。だまっているのも、苦しいものですわね」

亀子《かめこ》が、龍岳を促すようにして部屋に入りながら、くすっと笑った。

「は、はあ」

龍岳が、困ったような顔で答えた。

「いや、実は、昨日の夜、黒岩君から電話があって、ちょっと届けものがあるから、時子さんに使いに行かせるというものでね。それなら、時間を合わせてやろうと思っただけなのだ。ふたりとも迷惑というわけではないだろう？」

春浪がいった。

「そんな、迷惑だなんて……」

時子が、ちらっと、隣りに腰をおろした龍岳のほうを見ていった。

「なら、龍岳君にも異存はあるまい。時子さんにも、御岳旅行の話を聞かせてあげたまえよ」

春浪は笑顔でいい、三人の湯飲み茶碗にお茶を注いでいる亀子に続けた。

「なにか、甘いものと煎餅《せんべい》でもないか。それから、俺は一本頼む」

「あら、一昨日から禁酒されたんじゃありませんか」

亀子がいった。

「いや、なに。まあ、そうだが、いいではないか。せっかく、龍岳君もきておるのだし……」

「でも、龍岳さんは、お飲みにはなりませんでしてよ。あなたの禁酒は、三日坊主にもならないで、二日なんですから」

「まあ、そこをなんとか。一本だけでいいから」

春浪が、龍岳と時子に、ちらりと目をやってから、亀子に拝むような手つきをした。それを見て、龍岳と時子が、顔を見合わせて、小さく笑った。

「では、ほんとうに、一本だけですよ。今日は午後からは、子供たちの相手をしてくださるお約束ですよ」

亀子が、笑いながらいった。

「わかっておるよ。めんどうは見る。だから、一本」

春浪がいった。

「はい、はい。いま持ってまいります」

亀子は、そう答え、襖を開けたまま、部屋を出ていった。

「それで、黒岩君からも、ちょっと聞いたが、天狗倒しの件は、どうも記事にはなりそうもないということだね」

春浪が、テーブルの上の敷島《しきしま》の箱に、手を伸ばしながらいった。

「はい。ハガキにも書きましたが、うわさにたがわぬ、よそ者ぎらいの連中でして、なにを聞いても知らぬ存ぜぬで、天狗倒しなんてものはなかったというばかりなのです」

龍岳が、まじめな顔になっていった。

「お宿も貸していただけなかったそうですね」

時子が、お茶を手に取りながらいった。

「ええ、郷から十町も離れた廃殿で寝たんです。信敬君は腹痛を起こすし、ぼくは水を汲みにいって、崖から落ちるし……」

龍岳が説明した。

「それは、大変だったなあ。目を傷つけたということだが、もう、すっかりいいのか」

春浪がいった。

「はい。自分では、かなりひどいけがだと思ったのですが、ふしぎな女性に助けられまして、薬をつけてもらったところ、翌朝には、まったく、けがの跡かたもなく治ってしまったのです。あれは、いかにもふしぎでした。信敬君も、腹痛の薬をもらったのですが、ぴたりとおさまってしまい、おどろいていましたよ」

「おきれいな女のかただったそうですね。兄が、思い出して、ため息をついておりましたわ」

時子が笑った。

「ええ、未醒さんも、今度の展覧会のモデルにするといっていますよ」

「東京弁をしゃべっていたとか？」

春浪がいった。

「そのことなんですが、なんとも、不可思議なのです。いえ、そのことだけでなく、あの女性は……」

そこまでいって、龍岳はことばをとぎらせた。

「なんですの？」

時子が興味ぶかげに龍岳の顔を見た。

「笑わないでもらいたいのですが、ぼくは、あの女性は、ふつうの人間ではないような気がしてならないのです」

「どういうことだね？」

春浪が、煙草を灰皿の中に押しつけて、火を消しながらいった。

「はい。実は……」

龍岳は、崖から落ち、助けられた後のいきさつ、そして、翌日の女性との出会いなどを、できるだけ細かく、正確に説明した。

「すると、その美人は、口で東京弁をしゃべったのではなく、直接、きみや未醒たちの心に話しかけたというのか」

春浪が、猪口《ちょこ》を口に運びながらいった。

「ええ、たしかに、郷を出ていってくれといったことばは、全員が聞いていますが、ぼくの見たかぎりでは、口は動いていませんでした。おどろきの連続の最中だったので、どさくさにまぎれて、末醒さんや黒岩さんも気がつかなかったようですが、あれは、精神感応術にちがいありません」

「ふむ。場所が場所だから、そんな巫女《みこ》のような婦人がおってもおかしくはないような気がするが……」

「それに、あとから思うと、ふしぎなことがたくさんあるのです。その女性は、自分の名前を小夜といいました。ぼくは、それを聞いたとたん、小さい夜と書くのだとわかりました。しかし、実際には、字を教えてもらったわけではないのです。それなのに、小夜とわかったというのは、心の中に直接、話をされたとしか思えません。また、その時、信敬君が腹痛で苦しんでいたことや、末醒さんが酒を欲しがっていたことなど、あの女性は知らないはずなのです。ですが、ちゃんと、薬や酒をくれました」

龍岳が、長い説明をした。

「なるほど」

春浪が、あごに手をあててうなずいた。

「ふしぎな、お話ですわ。そのお薬のことも」

時子がいった。

「まったくです。たしかに、ぼくの目には木の枝が突き刺さったと思ったのだけど、翌日には、なんの痛みもないばかりか、かすり傷の跡さえ残っていないのですからね。信敬君の腹痛だって、飲んで五分もしないうちに、ぴたりと治ってしまったんです」

龍岳がいった。

「天狗倒しのことはともかく、死にかかっていた老人が元気になったというのも、その婦人と関係のあることなのかな?」

春浪が、首をひねった。

「どうなのでしょう。そのあたりのことも、詳しく聞きたかったのですが、なにしろ、ぼくはけがをして、気が動転していたし、その女性も、詳しい話をしたがらなかったので、たしかめることはできませんでした。ただ、老人が元気になったというのは事実だといっていましたし、山道であった近所の村人も、そういっていました」

「その女の人が、どこの出身であるか隠したのは、なぜでしょうね？」

時子がいった。

「わからないんだ。そして、あと一と月だけ、自分のことも郷のことも忘れて欲しいといった理由もわからない」

龍岳が、首を横にふった。

「あと、一と月たてば、謎が解けるというのだろうか？」

春浪がいった。

「あるいは、自分で、なにかを発表するということなのかもしれませんが……」

「うむ。龍岳君のいうとおり、これは、奇妙な話だな。それと問題は、その潜水帽のような金属の球だな。ぜんたい、龍岳君はそれをなんだと思ったのだ。黒岩君は、奇妙な形の家のようにも見えたし、また、乗物のようにも見えたといっておったが」

春浪が、昆布の佃煮《つくだに》を箸《はし》でつまんだ。

「なんでしょうか。なんにしても、あんな山奥の小さな郷の納屋には、不似合いなものに思えました」

「政府を転覆せんとして、秘密兵器を作っているわけでもないだろうなあ。俺の小説なら、時々、そんなこともあるが、しかし、場所が場所だ。御岳の山奥で、そんな巨大な兵器を作っても、運びようもあるまい」

春浪が笑った。

「幸徳秋水《こうとくしゅうすい》一派の残党が、その郷に隠れ住んで、農民たちを手足にして、兵器を製造しているとでもしたら、おもしろい冒険小説になりますわね」

時子が、口をはさんだ。

「やっ、それは、すこぶるおもしろい。うん、実にいい。時子さん、あなたも冒険小説を書いたらどうです」

春浪が、時子のアイデアにいたく感激した口調でいった。

「婦人の小説家は、なん人もおるが、まだ、冒険小説家は珍しいからね。これは、評判になるのではないかな」

「あら、わたしなんかだめです」

時子が、赤い顔をして、うつむいた。

「じゃ、龍岳君。時子さんと相談して、きみ書きたまえよ」

「ひとつ、やってみますか」

龍岳が笑った。

「それは、おもしろいぞ。……まあ、それはそれとしてだ。その物体も、その婦人と関係があるのだろうか？」

春浪が、首をかしげた。

「実をいうと、ぼくは、関係あるのではないかと思っています」

龍岳が、真剣な表情になっていった。

「どんなふうに？」

春浪がたずねた。

「あの物体は、あの女性の乗物ではないかと思うのです。それも、空を飛ぶ、いえ宇宙空間を飛行する宇宙飛行船です」

「なるほど」

龍岳の考えを予想していたのか、春浪は、少しもおどろいた表情をしなかった。

「では、その婦人は地球の人類ではないというわけだね」

「ええ。どこか、遠い宇宙の星の人類で、なにかの理由で、あの郷に落ちてきた。たぶん、宇宙飛行船に故障でも起こったのでしょう」

「その時の火柱と轟音が、天狗倒し？」

時子が、目を丸くした。

「おそらくね。そして、その女性を郷の人々が助けた。女性は、そのお礼に人々に医薬品を与えて、死にそうな老人まで救った……」

龍岳がいった。

「その星は、地球より、医学が進んでいるのですね」

時子がいった。

「そうでしょう。だから、ぼくの目も、一晩で治ってしまったんです。信敬君の腹痛も。それに、宇宙の人類であれば、精神感応術ができても、おかしくはないでしょう。郷の人々は、その女性の乗物を、なんとか修理して、ふたたび、宇宙空間を飛べるようにしようとしているのだと思います。だが、そのことを知られるとまずいので、近隣の村ともつきあいをやめて、かたくなに拒む。夜、密かに飛行船の修理に精を出すため、どうしても、人々の朝が遅くなる……。そういうことじゃないでしょうか」

龍岳が、春浪の目を見つめていった。

「すると、その飛行船は、あと一と月で直って、宇宙に帰るということなのだろうか」

「たぶん」

「ふーん。もし、その龍岳君の想像が正しければ、これは、おどろくべき事実だな。そんなことなら、俺も一緒にいって、その婦人に会いたかった。いったい、どこの遊星からやってきたのだろう。どうだ、龍岳君。ふたりで、もう一度、その婦人を訪ねてみんか」

「どうでしょう。ぼくは、もう、あの女性は、決して、会ってくれないような気がします。ぼくが科学小説家と知って、親しみと同時に、危険も感じていたようですから」

「そうか。そうか、きみのような男に調査されては、隠している素性が、はっきりしてしまうかもしれんからね」

春浪が、うなずいた。

「龍岳さんが、助けられたお部屋に、馬の気配がしたというのも、なにか、その女の人と関係があるのでしょうか?」

時子がいった。

「ええ。その時は、どうしてもわからなったのだけど、あとでわかったのです。あの女性はたぶん……」

龍岳がいった。

「半人半馬だな。ギリシャ神話に出てくるようなケンタウロスだ」

春浪がいった。

「遠い宇宙の星に住む、半人半馬の女の人が、御岳の郷に……」

　時子が、どこか、遠いところを見つめるような目でいった。

「ぼくの想像が、当たっていればの話です」

　龍岳が、あたりに張り詰めた空気をやわらげるような口調でいった。

「でも、たぶん、これははずれです。科学小説ならいざしらず、そんな話が、現実にあるわけがない。そうでしょ、春浪さん」

　龍岳が、じっと春浪の目を見ていった。

「うむ。おもしろい空想ではあるが、ちょっと、〈冒険世界〉には載せられんなあ」

　春浪が、片目をつぶっていった。

夢

1

牛込区矢来町にある押川春浪《おしかわしゅんろう》の家近くの暗い路地を、飲み屋の屋号の入った提灯《ちょうちん》を持ったふたりの男が歩いていた。明治四十三年十月三日の、午後九時少し前のことだった。

　ひとりは、グレーの三つ揃いの背広に、ハンチング帽をかぶった髯《ひげ》の紳士、もうひとりは、紬《つむぎ》の着物の着流しの色白の男だった。前者が、〈やまと新聞〉の記者で、かつて早稲田大学応援隊に、吉岡信敬《よしおかしんけい》と並んで、この人ありといわれた荒井健造《あらいけんぞう》。後者が、最近、雑誌〈冒険世界〉を中心に、新進科学小説作家として売り出し中の鵜沢龍岳《うざわりゅうがく》で、ふたりは、押川春浪の家に向かうところだった。

「それで、荒井君。信敬君は、やはり明日は早稲田応援隊として指揮をするのだろうか、それとも〔天《てん》狗《ぐ》倶楽部《クラブ》〕に入るのかい？」

　龍岳がいった。

「うむ。ぼくの聞いた話では、本人は天狗で、みんなといっしょにむしろ旗をふりたいらしいが、そうなると、応援隊で指揮をとる者がいないので、自分でやるしかないといっておるらしい」

　かなりの量を飲んでいるのに、少しも乱れたようすのない荒井がいった。それは、翌日、早稲田のグラウンドで行われる予定の、早稲田大学対シカゴ大学の野球試合の応援についての会話だった。

「しかし、きみたちがリーダーをやっていたころとちがって、いまは、信敬君が出ていかなくても、指揮ぐらい、だれでもできるじゃないか」

「いや、それが、へたなリーダーがやると、なかなかそろわんものなのだ」

　龍岳のことばに荒井が、小さく笑いながら答えた。

　それまで、統制された応援法のなかった日本の野球に、カレッジフラッグをふり、エールを唱える応援法が導入されたのは、明治三十八年秋の早慶戦からだった。この年の春、アメリカ西海岸に野球遠征した早稲田野球部が最新の野球技術とともに持ち帰り、さっそく、秋の早慶戦に導入したのだ。さらに、翌年には、慶應が試合の途中で応援歌を歌うという新機軸をうちたて、早稲田もこれにならった。

　ところが、これらの応援合戦が、やや過熱状態になり、ついには両校の応援席割り当て問題がこじれ、明治三十九年秋、早慶戦は二回戦を終了した時点で、中止と決定する。この時、早稲田の応援隊長・吉岡信敬は慶應応援隊に向かって、三回戦の時には馬にまたがり剣を抜き、慶應のグラウンドに乗り込むというおどし文句をたたきつけた。ところがこれが、本気で受け取られ、慶應側では信敬に対抗するために、学生を動員し、ついには両校当局の話合いで中止と決まるのだ。

　その時、早稲田ではこの中止を一時的なものと考えていた。が、慶應では永久的なものとし、その後の調停もうまくいかなかった。そこで、最大のライバルを失った両校は、相手を海外の大学に求め、早稲田はワシントン大学、慶應はウイスコンシン大学などを招くが、この明治四十三年に早稲田は、アメリカでも強豪中の強豪として知られるシカゴ大学を招聘《しょうへい》し、試合を行うことになったのだった。

　明治三十九年の早慶戦中止事件以後の一時期、早稲田応援隊は、拍手以外の応援を禁止することにした。しかし、そのルールもいつのまにか、なしくずし的に破られ、いまは、以前と変わらなかった。さらに、この派手な応援法は学生ばかりでなく一般にも浸透し、早稲田贔屓《びいき》の各団体が、それぞれに応援旗などを持って、応援に駆けつける準備をしていた。押川春浪の率いるバンカラ社交団体〔天狗倶楽部〕

も、翌日の試合には、むしろ旗を持って、応援に向かう予定だった。

〔天狗倶楽部〕に入会してまもない龍岳も、むしろ旗を作る役目をおおせつかり、その段取りのために、春浪の家に行くところだったが、〈やまと新聞〉のスポーツ記者をやっている荒井がその話を聞き、おもしろそうだから、ぜひ取材をしたいと、一緒に春浪宅を訪問することになったのだ。

「そんなものかね？」

龍岳がいった。

「うむ。拍手ひとつでも、うまいやつとへたなやつでは音がちがうのだ」

荒井がいった。その時だった。曇《くも》り空で、月の光もない、まっ暗な道の真中に、もの蔭から、ひとりの人間がぬっと出てきて、ふたりの行く手を遮るようなしぐさをした。

「な、なんだ、貴様は！」

一瞬、ぎょっとした荒井が、人影に向かって、提灯を突き出すようにいった。提灯の明かりに浮かびあがった顔は男だった。二十四、五歳の龍岳や荒井よりも、やや若く見えた。男は、見慣れない服装をしていた。それは、からだをぴったりと包むような、黒銀色の皮とも少しちがう艶《つや》のある生地の、手足の部分が細くなった、上着とズボンの境目のない洋服だった。靴は膝《ひざ》まである長靴だったが、軍隊のものとはちがって、編みあげの紐がついていなかった。

「荒井健造さんですね」

龍岳と荒井が、その奇妙な風体《ふうてい》に顔を見合わせた時、青年が、はっきりした、きれいな東京弁口調でいった。

「うむ。俺は荒井だが、きみは誰だ？」

青年の、おもいがけないていねいな口調に、荒井がとまどったように質問した。

「あなたの、遠い親戚のものです」

青年が、荒井の顔を見て静かにいった。

「俺の親戚？　知らん顔だが、名前はなんという？」

荒井は提灯を、さらに青年のほうに近づけるようにしていった。色の白い、端整な顔が光の中に浮かんだ。

「名前はいえません」

青年が首を横にふった。

「なに、名を名乗れん。馬鹿野郎！　俺の親戚に名も名乗れんような人間はおらん！」

荒井が、青年を怒鳴りつけた。

「名乗りたいのですが、名乗るわけにはいかないのです」

荒井に怒鳴りつけられた青年が、恐縮した表情でいった。

「ならば、名乗らんでもいい。さあ、こんな礼儀をわきまえん男は相手にせず、先を急ごう」

荒井が龍岳にいった。

「しかし、荒井君。この人は、なにか理由《わけ》ありのようじゃないか。親戚だというのだから、話を聞いてやりたまえよ。きみ、荒井君になんの用だ？　ハイカラな服を着ておるが、洋行帰りかね？」

龍岳が、荒井と青年の顔を見くらべていった。

「ええ、まあ」

青年がいった。そして、続けた。

「荒井さんに、ぜひ、お願いがあってきたのです」

「なに者かも、名乗らん男の願いなど聞く耳は持たん。帰れ！」

荒井が、また怒鳴った。

「まあ、荒井君、待て。そう頭ごなしに怒鳴るな。名を名乗れんのは、それなりの理由があるのだろう。話を聞くだけでも聞いたらいいだろう」

龍岳がいった。

「ふむ。俺は気にいらんが、龍岳君が、そういうのなら、話だけは聞こう。なんだ、その頼みというのは？」

「はい。明日の試合の応援を、中止してもらいたいのです」

「なんだって!?」

荒井が眉根にしわを寄せ、耳を疑うようにいった。龍岳も、びっくりした表情をする。

「お願いします。応援を中止してください」

青年が、また同じことをいい、深々と頭を下げた。

「どういうことなのか、さっぱり、わけがわからん」

荒井が龍岳の顔を見て、首を横にふった。

「きみは、シカゴ大学の関係のものかね」

龍岳が質問した。

「ちがいます」

青年が、首を横にふった。

「ちがうのか。では、なぜ、応援を中止しろなどというのだ?」

「理由はいえませんが、明日の応援合戦は、早稲田にも慶應にもいい結果にならないと思います」

青年は、荒井を見つめていった。

「また、理由はいえんか!」

荒井が、嫌な顔をした。

「〔天狗倶楽部〕が応援をすると、なぜ、早稲田と慶應がいい結果にならんのだい?」

ぷりぷりしている荒井に代わって、龍岳が質問した。

「〔天狗倶楽部〕ですか? いえ、ぼくがいっているのは、早稲田の応援隊のことです」

青年がいった。

「なるほど。だが、早稲田の応援隊のことを、なぜ、俺のところに頼みにくる。それなら、吉岡のところにでもいけばいい」

荒井がいった。

「でも、あなたも副隊長なのですから」

青年がいった。

「いったい、いつの話をしているのだ。俺はとっくの昔に、早稲田を卒業したぞ。いくら洋行帰りか知らんが、それもわからんのか? もっとも、吉岡はまだ、応援隊長をやっているが、あの男は特別だ」

荒井が、いかにもけげんそうな表情をした。

「えっ、では、明日の試合は、早慶戦ではないのですか?」

「おい、しっかりしろよ。明日はシカゴ大学と早稲田の試合だ」

「シカゴ大学?」

今度は、男がびっくりした表情になった。

「早慶戦は、四年前から中止になっているのだよ。

きみは、何年外国に住んでおったのだ」

龍岳が質問した。しかし、青年は龍岳のことばには答えずにいった。

「今年は、何年です？」

「なんだ。どうも、話がわからんと思ったら、葦原《あしはら》将軍の親戚か。病院から抜け出してきたのかね。冗談ではないぞ。こんな道の真ん中で、ああだこうだとしゃべらせて」

荒井が、いまにも爆発しそうな声を出した。

「いや、ぼくは精神異常ではありません。では、今年は明治三十九年ではないのですね」

青年が、龍岳の顔を見てたずねた。

「今年は明治四十三年だよ。今日は十月三日だ」

龍岳が、いらいらしている荒井を制していった。

「しまった。そうだったのか。どうも、話が嚙《か》み合わないと思ったんだ。四年間の狂いが生じていたのか……。すると、あなたは、いまは新聞記者ですね？」

青年がいった。

「そうだ」

「そうでしたか。なるほど。ぼくも、だいじな早慶戦の前日のこんな時間に、ここにいるのはおかしいとは思ったのです」

青年が口ごもった。

「きみは、明日が早慶戦だと思っていたのか？」

龍岳が質問した。

「はい。明治三十九年の第二回戦だと……」

青年がいった。

「なるほど。あの試合の応援隊は、早稲田も慶應も、少し度が過ぎた。きみの心配したとおり、早慶戦は、あの試合を最後に中止になってしまったよ。それにしても、きみは、どうして、明日が早慶戦だと思ったのだ」

龍岳が、じっと青年の目を見つめていった。

「よく記憶を失った人が、記憶を取り戻した時、今度は失っていた期間の記憶を失くすということは聞いているが……」

「ど、どうも、そのようです。ぼくには、明治三十九年十一月二日より後の記憶がありません」

　青年が、どもりながらいった。

「うそをつけ‼　貴様、俺たちを愚弄《ぐろう》すると、ただではおかんぞ。さっき、龍岳君が明治四十三年だといった時、しまったといったのは、あれはなんだ！」

　荒井が、手にしている提灯を、地面に叩きつけんばかりに怒鳴りつけた。

「そ、それは……」

　青年がいった時だった。路地の奥のほう、つまり青年の背後から、ウーンというモーターの唸《うな》り音のようなものが聞こえた。びくっとからだを震わせるようにして、青年が音のほうを振り向いた。龍岳と荒井も、その方向に目をやる。暗い提灯の光では、その音の発生源がなんであるかはわからなかった。

　ふたりの前の青年が、いかにもあわてたようすで逃げ出そうとするのと、路地の奥の機械の唸り音が止まって、かわりに、じゃりを踏む靴の音が聞こえるのが同時だった。

「誰だ？」

　荒井が、青年に質問した。

「ぼくを捕まえにきたのです」

　男が答えた。

「捕まえに？　警察か？」

　荒井がいった。青年は答えなかった。

「なにがなんだかわからないが、きみは悪人には見えない。とにかく、逃げねばならんのだろ。早く、いきたまえ。そして、もし、なにか困ったことがあったら、あとで、ぼくのところにきたまえ。渋谷町三丁目の鵜沢龍岳だ」

　龍岳が、青年の耳元に早口でいった。

「わかりました。ありがとうございます。それから、荒井さん。ひとつだけ質問に答えてください。妹さんは、元気でおられますか？」

　青年がいった。

「なに、妹？　元気だが、それがどうした？」

「では、明治三十八年に馬車にはねられたことは？」

「妹がか？」

「はい」

「妹は、馬車にはねられたことなどないぞ」

「そうですか。よかった。では、失礼します」

青年は、満面に微笑をたたえ、荒井と龍岳にぺこっとおじぎをすると、反対側の路地の出口に向かって走り出した。その音を聞きつけてか、路地の奥の足音も駆け足になった。荒井は、つかつかと道の中央に進み出た。走ってくる足音の主と荒井が正面衝突した。荒井の提灯が、道端に吹っ飛び、あっというまに紙に火が移った。

「なにをするか、貴様！」

荒井が、破れ鐘《われがね》のような大声をあげた。

「じゃまだ、どけ！」

足音の主が、低い声でいった。男の声だった。その男は、さっきの青年が着ていたのに、よく似た黒い衣服をまとい、頭には金魚鉢をさかさまにしたような奇妙な帽子を、首のところまで、すっぽりとかぶっていた。

「いや、どかん。貴様がぶつかってきたのだから、謝れ！」

荒井がいった。いや、いい終わらないうちに、荒井は男に胸ぐらをつかまれ、声を出すひまもなく、地面に叩きつけられた。

「荒井君‼」

龍岳が、びっくりし、あわてて投げ飛ばされた荒井のそばに駆け寄った時には、もう、男の姿は青年を追って、路地の暗闇の中に消えていた。

2

「まったく、災難だったね。だが、その程度のかすり傷でよかったじゃないか」

押川春浪が、ヨードチンキを右足のくるぶしのところに塗っている荒井に向かっていった。

「ええ。多少なりとも、受け身の心得があったので助かりましたが、あの勢いで叩きつけられたら、骨が折れていたかもしれんです」

荒井が、肩をすくめた。

「しかし、それはいったい、なに者だったのでしょうな？」

それまで、ずっと無言でいた、警視庁第一部刑事の黒岩四郎《くろいわしろう》がいった。

「それが、荒井君の親戚と名乗るほうも、追いかけてきたほうも、さっぱり、正体がわかりません。春浪さんの家に黒岩さんがいると知っていたら、呼びにくるのだった」

龍岳が、残念そうにいった。

「ぼくも残念だったよ。ぜひ、その男たちを見てみたかった。荒井君は、実際、その男の顔を見たのは、今夜はじめてなのかね」

黒岩がいった。

「名前を名乗れば、わかったのかもしれんのですがね。真にぼくの親戚だとしても、館林《たてばやし》の本家筋の遠い親戚でしょうな。まあ、つきあいのない親類もたくさんいますが、洋行していた男というのは、噂も聞いたことがないのです」

荒井が眉根にしわを寄せた。

「では、親戚をかたるにせ者か?」

春浪が、吸っていた煙草を火鉢の灰の中に、突き刺しながらいった。

「ですが、もしにせ者だとしても、金や物品を強要したわけでもないし、荒井君をだまさなければならん理由がありませんよ」

龍岳がいった。

「そうだなあ。和歌子《わかこ》のことも知っていたから、まんざら、荒井家を知らない人間でもなさそうな気はするのだが……」

荒井が、靴下をはき直しながらいった。

「妹さんに、惚れていた男ではないのかな?」

黒岩がいった。

「そうでないとはいえないけれども、そういう男なら、ぼくの耳に入らないはずはないと思うのですが」

荒井が答えた。

「馬車の事故など知らんと、きみがいった時の、あの青年の顔は、いかにもうれしそうだったね」

龍岳がいった。

「いま、その妹さんは、どうしておるのだ?」

春浪がたずねた。

「桐生《きりゅう》の小間物問屋に嫁いで、子供もふたりいます」

荒井が答えた。

「しかし、なんで、馬車の事故の話など……。やっ、まただ……」

「どうしたね、荒井君」

ことばをとぎらせてこめかみに手をやった荒井に、黒岩がいった。

「いや、それが、なんといっていいか、いま、おそろしく、ふしぎな感じがしたのです。さっき、あの青年に妹のことを聞かれた時も、そうでした」

荒井が、顔をしかめた。

「おそろしく、ふしぎな感じ？　どんな感じがしたのだ？」

春浪がいった。

「はあ。あまりいいたくないのですが、妹は、本当に馬車にはねられて死んだのではなかったかという気持ちです」

荒井が、静かな口調でいった。

「おいおい、荒井君。縁起でもないことをいってはいかんよ」

春浪が、顔をしかめた。

「なんで、そんなことを思うのだ。だって、現にいま、桐生で元気にしておるといったではないか？」

「ええ。それはそうなのですが……。なぜか、一瞬、ぼくが妹の葬式の席にいたことがあったような気がしたのです。さっきも、同じ気持ちがしたのです」

荒井がいった。

「ふーむ。虫の知らせでなければいいが。荒井君。妹さんの家には電話はないのか？」

春浪がいった。

「あります」

「そうか、それでは、いますぐ、電話をかけてみたまえ」

「はあ。それでは、そうさせてください」

荒井は、そう答えると畳から立ちあがり、襖を開けて、廊下に出ていった。

「どうも、春浪さん。今日はおかしな日ですな」

黒岩が、荒井の後ろ姿を追いながらいった。

「といいますと？」

龍岳が質問した。

「それがね。今日、下谷《したや》のほうで、強姦《ごうかん》事件があったのだ。ところが、その事件が、以前、ぼくが赤坂署にいた時、担当した事件に似ておったので、それを調べに赤坂署までいったのだよ」

黒岩は、そこまでいい、ふうーっと大きく息を吐いて続けた。

「ところが、赤坂署にいって、書類を調べてみても、そんな事件の記録は、どこにも残っておらんのだよ。それどころか、その事件があったと記憶しておる日時には、ぼくは別の事件の捜査をしているのだ」

「その事件を捜査した覚えはないのですか？」

龍岳がいった。

「いや。それが、なんとも奇妙でね。たしかに書類を読むと、その時のことが思い出されるのだ。だが、もう一方で、強姦事件を担当した記憶も残っているのだよ。でも、強姦事件のほうは書類には残っていないし、同時に担当したということはあり得ないのだ」

黒岩が、首をかしげた。

「赤坂署の、ほかの人は、なんといっているのですか？」

龍岳が、からだを乗り出すようにしていった。

「うん。ぼくも、それを聞いたんだ。当時、同僚だった人間も、まだ、たくさんいるからね。で、話をしてみると、なるほど、いわれてみれば、そんな事件があったような気がしないでもない。しかし、それなら、記録が残っているはずだし、どんな事件だったか、はっきり思い出そうとしても、どうも、思い出せないというのだ。その点はぼくも同じでね。わずか三年ほど前の事件だったはずなのに、場所もはっきりしないのだよ。それを思いだそうとする時の気持ちが、なんだか、いま、荒井君がいったような気持ちに似ているような気がするのだ」

黒岩が、長い説明をした。

「それで、俺は黒岩君に、昔、そんな夢でも見たのを、実際のことと思いこんでしまったのではないかといったのだ。だが、そうだとすると、赤坂署のほかの連中のいうことと辻褄《つじつま》が合わんだろう？」

春浪がいった。

「ふむ。たしかに、変な話ですねえ。集団的催眠術かなにかでもかけられたというのなら、わかるような気もしますが」

龍岳がいった。

「誰が、なんのために、ぼくらを集団的催眠術にかけるのだろうね」

黒岩が、あり得ないという顔をした。

「ともかく、そんな話をしておるところに、きみたちが飛び込んできて、しかも、得体の知れぬ人間に、荒井君が投げ飛ばされたというのだからな」

春浪が、次の煙草に火をつけながらいった。

「龍岳君なら、投げ飛ばされてもおかしくないが、柔道初段の荒井君を投げるとは、たいした男だな。いや、感心しておる場合ではないがね」

「まったく、面目ありません。ああもかんたんにやられるとは思っていませんでした」

その時、電話を申し込んだ荒井が、部屋に入ってきて、きまり悪そうに頭をかきながらいった。その後ろから春浪の妻の亀子《かめこ》が、煎餅《せんべい》、大福、かりんとうなどを乗せた菓子盆を持って、部屋に入ってきた。

それから五人は、荒井を投げ飛ばした男の話や集団催眠術の話などをしていたが、三十分もたったころ、桐生からの電話がつながった。長距離電話が、わずか三十分程度でつながるのは、珍しいことだった。

荒井は、電話機のところへ飛んでいった。そして、二、三分話をして、もどってきた。その顔は明るかった。

「で、どうだった?、妹さんは？」

春浪がいった。

「はあ。それが、こんな時間に用もないのに、電話などしないでくれと怒られました」

荒井がいった。

「じゃ、元気なのだな」

「ええ、ぴんぴんしておるようです。ほっとしました。お騒がせしてすみません」

「なに、元気なら、それでいいじゃないか。ところで、すまんねえ、諸君。ほんらいならば、まず一献《いっこん》というところなのだが、どうも、このところ、健康がすぐれんので、禁酒をしておるのだ。自分だけ飲まずに、客人には出せばいいのだが、どうしても、目の前で飲まれるとがまんできなくなる。菓子でがまんしてくれ。もっとも、龍岳君には酒は関係ないがな」

春浪がいった。

「なにもありませんけど、めしあがってください。今度ばかりは、主人も本気で禁酒してくれたようで、よろこんでおりますの」

亀子が、笑いながらいった。

「そうですとも、奥さん。酒などというものは、飲まないですめばそれにこしたことはありません」

荒井がいった。

「黒岩君も、ほとんど飲まんし、その気になれば底抜けの荒井君の口から、そういうことばを聞こうとは思わなかったね」

春浪が笑った。

「いや、実際、酒など飲まんほうがいいのです。酒を飲んでおらんかったら、ぼくだって、さっきの怪漢になど投げ飛ばされはせんでしたよ」

「なんだ、きみは、もう飲んでおったのか」

「はあ、ほんの少々」

「どのくらいの少々か、わかるものか」

春浪が、まぜっかえした。

「どうぞ、ごゆっくり」

亀子は、荒井のことばに着物の袖《そで》で口を押さえて笑っていたが、やがて軽く会釈すると、部屋を出ていった。

「それにしても、おかしい」

黒岩が、菓子盆の上をじっと見つめていった。

「この菓子がですか?」

龍岳がいった。

「いや、ちがう。どうも、その荒井君の親戚という青年のことが気にかかる。いったい、その追いかけてきた男が現れた時、唸った音というのはなんなのだ。まったく、見当はつかないのかね」

　黒岩がいった。

「わかりません。荒井君といっしょに、路地の奥を調べてみましたが、なにもありませんでした」

　龍岳がいった。

「あの青年が、もう一度、ぼくを訪ねてきてくれるといいのですが」

「そうだな。なにしろ、追われる身のようだから、隠れ家を求めてやってこんとはかぎらんね」

　荒井がいった。

「よし、では、その青年がきみの下宿に現れたら、連絡してくれんか。俺も、ぜひ会ってみたい」

　春浪が、手に持った煎餅をふたつに割りながらいった。

「もし、明日なら、俺は午前中は博文館、午後は早稲田のグラウンドにおる」

「グラウンドには、ぼくもいますよ。むしろ旗作りだけで、試合を見ないなどという話はありません」

　龍岳がいった。

「きみも野球が好きだねえ」

　荒井がいった。

「うん、ぼくの運動神経が、もう少し発達しておったら、法政大学に野球部を作りたいと思ったくらいだ」

　龍岳が答えた。

「最近、そんな動きもあるらしいじゃないか。明治大学にも、近くできるそうだし、いよいよ、野球も活発になるね」

　荒井がいった。

「あとは、早慶戦が復活してくれるのを待つばかりだ」

「さっきの青年の早慶戦云々《うんぬん》の話も、すこぶる奇妙だった」

　龍岳がいった。

「しかし、明日のシカゴ大戦を明治三十九年の早慶第二回戦と、勘違いしていたというのは、わけのわからん話だ」

春浪がいった。

「いくら、外国住まいをしていたにせよ、年月日を間違えるはずがない」

「本人は、記憶亡失をしていたといっていましたが」

龍岳がいった。

「いや、あれはうそだ。記憶亡失してなどいない。ただ、なにかの理由で日にちを間違えたにちがいない」

荒井が首を横にふった。

「だがね、荒井君。今日の三日を明日の四日と間違えたというなら話もわかるが、四年も前の日にちと間違えるなどということがあるだろうかね」

黒岩がいった。

「そうですね。常識的には考えられませんね」

荒井がうなずいた。

「なんだかわからんが、なにか、胸のわだかまりが取れないよ」

黒岩が、大きく息をついた。

3

柱時計が、午後八時を告げた。小さな卓袱台《ちゃぶだい》をはさんで、菓子皿のこんぺい糖をつまんでいた鵜沢龍岳と黒岩時子《ときこ》が、同時に時計を見上げた。龍岳たちが、奇妙な事件にぶつかった翌日、牛込原町の黒岩四郎、時子兄妹の家の茶の間。

「いつもなら、六時半には帰ってきますのに。お約束しておきながら、困った兄ですわ」

時子がいった。

「いや、気にしないでください。ぼくなら、かまわんのです。黒岩さんも、新しい事件で、お忙しいのでしょう。あの赤坂署の書類のことも調べておられるようだし」

「あれは、変な話ですね。兄にいわれると、わたしも、いつか、そんな話を聞いたような気もするのですけど、はっきりしないのです」

時子が、ちょっと、首をかしげた。

「荒井さんも、同じような気持ちになられたとか?

なにか、神経的なことなのでしょうか」

「うーん。それについては、ぼくなりに考えていないこともないのですが、まだ、結論は出ていないのですよ」

龍岳は、急須《きゅうす》に手を伸ばしながらいった。

「あっ、お茶入れ替えましょう。それは、もう出がらしです」

時子がそういって、急須を取ろうとした。龍岳の指先に時子の細く白い指が触れた。あわてて、時子が手をひっこめた。龍岳が、一瞬、時子の目を見つめた。恥ずかしそうに、時子がうつむく。緊張をほぐすように、龍岳がいった。

「いいです、いいです。これで、けっこう。下宿で飲む茶にくらべれば、これでも濃いくらいだ」

「それより薄かったら、お湯と同じことでしてよ」

時子が、おもしろそうに笑った。

「いや、その上、冷めているから、もう水ですね」

龍岳も笑う。

「うちの兄も、ひとりの時は、同じようなお茶を飲んでいてよ。男の人って、味なんかどうでもよろしいのかしら？」

「いや、そんなことはないが、いちいち、湯を沸かしたり、お茶っ葉を入れ替えたりするのはめんどうですからね」

「だから、わたしが、入れ替えてあげますといっておりますのに。でも、龍岳さん、お茶よりお食事をなさりたいでしょ。わたしも、もう、お腹ぺこぺこ。兄が、こんなに遅くなるのでしたら、わたしが食事の用意をしておけばよかった」

「なに、もうすぐ、帰られますよ。そうしたら、黒岩さんにうんとごちそうをしてもらいましょう」

龍岳が、茶をすすっていった。

「なんでも、近くにうまい洋食屋ができたから、今夜は、そこで食おうといってましたよ。ハッシュド・ライスとかいうのが、格別の味だと聞きましたが」

「ええ。ここから、五分ぐらいのところに、フランスで修行なさったというご主人が、店を出されたんです。蟹《かに》のコロッケというのも、とてもおいしいですのよ」

時子がいった。

「ほう。それじゃ、ぼくは両方食べさせてもらおう」

龍岳がいった。

「えんどう豆のスチューも、おいしくてよ」

「よし、それも食う。黒岩さん、ぼくがかってに食べるものを決めているとは知らんでしょうね」

龍岳が笑顔でいった。

「いまごろ、くしゃみしてましてよ」

時子が、くすくす笑った。

「それにしても、遅いですわ。わたし、そのへんまで見に行ってこようかしら?」

時子が、また時計を見上げた。

「いいですよ、時子さん。昼間の話では芝口署に回ってくるということでしたから、調べ物に時間がかかっておるのでしょう。それに、ぼくは昼間、黒岩さんが忙しくしているころは、野球を見て遊んでおったのですから、遅いなどと文句はいえません」

「シカゴ大は、それは強いのですってね?」

「今日の試合を見たかぎりでは、早稲田とは力に相当の差がありますね。いや、春浪さんの悔しがること、悔しがること」

「でも、まだ、あと二回戦あるのでしょう?」

「そうですが、早稲田はひとつも勝てんかもしれません ね。向こうの投手のページ君というのが、これが、すごい球を投げるのです」

「今度は、わたしも見に行こうかしら?」

「それはいい。第二回戦は八日ですよ」

龍岳がいった時、玄関のほうで、がたがたと音がした。

「あっ、帰ってきましたわ。はーい。いま、開けます」

時子が、いかにも、ほっとしたという表情で立ちあがり、小走りに玄関に出ていった。

「龍岳さん、龍岳さん!」

時子の、押し殺したような叫び声が聞こえたのは、玄関の鍵をはずす音がした直後だった。

「どうしました?」

龍岳が、畳の上から弾かれるように、立ちあがった。

「来てください、早く！」

「なにごとです⁉」

龍岳が玄関に飛び出していった時、時子は上がり框《かまち》のところで、身をすくめていた。格子の引き戸は三分の二ほど開かれ、そこに黒い人影があった。

龍岳と荒井が前々日の夜会った、おかしな衣服を身につけた、あの青年だった。

「鵜沢さん、さっき、いや、一昨日はありがとうございました。追っ手のじゃまをしてくださったおかげで、助かりました」

青年が深々とおじぎをした。

「きみだったのか！　なに、ぼくは礼をいわれるようなことは、なにもしていないよ。荒井君が投げ飛ばされて、じゃましたのだ。それにしても、よく来てくれたね。もう一度、どうしても、きみに会いたいと思っていたのだ。中に入りたまえ」

龍岳は、青年に向かっていい、時子に続けた。

「時子さん。例の人です」

「そうだろうと思いました。でも……」

時子がいった。

「鵜沢さんとお話をしたくて、渋谷にいったのですが、留守でしたから」

青年が、玄関の中に入ってきていった。やはり、見慣れない、黒銀色の服装をしていた。時子の目は、吸い寄せられるように、その服装に移動していた。

「どうして、ぼくが、ここにいると？」

龍岳がいった。

「スキャナーを使いました」

「なにを使ったって？」

「追跡装置です。それより、鵜沢さん、お願いがあります」

青年が、真剣な表情でいった。

「なんだね？　ともかく、あがらんか。落ちついて話がしたい。かまわんですね、時子さん」

龍岳が、時子に同意を求めた。

「はい」

時子がうなずく。

「いえ。ぼくも、鵜沢さんと、ゆっくり話がしたかったのですが、もう、時間がなくなってしまいました。これ以上、ぼくはここにいるわけにはいかないのです」

青年がいった。

「それに、追っ手が迫っています。のんびりしている時間は、ありません」

「きみは、誰に追われているのだ？　今度は答えてくれ」

「警察です。しかし、ここの警察ではありません」

「ここの警察ではない？　どういう意味だ。日本の警察ではないということか」

龍岳が質問した。青年は、それに返事をしなかった。

「あなたは、なにをなさったのですか？　人をあやめでもしたのですか？」

龍岳に、寄りそうようにしていた時子がたずねた。

「いえ。人を助けたのです」

青年が答えた。

「人を助けた？　それで、どうして、警察に追われているのです？」

時子がいった。

「法を犯して、助けてはならない人を、助けてしまったからです」

青年の口調は静かだった。

「それは、荒井君の妹さんのことか？」

龍岳がいった。青年は黙ってうなずいた。

「やはり、そうだったのか。でも、なぜ、助けたのだ？」

「一族のものとして、荒井の落胆ぶりを見ていられなかったのです。ほんとうは、ぼくは、和歌子を助けるために、ここにきたのではありません。ですが、荒井一族の家系を調べていくうちに、あの事件にぶつかったのです」

青年がいった。

「きみ、名前はなんという？」

龍岳が、じっと青年の顔を見つめていった。

「エドワード・アライといいます」

青年が答えた。

「エドワード・アライ……。なるほど、荒井君の遠い親戚というのは、うそではなさそうだね。で、きみの頼みとはなんだ？」

「鵜沢さんに、この事件に関する、いっさいのことを忘れていただきたいのです。それをお願いにきました。そして、荒井にも忘れるように伝えてほしいのです」

青年の声は、切々と訴えるようだった。

「そういうことか。ああ、いいとも。ぼくは約束しよう。だが、それですむことなのか」

龍岳がいった。

「それは、ぼくにも、よくわからないのです。あるいは、鵜沢さんにお願いするまでもないことなのかもしれません。でも、これ以上、なにか手を加えれば、ますます混乱するばかりです。ですから、警察もすんだことは、見逃してくれるかもしれません。ぼくのやったことは、歴史にとっては、ささいなことですから」

青年がいった。

「そうか。ぼくには、きみのやったことが、いいことか悪いことか判断がつかんよ。でも、荒井君にはいいことだったにちがいない。しかし、そのために、きみに影響はないのか？」

龍岳がいった。

「あるかもしれません。ひょっとすると、ぼくは歴史の上から消滅してしまうかもしれません。でも、それはそれで、しかたのないことです。それは覚悟の上で、ここにきたのですから」

青年が答えた。

「きみが、そこまで考えているのなら、ぼくもたしかに約束しよう」

龍岳がうなずいた。

「ありがとうございます」

青年がいった。

「だが、追われる身でありながら、荒井君の妹さんのことばかりでなく、なぜ、早慶戦の応援のことまで忠告にきたのだ」

「ぼくは、野球の大ファン、いえ、野球が大好きなのです。だから……。でも、日にちを間違って、役に立ちませんでした。かぎられた時間で行動しようとして、あわてた結果、失敗したのです」

「もう一度、早慶両校に忠告することはできないのだろうか？」

「ぼくもしたいのですが、時間がありません。ただ、このままだと、両校は十九年間も確執を続けます。それが、残念でなりません」

「そうか」

龍岳が、残念そうにいった。

「ぼくは、もう、あなたに、お会いすることはないでしょう。どうか、いつまでも、荒井のいい友達でいてやってください」

青年が頭を下げた。

「わかっているよ」

龍岳が答えた。

「それから、押川春浪さんに酒をひかえさせてください。さもないと……」

そこまでいった時、また、前々日の夜に聞こえてきたのと、同じモーターの唸り音のようなものが聞こえた。

「追っ手です、もう、行かねばなりません。おふたりとも、お元気で。いい赤ちゃんを産んでください」

青年が、時子の顔を見て、にっこりと笑った。

「えっ!!」

時子が、びっくりして、声を出した。

「ありがとう」

龍岳は、時子の狼狽に気がつかないふりをして、青年にいった。

「気をつけて帰りたまえよ。長い旅なのだろう」

「鵜沢さんの小説、向こうで読ませてもらいます。ぼくが消滅しなければの話ですが。じゃ……」

青年は軽く会釈し、ゆっくりと、格子戸を閉めた。ガラスを透して、青年の姿が消えていくのが見えた。

「龍岳さん、あの人、捕まってしまうのですか？」

時子がいった。

「それは、ぼくにもなんとも、わからないのです」

龍岳がいった。

「遠いところって、どこに帰るのですか？　エドワード・アライって名前は、あの人、混血なのですか？」

時子が、矢継ぎ早に質問した。

「正直なところ、ぼくにも、なにからなにまで、全部が、すっかり、わかっているわけではないのです。でも、いくつかのことについては説明できそうな気がします」

「お話してくれまして？」

時子が、まじめな顔で龍岳を見た。

「いいですとも。ですが、その前に、濃いお茶を一杯飲ませてください。口の中がからからです。そして、頭もすっきりさせたい」

龍岳がいった。

4

「やあ、すまん。待たせてしまった。どうしても、やってしまわなければならん仕事があってね。編集部にきてもらえれば、きみの話を聞きながらでも仕事ができたのだが、そうはいかんという話なのでね」

押川春浪が、応接室のドアノブを後ろ手に閉め、ソファに腰かけて、本を読みながら待っていた龍岳にいった。

「ぼくのほうこそ、かってなことをいってすみません。ですが、ほかの人には聞かれたくない話ですので」

龍岳が、読んでいた本をテーブルの上に置いていった。ここは、日本橋区本町の博文館応接室。十月五日の午前十一時を、少し回ったところだった。

「それで、編集部ではできん話とはなんだ？　稿料の値上げ要求か」

春浪が笑った。

「いえ。実は昨日の夜、黒岩さんの家に、例の荒井君の親戚と称する青年がやってきたのです」

龍岳が、声をひそめていった。

「なに、ほんとうか。なぜ、俺に知らせてくれなかった」

春浪が、からだを乗りだし、龍岳に対して、珍しく厳しい顔をした。

「知らせてくれと、頼んでおいたではないか！」

「はい。ですが、ほんの五分ほどで立ち去ってしまい、電話をする時間さえもありませんでした。黒岩さんも、まだ仕事から帰っておられなくて、結局、話をしたのは、ぼくと時子さんだけだったのです」

龍岳が説明する。

「なんだ、そんなに、すぐ、いなくなってしまったのか」

春浪が、表情をやわらげた。

「それで、なにかわかったのかね。ぜんたい、その男はなに者だったのだ？」

「エドワード・アライと名乗りました。その名前は、うそではないと思います。たしかに、荒井君の親戚のようです」

「エドワード？」

春浪が、テーブルの上のシガレットボックスから、煙草を取り出す作業を、途中で止めて、聞き返した。

「日本人の顔をしていましたが、西洋人の血も、少しは混じっているのかもしれません。質問したいことは、山のようにあったのですが、時間がないというので、あまり聞けませんでした」

龍岳がいった。

「なるほど。で、その男は、どこからきたのだ？」

「ぼくの推測が間違っていなければ……」

龍岳が、そこまでいって、ことばをとぎらせた。

「間違っていなければ？」

春浪が、繰り返した。

「未来世界からです」

龍岳がいった。

「なんだと!?」

春浪が、思わず、手にもっていた煙草を握り潰した。

「何年先、何十年先の世界かは、わかりません。ですが、時間旅行ができるようになった時代から、やってきたにちがいありません」

龍岳が、確信ありげきいった。

「時間旅行というからには、きみは、航時機を見たのか？」

春浪が、まじめそのものの口調でいった。

「残念ながら、見ませんでした。ですが、あのモーターの唸り音のようなものが、航時機の音だったのでしょう。おそらく、それは、ウエルス氏が『タイムマシーン』の中で描写したものより、ずっと小さく、もしかすると、乗物の形をしていなかったのかもしれません」

龍岳が説明した。

「そんな小さなもので、時間が旅行できるのか？」

春浪がいった。

「未来の科学力の発達した世の中なら、できてもふしぎはないでしょう」

龍岳がいった。

「それは、そうかもしれん」

春浪がうなずいた。さすがに、自らも科学小説を書き、この年の四月には〈冒険世界〉の臨時増刊号として、科学小説と科学読物を満載した「世界未来記」を刊行したばかりの春浪だった。これが、春浪以外の人間だったら、これほどかんたんに、龍岳のことばを受け入れることはできなかっただろう。

「すると、そのエドワードとかいう青年は、荒井君の子孫ということになるのか？」

「そのようです」

龍岳がうなずいた。

「航時機で、先祖の荒井君に会いにきたというわけかね」

春浪が、煙草をシガレットケースから、取り出しなおしていった。

「いや、どうも、そうではないらしいのです。それが、なんであるかはわかりませんでしたが、あの青年はなにか別の目的で、過去の世界にやってきて、なんの気なしに、荒井家の先祖たちを観察したようです」

龍岳が、自分自身に説明するようにいった。

「そこで、荒井君が早慶戦中止事件に関係していることを知って、忠告にきたのか。しかし、そのわりには、年月を間違えるなど、その青年もドジではないか」

春浪がいった。

「いえ、あの青年が最初にやったことは、別のことで、早慶戦中止事件阻止は、ついでだったのです」

龍岳が、首をふった。

「ついで?」

「そうです。かれが、最初にやったことは、荒井君の妹を助けることでした」

「助ける? なにから助けるのだ。荒井君の妹は、元気だったじゃないか?」

春浪が、煙草の煙をふうっと吐き出した。

「五年前の馬車の事故からです」

「馬車の事故。しかし、それは荒井君が、その青年にいわれて、奇妙な気分になったという、架空の話だろう?」

「いや実際には、荒井君の妹さんは、馬車にはねられて、五年前に死んだのです」

「死んだ? ばかなことをいいたまえ。だって、荒井君は、昨晩、電話で話をしていたではないか」

春浪が、額にしわを寄せた。

「それは、あの青年が明治三十八年の世界で、その妹さんを馬車の事故から救ったからです。荒井君の落胆ぶりが見ていられなかったので、法を犯して、助けたといっていました」

「まさか、そんな……」

春浪が、顎《あご》に手を当てて、考えこむような顔をした。

「ということはだ。その青年は、死んだはずの人間を助けて、歴史を変えてしまったというわけなのか」

「そうなりますね」

龍岳がうなずいた。

「そうすると、われわれは、いま、本当の歴史とはちがう、その青年の変えた歴史の世界に生活しておることになるぞ。しかし、そんな気持ちは、少しもせんなあ」

「それは、いつのまにか歴史が変化しているのですから、われわれにはわからないのです。でも、元の歴史が、どこか記憶に残っているので、荒井君や黒岩さんのように、奇妙な感じに襲われることがあるのじゃないでしょうか。きっと、ほかにも、影響の出た人はいるはずですよ」

龍岳が説明をした。

「それはそうだろう。だって、その妹さんの旦那になった人だって、元の歴史の世界では、別の婦人と所帯を持ったはずだからな」

春浪が、事情が飲み込めたという表情で、大きくうなずいた。

「だが、はじめは、小さな影響でも、何十年もたったら、大変な影響になるのではないか。ほんとうなら、産まれてこない人間の子孫が、どんどん増えていくことになるのだろう?」

「それを阻止するために、荒井君を投げ飛ばした男が、青年を捕まえようと追いかけていたのです。青年は警察だといっていましたが航時機で過去に行き、歴史を変えようとする人間を取り締まっているのでしょう。未来世界でなら、当然、あるべき制度です」

龍岳がいった。

「その青年は捕まったのか」

「おそらく、捕まるでしょう」

「すると、歴史は、また元に戻って、荒井君の妹は死ぬのか?」

「そのあたりは、どうなるかわからないといっていました。小さい歴史干渉ですから、追っ手が見逃してくれるかもしれないということです」

「なるほどなあ。だが、さっきもいったように、そのままだと、未来世界では、ずいぶん影響が出てくるだろう」

「場合によっては、あの青年も存在しなくなるかもしれません」

「うむ。それは、考えられる話だ。……待てよ、龍岳君。すると、その青年が追っ手に捕まって、歴史を元どおりに直されたら、いまのわれわれはどうなるのだ。まさか、われわれまでが消えてしまうことはあるまいな」

春浪が、首をひねった。

「ぼくにも、わかりません」

龍岳が、首を横にふった。

「消えないまでも、その荒井君の妹が死んだ世界に戻ったら、俺ときみは、まったくの他人かもしれんわけだ。そちらの歴史が、本当の歴史だとしてもだ」

春浪がいった。

「そうですね。でも、きっと、そっちの歴史でも、ぼくは春浪さんと親しくなっていますよ」

龍岳がいった。

「ぜひ、そうありたいものだね」

春浪がいった。そして、肩をすくめて続けた。

「もう、この話をするのはやめよう。考えれば、考えるだけ、頭の中が混乱してくる」

「そうしましょう。所詮、世の中なんて、夢なのかもしれません」

「そうだ。夢なら、わざわざ、悩むことはない。ところで、龍岳君、その青年は、ほかになにかいってはおらなかったのか？　たとえば、俺が、将来、大ヒーローになるとかなんとかだ」

春浪が、笑っていった。

「ああ、ひとついっていましたよ」

「なんだって？」

「酒を慎んでくださいって」

「酒を慎め？　なんだ、その青年は、荒井君の子孫ではなく、うちの奥方の親類ではないのか。あっはははは」

春浪が、大きな口を開けて笑った。

「きみたちのことは、なにもいわなかったのかね？」

「ぼくたちのことといいますと？」

「きみと時子さんが、どうなるとか？」

春浪が、興味深げにたずねた。

「やがて、所帯を持って、赤ん坊が産まれるとか」

「いいえ。なにもいいませんでした。先のことなど、どうなるかわからんほうがいいですよ」

龍岳がいった。

「さあ、荒井君。まずは一献いこう。龍岳君は、ぼたもちでも食ってくれ。酒を飲まねば応援はできんというやつだ」

春浪が、さも愉快そうに荒井の猪口《ちょこ》に、酒をつぎながらいった。

「はあ。いただきます。実は、出てくる前に、一杯、ひっかけてきたのですが、春浪さんに飲めといわれては断るわけにはいきません」

荒井がいった。

「荒井君。まるで、いやだけど、がまんをして飲むというようじゃあないか」

龍岳が笑いながらいった。明治四十三年十月三日の午後九時。場所は牛込区矢来町の押川春浪の家。龍岳は、早稲田大学対シカゴ大学の野球試合を翌日に控えて、〔天狗倶楽部〕の応援の打ち合わせにやってきたのだった。〈やまと新聞〉の記者の荒井は、その取材だった。

「ところで、荒井君。きみは、なにを取材しようというのだ」

春浪が、ぐいと酒をあおっていった。

「いや、明日の試合で、〔天狗倶楽部〕が、どんな応援をやるかということです。龍岳君の話では、なんでもむしろ旗を持って行くとか」

荒井がいった。

「そのつもりだよ。信敬君が、天狗の応援に回ってくれるといいのだがね。どうだ、きみも昔取ったなんとやらで、〔天狗倶楽部〕に加わって応援をせんか」

春浪がいった。

「はあ。会社の仕事がなければ、やりたいところですが。しかし、明日は弟が、館林から出てきますから、〔天狗倶楽部〕に加わらせましょう」

「きみの弟さんも、野球には目がないね。妹さんも、婦人とは思えん野球好きだったが」

春浪がいった。

「いまは、嫌いになったのか？」

龍岳がたずねた。

「いや、死んだのだ」

荒井がいった。

「あっ、これは、申しわけないことを聞いてしまった」

龍岳が、いかにもすまなそうな顔で、頭を下げた。

「なに、かまわんよ。もう、五年も前のことだ。馬車の馬が暴走してね。車輪に巻き込まれてしまったのだ。妹は、俺より詳しいくらいに、野球選手のことを知っておったよ。いま、生きておれば、所帯を持って、子供の二、三人もおっただろうね」

荒井が、しんみりといった。

「そういえば、昼間、警視庁の黒岩君から編集部に電話がかかってきて、もしかしたら、今夜、家に寄るといっておったが、どうなったのだろうな」

春浪が、話題を変えた。

「黒岩さんは、なんの用なのですか？」

龍岳が質問した。

「さあ、知らん。俺が、あまり酒を飲むので、逮捕しにでもくるのかしらん？」

春浪が、おどけた口調でいった。その時、襖が開いて、春浪の妻の亀子が、ぶどうを持った皿を持って入ってきた。そして、春浪にいった。

「ほんとうに、あなた。黒岩さんに逮捕していただいたほうがよろしいですわ。からだの調子が悪い悪いといいながら、少しもお酒をやめようとはなさらないのですから」

「うむ。いや、やめようとは思うのだが、つい、このな……」

春浪が、いかにも困ったという口調でいった。

「なにが、ついですか。明日の試合には、飲まずに行ってくださいね！　龍岳さん、主人がお酒を飲もうとしたら、遠慮なくほっぺたを叩いてやってください」

亀子がいった。

「これだものなあ。龍岳君、結婚相手は、よく選んだほうがいいぞ」

春浪が笑いながらいった。

空

1

明治四十三年十一月七日は、午後から、激しいどしゃぶり雨の降り出した寒い日だった。

午後三時過ぎ、神田鍛冶町《かじちょう》の出版社・大学館で、今度、出版されることになった長篇小説の打ち合わせをすませた鵜沢龍岳《うざわりゅうがく》は、袴《はかま》の裾《すそ》を濡らしながら、その足で日本橋本町の博文館に向かった。

博文館には、特別これといった用事があったわけではないのだが、このところ仕事が忙しく、〈冒険世界〉の編集部にも、しばらく顔を出していなかったので、立ち寄ることにしたのだった。

三階の編集室に入っていくと、部屋の中央のストーブを囲んで、〈冒険世界〉主筆の押川春浪《おしかわしゅんろう》と編集助手の河岡潮風《かわおかちょうふう》、そして春浪の友人で〈冒険世界〉の有力な寄稿家のひとりでもある、陸軍予備役中尉・原田政右衛門《はらだせいえもん》が顔を寄せ合って、なにやらひそひそ話をしているところだった。

「おお、龍岳君か」

龍岳に気がついた春浪が、顔をあげていった。

「やあ。濡れたね。ここで、かわかしたまえよ」

潮風がそばの椅子を、龍岳にすすめた。

「ありがとう」

龍岳が会釈する。

「久しぶりだね。龍岳君」

原田も、顔を上げて会釈した。

「こんにちは。外は、さっきから一段と雨足が強くなりましたよ」

龍岳がいった。

「悪いねえ。そんな雨の中、わざわざ原稿を届けにきてもらって」

春浪がいった。

「えっ、原稿って？」

龍岳が、いかにも、あわてた口調でいった。

「あれ、忘れたのかい？　今日が締め切りといっておいたじゃないか」

春浪がいった。

「だって、小説の締め切りは来週の約束ですよ。ねえ、そうだろう、潮風君」

龍岳が真剣な表情で、潮風の顔を見た。と、潮風が、こらえていた笑いを爆発させていった。

「あっははははは。龍岳君、冗談だよ。春浪さんは、ふざけているのさ」

「えっ！」

「いや、まったく龍岳君はまじめだから、だましがいがある。はははは。これが天風《てんぷう》君あたりだと、平気な顔をして、そういえば、そんな原稿もありましたか、とかなんとかいっておるのだが」

春浪が、おもしろそうにいった。

「なんだ、冗談ですか。春浪さんも人が悪い。原稿の締め切りという冗談は、一番、心臓によくないですよ」

龍岳も笑った。

「ちがいない。これは、龍岳君が気の毒だ。ぼくは、きみの味方だぞ」

原田がいった。

「うそでしょ。一緒に、にやにやしてたじゃないですか」

「しまった、ばれたか！」

原田がいい、四人が声を合わせて笑った。

「ところで、みなさんお揃いで、なんの内緒話ですか？」

龍岳が、すすめられた椅子に腰を降ろしながらいった。

「なんの話をしていると思うね？」

春浪がいった。

「さて、原田さんの新連載小説の題材かなにかですか」

龍岳がいった。

「いや、大はずれだ。実はね、明日の朝、日本の飛行機界にとって、記念すべきことが起こりそうなのだ」

春浪がいった。

「といいますと？」

龍岳が質問した。

「明日の朝、六時三十分、わが国で最初の飛行機が空を飛ぶかもしれんのだよ」

春浪が、びっくりしただろうという表情で、龍岳の顔を見ながらいった。

「ほんとうですか！　今朝の新聞には、なにも出ていませんでしたよ」

龍岳が目を丸くして、半信半疑の口調をした。

「それが、事情があって、新聞には出なかったのだ。いや、実際、この飛行試演のことを知っておる人間は、数人しかいない。というより、われわれだけといったほうがいいだろう」

春浪がいった。

「どういうことなんですか。誰が飛ぶのです。日野大尉ですか、それとも徳川大尉ですか？」

「いや、どちらでもない。軍関係者ではないんだ」

「では、伊賀男爵か森下氏？　奈良原《ならはら》さんですか」

龍岳が、いま盛んに初飛行を目指して、飛行機を製作している民間人の名前をあげた。

「いや、福永貞二《ふくながていじ》という、これまで、まったく知られていない民間飛行家なのだ」

説明したのは、原田だった。

「福永貞二？　なるほど聞いたことがありませんね」

「千葉の一の宮のほうで、こつこつと製作を続けていた人だそうだ」

春浪がいった。

「へえ。ぼくも、飛行機の情報は集めていたつもりですが、その名前は知りませんでした」

科学小説家という職業がら、飛行機や飛行船には、おおいに興味を持っている龍岳が、首をひねった。

「福永は、ぼくとは日露戦争で同じ部隊にいた戦友なのだ。比較的親しくしておったのだが、退役後は故郷の千葉のほうにひっこんでね。たしかに昨年会った時は、将来、飛行家になりたいというようなことはいっておった。そこで、飛ぶ時は、ぜひぼくを呼んでくれとはいっていたのだが、それ以後ぜんぜん連絡がなかったから、実際、飛行機を製作しているのも知らなかったのだが、今日、突如電話がかかってきて、明朝、飛行試演をやるから見にきてくれというわけだ。もっとも、空が晴れていたら中止、雨だったら決行するという」

　原田がいった。

「えっ、雨なら決行で、晴れなら中止ですか？」

　龍岳がびっくりして聞き返した。

　日本の飛行機界は諸外国に大幅に遅れをとり、まだ飛行機は一度も空を飛んでいないが、常識的に考えて、飛行試演は天候のいい日にやるものだろう。それを、わざわざ、雨の日を選ぶというので、おどろいたのだ。

「そうなんだよ。妙な話だろう」

　春浪がいった。

「なぜ、わざわざ、雨の日を選ぶのですか？」

「それを、ぼくも聞いてみたのだ。すると、なんだか、はっきりしたことをいわんのだよ。とにかく、あまり、多くの人に、この飛行試演のことを知られたくないというのだ。それじゃ、なぜぼくには知らせてくれたのかというと、約束もしたし、一応、立場のある人間に見てもらいたいからだというんだがね。ほかの人にはいわないでくれと念を押されたよ。しかし、まあ、春浪さんにだけは話さなければいけないと思って、こうして、やってきたわけさ。社会的立場からいえば、ぼくなどより、春浪さんのほうが、ずっと上だからね」

　原田が説明した。

「すると、新聞社や雑誌社にも、ぜんぜん知らせは、いってないのですか？」

　龍岳がいった。

「うん」

原田がうなずく。

「失敗を懸念して、人知れず決行しようというのでしょうかね？」

「いや、それはない。福永は明日の飛行試演には、絶大の自信を持っていた。もし、自分の飛行機が空に浮かびあがらなかったら、首をやると冗談をいっているくらいだ」

原田がいった。

「はあ？　それなら、予告をして、たくさんの人に見てもらうほうがいいと思いますがね」

龍岳がいう。

「なあ、誰だって、そう思うだろう」

春浪がうなずく。

「性格が、控え目なのでしょうか？」

「わからんね。ただ、なにかわからんが、ぼくに隠しておるようなのだよ」

原田がいった。

「その飛行試演に関してですか？」

「うん。飛行には絶大の自信があるといったあと、あいつさえ現れなければ、必ず成功すると、ぽろりともらしたのだ」

「誰なんです。あいつって？」

「まったく、見当もつかんよ」

「つまり、予告もせず多くの見物人を集めないのは、その人物にきてもらいたくないということなんですね」

「たぶん、そんなところだと思う」

「それで、とにかく、明日は、ここにいる三人で見に行こうじゃないかと相談しておったところなのだ」

春浪がいった。

「もちろん、ぼくも、行っていいわけですね」

龍岳がいった。

「かまわんよ。それと、未醒《みせい》も連れていって、スケッチをしてもらうつもりだ。うまくいけば、次号の巻頭色刷りにできる」

春浪が、うれしそうにいった。

「各新聞に知らせてやったほうがいいのではありませんか？　それは、〈冒険世界〉だけが、これを取材できれば、大変な話題にはなると思いますが、成功すれば、日本の歴史に残る大飛行になるのですから」

潮風がいった。

「いや、それは、ぼくもなん度も、そうしたらどうだといったよ。だが、本人が、どうしてもいやだというのだからしかたない。それに、福永は軍の妨害を恐れてもいるようだ」

原田がいった。

「じゃ、軍はじゃまを？」

龍岳が聞き返す。

「いや、実際、じゃまをするかどうかはわからんが、きみも知ってのように、軍は来月には、日野大尉がグラデー式、徳川大尉がファルマン式で、公開飛行をする予定になっている。そんな時に、民間飛行家に先を越されたとあっては、メンツにもかかわることとは確かだね」

原田がいった。

「でも、日本の空に飛行機が飛ぶということは、軍、民間を越えた大事業でしょう」

龍岳がいった。

「ぼくも、そう思うが、軍のお偉がたの中には、そうは思っておらん人もたくさんおるのだよ。最初の飛行は、いかなる犠牲を払っても、軍が行わねば、世間にしめしがつかんというのだね。実際、先月、まだ飛行機の整備ができておらんのに、飛行を強行しようという意見さえあったそうだからね」

原田が、あきれ顔をする。

「そいつは、ひどいなあ」

春浪が袂《たもと》から敷島《しきしま》の箱を取り出し、中から一本取り出して、口にくわえながらいった。

「そういう本家争いみたいなことをやっておるから、日本の飛行界は、いつまでたっても進歩せんのだ」

「ファルマン氏は、なんでも、先日、八時間の長時間飛行に成功したようですよ」

龍岳がいった。

「仏領マダガスカルでは、総督の命令で空中郵便も本格化したと、雑誌に出ていた」

潮風もいった。

「日本でも、官民一致協力すれば、進歩すると思うがね」

春浪が、煙草の煙をふうっと吐き出した。

「福永氏の飛行機は、なに式なのですか？」

龍岳がたずねた。

「ぼくも、飛行機のことは詳しくないので、よく知らんが、ファルマン式を自分流に作り替えた、いわゆる福永式というやつらしい」

原田が答えた。

「じゃ、陸上型でしょう。どれくらい飛ぶ計算になっているのですか？」

「それは、なんといっておったかな。えーと、三十尺ぐらいの高さを四、五百間《けん》は飛ぶつもりだといっていた。十分以上の飛行になるはずらしいね」

原田が説明する。

「それは、すごい。日野大尉のグラデー式でも、せいぜい、二、三十間の予定でしょ」

龍岳が目を輝かせた。

「だいじょうぶだろうか。代々木練兵場とちがって、羽田グラウンドは、すぐ海だから、海に落ちることでもあったら大変だ。森下氏の飛行機のように、水陸両用なら問題はなさそうだが」

潮風がいった。

「森下式飛行機というのは、例の朝鮮海峡を横断しようというやつだね。あれはまた、壮大な計画だ」

原田がいった。

「でも、明日、福永氏に、先に飛ばれてしまったら、森下氏もがっかりでしょうね。あの人は初飛行で海峡を越えるのだと意気込んでいるから」

龍岳がいった。

「あの森下という人は、もともとは、催眠心理治療の方面の人だったらしいが、また、ずいぶん思い切って、朝鮮海峡横断などということを考えたものだ」

春浪がいった。

「まあ、森下氏のことはともかく、そうなると、明日の朝は、なんとしても雨に降ってもらわなければなりませんね。今夜は天気が気になって眠れないかもしれない」

龍岳がいった。

「よし、これから、みんなでテルテル坊主ならぬ、アメアメ坊主でも作ろうか」

春浪が笑った。

「いやあ、それにしても、ほんとうにいいところへきましたよ。ここへ寄らなければ、歴史的な飛行試演のことも知らずにいたところです」

龍岳が笑った。

「うまくいくといいがね。ただ、ひとつ気になるのは、あいつが現れなければ、ということばだ。いったい、誰のことをいっているのだろうな」

原田が、少し、憂鬱《ゆううつ》そうな表情をした。

2

龍岳たちの願いが叶ったのか、雨はその夜、しとしとと降り続け、翌日の朝もやまなかった。

午後四時三十分に新橋駅に集合した六人が、京浜電車に乗って羽田のグラウンドに到着した時は、時計の針は六時を十分ほど過ぎたところだった。

集合したメンバーは、原田、春浪、潮風、龍岳に〈冒険世界〉の表紙を担当している小杉《こすぎ》未醒、それに小杉が有望な洋画家の卵として、目をかけている村山槐多《むらやまかいた》という十四歳の少年だった。

村山少年は、未醒の親友のひとりで、青年画家として、このところ、とみに名声をあげてきた山本《やまもと》鼎《かなえ》の従兄弟で、生まれは横浜だったが、いまは京都に住んでいた。

山本は村山少年の、なみなみならぬ素質を見抜き高く評価したが、自らのパリ留学によって、絵の道を教導することができなくなるので、親友の小杉未醒に後を頼むことにした。中学を卒業したら、いずれ東京にくる予定の村山少年は、挨拶《あいさつ》のために一時上京し、未醒の家に寄宿していたのだった。

グラウンド内には、六人以外の見学者の姿は、ひとりも見当たらなかった。龍岳の見たかぎりでは、その福永氏が気にしている人物の姿も見当たらなかった。

降りしきる雨の中、福永はふたりの助手とともに、飛行機の最後の点検を終わったところだった。すっぽりとかぶせてあったらしい幌《ほろ》も、取り払われている。

飛行機は、グラウンドの入口に近いほうに、海側を向いて置かれていた。

福永は、原田の姿を見つけると手を振った。

「少し、予定より見学者が多いので、ふくれっ面をしているかもしれんから、説明をしてこよう」

原田は、笑いながらそういい、同じように手を振って、福永のほうへ歩いていった。

「ほんとうに、この雨の中で、飛ぶことができるのだろうか」

潮風が、不安げに空を見上げた。

「うむ。外国では雨中飛行は、なん度も行われているが、日本では晴天を飛んだこともないのだから、不安は不安だね」

龍岳がいった。

「下が砂地だから、車輪を取られなければいいが」

春浪がいった。

「やはり、福永という人は、どこか変わり者なのかもしれないなあ」

潮風が、なにやら原田と談笑している福永を見つめていった。

「しかし、弱ったぞ。この雨では、とうてい写真は写せそうにないな」

春浪が、写真機のケースをなでた。

「いいよ、いいよ。その替わり、俺がいい絵を描いてやろう。雨中の初飛行というのは、なかなか、いい図になるぞ」

未醒が、待ってきた大きな鞄《かばん》の中から、スケッチブックを取り出し、紐を首にかけた。

「村山君、飛行機を見るなどというのは、めったにない機会だから、よく観察しておきたまえよ」

「はい」

眼光の鋭い痩《や》せぎすの少年は、未醒のことばに大きくうなずいた。その時、原田が福永との話を終えて、春浪たちのほうへ帰ってきた。

「観客が多すぎると怒っていたかい？」

春浪が、笑いながらいった。

「いや、ぜひ、きみの飛行ぶりを見せたい人たちを厳選して連れてきたといったら、よろこんでいましたよ。春浪さんなら、大歓迎だそうです」

原田がいった。

「ははは。うまく、まるめこんだね」

「ただ、ひとつ、聞いてもらいたいことがあるといっています」

原田の顔が、急に引きしまった。

「なんだい？」

春浪がたずねる。

「もし、飛行が成功したら、――それは、ぶじ空を飛んで、着陸するまでのことをいうのだそうですが――、〈冒険世界〉で堂々と自分のことを発表してもらっていいが、万一、なにか事故が起こった時は、決して、この飛行試演のことは公表しないでくれとのことです」

「なにを、彼はそんなに気にしているのかね？　だって、もし失敗したとしても、決して恥になることじゃないじゃないか」

春浪がいった。

「ぼくにはわかりませんが、やはり、福永は、なにかを恐れていますよ。例のあいつということだと思いますがね、……それで、飛行前に、ほんらいならば春浪さんたちに挨拶をするべきところですが、雨で機体が濡れすぎて重くなるといけないので、すぐに飛行にかかるといっています」

「ああ。挨拶など、どうでもいいよ」

春浪がうなずいた。

「行くぞ！」

飛行機のほうから、福永の声がした。福永は、助手に傘をさしかけてもらいながら、毛糸の防寒具で覆面をし、防風眼鏡をかけると、素早く、座席に座乗した。ひとりの助手が、羽根を押さえて機体を支え、もうひとりの助手が、推進機を回した。

同時に発動機が爆発を起こして、推進機が回転をはじめた。

「よし」

福永の声に、羽根を押さえていた助手が手を離した。機体はみるみるうちに進行をはじめ、六十間ほど地上を滑走したところで、ゆっくりと浮揚をはじめた。

それは、日本最初の飛行が、こんなにかんたんにできてしまっていいのかと思われるような、なんの抵抗も支障もない、柔らかいふんわりとした飛翔だった。

「おお、浮いたぞ」

車輪が地面から離れたのを確認した春浪が、傘を振り回さんばかりに、興奮した声でいった。時刻は六時三十一分。発動機の音が高まるとともに、機体は、ぐんぐん雨空の中に昇騰《しょうとう》していく。

「いやあ、やった。大成功だ！」

龍岳が、感極まった声でいった。

それからの飛行は、まさに福永のひとり舞台だった。飛行機は、高度三十尺ほどのところを、まず西に飛び、転回して南に飛翔した。やがて、龍岳たちの頭上をゆっくりと旋回しはじめた。

「みんなで、飛行大成功の万歳をしようじゃないか！」

春浪が、うれしそうに提案した。

「いいですね」

潮風が答える。そして、目を片時も飛行機から離さず、スケッチブックに鉛筆を走らせている未醒と、その未醒に傘をさしかけている村山少年をのぞいた四人は、傘を地面に置いて、雨に打たれながら万歳を三唱した。

飛行機に異常が発生したのは、その直後だった。操縦席の福永が、両手を前に伸ばし、ちょっと空をつかむようなかっこうをして、顔を押さえたと思った次の瞬間、それまで、順調に飛行していた機体が、突然、三、四十度の角度に傾き、急に地上目がけて落下しだしたのだ。

それは、ほんの一瞬のできごとだった。

「あぶない‼」

龍岳たちが叫んだ時には、飛行機は滑走前輪を強く地上にぶつけ、後尾にある昇降舵は、煽《あお》りを食らって、空に向かって逆立ちする形になった。

左右の主翼はぐらぐらと揺れて、地面にぶつかり、もんどり打って破壊した。湿った砂が飛び散り、泥水が跳ねる。

「大変だ！」

まず、春浪が傘を投げ捨てて、墜落した飛行機目がけて駆け出した。残りの五人が、それに続き、ふたりの助手も、飛行機に向かって走りだした。

近くに駆け寄ると、飛行機は中央部から二つに折れ、フレームはばらばら、主翼、安定翼に張ったゴム布も、ずたずたになっていた。

福永は発動機の横の地面に、投げ出され、前額部から多量の出血をしていた。しかし、それよりひどいのは、両眼だった。防風眼鏡は、どこかに飛び去り、防寒具の間にある眼は、木の枝のようなものでも突き刺さったように潰れ、見るのが恐いほどだった。

洋服の股間が破れ、睾丸《こうがん》が破裂し、真っ赤な血に染まっていた。両足とも奇妙に曲がり、骨折していることがひと目でわかった。

「福永、しっかりしろ‼」

駆け寄った原田が、福永の体に覆いかぶさるようにして叫んだ。

「飛行試演は大成功だ。死んではいかんぞ！」

「……原田。だめだ、失敗だったよ。やはり、あいつが現れた」

福永が息も絶え絶えに、原田に顔を向けていった。

「誰だ、あいつというのは？」

原田が怒鳴った。

「高山《たかやま》……」

福永の顔が、がくりと地面に落ちた。

「死んだ……」

原田が、真っ青な顔でいった。

「先生、先生‼」

助手が、福永の体を抱きあげたが、もう、反応はなにもなかった。

「とんでもないことになったな」

春浪も、さっきの万歳をした時の喜びはどこへやら、蒼白な顔でつぶやいた。

「きみ、警察に電話をしてきてくれ。すぐ、その橋の先に旅館がある」

原田が、助手のひとりにいった。

「はい」

助手が震える声で答え、その場を離れられてほっとしたという表情で、雨の中を駆け出した。いつのまにか、激しかった雨は霧雨に変わっていた。

「やはり、雨の中での飛行は、むりだったのだろうか?」

潮風がいった。

「いや。それは、関係ないだろう。あれだけ順調に飛んでいたのだ」

龍岳がいった。

「なぜ、急に墜落したのだろうな。推進機は止まったわけじゃなかったのに」

潮風がいった。

「翼に異常が起こったというようすもなかったぞ」

助手が、自分の着ていたゴム合羽を脱いで、福永の死体に被せた。

「いったい、なにがあったんだ?」

未醒が、首をかしげた。

「さっぱり、わかりません。飛行機におかしなところは、ありませんでした」

助手がいった。

「ぼくは、墜落する少し前に、一瞬、機上で、福永氏が空をつかんで、もがくように見えたが……」

未醒がいった。

「ぼくも見たよ」

潮風がいった。

「解剖してみなければわからんが、心臓の発作でも起こしたのだろうか?」

春浪がいった。

「福永氏は、心臓が悪いようなことはあったのですか?」

潮風が助手に質問した。

「わたしは、この十月に助手として雇われたばかりで、先生については、ほとんど、なにも知りません。ですが、もし心臓が悪ければ、それらしいことはわかったと思います」

「うむ」

春浪がうなった。その時、村山少年が、いかにもいいにくそうにいった。

「あ、あの、ぼく……」

「なんだね？」

原田がいった。

「ぼく、飛行機の上で、福永さんが、誰かと取っ組み合っているのを見ました」

「なんだって？」

春浪が、けげんな顔で村山少年の顔を見つめた。

「ほんとうです。丸い目をした子供のようでした」

村山少年が、自信ありげにいった。

「でもね、きみ。福永氏は飛行機の上にいたのだよ。どこから、そんな子供が空中に現れたのだね？」

春浪が、ちょっと笑いながらいった。

「わかりません。でも、たしかに格闘していました。そして、子供は五寸釘《ごすんくぎ》のようなもので、福永さんの両眼を突いたのです。それで、福永さんは、操縦が……」

「春浪、この村山君は、感受性の恐ろしく強い少年でね」

未醒が、いいわけをするようにいった。

「なるほどね」

春浪がうなずいた。

「ところで、きみは高山という人間を知っていますか？」

龍岳が助手に質問した。

「詳しくは知りませんが、なんでも、この八月ごろまで、先生と一緒に飛行機の研究をしていた人が、たしか高山健三《けんぞう》といったように思いますが」

助手が答えた。

「いまわの際に高山といったのは、その人のことでしょうかね」

龍岳がいった。

「わたしには、なんとも、わかりかねます」

助手が、首を横に振った。

3

誰に頼まれたわけでもないのに、あるいは、〈冒険世界〉の記事になるかもしれないということもあって、龍岳が福永貞二の死の謎に迫るべく、福永の飛行機製作場所でもあった千葉県は九十九里海岸に面した一の宮町を訪ねたのは、五日後の日曜日のことだった。

同行者は、春浪と仲のいい警視庁の刑事黒岩四郎《くろいわしろう》の妹で、ぜひとも九十九里海岸を見てみたいという黒岩時子《ときこ》と、スケッチを目的とした小杉未醒、そして村山槐多少年の四人だった。

一の宮町に到着すると、四人は一の宮川に沿って海岸に出て、荒い海のうねりを眺めた。小春日和《びより》の暖かい日ではあったが、海の水は冷たかった。

時子が、海の眺めに満足すると、スケッチをする未醒と村山少年を海岸に残し、龍岳と時子は福永が居候《いそうろう》をしていた兄・福永啓介《けいすけ》の家を訪ねることにした。龍岳が、まず尋ねることは、高山健三のことだった。

防風林の松林から、徒歩で五分ほどのところに、福永啓介の家はあった。典型的な農家のたたずまいで、広い庭には鶏が遊んでいた。

ただ、ふつうの農家と異なるのは、その隅に周囲に囲いのない、萱《かや》ぶき屋根の大きな飛行機製作のための作業場があり、各種の機械類が、所狭しとならべられていることだった。

飛行機の残骸は、その作業場の横に置かれていた。それは、いまは、もう飛行機の形はしておらず、主翼のゴムやフレームや、折れ曲がった推進機が、がらくた同然に積み上げられているだけだった。

「……と、そんな事情で、連絡もせず、突然、お伺いしたようなわけなのですが、お兄さんがごぞんじのことをお話いただけないでしょうか」

龍岳が、来訪の目的をかんたんに説明した。

「さて、おらあ一日、畑仕事だし、弟は朝、暗れえうちから人が寝静まるころまで飛行機に取っ組んでたから、近ごろは、めったに話もしなかったが、まあ知ってることは話すことんしべえ」

啓介が愛想よく答えた。

「ありがとうございます。では、さっそく、お尋ねしますが、さっき、ちらっと伺ったところでは、弟さんはその高山氏と共同で、飛行機製作に力を注いでいたということになるのですか？」

龍岳が、壊れた飛行機を見ながら、啓介にいった。

「いや。おらあ弟とちがって根っからの百姓だから、飛行機のことはわかんねえが、おらの見てたかぎりじゃ、弟よりも高山さんのほうが、先に立って作ってたね」

啓介がいった。

「というと、飛行機の製作は、高山さんが主で、弟さんが助手という形だったのですか？」

龍岳がいった。

「そうだな。だいたいのこった、高山さんが決めてたようだよ」

啓介がいった。

「高山さんは、東京高等工業学校を卒業してたから、貞二よりは機械に詳しかったよ。そらあ、まあ飛行機に関しては、貞二も、ずいぶん研究していたけど、やっぱ、高山さんにはかなわなかったね」

「変な聞きかたかもしれませんが、高山さんと弟さんが、製作に関してもめるようなことはなかったのですか？」

龍岳が啓介の顔色をうかがうように質問した。

「うん。おらの知るかぎりじゃ、なかよくやってたけんが、一度、どっちが先に空を飛ぶかっていって、大声出してやりあってるのを見たことがあるな」

啓介がいった。

「初飛行は、どちらもやりたいでしょうからね。で、どう、まとまったのですか？」

「さあ、それは知らねえね」

啓介が答えた時、家の縁側から、啓介の妻が叫んだ。

「ふたりとも、そこで立ち話もなんだから、こっちへきて腰かけたら、いいよ。なにもねえけんが、芋《いも》ふかしたで、ひとつお食べなさい。それから、そっちのお嬢さんも、こっちへくるがいいよ」

「はい。どうも、ありがとうございます」

龍岳、啓介と、少し離れたところで、無言でふたりのやりとりを聞いていた黒岩時子が答えた。

「そうだよ。お嬢さん、遠慮しねえで、こっちへきて、まあ、お茶でも飲むべえ。しかし、まあ、さすがに東京のお嬢さんは別嬪《べっぴん》さんだ。なにかね、お嬢さんは、あんたの嫁さんに決まってるかね」

啓介が、龍岳と時子を縁側に導きながらいった。

「いえ、ぼくたち、そういう関係じゃありません。時子さんは、知人の妹さんです。お兄さんが、警視庁の刑事さんでしてね」

龍岳は、よけいな詮索《せんさく》をされたくないと、刑事ということばを出した。効果はてきめんだった。

「あれ、刑事さんの妹さんかあ。それじゃ、めったに、手も出せんねな」

啓介が笑いながらいい、その件に関する話は、それで終わった。


「どうぞ、芋食べてください。お茶はここへおきますから」

啓介の妻がいった。

「いただきます」

龍岳は、お皿の上に山のように盛られた、ふかし芋を一本手に取ると、真中からふたつに割った。香ばしい匂いが鼻をつく。

「あら、おいしそう。わたしも、いただきます」

時子も手を伸ばした。

「こらあ、金時《きんとき》って、一番うめえ芋だよ」

啓介がいった。

「ほんとうだ。ほくほくして、うまいですね。東京の芋屋のとは味がちがう」

龍岳が、口をもぐもぐさせながらいった。

「そらあ、よかった。いっぺえ、食ったらいいよ」

啓介が、うれしそうにいった。

「ところで、話は高山さんにもどりますが、高山さんは飛行機が完成しない前に、亡くなられたといいましたね」

「そうだね」

「それは、いつのことですか？」

龍岳がいった。

「あらあ、うちの婆《ばあ》さんの命日だったから、八月三日のことだね」

「病気ですか？」

「いいや。それが、あやまって川に落ちて、溺れ死んだんだよ。もっとも、身投げだという人も、いまだにあるけんがね」

啓介が、ちょっと、声をひそめた。

「自殺だというのですか？」

「そうだね」

「なぜ？」

龍岳が、芋を食べる手を止めた。

「それが、死ぬ十日ばかり前に、高山さんは夜道で、何者かに襲われて、両眼を潰しちまったんだよ」

啓介がいった。

「両眼を潰した？」

龍岳が、表情を固くして問い返した。

「そうだよ。こん先の松林を通って家に帰る途中のことだっただよ」

「襲った犯人は、捕まったのですか？」

「いや、わからねかった。警察がきて、ずいぶん調べたんだけんがね。あらあ、まったく、ふしぎな事件だったね。だって、高山さんは、なにも取られていねえだよ。そん時にゃ、結構、財布に金が入ってたそうだけども、それを取られねえで、ただ、目をやられただけだから」

「目は、どんな状態だったんですか？」

「なにか、太い釘みてえなもんで刺されたようで、すぐ茂原《もばら》町の医者に運んだけんが、完全に見えなくなっちまったね」

「まあ、恐い」

そばの時子が、一瞬、身をすくめた。

「それで、飛行機の製作も……」

龍岳がいった。

「そうだよ。そん落胆ぶりは、はたで見てても気の毒なくらいだったな。弟は、高山さんの分も自分でがんばって、きっと飛行に成功してみせるからと慰めてはいたんが、まったく、生き甲斐を無くしちまったという感じだったね。川に落ちたのは、それから十日ばかりたってだ。目が見えねえで、あやまって落ちたらしいが、そんなことで、落胆しての身投げって、そんな説もあるだよ」

啓介が、大きな溜息をついた。

「おら、引き上げられた死体を見たけんが、手に聖《ひじり》童子《どうじ》様を握ってたよ」

「なんですか、その聖童子というのは?」

「このへんの古い信仰でね。まあ、地蔵様みてえなもんだよ。一尺ばかりの童子様だよ。一生に一度だけ、願いを叶えてくれるっち人形だね。あれを作れる婆様は、もう、ほとんどいねえと思うが、どこから手にいれただがん……。なんにしても、ほんとうに、高山さんはかわいそうだった」

啓介が、ふうっと息を吐いた。

「それにしても、因縁かねえ。貞二のやつも、墜落の時、目を潰しちまったそうだねえ、おらあ、骨になっちまってからしか、見てねえが、そりゃあ、ひでえありさまだったらしいね」

「はあ……」

龍岳が、あいまいな返事をした。そして、話題を変えた。

「高山さんには、ご家族はいるのですか?」

「いや、それがひとり暮らしだったんだよ。もともと、あん人は東京の人だったんだが、弟とどこで知り合ったのか飛行機作りで気が合って、それじゃあ、一緒に作るべということになって、海岸近くの空き家に引っ越してきたんだよ。死んで、いろいろ警察が調べたけんが、結局、家族も親類も見つからなくて、骨はいま、無縁仏として、おらの旦那寺に埋まってる。もし縁者があれば、骨を渡してやりたいと思っているんだが」

啓介が説明した。

「そうですか。ぼくも、東京で調べてみましょう。ところで弟さんには、ほかに高山という知り合いはいませんでしたか」

「さあ、おらも弟の知り合い、全部を知ってるわけじゃねえが、ほかには高山という名前は聞いたことがないねえ」

「そうすると、墜落して死ぬ間際に高山といったのは、やはり高山健三さんのことなのでしょうね」

「じゃねえかな。結局、自分も失敗しちゃったって、無念さを高山さんに報告したじゃないかね。でも、まあ、弟としちゃあ、命賭けた飛行機で死んだだから、本望だったぺね」

啓介が、しんみりした口調でいった。

「そうだ、だいじなことを忘れていました。高山さんの写真はありますか？　あったら、ぜひ、見せていただきたいのですが」

「ああ、あるよ。おい、高山さんの写真持ってきてくれ」

啓介が、台所のほうにいる妻に声をかけた。

「はいよ」

妻が答えた。

「しかし、まあ、こんなことで雑誌の記事になるのけ」

「ええ。おもしろいお話ですから。ただ、弟さんは、わたしたちに、ぶじ着陸しないかぎりは、初飛行のことを天下に公表しないでくれといわれていましたが、その遺志を守れば発表はできません。共同製作者を亡くし、それにもめげずに日本最初の飛行試演に成功したと書けば、世間は美談としてよろこぶとは思いますが」

龍岳がいった。

「そうだねえ」

「お兄さんとしては、どう思われますか？」

「はて、どうしたもんかな。弟が発表しねえでくれというのだったら、しねえままにしておいて欲しい気もするがね」

啓介がいった時、妻が一枚の写真を持ってきた。

「はい、写真」

「ああ、これだ。この右側のが弟で、左が高山さんだよ」

啓介が写真の人物を説明した。写真は、どこかの家の中で、啓介に、よく似た若い男と、カイゼル髯《ひげ》の眼鏡の紳士が写っているものだった。

「あれ、気がつかねかったけんが、この後ろの棚のところに写っているこの人形、これが、さっきの聖童子様だ」

啓介が、指で差し示した人形は、手製の着物を着た泥人形だった。目が丸く、最近、アメリカから輸入されたキューピッド人形のような丸い目をしていた。

「この写真、お借りしてもいいですか?」

龍岳がいった。

「ああ、いるなら、持っていっていいよ。たしか、同じ写真が、もう一枚あるからね」

「そうですか。それじゃ、頂戴します。ところで、お兄さん、弟さんは飛行試演が近づいてきたころ、なにかにおびているようすはありませんでしたか?」

龍岳がいった。

「うむ。おら気がつかなかったけんが……。そういやあ、うちの子供が、貞二おじが、なんだか、許してくれと寝言をいっているのを聞いたとかいっていたけんが」

「いつのことです?」

「飛行の四、五日前だったかな。弟は、なにかにおびえていたんかね?」

「はあ。親しい人に、あいつが飛行のじゃまをするかもしれないといっていたらしいのですが、心当たりはありますか?」

「さあ、ねえねえ。誰がじゃまをすっだい?」

啓介が首をひねった。

「軍が試演を嫌がるかもしれないとはいっていたけれども……」

「そうですか、とにかく、なにかじゃまされて失敗するかもしれないという予感があって、弟さんは、飛行の予告もせず、わざわざ、雨降りの日の朝を選んだらしいのですよ」

「ふーん。思いあたらんがなあ」

啓介がいった。その時、家の門の前を、未醒と村山少年が通りかかった。

「あっ、未醒さん。こっちです」

龍岳は未醒に向かって手を振り、啓介に続けた。

「さっきいいました、東京からきた連れです」

「おお、そうかね。どうぞ、こっちへきて、茶でもどうかね」

啓介が笑顔で、未醒たちを招いた。

「ありがとうございます。いや、実は、すっかり喉がかわいてしまったので、水を飲ませてもらおうとやってきたのだ」

未醒がいった。

「それなら、水じゃねえで、茶がいいよ。おい、茶をあとふたつ持ってきてくれ」

啓介が奥に向かって叫んだ。

「すみませんなあ」

未醒が、坊主頭をなでながらいった。

「ふかし芋もどうかね？」

「はあ、ありがとうございます。村山君、ひとつ、いただこうか」

未醒がいい、皿に盛られた芋の山に手を伸ばした。

続いて、手を出しかけた村山少年の目が、龍岳の手の中の写真に止まった。村山少年は、大きく目を見開いて、聖童子人形を見ていった。

「これだ！　飛行機の上で、福永さんと格闘していたのは！」

4

牛込原町の黒岩四郎の家に、一の宮町から龍岳と時子が帰ってきたのは、その日の午後九時ごろのことだった。もう一日、海岸でスケッチを続けるという未醒と村山少年を残して、ふたりだけで先に帰ってきたのだ。

朝早く出発し、夜遅くの帰還は、時子にとっては、やや厳しかったが、翌日からは、また学校があるので、泊まってくるわけにはいかなかった。

龍岳は時子を家に送り、そのまま渋谷町の下宿に帰る予定でいた。ところが、黒岩の家に時子を送って行くと、部屋の奥から、思わぬ人物が黒岩とともに出迎えた。春浪だった。

「あれ、春浪さん。こられていたのですか？」

だいぶ酒が入っているらしく、いい機嫌で玄関に出てきた春浪に、龍岳がいった。

「うむ。きみの調査結果を早く、聞きたくてね。ここにきていれば、まず、まちがいなく会えるだろうと、待っておったのだ」

春浪がいった。

「そうですか。春浪さんには、明日朝、お宅をお訪ねして、ご報告しようと思っていたのです」

龍岳がいった。

「それでもかまわんかったのだが、一刻も早く、話を聞きたかったものでね」

春浪が、そわそわしながらいう。

「というわけだよ、龍岳君。春浪さんは、お待ち兼ねだ。さあ、上りたまえ。今夜は、きみ、ここに泊まっていってはどうだ。風呂も沸かしておいた」

黒岩がいった。

「えっ、お兄さまが、お風呂を沸かしたのですか？」

時子が、びっくりしたような顔をした。

「そうだ。そんな顔をすることはあるまい。俺だって、風呂ぐらいは沸かせる」

茶の間に向かいながら、黒岩がいった。

「漬物だって、俺が出したのだぞ」

部屋に入ると、小さな卓袱台《ちゃぶだい》の上に、とっくりが二本と猪口《ちょこ》。それに、白菜漬けを盛った皿が出ていた。

「俺が、なにもいらんというのに、黒岩君が気を使ってくれてね。時子さん、この白菜はよく漬かっておって、実にうまい。昆布が入っておるようだね」

「はい。それに、ニンニクが少々」

時子がいった。

「ははあ。それがいい味を出しておるのだ。今度からうちでも、そうさせてみよう」

卓袱台の前に座った春浪が、白菜漬けをはさみながらいった。

「とりあえず、疲れ癒しに一杯といいたいところだが、龍岳君は飲まないからなあ。平野水《ひらのすい》でも飲むかね？」

黒岩がいった。

「はあ、いただきます」

平野水というのは、甘味のない炭酸水だ。もともとは関西のある地方の自然水を瓶詰めにして売っていたものだが、いまでは同じ成分のものを人工的に作ったものが販売されている。

「よし、取ってこよう」

黒岩が立ち上がろうとした。

「お兄さま、わたしが持ってきてよ。わたしも、平野水をいただきますわ」

時子が黒岩を制して、台所に入っていった。

「すまんな」

黒岩が座り直す。

「で、どうだった、龍岳君? 謎は解けたのか。黒岩君にも、あの墜落の話をしたところ、大いに興味を持ってくれてね。いま、ふたりで、ああだこうだと詮索しておったのだよ。高山という人物には会えたのかね」

春浪がいった。

「いえ、会えませんでした」

「そうか、だめだったのか。結局、居場所がわからないわけかね?」

「いいえ、高山氏は八月に、すでに死んでいました」

龍岳がいった。

「なに、死んでおった」

「ええ、それが、たしかに助手の話どおり、それまで高山氏と福永氏は共同で飛行機製作をしていたのですが、飛行機の完成のめどがついたところで、高山氏が暴漢に襲われて目を潰してしまったというのです……」

龍岳は、福永貞二の兄の啓介や、地元の駐在から聞いた話を、細部にわたって春浪と黒岩に語った。

「なるほどなあ。そうすると、きみのつかんだ感触では、高山氏の目を潰した暴漢というのは、実は福永氏だというわけか」

話を聞いた春浪が、腕組みをしていった。

「人のいい兄という人は、弟がそんなことをしたとは想像もしていないようですが、ぼくには、そう思えます」

龍岳が、自信ありげにいった。

「完成した飛行機に、どちらが先に乗って飛ぶかで、いい合いをしていたといっていましたわね」

時子がいった。

「ええ。日本で最初の飛行ということになれば、どちらも自分が乗りたいでしょうからね」

龍岳がいう。

「警察は、どう思っているのだね？」

黒岩がいった。

「警察には、時間の関係で話を聞きにいけなかったのですが、駐在の話によれば、警察も疑ってはいなかったようです。でも、福永氏が犯人で、それで高山氏が自殺したとすれば、なんとなく、墜落の原因がわかりそうな気がするじゃありませんか」

龍岳がコップの平野水を、ぐっと飲み干した。

「どういうふうに、原因がわかるのだ。俺にはさっぱりわからんよ」

春浪が、眉根にしわを寄せた。

「わかりませんか？　ぼくは、あの飛行機は、高山氏によって墜落させられたのだと思うのです」

「なに？　だって、高山氏は八月に死んでおるのだろう？」

春浪が、盛んに首をかしげる。

「そうです。だから、福永氏は高山氏の幽霊に殺されたのです」

「幽霊？」

春浪が龍岳に、なにをいい出すのだという顔をして見せた。

「なっとくいきませんか？」

龍岳がいった。

「あたりまえだよ。わざわざ九十九里まで調べに行って、その結果が幽霊で、なっとくできるわけない」

春浪が口をとがらせた。

「といっても、春浪さん。ぼくのいう幽霊というのは、火の玉とともに、ひゅー、どろどろと出てくる幽霊じゃありません。もっと、科学的な幽霊です」

龍岳がいった。

「すると、どういう幽霊ですの？」

大きな土瓶から、茶碗に茶をついでいた時子が、興味深げに龍岳の顔を見た。

「つまり、罪の意識からくる、強迫観念による幻覚といったようなことなのだろう？」

それまで、黙っていた黒岩が口をはさんだ。

「そうなんです。まったく、そのとおりです！」

龍岳が、黒岩のことばに大きくうなずいた。

「そういうことは、以前、俺が扱った殺人事件にもあったよ。自分が殺した人間が、夢に幻に出てきて、犯人をさいなみ、犯行を自白させたというような……」

黒岩がいった。

「そうすると、龍岳君がいいたいのは、福永氏は高山氏を殺してしまったという強迫観念にさいなまれ、高山氏の幽霊が飛行試演のじゃまをするのではないかと、びくびくしながら飛行機に乗った。そして、空中を飛行中に、強迫観念が頂点に達し、頭が混乱して、操縦をあやまったというのかい」

春浪がいった。

「そういうことです」

龍岳がうなずいた。

「なるほど。一応は筋が通っているね」

春浪がいった。

「でも、そうなると、あの村山少年の話は、どうなるのですか？」

時子が質問した。

「いや、実はぼくも、強迫観念説を唱えたはいいものの、その説明ができなくて困っているのです」

龍岳が頭をかいた。

「福永氏が、強迫観念からくる幻覚を見て、墜落したのだとしたら、どうして、村山少年の目には聖童子の姿が見えたのか？」

「未醒は、あの少年はひどく感受性が強く、空想癖を盛んにするといってはいたが、彼はその聖童子なるものを、今日、写真で見るまでは知らなかったわけだろう？」

春浪がいった。

「そうなのです」

龍岳が、困ったようにうなずいた。

「あの、聖童子というのは、一度だけ、人の願いを叶えてくれるといっていましたわね」

時子がいった。

「ええ。むろん、伝説ですけどね」

龍岳が答える。

「だったら、わたし、あの聖童子が高山さんの頼みを聞いて、敵《かたき》をうったのじゃないかと思います。ぜんぜん科学的な説明じゃありませんけど……」

「いや、実は、ぼくも、帰りの汽車で、ずっと、それを考えていたのです。けれど、それは、あまりにも非科学的なので、なんとか科学的に説明できないものかと思っていたんですよ」

龍岳がいった。

「もし、ほんとうに、その聖童子のしわざだとしたら、村山少年が子供の姿を見たという説明もつくわけだね」

春浪がいった。

「福永氏が、目を潰された説明もつきます」

龍岳がいった。

「なるほど。しかし、その聖童子が、実際、飛行試演に出現して、敵を取ったのだとしたら、なぜ、村山少年にだけ見えて、なぜ、われわれには見えなかったのだろう」

春浪が、首をひねった。

「聖童子というくらいですから、神様なのでしょう。だから、純真な感受性の強い少年の目にしか映らないのかもしれません。あるいは、誰にも見えないはずのものが、特に村山少年だけには見えてしまったということかもしれませんね」

龍岳がいった。

「うーむ。そういわれても、やはり、いまひとつ、俺には割り切れんよ。幽霊にしても聖童子にしても、あまりにも、話が突飛すぎるじゃないか」

春浪が上唇を噛《か》んだ。

「でも、春浪さんも、前にいってたじゃないですか、世の中すべて、科学で割り切れるというものでもないって……」

龍岳がいった。

「それは、そうだが、この想像が事実だとしたら、この話は、やはり世間には公表できんよ」

「本来、大偉人と称されるべき福永氏の真の姿がわかってしまいますからね」

「それもあるし、日本最初の飛行試演の成功が、聖童子に託された高山氏の復讐によって失敗させられたというんじゃ、読者がなっとくしまい。科学の最も偉大な産物である飛行機と聖童子じゃ、どう考えても結びつかんよ」

春浪がいった。

「外国人に対しても、説明しにくいですわね」

時子がいう。

「アメリカやフランスなどは、いつ日本が初飛行に成功するかと見守っておるのに、聖童子に墜落させられましたじゃね」

春浪がいった。

「とにかく、当事者が、ふたりとも死んでしまったのでは、これ以上、調べようもないなあ」

「村山少年が、もどってきたら、もう一度、詳しく話を聞いてみましょう。飛行機の上で福永氏が子供と格闘していたといった時、誰も信用しませんでしたからね」

「うん。あれは、少年に気の毒なことをしたな。もうちょっと、本気で話を聞いてやればよかった」

「わたし、あの少年は将来、きっと立派な画家になりそうな気がしますわ」

時子がいった。

「なぜですか」

龍岳が質問した。

「だって、ふつうの人には見えない物を見る目を持っているのですから、絵を描くことには大いに役立ちますでしょ」

「なるほど。俺は絵のことはよくわからんが、なんとなく、そんな気はするね」

春浪がうなずいた。

日本の航空史によれば、わが国最初の飛行機による歴史的飛行は、明治四十三年十二月十四日、代々木練兵場において挙行された、陸軍大尉日野熊蔵《くまぞう》のグラデー式単葉飛行機によるものとされている。

この時の飛行は滑走実験中に偶然成功したものであり、高度十メートル、飛行距離六十メートルであった。

ちなみに、いかなる航空史にも、福永貞二の名前は記録されていない。

大正八年にわずか二十三歳で夭折《ようせつ》した特異な怪奇的傾向の絵画で知られる村山槐多が、空中における飛行家と空中魔の闘争を題材にした怪奇小説『魔童子伝』を〈冒険世界〉に発表したのは、大正五年八月のことだった。しかし、ここにも、福永貞二の名前は登場していない。

心

1

　文字どおりのねじり鉢巻き姿で、締切の迫った雑誌の原稿を書いていた鵜沢龍岳《うざわりゅうがく》は、けたたましく叫ぶ女性の声に仕事を中断された。時は明治四十三年十二月二日の午後十一時十分。場所は、荏原《えばら》郡渋谷町の龍岳の下宿の部屋。

「う、鵜沢さん。大変なのよ。すぐきてちょうだい！」

　階段の下のほうから、かすれ声がした。聞きなれた声だった。龍岳の下宿の女主人、杉本フクの声にちがいなかった。

「どうしたんですか、おばさん？」

　龍岳が、万年筆を置きながらいった。

「早く、早くきてちょうだい。お隣りの野村中佐さんが、大変なの！」

　ふだんから、ちょっとのことでも、大変を連発するフクだったが、その声には、ただならぬ気配が感じられる。

「なにごとです？」

　龍岳は、立ちあがりながら鉢巻きをはずし、破れた襖《ふすま》を開け、階段の電灯のスイッチを入れると、下をのぞき込むようにしていった。

「いま、野村さんのところの婆《ばあ》やさんが、うちにきて、外出先から帰ってきたら、野村さんが死んでいるっていうのよ。それで、あたし、まさかって見にいったの。そうしたら、そうしたら……」

　フクが、息を弾ませながら、そこまでいい絶句した。

「ほんとうに、死んでいたんですか？」

龍岳が、階段を駆け降りながら質問した。

「そうなのよ。それも、ただの死にかたじゃないの。蒲団《ふとん》の中で、頭をぐちゃぐちゃにされて……」

フクは、その光景を思い出したのか、吐き気をこらえるように、口に手を当てた。

「頭がぐちゃぐちゃですって！」

龍岳が、上がり框《かまち》にへたりこんでいるフクの顔を見つめていった。

「あたし、あんなの初めて見たわ。早く、いってちょうだい。婆やさんは腰ぬかすし……。鵜沢さん、あたしは、どうすればいいの？」

フクが泣きそうな声を出した。

「警察には、知らせましたか？」

「ま、まだよ」

「そうですか。じゃ、ともかく駐在所に……。いや、待ってください。その前に、ぼくが確かめましょう。連絡は、それからです。おばさんも、一緒にきてください」

龍岳が、フクの手を引っ張った。

「えっ、またいくの？」

フクが尻《しり》ごみをする。

「中を見たくないなら、外で待っていてもいいですから、きてください」

「わ、わかったわよ。そんなに、引っ張らないでちょうだい」

フクが、よろよろと立ち上がった。

龍岳が、隣りの野村家の玄関に飛び込むまでに、時間は一分とかからなかった。格子戸が、開いたままになっている玄関に入ると、なんともいえない生臭い空気が、家の中に充満しているのが感じられた。

「あたしは、ここで待っているよ」

たたきのところで、フクが首を横に振った。

「わかりました。じゃ、ぼくが見てきましょう。死んでいるのは、どの部屋ですか？」

龍岳がいった。

「奥の寝間よ。襖が開いているから、すぐ、わかるわ」

「そうですか」

龍岳はうなずき、つっかけてきた割り板草履を脱ぐと、廊下に駆けあがった。家の中は、しんとしていて、物音は聞こえてこない。

廊下を曲がると、すぐ居間だった。明るくない電灯が灯っている。居間の奥に、明かりのついていない部屋があった。真ん中に萌葱《もえぎ》唐草《からくさ》の蒲団が敷いてあった。

ひとりの人間、――男とも女とも区別のつかない姿の人間が、その蒲団に寝ていた。しかし、枕はしていなかった。なぜなら、血まみれのその人間の顔は、口から上が無かったからだ。頭の、ちょうど、枕に当たる部分が無かった。

そして、枕、蒲団はもちろん、頭のある側のそこここ、畳といわず、壁といわず、障子といわず、あたり一面に、真っ赤な鮮血と、白い豆腐を潰したようなものが飛び散っていた。

龍岳は、それまで、むきだしになった脳味噌というものを見たことがなかった。けれど、その白い豆腐のようなものが、脳味噌であることは、一目見てわかった。

龍岳は、居間と寝室の境目に立って、かつて人間であったものの、死体を見下ろした。死を確認するまでもなかった。顔が三分の二も無くなっている人間が生きているわけはなかった。

「おばさん、電話はどこにあるかわかりますか?」

龍岳は胸のむかつきをこらえながら、部屋から玄関のフクに声をかけた。

「廊下の奥だよ」

フクが答えた。声にしたがって、龍岳は廊下に出た。電話が突き当たりに見えた。

「おばさん。ぼくは、警察に電話しますが、おばさんも、駐在を呼んできてください」

龍岳が怒鳴った。

「わかったよ。すぐ、呼んでくる」

フクが答え、ばたばたと表のほうに走っていった。

二時間後、龍岳は警視庁第一部の黒岩四郎《くろいわしろう》刑事と、下宿の部屋で向かいあっていた。龍岳が、警察に通報すると同時に、黒岩にも電話を入れた結果だった。

隣りの現場では、まだ、たくさんの刑事や巡査たち、そして憲兵隊の人間が出入りをし、集まってきた弥次馬たちを追い返していた。

「しかし、なんという死体なのだ。あれにくらべたら、このあいだの首無し女の死体など、かわいいものだ」

黒岩が顔をしかめた。

「でも、あんなふうに、頭が破裂していながら、爆裂弾とか銃で撃たれたとかいう痕跡が、まったくないというのは、どういうことなのですか?」

龍岳がたずねた。

「見当もつかんよ。鑑定人は、脳が内側から破裂したとしか思えないというのだがね」

「内側から？　それは、どういうことですか?」

龍岳が、眉根にしわを寄せた。

「それが、わからないので困っているんだよ。鑑定人のいうには、頭蓋骨《ずがいこつ》が風船のように膨らんで、割れたと説明するのが、もっとも合理的だというんだが、そんなことがあると思うかい?」

黒岩が、顎《あご》をさすっていった。

「俺は知らんが、あるいは脳が膨らむ病気というのはあるかもしれん。しかし、そのために頭蓋骨が破裂するなどということがあるとは思えんね」

「ぼくも、聞いたことがありませんね」

「そうだろう。鑑定人も頭の内側から破裂したというのが、もっとも合理的な説明だが、現実には考えられんといっている。まあ、当然だろうね」

「婆やさんは、なにか知らないのですか?」

「わからんようだよ。それに、取り乱しておって、ほとんど話にならんのだ。奥さんか、子供でもいてくれたら、よかったのだがね。あの中佐は、引っ越してきた時から、ずっと、婆やとふたり暮らしなのかい?」

黒岩がいった。

「ええ、あの人は、八月に引っ越してきたのですが、なんでも、広島で奥さんを離縁してきたとかで、きた時から、婆やさんとふたりっきりでしたよ」

「離縁の原因は？」

「さあ、知りません。あちらは軍人さんだし、ぼくも、一、二度、挨拶《あいさつ》をしたことがあるくらいで、とくに親しいということではなかったので、詳しいことはわかりませんが、下宿のおばさんが、そういっていました」

「うむ」

「別れた奥さんが怪しいと？」

龍岳がいった。

「いや、そう軽率なことはいえんが、疑ってみる必要はあるかもしれんね」

黒岩がいった。

「でも、黒岩さん。これは、そもそも殺人事件なんでしょうか？」

「そうとしか考えられんだろう。まさか、病死ではないだろうし、死体の状況からいって自殺とも思えない。事故死の線もなさそうだからね。ただ、家の中は、まったく荒らされた様子はないのだ。となると、物取りではなさそうだ」

「すると、怨恨ですか？」

「そう思ったので、その別れた奥さんのことが気になったんだよ。なんにしても、いまの段階では、まだ、なんともいえんがね。いずれ、俺も捜査に引っ張り出されることになるだろう。これは、渋谷分署や新宿署だけでは、解決のつくような事件じゃないよ。憲兵隊にとっても、こんな事件は、そうあることじゃないだろうからね」

「なるほど」

「しかし、これで二日は、飯が喉を通りそうもないな。ものすごい光景だった。思い出しても、胸がむかつく」

黒岩が、ふーっと息を吐いた。

「いつも、時子《ときこ》に笑われるのだが、俺は、ふつうの死体を見ただけでも、めまいを起こしそうになるくらいなんだ。それが、あの血の海だからな。金をもらっても、もう二度と見たくないね」

「ぼくもですよ」

龍岳がうなずいた。そして、続けた。

「野村さんが海軍さんだということは知っていましたが、海軍省勤務だったそうですね」

「うん。この春まで呉《くれ》の第一潜水艇隊に所属していたそうだ」

「えっ、第一潜水艇隊ですか？　というと、あの佐久間艇長の事故のあった……」

龍岳がいった。

「そうだ。あの事故がきっかけで、海軍省に転属になったという話だよ」

佐久間大尉の事故というのは、この年の四月、広島湾で起こった潜水艇の沈没事件のことだった。

四月十五日、呉の第一潜水艇隊は、六隻の潜水艇で潜水訓練を行っていたが、そのうちの第六号潜水艇に事故が発生した。通風筒のバルブが故障を起こして浸水し、沈没してしまったのだ。

この事故で、艇長の佐久間勉大尉以下十五名が死亡した。しかし、その死に当たって、佐久間艇長は、極めて沈着冷静な態度を取り、毒ガスが発生して、呼吸が困難になっていく中、陛下の艇を沈めたことを謝罪し、事故の状況、残された部下の遺族に対する希望等を、克明にメモに残した。

このため、海軍は事故の原因を詳しく知ることができた。また大尉以下各乗組員の忠勇、壮絶な最期は、新聞、雑誌を通じて、広く一般大衆に報道され、佐久間大尉は軍人の鑑《かがみ》と世間から謳《うた》われたのだった。

「野村さんも、潜水艇に乗っていたのですか？」

「いや、中佐は佐久間大尉の直接の上司で、司令部勤務だったようだ。艇には乗っていなかったということだよ」

「そうですか。でも、あの事故の時の関係者が、海軍省に転属というのは、やはり出世なのでしょうね」

「そうだろうな。一階級昇進しての転属だったらしいからね」

「つまり、立派な最期を遂げた佐久間大尉の上司だったことが、評価されたわけですか。野村さんの日頃の指導が、英雄を生んだという」

龍岳がいささか、とがった口調でいった。

「なんだか、きみは気にいらんようだね」

黒岩がいった。

「いいえ。気にいらなくはないですが、生きていれば、その上司だったというだけで出世できるのに、死んでしまっては、たとえ名声は得られても、つまらないものだと思ったものですから」

龍岳がいった。

「おいおい、そういうことは、俺の前ではいいが、軍関係の人間の前でいってはいかんよ。軍人の鑑と謳われている佐久間大尉を、死んでしまってつまらんなどといったら、憲兵隊ににらまれるぞ」

黒岩が、声をひそめた。

「もっとも、出世して、せっかく海軍省勤務になっても、あんなわけのわからない変死体になってしまってはしょうがないですけどね」

龍岳が、なおも続けた。

「おい。もう、そこらへんでやめておきたまえ」

黒岩が、さらに小声でいった。

「はい、すみません」

「いや、まあ。俺に謝ることはないがね。それはともかくとして、科学小説家の立場から、あの死体について、なにか意見はないかね? 俺の勘では、さっきもいったように、これは殺人だろうと思うが、そうなると、その殺害方法が問題になる」

黒岩が腕組みをしていった。

「科学小説ならば、宇宙空間のエーテルを利用した不可思議なる薬品というようなものも考えられますが、現実となると想像がつきませんねえ」

龍岳が後頭部をさすりながらいった。

「たとえば、頭に当てると、脳が膨脹するというようなラジウム光線なんて考えられんだろうか?」

「小説ならば、いくらでもできますよ。でも、実際にはむりでしょう」

「ふむ。鑑定人は、頭が破裂したのは、一瞬のことだったらしいというが、そんな殺害方法があるものかねえ」

「見当がつきませんけど、なにかの方法で、可能かどうか調べてみますよ」

龍岳がいった。

「うん。頼むよ。おそらく、この事件は軍との共同捜査になると思うが、ここで、警視庁の力を見せてやりたいんだ」

黒岩が笑った。

「わかりました」

龍岳がうなずいた。

「さて、どうやら胸のむかつきがおさまったから、もう一度現場にいってくるかな」

黒岩が、煎餅蒲団《せんべい》から立ちあがった。

2

翌々日の四日は、日曜日だった。午前十一時、〈冒険世界〉主筆の押川春浪《おしかわしゅんろう》は、正面土俵の下に焚《た》かれた、赤々と燃える焚き火にあたりながら、行司兼呼び出しの声を聞いていた。

春浪が頭目のバンカラ・スポーツ社交団体〔天狗《てんぐ》倶楽部《クラブ》〕対早稲田大学生による定期相撲大会は、佳境に入っていた。

この数日、十二月とは思えない暖かい日が続いていたが、それでも戸塚村諏訪の森にある早稲田大学野球部合宿所の庭は、武蔵野の空《から》っ風《かぜ》が吹き抜け、コートを羽織っていても寒かった。

土俵上に、学習院出身の三島彌彦《みしまやひこ》と、早稲田野球部の伊勢田剛《いせだつよし》が登っていく。

「じゃ、春浪さんは、千里眼《せんりがん》や念写というのは、ぜんぜん信じませんか？」

ふたりの選手を目で追いながら、春浪にいったのは、元早稲田大学の鉄腕投手として、その名を天下に轟《とどろ》かせた、河野安通志《こうのあつし》だった。

いつもなら、取り組みに加わる春浪と河野だったが、この日はふたりとも体調が思わしくないので、しかたなく観戦にまわっていた。

そして、とりとめのない話をしているうちに、いつしか話題が、最近、その真贋が取り沙汰されている千里眼女性、御船千鶴子《みふねちづこ》の話になったのだった。

「いや、実際のところ、俺にはわからんね。福来博《ふくらい》士が発表した、あの実験の報告を読んでおると、千里眼はあるとしか思えんが、中村清博士の反論を読むと、これまた、いかさまとしか思えん。きみは信じておるのかい？」

春浪が笑った。

「絶対的に信じているわけじゃありませんが、ぼくは以前、ある若い婦人に千里眼で、財布の中身をぴたりと当てられたことがありますからね。あれは、どう見ても手品とは思えませんでしたよ」

河野がいった。

「ほう。それは、どんな実験だったんだい？」

春浪が質問した。

「いや実験というほどのものじゃなかったんですが、小学校時代の友人の家に遊びにいったら、その友人が、妹は千里眼だから、やらせてみようかといって、ぼくの前で見せてくれたんですよ。一年ほど前のことです。まだ、御船千鶴子が騒がれる前のことでした」

「それで、財布の中身を当てたわけか」

「ええ。最初、本人はいやがっていたんですが、友人にやってみろといわれると、じゃ、河野さんの財布の中身を当てますとって、いきなり、ぼくの背広のポケットのあたりを見つめましてね。で、五秒もしないうちに、何円何十銭と名刺が何枚入っているというんです。それで、ぼくが財布を出して、中身を調べると、これがぴったりなんですよ。一銭もまちがっていませんでした」

河野が真剣な表情をした。

「ほんとかね。上着を脱いだ時、のぞいてあったんじゃないのかい？」

春浪が、にやにやしながらいった。

「いいえ。ぼくは、その時、上着は脱ぎませんでしたし、財布も出しませんでした。とにかく、彼女がぼくの財布の中身を、前もって知る機会はなかったはずなのに、いともかんたんに当ててしまったんですよ」

「ふーん。しかし、手品でもじょうずなのにかかると、おどろかされるからなあ。きみが気がつかんうちに、財布を抜き取られて、中身を調べられていたんじゃないのか。聞くところによれば、懐中時計の外側だけ残して、中の機械を盗んだ、すご腕のスリもいるというじゃないか。いや、その女性を、スリと一緒にするわけじゃないがね」

春浪がいった。が、河野は別段、気を悪くしているようすもなかった。

「ほかにも、なにかやって見せてくれたのかね?」

春浪がたずねた。

「友人の話では、まだ、いくつか、おもしろいことができるということでしたが、それ以上は、本人がいやがって見せてくれませんでした」

「その女性は、いくつぐらいなんだい?」

春浪がいった。

「あの時で、十七といいましたか。その友人も、なかなかハンサムないい男だったが、この妹も美人でね。友人は、ぼくと、その妹をくっつけたがっていましたがね」

河野が笑った。土俵上では大熱戦の末、伊勢田が三島を上手投げで、投げ飛ばしたところだった。

「おっ、三島君が負けてしまった。こりゃ、天狗側、だいぶ分が悪くなってきたぞ。しかし、千里眼の婦人を細君にするというのは、どういうものだろうなあ。芸者遊びなどしたら、すぐにばれてしまうのではないかね。それは、どうも、うまくない」

春浪が、おおげさな口調でいった。

「だが、その話はおもしろいね。御船千鶴子が、あれだけ騒がれているのだから、〈冒険世界〉でも、その女性を記事にしてみるかな。〈冒険世界〉主催で公開実験などというのをやってみたら、話題になるかもしれんね」

春浪が、興味深げな表情をした。

「それが、だめなんですよ」

河野が首を振った。

「どうして?」

春浪がたずねる。

「その友人も、妹さんも死んでしまったんです」

河野がいった時、二百人ほど詰めかけている観衆から、歓声があがった。〔天狗倶楽部〕側から、早稲田応援隊隊長の吉岡信敬《よしおかしんけい》、学生側から、野球部主将の飛田《とびた》忠順《ただより》が、土俵にあがったからだった。どちらも、世間に名前を知られた人気者だった。

「死んだ？」

春浪が聞きかえした。

「はい。友人のほうは海軍に入って、呉の潜水艇隊に配属されたんですが、この四月の六号艇の事故で……」

「えっ、あの佐久間艇長の船に？」

春浪が、おどろいたような声を出した。

「ええ。機関兵曹でした」

「そうだったのか。それは、気の毒なことをしたな。で、妹さんは？」

「このほうは、最近まで知らなかったのですが、事故から一か月ほどたって、自殺したそうです」

「自殺？　なぜ、また」

春浪が、着物の袂《たもと》から、煙草を取り出した。

「下の妹さんに聞いた話では、姉は兄思いだったのでということでしたが、ぼくの察するところ、どうも、それだけではないようなのです」

「ほう」

春浪が、ふうっと煙を吐き出した。

「いくら聞いても、その下の妹さんは、なにも話してはくれんのですが、なにか自殺には、重大な秘密があるようです。それから、六号潜水艇の沈没事故にも、世間に発表されていない秘密があるらしいのです」

河野がいった。

「秘密？」

「ええ。事故があった時、六号艇は、なにか特殊な任務を遂行中だったらしいんです」

「なんだね、それは？」

「それは、どうしても話してくれません」

「ふむ。そいつは、ちょっと、おもしろい話だねえ。いや、きみの友人が死んでおるというのに、おもしろいといっては申しわけないが」

春浪が、煙草を指にはさんだままの手で、顎をさすった。

「だが、六号艇の秘密とはなんだろうな。これも、おもしろい記事になるかもしれん。雑誌屋の、習い性で、なんでも記事にと考えてしまうが、いけるかもしれん。どうだい、河野君。場合によっては、その妹さんを紹介してもらえるかな?」

「はあ。向こうがなんというかは知りませんが、仲介の労なら、いくらでも取らせてもらいます」

河野がいった。

「そうか、その時は、よろしく頼むよ」

春浪がうなずいた。ちょうど、その時、吉岡が土俵上に這《は》いつくばった。

「やっ、これは、ますます、いかんぞ。やはり、俺ときみが出場できんかったのが痛いね」

春浪が笑った。

「まったくです。出たかったのですが、どうも風邪のぐあいが悪くて、体がだるくて。さて、ぼくは今日のところは、これで失礼します」

「なにか、用事かい?」

「はあ。野暮用がありまして。ひょっとしたら、夜の大宴会には、また、やってきますよ」

河野が、焚き火から離れながらいった。

「そうか。ぜひ、きたまえよ。どんちゃん騒ぎは人数が多いほうがいいからね」

春浪がいった。

「はい。じゃ」

河野は春浪に、軽く会釈をすると、合宿所の門のほうに歩いていった。その河野と、入れ替わるように門をくぐってきたのは、鵜沢龍岳だった。立ちどまり、河野と二言、三言、ことばを交わした龍岳は、やがて春浪の隣りにやってきた。

「遅かったじゃないか」

春浪がいった。

「はあ。寝坊をしました」

龍岳が、ごしごしと頭をかいていった。

「どうも、今回は天狗の負けだね」

「河野君も、出られなかったそうですね」

「うん。体がだるいそうだ。いままで、ここで、千里眼の話をしておったんだが……」

「ええ。門のところで会いましたが、なんで千里眼の話なんか？」

「なに、〈冒険世界〉の記事にならんかと思ってね。そしたら、もっとおもしろい話が出てきたよ。例の佐久間大尉の六号潜水艇に、世間に知られていない秘密があるらしいというんだ」

春浪が、土俵に登った〔天狗倶楽部〕の大関、大村一蔵《いちぞう》に手を振りながらいった。

「どういうことですか？」

「よくは、わからんがね」

そういって、春浪は河野の話を、最初から龍岳に語りだした。

「はあ、それはおもしろい話ですね」

話を聞き終えた龍岳がいった。

「もしかしたら、例の野村中佐の怪死事件と関係があるかもしれませんよ」

「なるほど。あの事件は、その後、どうなっているのだ」

「黒岩さんの話では、進展はないようです。やはり、軍がからんでいるので、捜査がしづらいようですね」

「軍は新聞にも、一切、記事を出させんから、どうなっておるのか、わからんよ」

「それにしても、河野君のいう、六号艇の秘密ってなんでしょう？」

「なんだろうなあ。よし、海軍のことだから、また阿武《あぶ》君に頼んで、海軍に探りを入れてみるかな」

春浪がいった。

「ぼく、呉までいってみましょうか」

「それもいいかも知れんが、相手が軍となると、そうかんたんに、真相は摑めないだろう。これは、やっぱり、阿武君だよ。彼なら海軍には顔が利くから、秘密を探ってくれるにちがいない。いま、阿武君は、東京におるのだろうな」

「さあ、どうでしょうか。後で連絡を取ってみます。それから、黒岩さんにも、その後の捜査の状況を聞いてみます」

龍岳がいった。

「目が輝いてきたな。原稿を書くより、おもしろそうじゃないか」

春浪が笑う。

「いえ、このごろ、すっかり、時子さんの影響を受けてしまいましてね」

龍岳も笑った。

「じゃ、どうだ。きみは、もう科学小説を書くのはやめて、時子さんと所帯を持ってだな、夫婦で探偵業をはじめては……。黒岩君も、妹は早く嫁にいったほうがいいといっておったし」

「それも、悪くはないですね」

「しかし、そうなると、〈冒険世界〉のほうが困るなあ。最近の〈冒険世界〉は、きみの小説で持っておるようなものだからね」

「また、春浪さん。冗談はよしてください」

「なにが、冗談なものか。ほんとうだよ。読者の手紙の半分は、きみの小説を褒めているんだよ。そろそろ、主筆も交代してもらおうかな」

春浪は、そういい、大きな咳《せき》ばらいをした。

「ところで龍岳君、きみ、ゼムか清心丹《せいしんたん》を持っておらんかな。どうも、今朝から胸がやけていかんのだ」

「ああ、仁丹《じんたん》でよければ、ありますが」

龍岳が、懐から仁丹の箱を取り出して、春浪に渡した。

「うん。なんでもいい。昨日、坪谷《つぼや》局長のお供で、鯰《なまず》料理を食いにいったのだが、あれが、どうも、いかんかったようだ。油っこい上に泥臭くてね。坪谷さんは、なんともなかったのかな」

春浪が、仁丹の粒を手の平に受けながらいった。

3

龍岳と黒岩時子が、お世辞にもきれいとはいえない、浅草馬車道の下宿屋の二階の階段を昇っていくと、寝間着の上からどてらを羽織った阿武天風《てんぷう》が、汚れた襖を開けて顔を出した。

「やっ、時子さんも一緒だったのか！　それなら、部屋を掃除しておくのだった。今朝の電話では、龍岳君、ひとりでくるといったじゃろ」

天風が、いかにも困ったという表情をした。

「すみません、天風さん。わたしが、どうしても、お話をお聞きしたいと、むりやりついてまいりましたのです」

時子が、天風の顔を見て、すまなそうに頭を下げた。

「どうぞ、お怒りにならないでください」

「いや、怒ってはおらんのじゃが、ただでさえ、男のひとり暮らしで、掃き溜めのようになっている部屋が、昨日から寝込んでおるので、それはもう……」

「それなら、心配はありませんよ。時子さんは、ぼくの部屋で慣れっこになっていますから」

龍岳が笑った。

「そうかね、きみの部屋が、どれくらい汚いか知らんが、わしの部屋は、ものすごいぞ。まあ、居ごこちが悪ければ、外に出よう。とにかく、中に入ってくれ。寒いが、少しだけ空気の入れ換えをしよう」

そういいながら天風は、先にたって部屋に入り、つかつかと窓際まで進むと、ガラス窓を開けた。

「あら、ここからは、十二階が、よく見えますのね」

窓の外に目をやった時子が、浅草寺の後方に聳《そび》え立つ凌雲閣《りょううんかく》を見ていった。

「なかなか、いいでしょう。汚い下宿屋だが、十二階が見えるのだけが取り柄でね。まあ、座りたまえよ」

天風が、押入から煎餅《せんべい》のような座蒲団を二枚引っ張りだし、火鉢のそばに置いた。

「今日は、寒いね。もっとも、十二月も七日だから、当然といえば当然か。昨日までが暖かすぎたんじゃな。しかし、寒くなると、この家は建て付けが悪いから、すき間風がびゅうびゅう入ってくる」

「ぼくの下宿も同じですよ」

龍岳が笑った。

「それにしても、汚い部屋で、驚いたでしょうな」

海軍関係の書籍が、びっしり詰まっている本箱に視線をやっている時子に、天風がいった。

「いいえ。兄の部屋も、わたしが三日も片づけをしませんと、どこから手をつけていいかわからないぐらいに、散らかってしまいますから、少しも驚きません」

　時子がいった。

「そういわれると、多少は慰めになるが、なんにしても汚いことは、まちがいない。これでは、若い婦人は近づいてくれんことはわかっておるのだが、どうも、掃除は苦手だ。あっはははは」

　天風がおもしろそうに笑った。

「しかし、時子さん。こんな所にやってきて、風邪がうつりはせんですかなあ。あまり、わしに近づかんようにしてください」

「はい。でも、わたし、風邪はめったにひきませんから、きっと、だいじょうぶですわ」

「ならいいが、かわいい妹さんに風邪をうつしたのでは、黒岩君に叱られてしまいますからな。いや、その前に、龍岳君に叱られるか」

「天風さん、よしてくださいよ」

　龍岳があわてていった。

「なに、いまさら、照れることもあるまい。さて、もういいだろう」

　天風は、そういってガラス窓を閉め、もう一度、どっかりと火鉢の前に座り直した。

「あっ、いかん。茶を入れるのを忘れておった」

「あっ、お茶なら、わたしがお入れしますわ」

　時子が立ちあがった。

「すまんですなあ。湯は沸いております。急須《きゅうす》と茶碗は、その棚に……」

　天風が、小さな流しの横の棚を指差していった。

「はい。わかりました」

　時子がうなずいて、お茶の準備をはじめた。

「それで、第六号潜水艇の秘密がわかったそうですね?」

　龍岳が、話を切りだした。

「うむ。わかったよ。聞き出すまでには、ずいぶん苦労したが、やっと真相が判明した」

　天風が、真剣な表情になった。

「六号艇は、どんな特殊任務をおびていたんですか」

龍岳がいった。

「なんだと思うね？」

天風が、龍岳の顔を見つめた。お茶の用意をしていた時子が、天風のほうに目をやった。

「わかりません」

龍岳が、首をふった。

「なんと六号艇は、念伝実験をやっておったのだ」

天風が、低い声でいった。

「えっ、なんですって？」

龍岳が、聞きかえした。

「念伝実験だ。ほれ、福来博士らが研究している超心理学のひとつだよ。ことばを使わずに、頭の中で考えたことを相手に伝えるというやつだ」

「ああ、その念伝ですか。ですが、なんで、そんな実験を六号艇が？」

「それなんだがね。六号艇の乗組員のひとりの妹が念伝力を持っているというので、その兄妹を使って、海上と海中で念伝実験をしてみようということになったらしい」

「それが、河野君の友人と、その妹さん！」

龍岳が、大きな声を出した。

「ぼくは、河野君とは話をしていないが、それはまちがいないね」

「ですが、河野君は、その友人の妹は千里眼だといっていましたが、友人本人も念能力を持っていたわけですか」

「いや、その乗組員のほうは、妹の念を受けるだけだったらしいよ。わしも、あちらこちらから、少しずつ仕入れた情報を組み合わせて、話をしておるので、正確なところはわからんのだがね」

天風が、ふうっとため息をついた。

「お茶が入りました」

時子が、お茶を運んできて、ふたりの前に置いた。

「やあ、すっかり、まかせてしまって、すまんですなあ」

天風が、頭をかきながらいった。

「それにしても、海軍が念伝実験とは妙ですね」

龍岳がいった。

「いや、そうでもないだろう。もし、念伝とか読心術が実用化したら、大変な武器になるよ。味方どうしの連絡ばかりでなく、敵の司令官の心の中を読むことによって、その作戦が、みんなわかってしまうわけだからね」

「ああ、そうか。たしかに、そうですね。ぼくは、これまで、念伝を小説に出したことはあったけれども、軍事目的ということは考えたことがなかったな」

龍岳がいった。

「そこが、文士と軍人の考えることのちがいだね。軍人というのは、どんなことでも、すべて軍事目的と結びつけて考えてしまうところがあるんだ」

天風が湯呑茶碗に手を伸ばしていった。

「おお、茶柱が立っておる。これは、縁起がいい」

「天風さんのようなおかたでも、縁起をおかつぎになられるのですか?」

時子が笑った。

「かつぎますなあ。とくに、いいことはね。軍艦乗りは、方角とか迷信とか、気にするもんですよ」

天風がいった。

「それで、天風さん。その念伝実験と、六号艇の沈没は、なにか関係があるわけですか?」

龍岳が、話題を元にもどして質問した。

「おおいにある。あの事故が、排水筒のバルブの故障だったというのは、事実らしい。だが、問題は、その事故が、潜水訓練を開始する前に察知せられていたということなんだよ」

「えっ、故障がわかっていたのですか?」

時子がいった。

「そこが微妙なところなんだが、それを発見したのは、念伝実験をやっていた兄妹の妹のほうでね。どういうぐあいになっておるのか知らんが、この妹は、兄の機関兵曹に念を送ることによって、兄が目にしたものを、自分も同じように見ることができるというわけなんだね」

天風が説明した。

「ははあ。なるほど」

龍岳がうなずいた。

「それで、司令母艦の歴山丸《れきざんまる》に設けられた司令部で、兄の目を通して潜水艇の中を見ていた妹は、排水筒のバルブの故障を発見したわけだ。で、このまま潜水訓練をしたら事故が起こると、その実験に立ち会っていた士官に報告した。ところが、その士官は、根っから、念伝や千里眼というものを信用しておらず、その妹のことばに耳を傾けようとしなかった」

天風が、大きく息を吐いていった。

「無視したわけですね」

龍岳がいった。

「その妹のいうことを」

「そうだ、ところが、その妹のことばどおりに、事故が発生した。その結果は、十五人全員の死亡だ。世間に発表されなかった秘密というのは、これなんだよ」

「でも、念伝力を信用しないのなら、実験の意味がないのではありませんか?」

時子がいった。

「うむ。わしも、そう思って、いろいろ探ってみたんじゃが、その士官より、もっと上の将校の中に、念伝を信じておる人がいて、実験は、この人が計画した。ところが、本人は実験に立ち会えんので、部下にまかせたところ、部下が妹のことばを聞き入れなかったということなのだ」

「もし、聞き入れていれば、たくさんの人が死なずに助かりましたのに」

時子が悲しそうな顔をした。

「しかし、まあ実際に、その士官としても難しい判断ではあったと思うがね。もし、故障などしていなかった場合、自分の立場を悪くする可能性があるだろう。もちろん、念伝を信じている将校はいいだろうが、他の将校や司令官までが、それを納得するとはいえんからね」

「そうですね。たしかに、科学的裏付けのない、実験ですからね」

龍岳がうなずいた。

「佐久間大尉は、その実験のことは知っていたのでしょうか？」

　時子が質問した。

「知らなかったらしい」

「その兵曹には、故障はわからなかったのだろうか。妹の念を受けることができるのなら、わかりそうなものだが」

　龍岳が、首をかしげた。

「そのあたりの事情は、わしにはわからん。残された佐久間大尉のメモ書きに、その実験の話に触れた部分があるという噂《うわさ》も、軍の一部ではささやかれているようだが、これは、真実ではないらしい」

　天風が、首を横に振った。

「軍は、なぜ、念伝実験のことを発表しなかったのですか？」

　また時子がたずねた。

「さっき、龍岳君がいったように、念伝実験は科学的裏付けがないからね。そんなものを軍が研究しているとはいいにくいし、また、実際、念伝が軍事目的に利用できるのだとすれば、これは諸外国にも隠しておく必要がある。さらに、この実験を発表すれば、事故が未然に防げたかもしれないということがわかって、軍は非難を受けることになるかもしれない。いろいろな条件が重なって、発表しないほうがいいということになったのだろう」

「その事故を見抜いた機関兵曹の妹が、一か月ほどして自殺したそうですが、そのことは、事故と関係があるのですか？」

　龍岳が質問した。

「これまた、おおいにあるんだよ。その妹は、自分が事故を見抜いたのに潜水訓練を中止せず、兄を死なせる結果になったのは、その士官のせいだと、猛烈な抗議を軍にしたらしい」

「妹の側に立てば、当然ですね」

「うむ。ところが軍は、この抗議に対し謝罪するどころか、その妹を力で押さえこもうとして、逆に脅迫したらしいのだ」

「どういうことですの？」

　時子がたずねた。

「あまり騒ぐと、家族の命も保証しないと脅かしたそうだ」

天風が、いやな顔をしながらいった。

「海軍が、そんなことをするのは、すこぶる残念だがね」

「海軍全体の意志ではないでしょうがね」

龍岳が、元海軍軍人の天風の気持ちを察して、とりなすようにいった。

「それで、妹さんは悲観して……」

時子がいった。

「ということだ。話に聞けば、人一倍、兄思いだったそうだから、兄を殺された上に、自分や家族までが脅迫されるのに、耐えきれなかったのか、あるいは、抗議だったのか……」

「海軍も、罪なことをしましたね」

「まったくだよ。その上、その時の士官を、英雄佐久間大尉の指導者ということで昇進させて、海軍省に転属したのだ」

「じゃあ、あの野村中佐が?」

「そうだよ。きみも、そう思っていたと思うが、彼が、その妹のことばを無視した士官だ。もっとも野村中佐の海軍省転属は、ただ単に褒賞の意味だけではなく、秘密が漏れんように、かえって目の届きやすい部署に置いたということもあるらしい。所詮、軍隊では人間は、将棋の駒だからね」

天風が、口許に自嘲気味の笑いを浮かべていった。

「そうですか。そうすると、今度の事件の犯人も、なんとなく浮かんでくるようですが」

「その妹さんの家族とか、あるいは結婚を予定していた人とか」

時子がいった。

「そう考えるのが、自然でしょうね」

龍岳がいった。

4

「適当な場所がなかったので、ここにきてもらったが、わたしは、きみを犯人扱いしているのではないんだよ。さっきもいったように、きみの兄さん、姉さんと野村中佐の話を少し聞きたいだけだから、あんまり緊張しないでもらいたいのだ」

少女が、長椅子に座ると、黒岩がおもむろに切り出した。

「でも、刑事さんは、あたしのことを、野村という中佐を殺した犯人だと思っているのでしょう。ええ、殺したのはあたしです」

少女が、はっきりした口調で答えた。

「なに、きみが殺した？」

黒岩が聞き返した。

「はい。あたしが殺しました」

少女のことばは、今度もはっきりしていた。これには、その場に同席していた、春浪、龍岳、時子も驚いた。

まさか、いきなり、その少女、——六号潜水艇事件に関連して死んだ兄妹の妹である十三歳の少女が、野村中佐殺しは自分だというとは、想像していなかったので、四人は、一瞬、あっけに取られて顔を見合わせた。


麹町《こうじまち》区八重洲《やえす》町の警視庁第一部の応接室の中に、なんともいいようのない静寂が訪れた。

「ほんとうに、きみが野村中佐を殺したのかい？」

静寂を破って、黒岩が向かいの長椅子に腰を降ろしている少女に、もう一度、聞き返した。

「はい。まちがいありません。あたしが殺しました」

少女は明快に答えた。悪びれたようすは、少しも見えない。

「兄さん、姉さんのかたきうちというわけかね？」

春浪がいった。

「ええ。死ななくていい、兄さんと姉さんが死んで、あの野村という人が生きているのは、おかしいと思ったのです」

少女がくったくのない口調で答えた。

「なるほど。で、どうやって殺したのだね？　あの死体は、尋常ではなかったが。きみのような若い女性が、あんな殺人ができるとは思えんがね」

黒岩がいった。と、少女は、その問いには答えず、龍岳の顔を見た。

「おじさんは、あたしが、どうやって殺したか、わかっていますね」

「う、うん。いや」

突然、ことばをかけられた龍岳が、とまどって口ごもった。

「わかっているでしょう。おじさんの思っているとおりです」

また少女がいった。

「なんだ、きみはわかっているのか？」

春浪が、けげんそうな表情で龍岳を見た。

「はあ。確信はないですが、もし、あの殺人が、この子の犯行だとしたら、念動以外には説明がつきません」

龍岳が答えた。

「念動？」

黒岩が聞き返す。

「ええ、俗にいう念力というものです」

「念力？　念力で殺したというのかい？　しかし、それはあまりに非科学的な……」

春浪が顔をしかめた。

「そのとおりです。あたし、念動で、あの人を殺したんです」

少女がうなずいた。

「その念動というのは、どういうものなのかね？」

こういう分野の話に、一番弱い黒岩が質問した。

「はい。体を動かさずに、頭の中で考えるだけで、物を動かしたり、持ちあげたりすることです」

少女が答えた。

「つまり、千里眼や読心術と同じようなものかい」

「そうです。それに念伝も、みんな同じ念能力です。どういうものか、お見せします。あれを見てください」

そういって、少女は部屋の正面の壁に掛かっている、警視総監の額縁写真を指差した。全員の目が写真に注がれた、その瞬間だった。地震でもないのに額縁が左右に、ぐらぐらと揺れだした。

「なんてことだ。まさか！」

春浪が目を丸くして、額縁と少女の顔を見くらべた。少女は、にこにこと笑っている。

「あれは、きみが頭の中で、動けと念じているだけなのかい？」

龍岳がたずねた。

「ええ。壁から落とそうと思えば、落とせますけど、壊れてしまいますから」

少女の声はあくまでも明るい。

「今度は、向こうの花瓶を持ち上げます」

額縁の揺れが止まると、少女は部屋の入り口近いところの小さな机の上にある、花をいけてない花瓶を目で差していった。

「うん」

春浪がうなずいた。

その声が合図だったように、花瓶が垂直に、すっと空中に一尺ほど浮きあがった。そして、三百六十度回転して、また元の位置に、ぴたりとおさまった。

「信じられん。俺の小説にも、こういう力のことが出てくることがあるが、それが実際にあるとは……。だが、たしかに、この目で見た。きみはいつからこんな力を？」

春浪がいった。

「三つか四つの時からです」

少女が答えた。

「この力で、野村中佐の頭蓋骨を破裂させたのかね」

黒岩が、重い口調でいった。

「はい。それまでは、そんなことをしたことは一度もありませんでした。でも、頭蓋骨が破裂するように念じると、そのとおりになりました」

「中佐の家にいったのかい？」

龍岳がいった。

「いいえ、芝の家から念じたんです」

「きみの能力は、そんな遠くからでも作用するのか」

龍岳が目を見張った。

「はい。芝から渋谷町ぐらいなら」

「遠隔催眠術というのがあるが、これは遠隔念動ですね」

龍岳がいった。

「恐ろしい力だ。この力を使えば、何人でも人が殺せる……」

春浪が、うめくようにいった。

「いいえ。あたし、そんなことはしません。あの中佐は、悪い人だったから殺したんです。このことは、だれも知らないけれど、姉さんは、あの人に脅かされただけじゃないんです。抗議をしにいって、てごめにされたんです。それで自殺したんです」

少女が大きな声を出した。

「なに! それは、ほんとうかね?」

春浪がいった。

「ほんとうです。姉さんは、念伝と千里眼の力はあったけど、念動はできませんでした。だから、抵抗できなくて、むりやりに」

少女が、ぐっと下唇を嚙《か》んだ。

「なんという卑劣な男だ」

春浪が、拳《こぶし》を握りしめた。

「そうだったのか。それじゃ、きみが、あの男に復讐したくなった気持ちも、よく理解できる。だがね、だからといって、殺人を犯してもいいというものじゃないんだ」

黒岩が厳しい口調でいった。

「お兄さま!」

黒岩のことばに、時子がはじめて口を開いた。

「お前は、黙っていなさい。お前のいいたいことはわかっている。しかし、法律は守られねばならんのだよ。みんなが、かってにかたき討ちをしたのでは、社会の秩序がなくなってしまう」

「では、この少女を逮捕せにゃいかんわけか」

春浪がいった。

「本人が犯行を自白している以上、そうしないわけにはいかんでしょう。ですが、問題は念力による殺人を、どう実証するかです。もし、この子が、さっきのような念力を見せてくれず、知らないといったら、証拠はなにもありません。いや、見せても、それが証拠になるかどうかはわかりませんが」

黒岩のことばは、わざわざ、少女に向けられているようにみえた。

「ありがとう、おじさん。でも、あたし、人殺しをした罰は償うつもりです」

少女がいった。

「なに、では、検事や裁判官の前で、念動をやって見せるというのかね」

春浪がいった。

「いいえ」

少女が首を横に振った。

「まさか、死んで詫《わ》びるというのではなかろうね」

「ちがいます」

「では、どうするのだ」

「あたし、この日がくることは、あの人を殺した時から覚悟していました。ですから……」

「だから、どうするのだ？」

春浪が、もう一度いった。

「遠いところに行って、もう、二度と、この世界にはもどってはきません。どうか、それで、あたしの罪を許してください」

少女が黒岩をすがるような目で見つめていった。

「二度と、この世界にはもどらない？　それはどういうことだね」

黒岩に替わって、春浪がたずねた。

「こういうことです」

少女は、そういうやいなや、長椅子から立ちあがり、三人から少し離れた絨毯《じゅうたん》の上で、頭につけていた櫛《くし》とかんざしをはずした。それから、続けて、するすると着物の帯を解きはじめた。

「なにをするつもりだ！」

春浪が、怒鳴るようにいった。だが、少女は、答えず、たちまち四人の前で一糸《いっし》まとわぬ裸になった。まだ、子供の体型の残った裸体だったが、白い肌は美しかった。

「やめなさい。着物を着るんだ！」

黒岩が叫んだ。

「そんなことをしてはいけないわ」

時子もいった。だが、少女は、ふたりの声が聞こえないふりをしていった。

「さようなら、みなさん。ご迷惑をかけました」

裸体の少女が、四人に軽く会釈した。そして、両手を胸の前で合わせて、キリスト教の信者が神に祈る時のように、目をつぶった。

次の瞬間、それが起こった。少女の白い裸体が、ふっと、空間に吸い込まれるように、かき消えた。

「あっ!!」

四人が同時に、驚愕の声をもらした。その時には、もう少女の姿は、まったく、見えなくなっていた。

もの音ひとつしない、突然の消失だった。

「……なにが起こったんだ」

春浪が、少女の消えた空間を見つめたまま、呻めいた。

「たぶん、これも念動の一種ですよ。自分の体を念動で、別の場所に移動したのです」

龍岳がいった。

「しかし、そんなことが」

春浪が、とても信じられないという顔をした。

「ぼくにも、ここまでは予想できませんでした。あの少女が、これほどの念能力の持ち主だったとは……」

「で、あの子はどこにいったのだ? 結局のところ逃げたのか?」

「それは、ぼくにもわかりかねます。でも、逃げたとは思えません」

「では、どこに?」

黒岩がいった。

「これは、あくまでも、ぼくの想像ですが」

「いってみてくれ」

「おそらく、あの子は、自分の罪を償うために、そのことばどおり、二度とここへはもどってこられないような、遠いところへ念移動したのでしょう」

「二度ともどれないようなところとは、どこだ?」

春浪がいった。

「わかりません。未来の世界かもしれませんし、過去の世界かもしれません。あるいは、ぼくたちが住んでいるこの世界とは、まったく異なった世界かもしれません」

龍岳が、部屋の中をぐるりと見回し、残された着物に目を止めていった。

「そんなことが、実際にあるものなのだろうか。悲しいかな、俺には信じることができんよ。これは科学小説、いや神秘小説の世界だ」

春浪が、小さく、首を左右に振りながらいった。

「ぼくも、話を聞いただけなら、とうてい信じなかったでしょう。でも、この目で見た以上は信じないわけにはいきません」

龍岳が口許を歪《ゆが》めた。

「この事実をありのままに、〈冒険世界〉に書いても、だれも信用してくれんだろうね」

春浪がいった。

「おそらく」

「では、記事にはならんなあ」

春浪が、ふうっと、大きなため息をついて、たそがれの迫っている窓の外に目をやった。それから、もう一度いった。

「信じられん……」

星影の伝説

プロローグ

ハレー彗星《すいせい》の出現《しゅつげん》
肉眼《にくがん》にて認《みと》めらる

吾社《わがしゃ》茅ヶ崎《ちがさき》通信員《つうしんいん》は二十一日午前四時頃《にちごぜんじごろ》空気《くうき》極《きわ》めて透明《とうめい》にして東天約《とうてんやく》三尺《じゃく》の処《ところ》にハレー彗星現《すいせいあら》はれ光芒《こうぼう》は未《いま》だ頗《すこぶ》る薄《うす》きも約《やく》二尺《しゃく》程右上斜《ほどみぎうえなな》め尾《お》を引《ひ》きたるを発見《はっけん》せる事《こと》を報告《ほうこく》し来《きた》れりハレー彗星《すいせい》は目下《もっか》五等星以上《とうせいいじょう》の大《おお》きさにて肉眼《にくがん》にて見得《みう》る程度《ていど》にあり午前《ごぜん》三時《じ》廿分頃東《ぶんごろひがし》の空《そら》に現《あら》はれ日出前《ひのでまえ》薄明《うすあか》るくなると共《とも》に消失《しょうしつ》するを以《もっ》て此間《このかん》一時半位《ときはんくらい》しかないが此頃《このごろ》は昼間《ひるま》は天気《てんき》が好《よ》くつても日出前《ひのでまえ》は曇《くも》り勝《がち》にて且《かつ》地《ち》平線上《へいせんじょう》には靄《もや》が立《た》つて居《い》る故観測《ゆえかんそく》は頗《すこぶ》る困難《こんなん》なり△廿一日《にち》未明東京天文台《みめいとうきょうてんもんだい》にてはハレー彗星《すいせい》を写真《しゃしん》に撮影《さつえい》せり但成功《ただしせいこう》せるや否《いな》やは未《いま》だ判明《はんめい》せず

（明治四十三年四月二十二日〈読売新聞〉）

「松子、ほんとうに、どうしちゃったんだい？　なんとかいっておくれ！」

小石川区竹早町《たけはやちょう》の三浦医院診察室の診察台に足を垂らして座り、焦点の合わない目で、ぼんやりと窓の外を見つめている若い娘に向かって、中年の母親が叫ぶようにいった。

「まあ、待ちなさい。娘さんは、なにか恐ろしいことに出会い、気持ちが動転しておるにちがいない。そういう時に、母親のあんたが取り乱してはいかん」

首に聴診器をかけた初老の、カイゼル髯《ひげ》の医者が、母親をたしなめた。

「でも、先生……」

母親は、いまにも泣き出しそうな表情をしていた。いや、実際、それまで泣いていたのだろう。白目は充血し、瞼《まぶた》が腫れあがっていた。

「落ち着きなさい。ともかく、凌辱《りょうじょく》された痕跡がないだけでも、不幸中の幸いだった。わしの診るところ、たしかに、いまは茫然《ぼうぜん》としておるようじゃが、脳に異常をきたしておるとは思えん。時間がたてばきっとよくなるにちがいない」

医者が、ぴんと上を向いた髯を指でなぞりながらいった。

「ほんとうに、元どおりになるのでしょうか？」

母親が、声をひそめるようにして質問した。

「絶対とは断言はできん。しかし、わしのこれまでの経験からいえば、時間さえたてば、もどると思う。もし、時間がたっても治らん場合には、青山病院に紹介状を書いてあげよう。だから、しばらく、ここに通ってもらいたい。様子を見よう」

医者がうなずきながらいった。

「お願いします、先生。これはひとり娘で、再来月には嫁にいくことも決まっておりますのです。それが、こんなことになってしまって……」

母親は、また泣き顔になり、着物の袖《そで》で目頭をぬぐった。

竹早町の雑貨小間物商の十八歳になる娘が、近くの女ともだちの家に遊びにいくといったまま、行方不明になってしまったのは、三日前の夕方のことだった。特に箱入り娘として育てたわけでもなかったし、出かけた先もはっきりしていたので、その晩、もどるべき時刻に娘がもどらなくても、両親はさほどおどろきはしなかった。そのうち、いつものように、先方の家の女中にでも送られて帰ってくるものと思い込んでいた。

ところが、時計の針が十一時を過ぎても、娘は帰ってこなかった。心配になった父親は、娘の訪問先を訪れた。すると訪問先では、午後五時には、こちらを出て家に向かったと答えたのだ。

びっくりした父親は自分はもちろん、母親と、住み込みのふたりの小僧に、娘の行方を捜索させた。そして深夜であるにもかかわらず、娘が訪ねる可能性のありそうなところは、すべて回った。が、夜を徹しての捜索にもかかわらず、娘がどこに消えたかわからなかった。

翌日は、親戚の人間ふたりが応援に駆けつけ、捜索範囲を広げて娘を探した。だが、目撃者もなく、その行方は杳《よう》としてわからなかった。こうして事件は、年頃の娘の謎の失踪として、広がりを見せるかに見えた。

が、翌々日の早朝、事件は突然、解決した。いや、実際には解決したわけではないのだが、ともかく娘が帰ってきたのだ。

前日、前々日の捜索でくたくたになった両親が、一時間ほど仮眠をとって、ふたたび探しに表に出ようと戸を開けると、その当の娘が家の前に、ぼんやりと立っていたのだ。

一見、娘には変わったところはなかった。着衣が乱れているわけでもなく、からだには、かすり傷ひとつなかった。ただ、目がうつろで、なにを質問しても返事をしようとしなかった。

両親は、はじめ、それを恐怖心からきた一時的なショックだろうと判断した。しかし、その日一日、娘はただ、ぼんやりと中空を見つめているか、あとは赤ん坊のように眠っているかで、およそ人間らしい反応がないのだ。

あわてた両親は、娘をかかりつけの三浦医院に連れてきた。本来ならば、脳神経科とか精神科のある大きな病院に連れていくべきなのだが、なにしろ、娘は嫁入りを間近に控えている身であったから、両親としては、ごくごく内々に診察をしてもらいたかったのだ。

「先生、それでは、お薬もいただけませんのでしょうか？」

母親がいった。

「そうですなあ。患者が興奮でもしておるというのなら、それなりの薬もあるが……。とりあえず、滋養剤を出しておきましょう。なんにしても、今日一日は静かにして、好きなようにさせておいたほうがいいと思いますな。ぬるめの風呂にでもゆっくりとつからせて、寝かせることです。容体に変化があった時は、夜中でもかまわんから、わしを呼びにきてください」

医者がいった。

「わかりました。さあ、松子。うちに帰りますよ」

母親は、椅子から立ちあがると、まだ、窓の外にぼんやりと目をやっている娘に声をかけ、そっと手に触れた。

「お母さま。もうすぐ、箒星《ほうきぼし》が地球にやってくるのですね？」

娘がゆっくりと、しかし、はっきりした口調でいった。それは、家にもどってきてから、はじめて娘が発したことばだった。

1

天文台《てんもんだい》で見《み》たハレー彗星《すいせい》

地球絶滅《ちきゅうぜつめつ》は当《あて》にならぬ

生涯一度《しょうがいいちど》しか見《み》られないハレー彗星《すいせい》が日本全国《にっぽんぜんこく》の各地《かくち》で見《み》え出《だ》した為専門家《ためせんもんか》始《はじ》め俄《にわか》に活気《かっき》を呈《てい》して騒《さわ》ぎ出《だ》した況《ま》して東京天文台《とうきょうてんもんだい》では何《どう》しても遺憾《いかん》なく観測《かんそく》せんものと毎夜《まいよ》係員《かかりいん》が徹夜《てつや》して東天《とうてん》を睨《にら》んで居《お》つたが六日は例《れい》になく晴天《せいてん》であつたから台員一同大《だいいんいちどうおおい》に喜《よろこ》び代《かわ》る〴〵望遠鏡《ぼうえんきょう》に齧《かじ》り附《つ》いて認《みと》めた彗星《すいせい》は金星《きんせい》の上方《じょうほう》に三等星位《とうせいぐら》ゐの核《かく》を置《お》き其《そ》れより右《みぎ》へ斜《なな》めに四度《ど》ばかりの尾《お》を曳《ひ》いて居《い》るハレー彗星《すいせい》が来《く》る

五日近地点《きんちてん》に入《はい》ることは疑《うたが》はないが近地点《きんちてん》に入《はい》る刹那《せつな》入《はい》つた後《あと》の変化《へんか》は今《いま》から予測《よそく》することは出来《でき》ない併《しか》し愈々《いよくち》地球《きゅう》が尾《お》に包《つつ》まれたからとて動物《どうぶつ》すべて窒息《ちっそく》して死《し》するとか笑《わら》ひながら消滅《しょうめつ》する様《よう》な事《こと》は万々《ばんく》あるまいと信《しん》ずる又愈々《またいよいよ》

ハレー彗星《すいせい》が近地点《きんちてん》に入《はい》れば或《あるい》は東京《とうきょう》から尾《お》が大《おお》きく二ツに岐《わか》れて見《み》えるかも分《わ》からぬ　（五月八日〈国民新聞〉）

「まあ、そういうわけで、〈冒険世界〉と〈少年世界〉の共催という形で、［ハリー彗星《すいせい》大観測会］というのを実施するつもりでおったのだが、去年のクロスカンツリーレースの件もあるので、坪谷《つぼや》さんも今回は見合わせたほうがいいだろうといってね。残念ながら、中止になった」

押川春浪《おしかわしゅんろう》が、右手の指でテーブルをとんとんと叩きながら、いかにも悔しそうな表情をした。

「まったく、お上《かみ》のやることはわかりませんね。でも、あのクロスカンツリーレースが中止させられたのなら、きっと彗星観測会にも、なんらかの文句をつけてくるにちがいありませんよ」

鵜沢龍岳《うざわりゅうがく》が、自分自身のことばになっとくするように、うなずきながらいった。

冒険小説や科学小説を書いて、青少年の冒険心を鼓舞させる一方、スポーツの重要性を説き、自らも積極的に、野球、庭球、相撲などに取り組む春浪が、主筆を務める〈冒険世界〉と兄弟雑誌の〈少年世界〉の共催という形で、近ごろ盛んになってきたクロスカントリーレースを〔振武大競走〕の名のもとに計画したのは、前年の四月のことだった。

これは、千人の参加者を集めて、靖国《やすくに》神社から王子の飛鳥山《あすかやま》まで走るというものだったが、開催日の直前になって、警察の圧力で中止を余儀なくされてしまった。労働運動の街頭行動の牽制《けんせい》のとばっちりだった。春浪は怒って、一時は訴訟まで考えたものの、会社のことも考えて、おとなしく引き下がった。

だが、もともと、お祭り好きの春浪は、これに屈せず、今度は七十六年ぶりに地球に接近してきたハレー彗星の、読者観測会を計画した。しかし前年の苦い経験があるため、春浪の上司の坪谷水哉《すいさい》は、これを断念させ、春浪もあえて、ことを荒立てることもないと、なっとくしたのだった。

「まあ、クロスカンツリーレースとちがって、ハリー彗星の観測は一個所に集まらんでも、できることはできるからね」

春浪が、口許に微笑を浮かべていった。ここは、押川春浪が勤務する日本橋区本町《ほんちょう》の博文館《はくぶんかん》から、ほんの二、三分のところにある蕎麦《そば》店〔浅田屋〕の奥座敷。時刻は午後二時を少し、過ぎたところだった。

「しかし、せっかく、立てた計画を全部、潰してしまうのはつまらん。それでだ。読者参加の観測会はお流れとしても、〔天狗倶楽部《てんぐクラブ》〕の有志だけで観測会をやろうということになったのだ」

春浪がいった。

「なるほど。それはおもしろいですね。飛鳥山か愛宕山《あたごやま》あたりに繰り出しますか?」

龍岳が、からだを乗り出した。

「いや、どうせだから、高尾山はどうかと思うのだよ。ハリー彗星が地球にもっとも近づくのは十九日だから、十八日の夜から向こうへ繰り込んで、その晩は飲み明かし、翌日一日、あたりを散策して、夜、観測会を開くというのは、どうかと思っておるのだ」

「それはいいですね。雑誌の締め切りには間がある し、ゆっくり楽しめます。ぼくも高尾山には、まだ登ったことがないので、一度いってみたかったところでした」

「そうか、それはちょうどいい。そこでだね、龍岳君。話がそうと決まれば、君には、その観測隊の隊長をつとめてもらいたいのだ」

「隊長ですか？」

「そうだ。なに、隊長といっても、なにをするわけでもない。段取りは、俺や潮風《ちょうふう》君がやるから、君はただ、いばっておればいいのだ。そして十九日の夜に、集まった連中に、ハリー彗星の講義をしてやってくれ。君なら、講義はできるだろう」

春浪が笑っていった。

「でも、ぼくは……」

龍岳が、困ったような表情をした。

「科学小説家のくせに、ハリー彗星の講義もできんというのかね？」

「いえ、それは……」

「まあ、いいではないか。どうせ、仲間うちのことだ。〔天狗倶楽部〕以外では、大町桂月《おおまちけいげつ》さんに声をかけてある。君も知っているように、〔天狗倶楽部〕では、旅行とか、なにかこういった催しごとをやる時は、いつも、隊長を置くことにしておるのだ。運動会なら、隊長は吉岡信敬《よしおかしんけい》と決まっておるが、箒星《ほうきぼし》を見るのに、信敬君ではないからね。なにも、大げさなことではないのだよ。引き受けてくれ」

春浪がいった。強い口調ではなかったが、そこには龍岳にいやといわせない響きがあった。もっとも、龍岳としても、こう春浪にいわれては、首を横にふることはできなかったし、ふるつもりも毛頭なかった。

鵜沢龍岳、本名・鵜沢純之助《じゅんのすけ》が、『海底軍艦』をはじめとする冒険小説で知られる大ベストセラー作家・押川春浪の知遇を得たのは、わずか半年ばかり前の、明治四十二年十一月、神田の錦輝館《きんきかん》で開催された伊藤博文《いとうひろぶみ》の追悼演説会でだった。

三年前に法政大学の法科を卒業したにもかかわら

ず、法律の道に進まず、作家を志望しながらも、師についたり文学サークルに所属することを嫌った純之助は、小さな印刷会社に勤めながら文章修行をしていた。

　ハルビン駅頭で暗殺された伊藤博文の追悼演説会は、押川春浪や春浪の親友で虎髯彌次《とらひげやじ》将軍の異名を持つ、早稲田大学応援隊隊長・吉岡信敬らの発議で開催されたが、法政大学出身でありながら早稲田贔屓《びいき》で、早慶戦等の野球応援を通じて、吉岡と親しくなっていた龍岳は、その縁で春浪に紹介されたのだった。

　はじめて顔を合わせた席で、龍岳は、以前から春浪の小説や〈冒険世界〉の愛読者であり、自ら冒険小説や科学小説作家を志望していることを、熱っぽく春浪に語った。すると、思いもかけず、春浪は作品を見てやるから、いつでも持ってくるようにといってくれたのだ。

　喜んだ純之助が、さっそく、いつか発表する機会もあるかと書いてあった冒険科学小説の短篇『月世界怪戦争』を持っていくと、春浪はその場でそれを読み、即座に〈冒険世界〉に掲載を決定した。そして、それ以後、毎号〈冒険世界〉にページを与えてくれるようになったのだ。

　明治四十三年三月号からは、はじめての長篇連載『空中魔陰謀団』が開始され、春浪の作品をもしのぐ、読者の圧倒的な支持を得ていた。

　春浪は、自分と同じような分野の小説を書く作家、特に若い作家に、きわめて好意的な人間だった。出版社から頼まれれば、その本人に会ったことがなくても、推薦文や解説を書くようなことまでした。

　しかし、純之助に対しては、それ以上の特別な感情を抱いていた。その作品をはじめて読んだ時から、自分の後継者あるいは、自分と一緒に冒険小説界や科学小説界をリードしていく男だと見込んだのだ。春浪は純之助に龍岳という号を与え、折りあるごとに龍岳を取り立てた。

　今回の〔ハリー彗星観測会〕の隊長に龍岳を指名したのも、その取り立てのひとつだった。春浪は、早稲田系スポーツ人脈のバンカラ社交団体〔天狗倶楽部〕の代表者的存在だったが、まだ、龍岳はこのメンバーとは親しくはなかった。そこで、龍岳に名目上、隊長を務めさせ、これを機に〔天狗倶楽部〕メンバーに紹介し、仲間に加えようというのが、真意だった。

「田舎のほうでは、ハリー彗星の引力で地球の空気が五分だか十分だかなくなるという、馬鹿げた噂《うわさ》も飛んでおるらしいね」

春浪が、運ばれてきたもり蕎麦につゆをつけながらいった。

「あれは、どこから出てきた噂でしょうか。涙香《るいこう》さんの『暗黒星』あたりからかもしれませんね。フレマリオンも、彗星の尾の中の水素と地球の酸素が化合して、人類は窒息するといっているらしいですが」

龍岳も、蕎麦をたぐりながらいった。

「全員、気が狂うという説もあるらしいぞ。しかし、実際に、絶対に空気はなくならんといいきれるのかな」

春浪が、ちょっと、箸《はし》を持つ手を止めた。

「あれ？　春浪さんまで、あんな噂を信じているのですか？」

龍岳が、苦笑いしていった。

「いや、信じてはおらんけれども、宇宙空間の現象については、まだ、よくわかっておらんことがいっぱいあるではないか」

「それはそうですが、だいじょうぶです。ぼくが安全を保証しますよ」

「そうか。だが、〔天狗倶楽部〕の連中が梁山泊《りょうざんぱく》ならぬ高尾山に勢揃いして、地球の最後を見届けるというのも、なかなかの絵になるぞ。ぜひ、未醒《みせい》君に絵を描いてもらいたいところだ。何百年後かに、宇宙人類が地球にきて、その絵を見て、地球人というのは、なんと肝っ玉の座った連中だったのかと驚くかもしれん。はっははは」

春浪が、おもしろそうに笑った。

「そうですね。これから、地球が滅びようとしているのに、みんなで酒盛りをやっているのですからね。……でも、正直なところ、ぼくは、もう少し生きのびていたいです。せっかく、春浪さんに小説家としての道を開いてもらったのですから、世間をあっとうならせるようなものをひとつは書いてみたいです」

龍岳が、真剣な表情をした。

「うむ。それはいいこころがけだ。君がその気でおるなら、俺も負けてはおれんよ。科学小説では、どうも分がないが、冒険小説なら、まだまだ引けは取らんつもりだ」

春浪が、にっこり笑った。

「なにをいっているのですか。科学小説だって、ぼくなんか春浪さんの足下にもおよびません。どんどん、おもしろいのを書いてください」

「そうしよう。ところで、観測会に黒岩《くろいわ》君と時子《ときこ》さんを誘おうと思うがどうだろう?」

「はあ。黒岩さんはいいですが、時子さんは……」

龍岳が口ごもった。

「『天狗倶楽部』の連中には会わせたくないか。なに、心配はいらん。俺が前もって、時子さんは龍岳君の可愛い人だから、決して、手を出さんようにといっておく」

「こ、困りますよ、春浪さん」

龍岳が、顔を赤らめていった。

「でも、黒岩さんに一緒にいってもらうというのは名案ですね」

「俺の作戦がわかるかね?」

「ええ。つまり、田舎のへっぽこ巡査連中が、もし、ぐずぐずいった時に、警視庁の刑事がいれば問題はないということなのでしょう」

「その通りだ。このごろの巡査というのは、なんだか知らんが、やたらにいばっておるからなあ」

黒岩四郎《しろう》は、苦学して明治大学の法科を卒業し警察官になった、警視庁第一部刑事課の腕利き刑事だった。春浪とは、以前、ある事件の取材で顔見知りになり、以後、懇意にしている。

龍岳が、黒岩にはじめて会ったのは、一か月ばかり前のことだった。荏原《えばら》郡の入新井《いりあらい》村で発生した、奇妙な火事の取材に出向いた折り、その火事に興味を持って、捜査にきていた黒岩と親しくなったのだ。

さらに、龍岳にとって、黒岩は特別の人物でもあった、というのは、その取材先で、龍岳は黒岩の妹で、東京女子高等師範学校の生徒である時子に出会った。時子は、小柄で色白の美人だが、兄の影響を受けてか、犯罪事件に首を突っ込みたがる活発な性格で、その時も火事の現場に同行していたのだった。

また、時子は押川春浪の冒険小説の大のファンであり、〈冒険世界〉を欠かさず読んでいた。そして、最近、次々と佳作を発表する鵜沢龍岳という新人作家に、大いに興味を持っていた。その場に一緒にいた吉岡信敬にいわせれば、龍岳と時子の出会いは、まさに、宇宙間の創造主の引き合わせということになる。つまり、龍岳にとって黒岩四郎は、心をひかれた相手の兄ということだった。

両親を早く亡くし、苦学しながら、八つ違いの時子を娘のように育ててきた黒岩だったが、時子の恋には少しも口をはさまず、むしろ、歓迎しているようだった。龍岳には黒岩は、春浪とは、また別の意味で頼もしい兄貴のように思えた。しかし、まだ、ふたりでゆっくり話をしたことはなかった。

そういう意味では、今度の［ハリー彗星観測会］に黒岩が参加してくれるのは、龍岳にとっては好都合でもあった。ましてや、自分が隊長として、科学的説明をするのを、聞いてもらうのは、誇らしいことでもあった。龍岳には、スタンドプレーの意志は毛ほどもなかったが、それでも、黒岩にありのままの自分を見てもらいたいと思うのは、本音だった。

「やあ、龍岳君、こんにちは！　春浪さん、まだ、話は続きますか？　社にお客さんが見えているのですが」

〈冒険世界〉編集助手の河岡《かわおか》潮風が、よほど急いで走ってきたらしく、顔を真っ赤にして、息使いも荒く、店に飛び込んできたのは、春浪と龍岳が食事を終え、そろそろ、席を立とうとしている時だった。

「いや、もう、話は終わったが、客というのは、だれだね？」

春浪が質問した。

「それが、妙齢の婦人です。いや、実際、おどろくような美人です」

潮風が、坊主頭に手を当て、ふーっと溜め息をついた。

「女か？　何者だね」

「はい。以前、石井《いしい》研堂《けんどう》さんがいっていた、〈冒険世界〉に原稿を書きたいという、榊原静乃《さかきばらしずの》という女性です。研堂さんから、美人とは聞いていましたが、あれほどとは……」

潮風がいった。

「ふむ。ふだん、女に関心を寄せない潮風君が、盛んに美人を連発するところをみると、よほどの美人にちがいない。時子さんと、どっちが美人だ？」

春浪が、龍岳のほうを見て笑った。

「そ、そんなことといえませんよ」

潮風が困った顔をして、龍岳を見た。

河岡潮風は、明治二十年の横浜生まれ。十九年生まれの龍岳より、ひとつ歳下だったが、ジュール・ベルヌの『十五少年』で冒険小説に目覚め、早稲田大学では講義よりも図書館で書物を読みふけるといった読書好きだった。

大学卒業後、博文館に入社し、はじめ〈実業少年〉の編集部にいたが、やがて〈冒険世界〉に移り、春浪の手足となって活躍していた。春浪どうよう運動神経は発達しているとはいえなかったが、そのバンカラ気質は、春浪に負けないものを持っており、躍るような文章は読者から高評価されていた。

「では、会いにいくとしようか。君も一緒に編集部にこんか？」

春浪が、龍岳にいった。

「仕事のじゃまではありませんか」

「なに、今日は、それほど忙しくはない。観測会のことも、もう少し詰めようではないか」

春浪が、椅子から立ちあがった。

「今日は、また、ずいぶん、遅かったのですね」

兄を迎え入れ、玄関の扉に錠をかけながら、黒岩時子がいった。

「うむ。さすがに疲れた。大きな事件が持ちあがってね。対策会議を開いておったのだ。いま、何時だ？」

上がり框《かまち》に腰をかけて靴を脱ぎながら、黒岩四郎が質問した。

「十時半ちょっと過ぎです」

時子がいった。

「もう、そんな時間か。先に寝ておればよかったのに」

黒岩がいった。

「ええ、でも。もし、お酒を飲んで帰ってきたら、ひとりじゃ困ると思って」

先にたって、居間に入っていく黒岩を追いかけるようにして、時子が笑いながらいった。

「なんだか、女房にいわれているような心持ちだな」

黒岩も、ちょっと笑った。そして、六畳の居間の真中の卓袱台《ちゃぶだい》の上を見て、おやという表情をした。

卓袱台の上には、食事のしたくがしてあり、その上に白いふきんがかけてあったが、それがふたりぶんだったからだ。

「時子、お前、まだ飯を食っていないのか？」

黒岩が、妹の顔と卓袱台を見比べていった。

「はい。お兄さまが帰られてから、一緒にいただこうと思って」

時子がいった。

「そうか。腹が減っただろう。すまんな、遅くなって。しかし、いつもいっておるように、俺が遅くなる日は、先に食っておけよ」

黒岩が、時子のやさしさに、どう答えていいかわからないといったような口調でいった。

「でも、こんなに遅くなる日は、めったにないことよ。今夜は大家さんのおばさんに、筍《たけのこ》をいただいたので、スターフ・スチュー・バンブというお料理を作りましたの」

「筍のスチューか。うまそうだな」

黒岩は、そういうと、そのまま卓袱台の脇を通って、隣りの部屋に着替えに入っていった。

「いま、暖めてますから、ちょっと、待ってくださいね」

時子が、台所からいった。

「俺なら、冷たくってもかまわんぞ」

黒岩が着替えをしながら、襖《ふすま》の蔭から答えた。

「あら、スチューの冷たいのなんて、おいしくなってよ。玄関の戸を開ける前に火にかけておきましたから、もう、暖まっててよ。ほんとに、瓦斯《ガス》って便利ですわ！」

時子がいった。

「しかし、なんだな。女子高等師範というのは、いい学校だな。料理まで教えてくれるのだから」

着物姿になった黒岩が、兵児帯《へこおび》をしめながら、卓袱台の前に座った。

「あら、お兄さま。このお料理は学校で習ったんじゃなくてよ。技芸科ではお料理を教えてくれますけど、文科には料理の科目はないんです」

時子が、シチューの入った深めのお皿を、黒岩の前に置き、自分のぶんを取りに台所に入りながらいった。

「やあ、いい匂いだ」

黒岩が、皿に鼻を近づけ、ぴくぴくさせながら続けた。

「すると、なんで覚えたのだ？」

「和子さんに、教わったの」

時子も卓袱台の前に腰を降ろした。

「ああ、前にお前が、俺の女房にどうだと、薦めてくれた女性だな」

「ええ」

「おお、うまい！　これは、うまいよ」

「ほんと？」

「うん。牛肉と筍の味が、うまく混じりあっている」

「よかった。よろこんでもらえて」

「これは、時子。今度は、ぜひとも、龍岳君に食わせてやらなければいかんぞ」

黒岩が笑った。

「まあ、いやなお兄さま……。そんな意地悪をおっしゃるのでしたら、もう、明日から待っていないことよ」

時子が、ぷっと頬をふくらませた。

「ははは。すまん、すまん。しかし、実際、明日からは、待ってくれんでいいよ。もちろん、飯はひとりで食うよりも、お前と一緒に食ったほうがうまいが、明日からは、帰りが何時になるか見当がつかんのだよ」

黒岩が、茶碗の飯の上に、きんぴらごぼうを乗せながらいった。

「何か、新しい事件が起こったのですか？」

時子がたずねた。

「うむ。今朝、深川の小名木川《おなぎ》に裸の女の死体が流れついたのだが、これが首無し死体なのだ」

「あら、おもしろい」

時子が、箸を止めていった。

「おいおい、時子。おもしろいはないだろう。ふつうの女子学生は、飯の最中に首無し死体の話をしたら、たいていは顔をしかめるものだぞ。それが、おもしろいはない」

黒岩が、やんちゃ娘を見つめる目でいった。

「だって、おもしろそうなんですもの」

時子が笑う。

「お兄さまは、その事件を担当されたのですか？」

「いや、いまのところ、まだだがね。これは水上署が中心になり、深川、本所《ほんじょ》、日本橋署が協力態勢をとることになっているのだが、どうも、難しい事件になりそうなので、警視庁からも、応援を出すことにしたのだ。とりあえず、太田部長が参加することになっておるが、俺が、引っ張り出されるのも時間の問題だ」

「お兄さまが担当されるようになったら、また、わたしを連れていってくださいね」

「いかん、いかん。そんな残虐な事件に、若い娘が首を突っ込んでいては、嫁のもらい手がなくなるぞ」

そういいながら、黒岩は卓袱台の前から立ちあがった。

「どうなさったの、お兄さま？」

時子が、びっくりしたような表情で質問した。

「いや、茶が欲しくなったのだ。いや、いい。茶ぐらいは、俺が入れてやろう。飯を待っていてくれた詫《わ》びだ」

黒岩は、軽い口調でいいながら、台所に入っていった。

「ごめん！　黒岩さん。夜分遅くすみません」

あわてているが、時刻を気にして、押し殺したような男の声が、玄関のほうから聞こえてきたのは、時子が食器を洗い終えて、黒岩の蒲団《ふとん》を敷くために、隣りの部屋に入っていこうとした時だった。

「あら、だれかしら、いまごろ？」

時子が、踵《きびす》を返して、玄関に向かおうとした。

「俺が出よう」

新聞を読んでいた黒岩が、時子を手で制して、畳から立ちあがった。そして、玄関のほうに怒鳴った。

「ちょっと、お待ちなさい。いま戸を開けましょう」

わずか三間の小さな家だから、黒岩が玄関に出るのに、時間はかからなかった。黒岩は玄関の電灯スイッチをひねった。すりガラス戸の向こうに、男の影が透けて見えた。

「こちらは、黒岩時子さんのお宅ですな」

黒岩が戸を開けるのを待ちきれないように、火が灯ったままの提灯《ちょうちん》を右手、中折れ帽を左手に持った、髯の紳士がたたきに入ってきていった。

「そうですが、あなたは？」

黒岩がいった。

「いや、これは失敬しました。わたしは、学校でこちらの時子さんと組が一緒の、本郷に住んでおります若林佳枝《よしえ》の父です。朔太郎《さくたろう》といいます。突然ですが、佳枝は、こちらにお伺いしてはおらんでしょうか？」

男がいった。

「いや、お見えにはなっていないようですが……」

「そうですか。やはり……」

男が、黒岩のことばを聞くなり、がっくりと首をうなだれ、力なくいった。

「おじさま、佳枝さんが、どうかなさったのですか?」

　奥から様子をうかがっていたらしい時子が、駆け足で玄関に出てきていった。

「おお、時子さん。佳枝が行方不明になってしまったんだよ」

　男が、時子の顔を見るといった。

「それで、もしや、こちらにうかがっていやしないかと思ってね」

「あの、おじさま、佳枝さんと喧嘩《けんか》でもなさったのですか?」

「いや。家内の話では、夕方、学校で使うインク壺《つぼ》を買うといって出かけたきり、もどってこんのだよ。やはり、かどわかされてしまったのだろうか」

　男が、からだをぐらりと揺らした。

「あぶない!」

　時子がいった。

「詳しい話をお聞きしましょう。まあ、お上がりください」

　黒岩が、男を支えるようにいった。

「いや、こちらにうかがってないとすれば、こうしてはおれません。また、別のところを当たってみます」

　男が答えた。

「まあ、お待ちなさい。ぼくは、時子の兄で四郎といいます。警視庁の刑事です。なにか、お役に立てるかもしれません」

　黒岩がいった。

「ああ、これは、お兄さんでしたか! そういえば、時子さんは刑事のお兄さんとふたり暮らしと、ずっと以前にお聞きしていたが……。自分の娘のことで頭がいっぱいで、すっかり忘れておりました。ろくに挨拶《あいさつ》もせず、許してください」

　男が、あらためて、頭を下げた。

「とんでもありません。こちらこそ、時子がいつもお世話になっております。さあ、とにかく、お上がりください」

　黒岩がいった。

「では、まず、水をいっぱいいただけませんか。それから、表に俥屋《くるまや》を待たせてあるのですが、これにもお願いします。本郷から、この牛込まで走り詰めだったので、だいぶ、疲れておるようです」

男がいった。

「では、ココアでもお出ししましょう」

時子がいった。

「ありがとう」

男が頭を下げた。

2

ハレーと地震《じしん》

何等《なんら》影響《えいきょう》を与《あた》へざるべし

理学博士　大森房吉氏談

ハレー彗星《すいせい》が本月二十日には地球《ちきゅう》に最《もっと》も接近《せっきん》して地球《ちきゅう》と太《たい》陽《よう》との中間《ちゅうかん》を通過《つうか》すべしと云《い》ふ是《こ》れに就《つ》き或《あるい》は同日《どうじつ》地震《じしん》噴《ふん》火《か》等《とう》の如《ごと》き地変《ちへん》を発起《ほっき》すべきや否《いな》やとの疑問《ぎもん》を生《しょう》ずべきならんが別段《べつだん》左《さ》る結果《けっか》を呈《てい》すること無《な》かるべしと思《おも》はるハレー彗星《すいせい》の質量《しつりょう》は小《しょう》にして自己《じこ》は惑星《わくせい》の為《ため》に引《ひ》き付《つ》けられて其《そ》の軌道《きどう》に変動《へんどう》を受《う》くれども彗星《すいせい》は自己《じこ》が惑星《わくせい》の軌道《きどう》に変《へん》化《か》を与《あた》ふる程《ほど》の能力《のうりょく》には乏《とぼ》しきものにして其《そ》の質量《しつりょう》は月《つき》の質量《しつりょう》よりも遥《はる》かに小《しょう》なるべしと云《い》ふ而《しこう》して彗星《すいせい》の接近《せっきん》が月《つき》の如《ごと》く潮汐《ちょうせき》の現象《げんしょう》を呈《てい》するにも至《いた》らざるべければ彗星《すいせい》の接《せっ》近《きん》は仮《かり》に地震《じしん》に影響《えいきょう》を与《あた》ふること有《あ》りとするも月《つき》の影響《えいきょう》に比《ひ》して更《さら》に極《きわ》めて微々《びび》たる程度《ていど》に止《とど》まり即《すなわ》ち事実上《じじつじょう》皆無《かいむ》なるべし

（五月九日〈時事新報〉）

「なるほど。それではまだ、佳枝さんの手がかりは、なにもないわけですね？」

龍岳が、原稿書きも食事も一緒くたにしている、汚い文机の上の湯飲み茶碗を取って、出がらしのような茶をすすった。

「ええ。もし、見つかれば、授業の途中でも知らせがくるはずになっていたのですけど、わたしが学校を出るまでは、知らせはきませんでした」

時子がいった。いつも明るい時子も、さすがに陰《いん》鬱《うつ》そうな表情をしていた。外は、いい天気で、五月の気持ちのいい風が、開け放たれた窓から吹き込んでくる。雲ひとつない青い空には、もう端午の節句は過ぎたというのに、隣家の鯉《こい》のぼりが悠然と泳いでいた。

「鵜沢さん、失礼しますよ」

声と同時に、汚れた襖《ふすま》が開いて、歳のころ六十前後と見える肥《ふと》った女性が、手に煎餅《せんべい》と飴玉《あめだま》の乗った菓子盆を持って入ってきた。この下宿の主・杉本フクだった。

「なにもないけどね。これ、お食べなさいな」

フクが、畳の上に膝《ひざ》を折り、菓子盆を龍岳と時子の間に押しやるように置いていった。

「どうも、おばさん、すいません」

龍岳が、頭を下げた。

「なに、礼をいわれるほどのものじゃないよ。それに、ほんとうのことをいうと、鵜沢さんのところに、若い女の人がたずねてくるなんて珍しいことなんで、ちょっと、様子を見にきたんだよ。まったく、箒星《ほうきぼし》より珍しい。あっはははは」

フクが快活に笑った。

「やあ、まいったなあ」

龍岳が頭をかく。

「お嬢さんは、どこの学生さんだね？」

フクが、矢がすりの着物に、紺の袴《はかま》姿の時子を見て質問した。

「はい。お茶の水の女子高等師範に通っています。黒岩時子と申します」

時子が、きちっと両手を畳についておじぎした。

「あらあら、そんなに、しっかりとおじぎしてくれなくてもいいのよ。あたしは、杉本フクといいましてね、つれあいが死ぬまでは百姓だったけど、いまは、下宿屋をやってるんですよ」

フクがいった。

「いつも、お世話になっているんだ。おばさんの料理は、天下一品でね」

龍岳がいった。

「あら、珍しいね。鵜沢さんが、あたしのことを褒めてくれるなんて。いつも、悪口ばかりいってるのに」

「やだなあ。悪口なんかいってませんよ」

「いってるよ。なに、あたしが部屋を掃除しろとか、蒲団《ふとん》を干せとか口うるさくいうもんだから、嫌な顔をしてね」

「してませんたら」

「そうかねえ。まあ、いいわ。所帯を持ったらあんたしっかりなさいよ。ほんとに、掃除をいやがって。ほっておいたら、ふとんの下に茸《きのこ》が生えてきちまいそうなんだから……。しかし、別嬪《べっぴん》さんだねえ。で、祝言《しゅうげん》はいつあげるの？」

フクがいった。

「ち、ちょっと、おばさん。ぼくと時子さんは、そんな仲じゃないんですよ」

龍岳が、あわてていった。

「なに、所帯を持つ相談にきたんじゃないのかい？」

「ちがいます！」

龍岳が、大きな声をだした。

「なにも、そうむきにならなくてもいいじゃないの。すると、女子高等師範の学生さんが、こんな渋谷町の汚い下宿屋くんだりになにしに？」

フクがいった。

「あら、ご自分でやってらっしゃる下宿を汚いだなんて」

時子が、くすっと笑っていった。

「でもね、時子さん。どう公平に見ても、この下宿は汚いわよ。家がきれいなら、もう少しはましな下宿人が入るんだけどねえ」

フクが、龍岳の顔をちらりとながめていった。

「それは、ひどいなあ」

「けど、こんな別嬪のお嬢さんが訪ねてきてくれると、汚い部屋も輝いて見えるねえ。なんだ、所帯を持つんじゃなかったの。でも、いずれ、そうなりそうじゃないの。あたしの見るかぎり、ふたりとも、まんざらじゃなさそうな顔してるわよ」

フクが、龍岳と時子の顔を見比べていった。

「しかし、鵜沢さんも、このあいだまでは、さっぱりうだつがあがらなかったけど、いまじゃ、立派な文士さんだから、もう、お嫁さんをもらってもいいじゃないの。こんな別嬪さんを知っているんだったら、早く、所帯持ったほうがいいわ。もたもたしていると、よその男に取られちまうよ。このあいだもね、親戚の息子に、せっかく、あたしがいい縁談を世話してやったのに、ぐずぐずしてたもんだから、世話した娘を、ろくでもない巡査に、強引に横取りされちまってね。まったく、巡査だの刑事だのってのに、ろくなのはいないんだから」

フクがいった。そのいいたい放題をいっているフクを見て、時子がくすくすと声を立てて笑った。

「あれ、そんなに、おかしい話かね？」

「いえ。実はわたしの兄は、警視庁の刑事なんです」

時子がいった。

「なに、刑事!? あらあら、これはまずいことをいっちゃった」

フクがおおげさに頭に手をやり、長い舌をぺろりと出した。そして、続けた。

「そりゃ、中には、しっかりした刑事さんもいるけれどね。でも、兄さんが刑事じゃ、鵜沢さんも、これはうっかり、手が出せないわねえ」

「おばさん！」

龍岳が、眉根にしわを寄せていった。しかし、フクは龍岳のことばなど、まったく、気にしていないようだった。

「そうすると、鵜沢さん、あんたなにか事件を起こしたの？ まさか、今朝の新聞に載っているという首無し女殺しの犯人じゃないでしょうね」

「いつも、これなんだよ」

龍岳が、どうしようもないという調子で肩をすくめて、時子にいった。

「おもしろい、おばさん」

時子がいった。

「実はね。この時子さんの学校の友達が、昨日の夕方から、行方不明になってしまったそうなんですよ。それで、ぼくのところに、相談にきたというわけです」

龍岳が、まじめな口調になって説明した。

「行方不明？」

フクが聞き返した。

「はい。まるで、煙のように突然、姿を消してしまって」

時子がいった。

「おやまあ。でも、そういうことは、それこそ警察の刑事さんや巡査が調べることじゃないの？」

「それが、こういう事件は親や親戚も、警察沙汰《ざた》にはしたがらないから、ぼくが相談されたというわけです」

龍岳がいった。

「ふーん。そういやあ、鵜沢さんの小説には、人間が消えたのなんだのってのが出てくるそうだね。あたしは、字が読めないから、鵜沢さんの科学小説とかの話を聞いても、さっぱり、わからないのよ。けど、最近は、そういう事件が流行《はや》ってるのかね。つい せんだっても、浅草に住んでるともだちの親戚の若い娘が姿を消して、三日目だか四日目だかに、腑《ふ》抜《ぬ》けのようになって帰ってきたって話を聞いたけれど」

フクがいった。

「腑抜けのようになって……」

龍岳が、ことばを繰り返した。

「ああ、自分がだれだかも、わからないし、親や兄弟の顔もわからないらしいよ。からだは、どこも怪我したというようなことはないそうだけどね。最初は悪い男にでもかどわかされたんじゃないかと思ったけど、そうでもないらしいんだよ。昔からいわれている神隠しってやつだね」

「おばさん、その人の家、どこだかわかりまして？」

時子が質問した。

「わかるよ。そのともだちの事件と関係ありそうなの？」

フクがいった。

「わかりませんけど、同じ犯人かもしれませんから、事情を聞いてみたいと思って」

時子がいった。

「それじゃあ、どうしたらいいかね。あたしのともだちの家には、電話があるから、そこに電話すれば、その娘の家もわかるはずなのよ。ともかく、電話をしてごらんな。鵜沢さん、あんた電話しておくれよ。あたしは、電話は苦手でね」

フクが、顔をしかめて、首を横にふった。

「いいですよ。ここから、一番近い電話というと、金山米店かな？」

　龍岳がいった。

「そうだろうね。それにしても、首無し女だの、神隠しだのって、やだねえ。やっぱり、あの箒星のせいかねえ。そういや、横町の佐藤の爺《じい》さんの話じゃ、七十六年前の箒星の時も、神隠し事件があったってなこといってたけどね」

　フクが、ふうっと大きく息を吐いていった。

「時子さん、あんたは特に別嬪さんだから、気をつけなきゃいけないよ」


　しばらく腕組みをして、机の上の割りつけ表をじっと見つめていた河岡潮風が、しかたなさそうに息を吐いた。

「すまんのう。いや、わしとて書きたくないといっておるわけではないのだよ。ただ、今回ばかりは、どうしても、故郷に帰らんわけにはいかんのだ」

　阿武《あぶ》天風《てんぷう》が向かいの席の潮風に、頭を下げた。博文館三階編集室の〈冒険世界〉編集部だ。

「しょうがないですね。向こうで書いてくださいとまではいえないし。あーあ、外は五月《さつき》晴れだというのに、ぼくの心は曇《くも》り空ですよ」

　潮風が、おおげさなジェスチャーをしていった。

「そう、責めんでくれたまえよ。なに、実際、時間さえあれば、汽車の中で書いてもいいのだが、ひとりでいくのではないから、そうもいかんし、向こうでも時間はないと思うのだ。そのかわり七月号には長いものを、きっと書くからかんべんしてくれ」

　天風がいった。

「やあ、元海軍少尉も、潮風君には頭があがらんね」

　隣りの編集部の〈実業少年〉編集長・石井研堂が、にやにやしながら、軽口を叩いた。

「研堂さん、冷やかさんでくださいよ。いや、まったく、こんなことなら、海軍をやめなければよかった。上官のしごきのほうが、まだやさしい」

　天風が、ごしごしと頭をかいた。阿武天風は、元職業軍人で、日露戦争当時は、軍艦千代田に乗り組み、日本海大海戦を戦った猛者だった。その後、押川春浪の文名に引かれて、軍をやめ文筆の道を選んだ変わり種だ。

「とにかく、頼むよ、潮風君」

「わかりました。ただ、そっくり、天風さんが抜けてしまうと、ぼくとしても大いに困るので、なんでもいいですから、十枚くらいは書いてもらえんでしょうか」

「うん。十枚なら、帰る前に書けるだろう。そうだな、わしの少年時代のことでも書くか。いや、海軍時代のことを書こう」

天風がうなずいた。

「頼みますよ」

潮風が念を押した。

「しかし、まだ四十枚分、原稿がたりないなあ。二十枚は、ぼくがなんとかするにしても、あと二十枚……」

「春浪さんに頼めないかね？　わしが口を出せたぎりじゃないが」

天風がいった。

「いや、今月は単行本が忙しいといってましたから」

潮風が、首を横にふる。

「いまから、龍岳君の連載を長くしてくれともいえないし……」

「潮風君。大谷《おおたに》探検隊のことを書きたいといっておる人なら知っておるぞ」

石井がいった。

「ぼくのほうに、どうかといわれたのだが、実業雑誌向きではないので考えておったところなのだ」

「大谷探検隊のなにを書きたいというのですか？」

潮風が質問した。

「うん。よくは知らんが、かつて、中央アジア西域に栄えた、歴史に残っていない国の話だとかいうことだ」

石井がいった。

「それは、おもしろそうじゃないか。うむ、それにしよう」

天風がいった。

「だめですよ、天風さん。そんな無責任な」

潮風が、口をとがらす。

「いや、いいよ。それを、君か断水《だんすい》君あたりに書いてもらえばいい」

天風が、これで決定だというような表情をした。

「なに、それより、原稿を書きたがっているのは本人だから」

石井がいった。

「その人は、どういう人なのです？　大谷探検隊の隊員だった人ですか？」

潮風が質問した。

「いや、隊員ではない。前の探検隊に参加した堀賢《ほりけん》雄《ゆう》という隊員の親戚で、すでに現役を引退した歴史学者だが、本願寺に保管されている収集物を見せてもらって、これまで、まったく知られていない、歴史上の滅び去った国の存在を発見したのだそうだ」

石井がいった。

大谷探検隊は、浄土真宗西本願寺門主・大谷光瑞《こうずい》によって組織され、企画された探検隊だった。生来、天資英邁《えいまい》な光瑞は、仏教東漸《とうぜん》の経路を明らかにし、その遺跡を訪ね、仏教史上の疑問を解き、同時に中央アジアの考古学、地理学、地質学、気象学などの研究に資料を提供しようという、総合的学術調査隊として、大谷探検隊を組織した。

そして、明治三十五年の八月、三年間のイギリス留学を終え、堀賢雄ら四人の随員とともに、中央アジア探険の旅に出、パミール、カシュガル、タリム、タクラマカン砂漠などを調査して、明治三十七年五月に探険を終える。さらに、光瑞は明治三十九年、妻を伴って、中国に渡り、中央アジアの調査を続けていた。

「もう、かなりの年配の人なのですか？」

潮風が質問した。

「七十歳過ぎらしいが、元気はつらつ、かくしゃくとしているそうだよ。ちょっと待ってくれ」

石井は、そこまでいうと、仕事机の一番上の引き出しを開け、中から手垢《てあか》のついたノートを取り出して、ぱらぱらとページをめくった。

「これだ、これだ。吉川彦太郎《よしかわひこたろう》という人だ。住所は蠣殻町《かきがらちょう》一ノ十八だ。ぼくの中学時代の先輩から持ち込まれた話なので、君のほうで原稿を頼んでくれると、ぼくとしても顔が立つんだが」

石井がいった。

「なるほど。それでその、これまで知られていなかった国というのは、なにか歴史に大きな意味があるのですか？」

潮風がたずねた。

「どうも、むずかしいことを聞くなあ。それは、ぼくにも、まったくわからんのだ。ただ、その国の滅びた理由というのが、ふつうではなかったらしい」

石井が答えた。

「ふつうではないといいますと？」

天風が、口をはさんだ。

「それが、その部分はもったいぶって、なかなか、しゃべってくれんらしい。なんでも、非常にふしぎな理由で、隆盛していた国が、たちまち滅びてしまったというのだ」

石井がいった。

「それは、興味深い話ですね。しかし、そういう学術的な発見を、〈冒険世界〉なんかに書いてくれるでしょうか？」

潮風がいった。

「とはいっても、その吉川老人の主張する説は、歴史学会などでは、まったく、相手にはされておらんらしいのだ。それで、吉川老人としては、発表さえできる場所があれば、どこでもいいらしいよ。なにしろ、〈実業少年〉でもいいというくらいなんだからね。〈実業少年〉にくらべれば、はるかに〈冒険世界〉のほうが、向いているじゃないか」

「それはそうですけども、〈冒険世界〉では、どうしても、話をおもしろくしなければなりませんから、そのあたりをなっとくしてもらえるかどうか……。わかりました。なんにしても、春浪さんとも相談して、とにかく、書いてくれるかどうかだけでも、当たってみることにしましょう」

潮風がうなずいた。

「おお、よかった、よかった。これで、事後処理は天風がいった。

「春浪さんも、それをよろこんでいるのです。昨日、見せてもらったのは、シベリヤを舞台にしたものでしたが、見たこともない土地の風俗など、うまく書けていましたね」

潮風がいった。

「これまでは、なにをしておったのです？」

天風が、石井に問いかけた。

「それが、わからんのだよ。ぼくも、人から紹介されたのだが、歳もいわんし、前は大阪のほうにいたらしいが、はっきりしない。しかし、ことばは訛《なま》ってはいなかったね」

石井がいった。

「ええ。東京弁でした」

潮風がうなずく。

「歴史や考古学にも、興味があるらしい。さっきの吉川老人の話をしたら、おもしろそうな顔をしておった」

「ハリー彗星《すいせい》の観測会にも、参加したいといってい

完璧《かんぺき》だな」

天風が、うれしそうにいった。

「まだ、安心できませんよ。実際、書けるものと決まったわけではないですからね」

にこにこしている天風に、潮風が釘《くぎ》を刺した。

「いやあ、今日の潮風君は、どうも厳しいなあ」

天風が、また頭をかいた。

「ところで、潮風君。昨日紹介した、榊原女史は〈冒険世界〉で使ってもらえそうかね？」

石井がいった。

「はい。春浪さんは、大いに乗り気でした。びっくりしていましたよ。いままで、小説など書いたこともない人間が、なんで、あんなにうまいのだといっていました」

潮風が、目を輝かせていった。

「ぼくも、少し、読ませてもらいましたが、たしかに、よいできです」

「冒険小説を書くのだそうだね。女流の冒険小説家とは珍しい」

ましたよ」

潮風がいった。

「婦人には珍しく、知識欲の旺盛な人だね。それで、その小説は、〈冒険世界〉に載るのかい？」

石井がいった。

「いえ。昨日、見せてもらった原稿は、題材のわりに話が短すぎて、短篇ではもったいないから、長篇に書き直してはどうかということになりまして、とりあえず、次の次の号に短篇を頼みました」

潮風が答えた。

「女流の冒険小説家か。人気が出そうだね。龍岳君もいいし、〈冒険世界〉は絶好調だな」

天風がいった。

「これに、天風さんが書いてくれれば、恐いものなしです。どうです。思い切って、予定どおり、次号に書いてくれませんか？」

潮風が、笑いながらいった。

「いや。それは、かんべんだ。今度は十枚で許してくれ。ところで、その榊原女史というのは、すこぶる美人だそうだねえ」

天風がいった。

「ええ。実際、昨日、研堂さんが、この編集部に連れて入ってこられた時は、からだがぞくぞくしました」

潮風がいった。

「潮風君は、昨日から、そればっかりいっておるね。一目見ただけで、ぞっこんかな」

石井が笑った。

「いや、あんな人なら、一緒になってもいいですねえ」

潮風が、冗談とも本気ともつかない口調でいった。

「歳は、いくつぐらいなのかね？」

天風が、おもしろそうに口をはさむ。

「それが、さっきもいったように、はっきりしたことをいわんのだよ。しかし、まあ、二十二、三というところだろう」

石井がいった。

「では、潮風君と、歳まわりもちょうどいい。残念だな。わしも、昨日、ちょっとでいいから見たかった」

天風が笑う。

「見たかったって、見世物みたいにいわないでください。でも、今度、紹介しましょう。天風さん、〔ハリー彗星観測会〕には参加するのでしょう。だったら、会えるじゃありませんか」

潮風がいった。

「ああ、そうか」

天風がいった。

「黒岩時子さんも、くるかもしれませんから、今度は、いつもの〔天狗倶楽部〕の集まりとはちがうかもしれません」

「うむ。時子さんも美人だからなあ。美人が、ふたりもくるとなれば、これは、万難を排して参加せにゃならんね」

「よし、ぼくも参加しよう」

石井がいった。

「えっ、研堂さんがですか。これは、春浪さんもおどろくなあ」

天風がいった。

「天風さん、気をつけてくださいよ」

潮風がいった。

「なにをだ？」

「だって、天風さんは、酔うとすぐに、裸踊りをやりだすから」

「うむ。ご婦人の前では、あれは慎まねばいかんなあ。はっはははは！」

天風が、豪快に笑った。


麹町《こうじまち》区八重洲《やえす》町の警視庁第一部応接室のテーブルをはさんで、三人の男女が話をしていた。黒岩四郎、時子、そして龍岳だった。

「なるほど、そうすると、その浅草の事件も、今度の佳枝さんの事件と、よく似ているというのだね。いやまあ、佳枝さんが、もどってきたとしての話だが」

黒岩が、うなずきながらいった。

「はい。姿を消した時の状況は、そっくりです。その娘さんの場合は、母親に頼まれて、ほんの半町ばかりのところに買物にいって、その帰り道に行方不明になってしまったそうです」

龍岳が説明した。

「そして、三日後に、帰ってきた時は、記憶亡失の茫然とした状態だったわけだ。うむ。これは、なにかありそうだ」

黒岩がいった。

「なにかってなんですの?」

時子が質問した。

「うむ。俺も、一応、各警察署から回ってきた書類を調べてみたのだ。すると、その中に、この半月のうちに、その浅草の事件と似たような事件が三件あった」

黒岩がいった。

「えっ、そんなに!」

龍岳が、びっくりした声を出す。

「うん。ただし、その中には浅草の事件は含まれていない。おそらく、事件の性質からみて、親が警察に届け出なかったのだろう。とすれば、似たような事件は、もっと、たくさん発生しておるのかもしれん」

「その三件の場所は、どことどこですか?」

龍岳が質問した。

「赤坂、千住、品川だ」

「場所は、ばらばらですね。被害者は、若い娘さんばかりですか?」

「うん。いずれも十六から十九までの、結婚前の娘ばかりだ」

「全員、帰ってきた時は、腑抜けの状態なのですね」

「うん」

黒岩が、大きくうなずいた。

「それは、たしかに、なにかありそうですね。同じ犯人のしわざでしょうか?」

龍岳がいった。

「手口は、全部同じといっていいだろう」

黒岩が答える。

「ということは、佳枝さんも、殺されるというようなことはないわけですのね」

時子が、ほっとしたようにいった。

「わたし、首無し女の事件があったから、もしや、佳枝さんもと心配で心配で、たまらなかったの」

「だが、時子。命に別状はないといっても、記憶を失ってしまうとすれば、安心してはおられんぞ。いったい、その娘たちは、だれになにをされたのだろうな」

黒岩が、首をひねった。

「たしかに、不可思議な事件ですね。目的がわからない。華族や金持の娘さんを誘拐するわけでもないし、実際、金品が要求されてもいない。凌辱《りょうじょく》が目的でもないとすると、なんなのだろう。なるほど、神隠しと呼びたくもなりますね」

龍岳がいった。

「警察では捜査しないのですか？」

時子がいった。

「うん。記憶亡失とはいえ、とにかく、もどってきたわけだし、家族もあまりことをあらだてたがらないので、警察としても、そう一生懸命にはならんのだよ。もちろん、俺は、これは事件を解明する必要があると思うが、いまは、首無し女事件で、ちょっと、こちらに手を伸ばせそうもない。今度の事件も、やはり、佳枝さんの両親が警察沙汰になるのをいやがって、届けを出してくれないから、事件にしようにも事件にならんのだ」

黒岩がいった。

「浅草の場合も、娘さんはからだに怪我はなかったようですが、やはり、年頃の女性が、数日間も家を空けていたといえば、それだけで世間は変な目をしますからね」

龍岳がいった。

「たしかに、ふつうは、そう考えたくなるだろうね。これまでの、若い娘の失踪事件といえば、たいてい悪い男にだまされて、売春宿に売られるとか、へたをすれば外国に送られるということが多かったからなあ」

黒岩がいった。

「しかし、神隠しなんて非科学的なことが、実際にあるわけはなし」

「でも、下宿のおばさんの話では、前回のハリー彗星出現の時も、神かくし事件が、たくさんあったといっててよ」

時子がいった。

「うん。あれは、ぼくも気になっていたんだ。よし、今夜か明日にでも、よく聞いてみよう」

龍岳がいった。

「龍岳君の下宿の主は、前のハリー彗星出現を知っているのかい」

「いえ。ぼくの下宿のおばさんが知っている、近所の老人です。下宿のおばさんのいうには、その老人が神隠しの話をしていたというんですが……」

「なるほど。ハリー彗星と神隠しか……。しかし、あんまり、つながりがあるようにも思えんな。でも、なんでも手がかりになるかもしれんから、すまないが、龍岳君、ちょっと、捜査に協力してくれたまえ。ぼくのほうも、首無し事件が解決したら、そっちにとりかかるから」

「わたしも、お手伝いしてよ」

時子がいった。

「ああ、よくわかっているよ。お前も、もちろん計算に入れてある。どうせ、だめだといっても飛び出してくるにちがいないからな。だが、学業をおろそかにしてはいかんぞ。あくまでも、学校の勉強を優先して、残りの時間でやるのだぞ」

「はい」

「龍岳君。このじゃじゃ馬が一緒では、かえってじゃまになるかもしれんが、とにかく頼む。捜査にかかった費用などは、あとでそういってくれたまえ。ぼくのほうでなんとかするから」

「わたし、じゃじゃ馬じゃなくってよ」

黒岩のことばが終わるのを待って、時子がいった。

「では、なんだ。お転婆《てんば》娘と訂正するか」

黒岩が笑いながらいった。

「まあ、いやなお兄さま!」

時子が、黒岩をにらみつけた。

「そんな顔をするな。龍岳君に嫌われるぞ。なあ、龍岳君」

黒岩が時子と龍岳の顔を見比べていった。

「あっ、いや、その」

龍岳が、なんと答えていいかわからず、口ごもった。

「口ごもらんでもいいではないか。お転婆でもはねっかえりでも、思った通りをいってかまわんよ」

「お兄さま。そんなことより、今夜もお帰りは遅くなるのですか？」

時子が、話題を変えた。

「うん。たぶん、遅くなる。すまんが、龍岳君。時子を家まで送ってくれんか」

黒岩がいった。

「はい。そのつもりでおりました」

龍岳が答える。

「こんな妹でも、神隠しに遇われては困るのでね」

黒岩が笑った。そして、続けた。

「そうだ、時子。昨日のスチューは、もう残っておらんのか」

「もう、ありません」

「そうか。それでは、今夜、もう一度、あのスチューを作って、龍岳君にごちそうしてあげたらどうだ？」

「でも、お兄さまが、二日も同じものでは……」

「いや、いいよ。あれなら、今夜も、また食いたい。いや、時子がうまい筍のスチューを作ってね」

黒岩が、いかにも、うれしそうな顔をした。


その少女は、夜道を半ば、走るように急ぎ足で歩いていた。二、三日前から風邪をこじらせて寝ている母親の薬を、医者からもらってきたところだった。昼間の天気がうそのような曇り空だったが、提灯《ちょうちん》も探見電灯も持っていなかった。家と医者のあいだは、せいぜい、五分くらいの距離だったし、道には、最近設置されたばかりの街灯があったからだった。

人通りはなかった。前方の道のまん中で、鎖をひきずった赤犬が一匹、しきりに地面に鼻をつけて臭《にお》いをかぎながら、少女と同じ方向に向かって歩いていた。少女は、犬の姿を見ると、歩く速度をゆるめた。少女は、犬が嫌いだった。小さいころ、野良犬に噛《か》まれてけがをした経験があったのだ。

少女と犬の距離は三間ほどまで近づいた。犬は少女のほうを見ようともしなかったが、少女は、それ以上、犬のそばに寄れなかった。しかたなく、少女は立ち止まった。それから、そっと道の左側に移動した。顔見知りの助産婦の家の前だった。

犬に気がつかないふりをして、自然に歩いていけばだいじょうぶだろうと考えながら、少女は、すーっと息を吸い込んだ。その瞬間だった。少女は背後から、なに者かに首に腕をかけられ、もう一方の手の平で口を押さえられた。

「ううっ!!」

少女は、なにが起こったのか見当がつかず、悲鳴をあげようとした。しかし、口を押さえつけた手は、指先が頬に食い込むほどきつく、ぴったりと口をふさがれてしまい声にならなかった。

少女は、首に回された手をふりほどこうともがいた。けれど、太い手ではないにもかかわらず、その力はおどろくほど強く、とうてい、ふりほどくことができなかった。

もの音におどろいた犬が、少女のほうを見た。

「しっ!!」

少女を押さえている人物が、犬を叱った。少女は、なんとか自由になろうと、からだを左右にふった。少女は、首にかかった腕に力が入った。喉が締めつけられていく。苦しみで、少女の目に涙が浮かんだ。その時、少し離れたところで、低い男の声がした。

「うまくいきましたね」

その声に対して返事はなかった。いや、あったのかもしれないが、少女には聞こえなかった。涙で潤む目の前に、首から離された五本の指を開いた手が現れた。その手が、少女の額に触れた。そのとたん、電気のようなショックが、少女の全身に駆けまわった。ものの三秒もしないうちに、少女は失神した。

まったく、抵抗しなくなった少女は、抱きかかえられて、路地の暗闇の中に引き込まれた。

「さあ、早く、俥《くるま》に乗せやしょう」

また、男の声がした。そして、まもなく、人力車の車輪の音がした。音は、たちまち、遠ざかっていった。通りに静けさがもどった。犬はしきりに人影のほうを見ていたが、早足に前方に向かって走りはじめた。

それは、ほんの一分、ひょっとすると、三十秒ぐらいのあいだに起こった事件だった。

3

ハリー彗星《すいせい》の衝突《しょうとつ》

理学博士　平山　信

地球《ちきゅう》と彗星《すいせい》とは何時《いつ》衝突《しょうとつ》しないとは断言《だんげん》し難《がた》い彗星《すいせい》の数《かず》は今日《こんにち》なほ不明《ふめい》で何時《いつ》何処《どこ》から新《あたら》しい彗星《すいせい》が現《あらわ》れるかも分《わ》からず一度《いちど》出《で》たきり現《あらわ》れない星《ほし》でも百年《ひゃくねん》の後千年《のちせんねん》の後《のち》にまた帰《かえ》つて来《こ》ないとも限《かぎ》らない吾々《われわれ》の知《し》つてゐるのは其軌道《そのきどう》一部分《ぶぶん》に在《あ》る間《あいだ》だけで太陽系以《たいようけいい》外《がい》無《む》限《げん》の真空中《しんくうちゅう》に何《ど》んな活動《かつどう》をしてゐるのやら少《すこ》しも分《わ》からぬ此意味《このいみ》に於《おい》て彼等《かれら》は今《いま》に天上《てんじょう》の不可思議《ふかしぎ》なる珍客《ちんきゃく》たるを失《うしな》はない乍併《しかしながら》若し何時《いつ》か彼《かれ》等《ら》の一つが地球《ちきゅう》と衝突《しょうとつ》するとしてその結果《けっか》は如何《いかん》それは矢《や》張分《はりわ》からない併《しか》し地球《ちきゅう》が彗星《すいせい》の尾《お》に入《はい》った事《こと》は前《まえ》にも例《れい》がある一八六一年《ねん》五月豪洲《ごうしゅう》に現《あら》はれた彗星《すいせい》は其《そ》の尾《お》の角度《かくど》三十度《ど》あり六月《がつ》三十日《にち》の夜《よる》その三分《ぶん》の一の所《ところ》まで地球《ちきゅう》は没《ぼつ》入《にゅう》したが恰《あたか》も地球上《ちきゅうじょう》の生物《せいぶつ》は皆熟睡《みなじゅくすい》して之《こ》れを知《し》らず唯《ただ》一人《ひとり》の星学者《ほしがくしゃ》が徹夜《てつや》観測《かんそく》して居《い》た結果黄色《けっかきいろ》な光《ひかり》を天空《てんくう》に認《みと》めた併《しか》し彼《かれ》は之《これ》を北極光《ほっきょくこう》と思《おも》つてゐた勿論地球上《もちろんちきゅうじょう》の自然《しぜん》にも人間《にんげん》にも何等《なんら》の変化《へんか》はなかつた若《も》しも彗星《すいせい》の頭部《とうぶ》が細《ほそ》い固形体《こけいたい》ならば地球《ちきゅう》に触《ふ》れても空気《くうき》の摩擦《まさつ》で燃《も》えて了《しま》ふ

（五月十日〈読売新聞〉）

「この通りでございまして、いまでは、家族のわたしどものいうことも、わからないような始末なんですの」

吉川老人の実娘と自己紹介した、福寿鼠色《ふくじゅねずみいろ》の着物姿の品のいい初老の婦人が、そばに潮風がいることにも気がつかずに、ちゃんちゃんこを着て、座椅子にもたれかかって、ぼんやりと庭先を見ている吉川老人のほうを見やっていた。

「いつから、こんなふうになられたのですか？　いえ、わたしは上司から、吉川先生はたいそう、お元気なかたで、かくしゃくとされていると、お聞きしてまいりましたものですから」

潮風が、老人と婦人の顔を、見くらべていった。

「それが、たしかに父は、歳とは思えないほど健康で、元気でしたのですが、突然、こんなことになってしまいまして」

婦人が、残念そうに老人を見ていった。

「突然ですか?」

潮風が質問する。

「はい。反応がほとんどなくなって、今日で、ちょうど十日目になります。こんなになる前の日に、だれかと会うのだといって、それは、うれしそうに出かけていきまして、帰ってきてから、なんだか、具合が悪いと床についてしまいました。翌朝は、もう、こんな状態でございましてね。今年、七十二歳ですから、老衰になったとしても、おかしくはないとは思うのですけど、あまりに突然だったので、わたしたちとしましても、あわてしまいました」

婦人がいった。

「具合が悪くなった日は、だれと会われたのですか。お知り合いのかたですか?」

潮風が質問した。

「それが、だれだか、わかりませんでしてね。なんでも、父の研究のほうの関係の人らしいのですが。前日、電話がかかってまいりまして、どこだかで会う約束をしているのを、家族のものも聞いてはいるのですが、いちいち、仕事のことを説明する人ではありませんでしたし」

婦人が説明した。

「そうですか。なにか、ご研究のことで、がっかりすることでもあったのでしょうかね。いえ、実はわたしは、さっきも、ご説明しましたが、ぜひ先生のご研究を、〈冒険世界〉に発表していただきたいと思ってうかがったのです……」

潮風がいった。

「ほんとうに、ありがたい、お話でしたのに」

婦人が老人の顔を見つめていった。

「ごぞんじのように、父は学会からは、まったく無視されておりまして、なんとか、自分の説が正しいことを世間に知らせたいと願っておりましたから、あなたさまが、こうしてお訪ねくださったことがわかれば、どんなによろこんだか知れませんが……」

婦人が、淋《さび》しそうな顔をした。

「先生には、お弟子さんはおいでにならないのですか？」

「かつてはおりましたが、最近は……。わたしには、さっぱり、わかりませんが、大陸の滅亡した国のことを主張するようになってからは、ほとんど、どなたとも、おつきあいがありませんでした」

「すると、先日、会った人というのも、研究者仲間という可能性は薄いですか？」

「さあ、見当がつきません。ただ、父がいつになく、よろこんでいたことはたしかなのでございます」

「どこか、出版社か雑誌から原稿依頼の話でもあったのかもしれませんね」

「さっきも申しましたように、ふだんから、仕事の話は、家族にも、ほとんどしてくれませんもので」

婦人がいった。その時、吉川老人が潮風の顔をじっと見つめた。

「お父さん。お父さんの研究を、雑誌に掲載したいと、たずねてきてくださった河岡さんですよ」

婦人が、老人に一語一語、ことばを区切って話かけた。しかし、老人はなんの反応も示さなかった。

「だめですわね」

婦人が、首を横にふった。

「お医者さんは、どのように？」

潮風がいった。

「老衰だから、まず、元にもどることはなかろうということでした」

「そうですか。すると、先生のご研究を、引き継ぐ人間もおらんわけですね」

「聞いておりません。少なくとも、この家に出入りしている人はおりませんでした」

「これも、上司から聞いた話ですが、先生は本願寺の大谷探検隊の関係者から、資料を見せてもらって、ご研究をすすめられていたそうですね」

「はい。そのかたなら、存じております。といいますのも、それまでは存じませんでしたが、一昨日、ここにお見えになりまして、資料の返還を請求されましたから。尾崎さんとおっしゃるかたでした」

婦人が説明した。その時、開いたままになっている障子の蔭から、三、四歳と見える男の子が、潮風のほうをうかがって、突然、歌うように囃《はや》したてた。

「異人ぱっぱ、猫ぱっぱ!」

「これ、向こうにいってらっしゃい!」

婦人が、あわてて、叱りつけた。

「申しわけありません。孫なんですが、先日、横浜に遊びにいった時、はじめて異人さんを見て、その人が、ちょうど、あなたさまのように、丸坊主で眼鏡をかけていたものですから、そういうかたを見ますと、ああやって囃したてまして……」

婦人が、いかにも恐縮したようすでいった。

「ははあ、そうですか。いや、子供さんのことです。どうぞ、叱らないでください」

潮風がいった。

「しかし、異人ぱっぱは、久しぶりで聞きました。わたしも、子供のころ、よく、囃したてたものですよ」

「ほんとうに、失礼しました。さ、早く向こうのお部屋においきなさい。あとで兵隊さんの絵を描いてあげますよ」

婦人が、まだ、顔を半分出している子供を叱った。子供は、あかんべーをして、廊下をかけていく。

「ところで、話はもどりますが、その尾崎という人は、先生が、こんなになられたから、返却しろといってきたわけですか?」

正義感の強いことでは、春浪にも劣らない潮風が、やや気色《けしき》ばんでいった。

「いえ、そうではないようです。そのかたは、父がこんなになってしまったことを知らずにまいりまして、びっくりされておりました。わたしも、父がどんな研究をしていたのか、さっぱり、わかりませんものですから、困ってしまったのですが、今度、京都のほうの学校に招かれたロシアの学者が、ぜひ、父が借りていた資料を見たいといってきたので、というお話でした」

婦人が説明した。

「ロシアの学者といいますと、やはり、歴史学者ですか？」

潮風が質問した。

「さあ、そういうことは」

婦人が首をひねった。

「そうですか。では、先生が調査されていた資料は、全部、返却されてしまわれたわけですね」

「いえ。それが、父がこんなですから、尾崎というかたに書斎に入っていただき、調べてもらったのですが、その資料がどこにもないといわれるのです」

婦人が、眉根にしわを寄せた。

「どこにもない？」

「はい」

「どういうことでしょうな」

「わかりませんが、このことは、尾崎さんは、半月ほど前に父に説明してあり、その時、父はいつでも返却するといっていたというのです」

婦人が説明した。

「そんな、貴重な資料を紛失するわけもなし……」

潮風が、首をかしげた。

「先生は、よく外出されるかただったのですか？　いや、探偵のように、根掘り葉掘り聞いて申しわけありませんが、よろしければ、お答えいただきたいのです」

潮風が、いかにも真剣な表情で、銀縁の眼鏡を直しながらいった。

「雑誌記者というのは、どうも、好奇心が強くていけません」

「このところは、ほとんど、書斎にこもりっきりでしたから、このあいだの外出が、ほんとうに久しぶりでした」

「そうすると、その時、先生が資料を持っていったということも考えられますね。そして、その人に貸したとか」

「いえ、貸すようなことはないと思います。父は責任感の強い人ですから、人様からお借りしたものを、又貸しすることはないでしょう。わたし自身、子供のころ、又貸しをして、よく叱られたものです」

婦人が、きっぱりといった。

「なるほど、そうですか。しかし、借りた資料が見当たらないということになると、先方も困られたでしょうね」

「はい。とりあえず、この件は内密にしておくので、なるべく早く探し出してほしいといわれるのですが、わたしどもには見当もつきませんで、実際、困っております」

「そうでしょうなあ。わたしは、いずれ、尾崎氏をたずねてみるつもりでおりますが、こうして、先生をお訪ねしましたのも、なにかのご縁です。ご協力できることがあれば、させていただきたいと思います」

潮風がいった。

「ありがとうございます」

婦人がうれしそうに頭を下げた。

「また、おうかがいさせていただくことになるかもしれませんが、よろしく。もし、先生がお元気になられたら、ぜひ、原稿をお願いいたします」

「こちらこそ」

立ちあがった潮風は、もう一度、老人のほうを見たが、やはり、何の反応もなかった。老人の目は、低い垣根の向こうの電車通りを見ていた。遠くのほうから、路面電車の鈴の音が響いてきた。


「なに？　金隠《きんかく》しがどうした？」

佐藤老人が、しわだらけの顔を、龍岳たちのほうに突き出すようにしていった。

「やだ、爺《じい》ちゃん。金隠しじゃないよ、神隠しっ！」

杉本フクが、笑いながら、佐藤老人の耳に顔を近づけ、大きな声を出した。龍岳と時子が、顔を見合わせて笑った。

「なんじゃ、神隠しか？　また、だれか、いなくなったのか？　こん人たちの子供かいな？」

老人が、龍岳と時子の顔を交互に見ていった。

「いいえ、ちがいます」

時子が、あわてて、手を横にふった。

「ちがうのよ、爺ちゃん。爺ちゃん、よくいってたでしょう。前に箒星《ほうきぼし》が出た時、神隠しがたくさんあったって」

フクがいった。

「ああ、箒星の話かいの。神隠しのう、あった、あった」

老人が、大きくうなずいた。

「この人はね、文士さんで、爺ちゃんの、その神隠しの話を聞かせて欲しいそうなのよ」

「なんじゃ、そんなことか、おお、いいとも、いいとも。で、なにか、わしの話を小説にしてくれるんかいの」

老人がいった。

「いえ、小説にしようというのではないのですが、お話に興味がありまして」

龍岳がいった。適当に話を合わせてしまったほうが、めんどうではないのに、律儀に説明するところが、龍岳の性格だった。

「そりゃあ、つまらんなあ。で、その別嬪《べっぴん》さんは役者さんかいな？」

老人は、急に龍岳には興味を失ったらしく、時子を見ていった。

「ちがうのよ、爺ちゃん。この人の兄さんが警視庁の刑事さんで、手伝いを頼まれて、事件を調べているんですって」

フクが説明した。

「わしは、悪いことはしておらんがな」

老人が、フクの顔を見つめた。

「いや、だからね。爺ちゃんには、この前の箒星の時の神隠しの話をしてもらいたいの。爺ちゃんの親戚が、神隠しになったっていってたでしょ」

「ああ、神隠しなあ」

老人が、遠い昔を見つめるような表情をした。

「この一年ほど、すっかり歳取ってしまってね。これじゃ、話がわかるかどうか」

フクが龍岳たちに向かって小声でいい、肩をすくめた。

「なに？　わしが話がわからんじゃと！」

老人が、恐い声でいった。

「こういうことだけは、よくわかるんだから」

フクが笑った。龍岳と時子も、口許をゆるめる。

「で、神隠しの、なにが聞きたいのかのう？」

老人がいった。

「はい。前の箒星、いまから七十六年前になりますが、その時、神隠しがたくさんあったとか？」

龍岳がいった。

「ああ、あった。わしの親戚のヤエっちゅう娘が、近くの酒屋に酒買いにいった帰りにいなくなっちまって、そりゃ、大騒ぎしたよ。天狗《てんぐ》にさらわれたの、山姥《やまんば》に食われたのちゅうてね」

老人は、記憶がはっきりしてきたのか、それまでより、聞き取りやすい口調でいった。

「その娘さんは、さらわれた時、いくつでしたか？」

時子が質問した。

「たしか、十六か、十七じゃったね。わしよりも、十ばっかし歳上じゃったが、別嬪でなあ」

老人が、昔を懐かしむようにいった。

「源太って、村の若えもんが、ヤエに夜這《よば》いかけて蒲団《ふとん》にもぐりこんだはいいが、それがヤエの母さまで、金玉蹴りあげられて大笑いじゃった」

「ははは、それは愉快だ。……で、お爺さん、それはこの渋谷の話ですか？」

龍岳が、脇道にそれそうになった話を軌道修正していった。

「いや、わしは信州の佐久《さく》の生まれじゃ。十の歳まで向こうにおって、父親の仕事の関係で、それから、ずっと、渋谷村に住んどる」

老人が説明した。渋谷は前年の一月に村から町に昇格していた。しかし、老人には、まだ村だった。

「信州ですか。それで、そのヤエさんは、どうなりました？」

「それが、村のもんみんなで手分けして探したんじゃが、どこにいっちまったか、まったく、わからない。代官所の役人も出てきたが、手がかりがなくてのう。谷にでも落ちたかもしれないから、明日にでも調べにいこうといっていたら、ひょっこり、もどってきたんじゃよ」

「いつですか？」

「いなくなって、三日か四日たってだと思ったが、細かいことは、おぼえていないのう。で、もどってきたはいいんだが、このヤエがすっかり、腑抜《ふぬ》けになっちまって、なにを聞いても、ろくに返事をしねえでね」

「今度の事件と、まったく、同じだ」

龍岳が、興奮したおももちでいった。

「ひどい目にあわされたかなんかしたのかしらね？」

フクが質問した。

「いや、それが、てごめにされたようすもないし、怪我ひとつしてないんじゃなあ。ただ、腑抜けじゃ」

「それで、そういう事件が、たくさん、あったわけですか？」

龍岳がいった。

「たくさんといっても、わしが知っているのは、三つだけじゃね。わしの村では、そのヤエ、隣り村で、同じような神隠しが二つあった」

老人がいった。

「やはり、若い女性ですか？」

「うむ。ヤエと同じぐらいの歳だ」

「そのふたりも帰ってきたのですか？」

時子がいった。

「四、五日たってから帰ってきたよ。やっぱり、腑抜けになってな」

老人が答えた。

「それは、まちがいなく、箒星がきた年でしたか？」

「そりゃ、まちがいない。ヤエがいなくなった時は、ちょうど、箒星が空に出てて、箒星のたたりだという噂《うわさ》も出たからな」

「それまでは、神隠し事件なんてなかったのですか？」

時子がたずねた。

「うむ。わしの祖父《じい》ちゃんが若いころに、五つ六つの男の子が消えちまって、神隠しだと騒がれたことがあったらしいが、ほかには知らんな」

「じゃ、いきなり、隣り村どうしで三つも神隠しが起こったら、大騒ぎになったでしょうね？」

　龍岳がいった。

「そりゃ、なったとも。ただ、腑抜けにはなっても、帰ってきたからのう。それに、そのじぶん、近くの寺に、それは立派な尼《あま》さんがおってな。この尼さんが、なにごとも仏さまのお考えじゃから、むやみに騒いではならんと説教してくれてなあ。これが、滅法、別嬪さんじゃった」

　老人がいった。

「爺ちゃんの話は、女が出てくりゃ、みんな別嬪さんだね」

　フクが笑った。

「ばかをいうんじゃない。なに、昔の尼さんじゃかなら、いまの若い女みたいに化粧もするわけじゃないが、ほんとうに色が白くて、子供のわしが見ても、ぞくっとするようなお人じゃった。どうして、あんな別嬪さんが尼などになったのかと、みんなうわさし合ったものじゃて」

　老人がいった。

「でも、なんで、信州の辺鄙《へんぴ》な村に、そんな別嬪の尼さんがいたんだろうね？」

　フクがいった。

「それだがね。祖父さんがいうにゃあ、祖父さんが、若い時分に、どこからかやってきて、廃仏毀釈《はいぶつきしゃく》で住む人のなかった寺を修理して、住むようになったそうじゃ」

「それじゃあ、爺ちゃんが、その尼さんを知っているころは、もう、いい歳だったんじゃないの」

「いや、それが、ちょうど、あんたぐらいの歳の若い尼さんなんじゃが、実に人物の練れたお人で、親や祖父さんみたいな歳の村人が、みんな、それは尊敬しておった」

　老人が、時子を見ていった。

「へえ」

　フクが、ちょっと、いぶかしがるような表情で、うなずいた。

「そんなに若くて、練れた尼さんがいるものかしらね。美人だから、色香に迷ってしまったんじゃないの」

「なんの！　そんなことじゃないわい。わしの話を信じないなら、佐久の亀沢村にいって聞いてみるといい。わしのともだちのひとりやふたりは、いまでも生きてるだろうさ」

「尼さんを確かめに、信州までいってるひま人はいないわよ。ねえ、鵜沢さん」

フクが、けたけたと、くったくなく笑った。

「それで、話はもどりますが、その神隠しにあって、腑抜けになってしまった娘さんたちは、その後、どうなってしまったのですか？」

龍岳が質問した。

「それは、わしも村を出てしまったんで、詳しいことは知らんけれども、あとから聞いたところじゃ、半年もたって、もとにもどったっちゅうことじゃった。ただ、神隠しにあった二、三日のあいだのことだけが、どうしても、思い出せないという話だった」

老人が、記憶をたどるようにいった。

「では、今度、神隠しにあった人たちも、元どおりになりますわね」

時子が、まだ、帰ってこない佳枝のことを思ってか、顔を輝かせていった。

「なんじゃ、また、神隠しがあったのかね？」

老人が質問した。

「はい。わたしの学校のおともだちが行方不明になってしまいました」

時子がいった。

「いやじゃなあ。どうも、箒星が出ると悪いことが起こる」

老人が、顔をしかめた。

「ふーむ。老衰ならしかたないとはいうものの、そう急に、わけがわからなくなってしまうというのも、おかしな話だね」

珍しく、背広姿の押川春浪が、鼻の下の髯《ひげ》を触りながらいった。

「ぼくは、その電話で吉川先生を呼び出した人物が怪しいと思っておるのですよ」

潮風が、大きな声を出したので、〈少年世界〉編集部で、ひとり居残り仕事をしていた武田鶯塘《たけだおうとう》が、びっくりした表情で潮風のほうを見た。時刻は、まだ午後七時だったが、この日は珍しく、どの編集部も早じまいをして、いま編集室に残っているのは、春浪と潮風、それに武田の三人だけだった。

「怪しいというと、その男が吉川氏に一服盛ったとでもいうのかい？」

春浪が、ちょっと、疑問そうな顔をした。

「いえ。まさか、毒を盛ったり、殴ったりということはないでしょう。そんなことをすれば、医者が見逃すはずはありませんからね」

潮風が、首を横にふった。

「すると、どういうことなのだ？」

春浪が、机の上においてあった敷島《しきしま》に手を伸ばし、最後の一本を口にくわえると、箱を潰して、足下のくず籠《かご》に放り込んだ。

「なにか、吉川先生が打撃を受けるようなことをいったのではないかと思うのです」

「それで、かーっときたというわけか」

「ええ」

「でも、かっとして興奮すれば、脳溢血《のういっけつ》というようなことはあっても、老衰が急激に進行するというのは、おかしいね。それとも、俺が知らんだけで、そういうとは、珍しくはないのかね」

春浪が、うまそうに、煙草の煙を吐き出しながらいった。

「なんにしても、残念な話だ。おもしろそうな記事になると思ったのにな」

「まったくですよ。それにしても、資料が紛失してしまったというのも、ふしぎですね」

「その男が、奪い取ってしまったのではないか」

「しかし、それでしたら、家に帰ってきた時、なにかいったのではないかと思います。いくら、仕事のことを話さない人だったとはいえ、まだ、その時は頭ははっきりしていて、気分が悪いといっていたようですから」

潮風が、腕組みをした。

「そうか。では、家のどこかに、隠してあるのかな？」

春浪が、窓のほうに目をやり、考え込むような表情をした。外は、いま太陽が沈んだところで、夜の帳《とばり》が降りようとしていた。

「家には、なさそうです」

潮風が、首を横にふった。

「すると、どこにあるのだ？」

「ぼくは、その人物に貸したのではないかと思うのですが」

「貸した？」

「はい。なにしろ、会いにいく時、それはうれしそうだったといっていましたから、少なくとも、相手の人物は吉川先生の研究に理解のある人間だったと思います。だから、話の成りゆきで貸したのではないかと……。ただ、娘さんの話では、吉川先生はけじめをはっきりする人で、人から借りたものを、又貸しするというようなことをひどく嫌ったというのです。ですから、もし、それでも貸したとなると、これは、よほど親密なあいだがらか、あるいは、なにか特別な事情ができてのことかと思いますが」

潮風が説明した。

「だが、そんなに親密なら、家族にもわかるだろう？」

春浪が、煙草を灰皿の中で、もみ消しながらいった。

「ええ。そこが、どうもわからないところです」

潮風が、坊主頭に手を当てた。そして、編集室の入口のほうに目をやり、やあと右手をあげた。春浪もふり向く。龍岳と時子が軽く会釈しながら入ってくるところだった。

「今晩は。今日は、ずいぶん、がらんとしていますね？」

龍岳が、春浪に声をかけながら、編集部のほうに歩いてきた。

「うむ。みんな、ハリー彗星《すいせい》を見るのだといって帰ってしまった」

春浪が、笑いながらいった。

「ほんとうですか？」

龍岳が、聞き返す。

「うそだよ。たまたまだ。その後ろの椅子を持ってきたまえ。潮風君。時子さんに、そっちの椅子を」

春浪が指示した。

「あっ、わたし自分で……」

時子がいった。

「いや、ぼくが持ってきましょう」

潮風が、席を立って、椅子を龍岳の隣りに並べた。そして、ちょっと背中を押さえるようなしぐさをした。前年、突然、発病した脊椎《せきつい》カリエスが痛んだようだった。潮風は、決して、その病気について弱音は吐かなかったが、コルセットが徐々に重患者用のものに変わっていくことを、春浪はじめ周囲の人間は、みんな知っていた。

「さあ、どうぞ」

「すみません」

時子が、にっこり笑って、腰を降ろした。

「時子さん、久しぶりですなあ。元気でおりましたかな」

春浪が笑顔でいった。

「はい。春浪さんも、お元気そうで」

時子が答えた。

「なに、酒さえ飲まなければ、ぼくはいつも元気なのだが。黒岩君とも、しばらく会っておらんが、元気ですかな？」

「はい。このところ、忙しいようです。例の深川の首無し死体事件で……」

「うむ。あれは、実に残虐な事件だが、さっぱり、手がかりがないようですな」

「昨日の何新聞だったたか、首無し美人事件と書いてありましたよ」

龍岳が笑った。

「ああ、ぼくも見たよ。あれには、笑ったね。しかし、ひどい殺しかたをするものだ。犯人は男か女か知らないが、婦人を殺して裸にして、首を切り落とすというのは、いかにもむごい」

潮風がいった。

「兄に死体を見せてくださいといったのに、若い娘の見るものではないといって、見せてくれませんでした」

時子が、不満そうに訴えた。

「それは時子さん、黒岩君のいうとおりですよ。そんなもの、嫁入り前の婦人の見るものではない」

春浪がいった。

「お嫁にいったら、見てもいいのですか？」

時子が、反撃した。

「そうか、これは嫁入りとは関係ないなあ」

春浪が、一本取られたという表情で答えた。

「ところで、時子さん。その後、おともだちの消息はわかりましたかな？」

「いえ、それが、まだ、なんの連絡もなくて……」

時子が顔を曇《くも》らせた。

「ただ、ちょっと、気になることがわかりました」

龍岳がいった。

「気になること？」

潮風が聞き返した。

「うん。実は、七十六年前にハリー彗星が出た時にも、今度の事件と同じような事件が、いくつかあったらしいんだ」

龍岳がいった。

「ほう」

春浪が、からだを乗りだすようにして、龍岳の顔を見つめた。

「ぼくの家の近くの八十過ぎの老人の話なんだけどね、信州の佐久の村で、同じような事件が三つもあったらしい」

「なるほど。しかし、佐久とは、また田舎の話だね」

潮風がいった。

「佐久以外でも、起こっているのかね？」

春浪がたずねた。

「それはわかりません。ですが、明日にでも調べにいってみるつもりです。こういうことを調べるには、どこにいったらいいのでしょうね？」

龍岳がいった。

「早稲田の図書館はどうだろう？　ぼくは、そっちのほうは調べたことがないが、ずいぶん、和本もたくさんあったよ」

英文科卒業ながら、自ら図書館卒業と称しているほど、学生時代は図書館を利用した潮風がいった。

「やはり、図書館が一番いいのかな。そうすると、帝国図書館にもいってみる必要があるな」

龍岳がうなずいた。

「そういうことを研究しておる学者もいると思うが……。そうだ。俺は面識がないが、哲学館のお化け博士・井上圓了《いのうええんりょう》先生はどうだろう。以前、この博文館にいた渋江《しぶえ》さんもいいかもしれない」

春浪がいった。

「渋江さんですか？」

龍岳が聞き返した。

「そうだ。大学館から『新海底旅行』や『新月世界探検』を出している渋江さんだ。羽化仙史《うかせんし》というペンネームで、科学小説や冒険小説を書いている人だ。本名は渋江保《たもつ》という」

春浪が説明した。

「ああ、あの羽化仙史というのは、渋江さんなのですか？　知らなかった！」

龍岳が、びっくりしたという声でいった。

「わたし、ほとんど、全部、読んでいます」

時子が顔を輝かせた。

「渋江さんは、いまは小説はやめてしまって、催眠術とか、心霊術、易の研究などをしておるが、神隠し現象なども調べておるようだよ。渋江さんなら、いつでも連絡が取れる」

春浪がいった。そして、続けた。

「そうだ、潮風君。吉川氏の原稿がだめになったのだから、ひとつ、龍岳君に、その神隠しの話を書いてもらってはどうかな。龍岳君、どうせ、調べてみるつもりなのだろう？」

「ええ、ついでですから」

龍岳が、答えた。

「よし、じゃ、頼もう」

春浪がうなずく。

「でも……」

龍岳がいいかけた時、時子が編集室の入口のほうを見ていった。

「あら、お客さまみたいですわ」

「あっ！」

潮風が、時子のことばに入口のほうを見て、ちょっと、びっくりした声を出した。藤色の訪問着姿の若い女性が、開け放しになった扉の横に立っていた。細面で切れ長の目をした美人だった。

「おお、これは、榊原さんじゃないですか」

春浪が、にこやかにいった。

「春浪先生、潮風先生、先日は失礼いたしました」

榊原静乃が、春浪と潮風に向かって、会釈した。そして、顔をあげ、積み上げられた本や雑誌の蔭に隠れて、姿の確認できなかった龍岳を見つけていった。

「あっ、龍岳先生もおいででございましたか。気がつきませんで失礼しました」

静乃がいった。

「やあ、このあいだは、どうも。こちらにおりますのは、黒岩時子さんです。時子さん、ほら、このあいだお話しした、女流冒険小説家の榊原さんですよ」

龍岳が、時子と静乃を交互に紹介した。

「はじめまして」

「こちらこそ、どうぞ、よろしく」

ふたりが、頭を下げた。

「そうだ、春浪さん。神隠しの原稿は、ぼくより榊原さんに書いてもらったらどうですか」

龍岳がいった。

「あら、なんのお話でございましょう」

静乃が、龍岳と春浪の顔を見ていった。

「いえ、阿武天風さんが、約束の原稿を書けなくなってしまいましてね。その穴をだれが埋めるか、困っているところなのです」

「それで、わたくしに、なにか書かせていただけるのですか？」

静乃がいった。

「うむ。そうだなあ。龍岳君は連載があるし、潮風君、どうだ。静乃さんに頼んでは」

春浪がいった。

「は、はあ」

潮風が、あいまいな返事をした。

「おい、潮風君。しっかりしたまえよ。なに、静乃さん。このあいだ貴女《あなた》に会ってから、潮風君はどうもおかしいのですよ」

春浪が笑った。

「おかしい？」

静乃が聞き返した。

「春、春浪さん！」

潮風が、あわてていった。

「なにも、照れることはない。こういうことは、早めにはっきりしておいたほうがいいのだ」

春浪がいった。


「だれかのう。いま時分、がたがた雨戸を叩くのは？」

床の中で、物音に気づいた佐藤老人は、上半身を蒲団《ふとん》の上に起こして、障子越しに声をかけた。けれど、返事はなく、その代わりのように、ふたたび雨戸がこつこつと叩かれた。

「今夜は、家族の者が帰るのは、十一時すぎになると思うんで、だれだか知らんが、また、そのころきてくれんかなあ。みんな揃って、寄席《よせ》を見にいったんじゃよ」

老人がいった。だが、やはり、音は止まらなかった。

「まったく、困ったことじゃのう。だれじゃ、杉本の奥さんかいな？」

老人は、いかにもしかたなさそうに起きあがると、背伸びをして、頭上の電灯のスイッチをひねった。そして高齢のためのおぼつかない足取りで、障子をあけ廊下に出ると、ガラス戸を引き、やっとの思いで雨戸を開けた。

満月だった。明るい月の光が庭の木々を照らしていた。五月の新緑が、月の光に映えて、幽玄な美しさをかもしだしていた。

「だれかのう？」

老人は雨戸を一枚だけ開けて、廊下から庭に向かって呼びかけた。返事はなかった。

「はて、聞きまちがいだったかのう？」

老人は、半身を外に乗りだすようにして、あたりを見まわした。そして、思い出したようにいった。

「あっ、いけん。眼鏡をかけるのを忘れていた」

そういって、部屋に取りにもどろうとした時、玄関に続く木戸近くの、大きな枇杷《びわ》の木の枝がさがさと揺れた。風ではなかった。黒い人影があった。

「なんじゃ、やはり、そこにおったか。だれじゃ、こんな時間に、なんの用じゃね。なに、今夜は、家族の者が家におらんで、わしは留守番じゃから、なにもわかりゃせんよ。すまんが、用事なら、明日にしてくれんか」

老人が、人影がだれであるか確かめようと、ぼやける目をこすって、覗《のぞ》き込みながら、さっきと同じことをいった。しかし、人影は明るいほうに出てこようとはしなかった。

「だれじゃか知らんが、返事をしてくれ。わしのいうことがわかっておるのかの」

老人がいった。が、やはり返事はなかった。

「なんだ。返事をせんところを見ると、盗人か。盗人なら、この家を狙ってもだめじゃ。なんにもありゃせん。うそじゃないぞ。うそと思うなら、入ってみてもいいがな。金は、家族の者たちが持って出ておるし、わしは、なんにも持っておらん」

実際には、老人が、その時、どういう気持ちでいたのかわからない。しかし、少なくとも第三者的に見たかぎりでは、老人は少しも脅《おび》えたり、あわてたようすはなかった。

「まあ、そういうわけじゃから、盗人でも近所の人でも、今夜は帰ってくれんかな。わしには、わからん」

老人は、人影のほうに向かって、そういうと、ゆっくりと戸袋にしまった雨戸を引き出そうとした。その時だった。枇杷の木の蔭の人影が、するすると老人のほうに近寄ってきた。老人は、それに気がつかなかった。

4

米国《べいこく》の彗星騒《すいせいさわ》ぎ

　米国《べいこく》アイオワ州《しゅう》の一部《いちぶ》に於《おい》ては彗星《すいせい》の尾《お》を避《さ》けんが為《ため》に、数個《すうこ》の洞穴《どうけつ》を作《つく》りて之《これ》に住《じゅう》せんとする者《もの》あり

　文明国《ぶんめいこく》と称《しょう》せらるゝ米国《べいこく》に斯《かく》の如《ごと》き迷信家《めいしんか》あるは、頗《すこぶ》る奇怪《きかい》なるが如《ごと》くなれども、迷信家《めいしんか》は欧米諸国《おうべいしょこく》に於《おい》て今尚《いまなお》甚《はなは》だ多《おお》く、泰西《たいせい》の事情《じじょう》に通《つう》ぜざる者《もの》は、往々此迷信《おうおうこのめいしん》に背反《はいはん》する所為《しょい》を為《な》して、泰西人《たいせいじん》の感情《かんじょう》を害《そこな》ふ事《こと》あり、実《じつ》に噴飯《ふんぱん》すべきことなれども、各階級《かくかいきゅう》を通《つう》じて普《あま》ねく人智《じんち》を発達《はったつ》せしむるは極《きわ》めて困難《こんなん》なることにして、一般邦人《いっぱんほうじん》の知識《ちしき》の程《てい》度《ど》を以《もっ》てしては、未《いま》だ之《これ》を冷笑《れいしょう》する能《あた》はざるべし

（五月十一日〈萬朝報〉）

首無し女に追いかけられて、細い路地の奥に逃げ込み、それより先に進めなくなって、一軒の家の玄関をドンドン叩いているところで、龍岳は目を覚ました。

「鵜沢さん、鵜沢さん。お客さんですよ」

襖《ふすま》の向こうから、年配の女性の声がした。杉本フクだった。龍岳は返事をせずに、柱の時計を見た。針は十一時七、八分のところを指していた。外は、よく晴れているらしく、がたのきた雨戸のすき間から、明るい光が部屋の中に射《さ》し込んでいた。

「鵜沢さん、お客さんですよ。黒岩刑事さん！」

廊下のフクの声が、一段と大きくなった。

「は、はい」

龍岳の眠気は、黒岩という声を聞くと、いっぺんに醒《さ》めた。

「どうぞ、開けてください」

龍岳はそういい、かけ蒲団《ぶとん》をはねのけると、乱れた寝間着のまま、敷き布団の上に正座した。同時に、襖が開いた。

「すまん。寝ておったのだね。昨晩、遅かったのだ

ろう」

黒岩四郎が、左手にハンチング帽を持ったままいった。

「いえ、だいじょうぶです。蒲団も片づけていませんが、さあ、どうぞ」

龍岳は、立ちあがると、手早く蒲団をふたつに折り曲げ、部屋の隅に押しやった。そして、仕事机の前の煎餅《せんべい》みたいな座蒲団を部屋の中央に置いた。

「汚い蒲団ですが、まあ、座ってください」

「うむ」

黒岩が、うなずいて腰を降ろした。龍岳は、急いでガラス戸を開け、雨戸を戸袋に押し込む。昼近い五月の陽光が、さっと部屋いっぱいに広がった。

「いま、お茶を入れます」

龍岳がいった。

「いいよ。お茶は、あたしが入れてあげるよ」

部屋の外から、フクの声がした。

「あっ、おばさん、そこにいたのですか？　すみません、じゃ、お願いします」

龍岳が、黒岩の前にあぐらをかいて座りながらいった。

「そのかわり、なんにもないから、お茶だけだよ」

フクがいった。

「いや、もう、お茶もけっこうですよ」

黒岩がいった。

「なに、警視庁の刑事さんが見えたというのに、茶も出さないわけにはいきませんよ」

フクは、ひとりごとのようにいいながら、階段を降りていった。

「なにごと……」

「佳枝君が帰ってきたよ」

龍岳が質問するのと、黒岩が口を開くのが同時だった。

「えっ、いつですか⁉」

龍岳がいった。

「今朝、というより、夜中の三時ごろのことらしい。表でがたがた音がするので、父親が戸を開けてみると、庭に立っていたそうだ」

黒岩が説明した。

「どこにも、けがはなく？」

「うん。すぐに病院に連れていったということで、ぼくも会うことはできなかったのだが、かすり傷ひとつなかったそうだ」

「それは、よかった」

「ただ、やはり、記憶を失っているし、なにを聞いてもうつろで口がきけん」

黒岩が、悔しそうな顔をした。

「いままでの事件と同じですね。でも、それなら、いずれ、記憶ももどると思いますよ」

龍岳がいった。

「うん。そのことは、時子から聞いたよ。だが、実際、七十六年前の事件と同じかどうか」

黒岩が、やや不安そうな顔をした。

「そうですね。でも、話を聞いたかぎりでは、事件はよく似ています」

「多少、時間がかかっても、元どおりになってくれるなら、ご両親もよろこばれると思うが。それにしても、ふしぎな事件だね。龍岳君。すまんが、続けて調べを頼むよ。ぼくは、どうしても、首無し女事件のほうで手がまわらん。足らんところは、時子にやらせてくれたまえ」

黒岩が、自分で事件の捜査ができないのが、いかにももどかしいという口調でいった。

「はい。ぼくで、お手伝いできれば、なんでもします」

龍岳がいった。

「頼むよ。いくら命に別状ないとはいえ、これが誘拐なら、立派な事件だからね。あとで時子に、ここへ手伝いにくるようにいってある」

「黒岩さん。時子さんは、まだ女学生です。調べはぼくひとりでやりますから、わざわざ、きてくれなくていいですよ」

「きては、じゃまかね？」

「い、いえ、そんなことはありません」

龍岳が、あわてていった。

「では、いいではないか。今日は授業が午前中で早く終わるから、佳枝君の病院に寄ってから、こちらにくるそうだ。一時半ぐらいになるだろう」

「はい」

「それで、せっかく、ぼくもここまできたので、できれば、昨日、君たちが話をしていた、七十六年前の神隠し事件を知っているという老人に会いたいのだが、できるだろうか?」

黒岩がいった。

「ああ。それなら、すぐ近くです。たぶん、だいじょうぶだと思いますが、おばさんに聞いてみましょう。そういえば、お茶遅いですね」

龍岳がいった時だった。フクが足早に階段を昇ってきた。

「お待ちどおさま。遅くなってしまって……。どうぞ」

フクは、お茶を黒岩の前におき、龍岳の湯飲みを、手渡しながらいった。

「鵜沢さん。あんた、昨日、佐藤の爺《じい》ちゃんに話聞いておいてよかったわ」

「どうかしたんですか?」

「それがね。今朝、爺ちゃんが、いつもの時間に起きてこないんで家族が見にいったら、意識がなくなっていたそうだよ」

「死んだんですか?」

「いや、いま医者がきて、手当てしてるらしいけども、もう歳が歳だから、だめじゃないかって話でね。昨日は、あんなに元気だったのに、年寄りはわからないね。あたしだって、人のことはいえないけど」

「具合が悪いのですか。それは、残念だ。なんとか、元気になってくれないかな。聞きたいことがあったのだ」

黒岩がいった。

「あら、刑事さん。爺ちゃんに用事があったんですか?」

フクがいった。

「ええ、少し、お聞きしたいことがありましてね」

黒岩が答えた。

「おばさん、例の時子さんのともだち、ぶじ帰ってきましたよ。おばさんの知り合いの娘さんと同じで、やっぱり、ぼうっとしてはいるそうですけど」

龍岳がいった。

「おや、それでもまあ、帰ってきただけよかったわね」

フクが、うれしそうにいった。

「それで、鵜沢さん。あたし、これから、爺ちゃんのところに、様子見にいってくるから、留守頼むわね。昼には一度、もどるから」


本堂とは、三棟も離れており、部屋のどこにも仏壇らしきものは見当たらなかったにもかかわらず、応接室は線香の匂いがしていた。河岡潮風が、京橋区築地の西本願寺別院に尾崎を訪ねてきて、もう、二十分がすぎていた。潮風は懐中時計を出して、時刻をたしかめた。午後二時に、あと三、四分だった。

「いやあ、お待たせをしました。ちょっと、やってしまわねばならない仕事がありましてね」

両手に風呂敷包みをひとつずつぶら下げた、小肥《こぶと》りの中年男が、ぺこぺこと会釈をしながら部屋に入ってきた。

「いえ、ぼくのほうこそ、なんの連絡もせず、突然、おじゃまをして恐縮です」

潮風が、椅子から立ち上がり、深く頭を下げた。

「庶務課の尾崎といいます」

男が、風呂敷包みをテーブルの横に置き、シャツの胸のポケットから、名刺を取り出していった。

「ぼくは、博文館〈冒険世界〉編集助手の河岡潮風といいます」

潮風も、かすりの着物の懐から名刺入れを出した。

「〈冒険世界〉というと、押川春浪さんの雑誌ですな」

尾崎が、椅子に腰を降ろしていった。

「そうです。ごぞんじでしたか?」

潮風が、うれしそうにいった。

「うちの子供が、愛読しておりますよ。わたしも、時折、読むが、いや、なかなか、おもしろい。あの、最近、書き始めた人、なんといったかなあ」

尾崎が、名前を思い出そうとして、おでこに手を当てた。

「鵜沢龍岳ですか?」

潮風がいった。

「そうそう、鵜沢龍岳。あの人の小説は、おもしろいですなあ。あれは何月号だったか、金星世界からやってきた、凶悪な吸血魔の話があったでしょう?」

尾崎がいった。

「『吸血怪魔島』ですね」

「そうそう、あれには感心しました。吸血魔を宇宙からきた怪物としたところが、よかった。小杉未醒の挿絵も恐かったですな。押川春浪もおもしろいが、それ以上かもしれない。あの人も、バンカラですか?」

「いえ、いえ。書く小説とは、だいぶ違った、おとなしいやさ男ですよ。酒も飲まんければ、煙草も吸わん、いたってまじめな人間です。もちろん、芯《しん》は強い正義漢ですがね。ちょっと見たところでは、星菫《せいきん》文学が似合いそうですね」

潮風が笑った。

「ははあ、そうですか。わたしはまた、吉岡将軍のようなバンカラかと思っていました。なかなか、小説を読んだだけでは、本人まではわからんものですな。それにしても、〈冒険世界〉は、押川春浪、阿武天風、平塚断水《ひらつかだんすい》、鵜沢龍岳と、すばらしい書き手が揃っておりますなあ。潮風さんの文章も、実に勢いがあって、ゆかいですよ」

尾崎がいった。

「恐縮です。でも、尾崎さん、ずいぶん、きちんと読んでくれているじゃないですか」

「いや、時々、子供と雑誌の取り合いになりましてね。どうも、お恥ずかしい」

尾崎が笑った。

「いえいえ、われわれにとっては、こんなありがたい読者はありません」

潮風がいった。

「ところで、河岡さん。前から気になっておるのですが、あの虎髯《とらひげ》大尉というのは、あなたの筆名ですか、それとも、阿武天風さんですか? 息子はあなただといいはるし、わたしは阿武天風だと思っておるのですが、ちょうど、いい機会だから、お教え願えませんでしょうか?」

尾崎が、にこにこしながらいった。

「それは、ごかんべんください。〈冒険世界〉営業上の秘密です」

潮風が、困ったような顔をした。

「やはり、教えてもらえませんか。でも、鵜沢龍岳は、これまでの、だれかの筆名ではないのでしょう」

「ええ。かれは、ほんとうの新人です」

「そうですか。いや、あの人はおもしろい。うちの息子は、〈探検世界〉も取っておるのですが、あっちは一回、ぱらぱらと読めば、それで終わり、〈冒険世界〉は何度でも読んでおりますよ」

「今度、何月号になるかわかりませんが、女流の冒険小説家が登場しますから、期待していてください」

潮風がいった。

「ほう。女の冒険小説家というのは、珍しいですな。名前は何というのですか?」

「本名は榊原静乃というのですが、雑誌では、どうするか、まだ、決まっておりません。最初の原稿は小説ではなく、神隠しに関する記事になるかと思いますが」

潮風がいった。

「神隠し?」

「そうです。この科学時代にと思われるかもしれませんが、そこを逆手に取って、神隠しを科学的に分析してみようかと思っているのです」

「なるほど。そういうやりかたなら、おもしろそうだ」

尾崎がいった。

「さて、それはそれとして、今日、あなたがお出でになったのは吉川先生の件でしたね」

「ええ、そうです。尾崎さんのほうで、貸し出した資料が紛失したとか」

「そうなのですよ。河岡さんは、吉川先生のお宅にいかれたのですか?」

尾崎がいった。

「ええ、昨日。先生に例の西域の原稿を〈冒険世界〉に書いてもらおうとうかがったわけです。ところが、いってみると、先生は、あんなになられてしまっていて、資料が紛失したという」

潮風がいった。

「なるほど。いや、実際、わたしも、このことでは困っていましてね。なにしろ、吉川先生を信用して、京都に頼んでお貸しした資料ですから、失くなったではすまないのですよ」

尾崎が、それまでと表情を変え、ほんとうに弱ったという口調をした。

「ぜんたい、どういう資料なのですか、それは？」

潮風が質問した。

「光瑞猊下《げいか》の探検家が持ち帰ったものだということは、ごぞんじでしょう？」

尾崎がいった。

「ええ。それは、知っています」

潮風が答えた。

「その中に、いまから、千年ほど昔、滅びたという国の資料があるのです。もっとも、それは吉川先生がいわれることで、他には、その説を支持する学者はありませんがね」

尾崎がいった。

「どういう資料なのですか？」

「竹簡です。俗に『二楽荘十四号』といわれている資料で、ここに千文字ばかりで書かれている記述が、これまで歴史に名前の出てきたことのない国のことで、その国が滅びた事実が示されているというわけです」

「なるほど」

「ただ、いまもいいましたように、他の学者は、読みちがいだといって一笑に付しています。しかし、事実なら、西域文明の新たなる発見ということでしょうね」

「それで、その竹簡を吉川先生に？」

「ええ。一切、資料は外部には出さないことにしているのですが、吉川先生は堀賢雄師の紹介でもありましたし、信頼できるかたでしたので、特別扱いということで、お貸ししたわけです。もう、貸出してから一年以上になりますが、きちんと、それなりの手続きをして、資料を傷めることもありませんでした。それで、安心していたのですが」

尾崎が、ふうっとため息をついた。

「ロシア人が、見たいといってきたとか?」

「ええ。今度、三高に招かれた若い考古学者ですが、どこからか、吉川先生の話を聞いて、ぜひ、その竹簡を見たいということでした。それで、先生のところへ、返却をお願いしようとうかがったところ、数日前に、あんなふうになられてしまったということで……」

「そのロシア人は、先生の説を支持されているわけではないのですか?」

「そのあたりは、わたしは詳しく知らんのですが、支持ということではなく、興味といった程度のようです」

「そのロシア人が、吉川先生を呼び出した人物ではないのですか?」

潮風が、額にしわを寄せていった。

「いや、その可能性はないでしょう。その人は、まだ、京都にいますよ」

尾崎が、首を横にふった。

「明後日、上京したいという手紙をもらってはいますがね」

「ふーむ。すると、先生を訪ねた人物は、別にいるわけですか」

「だと思いますがね」

「それにしても、資料はどこにいってしまったのだろう。なんとか、見つからんでしょうかね」

潮風が、腕組みをしていった。

「失礼だが、河岡さん。あなたは、どうして、そんなに、あの資料にこだわるのです?」

尾崎が、少し、けげんそうな顔をしていった。

「はあ。実をいいますと、先生はあんなふうになってしまったとしても、先生の説として、資料を読ませていただきさえすれば、まとめることができるのではないかと思いましてね。そうすれば、ご家族もよろこばれるだろうし、わたしのほうの雑誌も、大いに助かるのです」

潮風が、本音をいい、ごりごりと頭をかいた。

「そういう、歴史的なことを書ける人がおいでなのですか？」

尾崎が質問した。

「さっきいいました榊原女史なら、やってくれると思うのです」

「なるほど。とにかく、わたしは、明日にでも、もう一度、先生のお宅をお訪ねして、探させていただくつもりでおりますよ。もし、見つかったら、河岡さんのほうにも、連絡することにいたしましょう」

「ありがとうございます」

潮風が、頭を下げた。

「それで、ひとつ、お願いがあるのですが……」

尾崎がいった。

「なんでしょう？」

「いつでもいいのですが、春浪さんと龍岳さんの揮《き》毫《ごう》をいただくことはできんでしょうか？」

「頼んでおきますよ」

潮風が、笑って答えた。


「ぼくは、蒸しパンとミルクだ」

潮風がいった。

「そうしたら、ミルクが三杯にカステイラが二つ、蒸しパンがひとつだね」

頬の赤い、まだ地方から出てきてまもないらしい店員の若い娘が、注文を繰り返した。

「そうだ。よくできた。貴君は、実に頭がいい。さぞかし、村では、若い衆にもてたにちがいない」

春浪が、店員の顔を見て、笑いながらいった。

「やんだあ、お客さん、からかうもんでねえ」

娘が、顔を赤くして、春浪の肩を軽く叩くと店の奥に入っていった。

「おい。ここは、たしか日本橋だったな。やんだあときたぞ」

春浪が、娘の後ろ姿を目で追いながらいった。

「春浪さんが、悪いんですよ。田舎から出てきたばかりの純真な娘をからかうから」

龍岳が笑った。

「ははは。しかし、久しぶりでミルクホールに入ったが、ああいう、田舎娘が働きにきておるのだね。不良学生にでも、だまされなければいいが」

春浪が店の中を、見回した。狭い店内は、混雑しているというほどでもなかったが、五つほどあるテーブルに、十人前後の人間が腰を降ろし、ミルクを飲みながら談笑したり、新聞を読んでいた。その三分の二は学生のようだった。

「近頃の学生の中には、ごろつきまがいの、悪いのがいるようで、ああいう世間知らずの若い娘をかどわかし、てごめにした後、廓《くるわ》に売り飛ばすなんて話もあるようですよ」

潮風がいった。

「ほんとうか。とんでもないやつだな」

春浪が、顔をしかめた。

「まったく大学生が、実にけしからんです」

潮風がいった。

「うーむ。そりゃあ、なんとかしなけりゃいかんな。どうだ、潮風君。近く、〈冒険世界〉で不良大学生撲滅の特集号でも出すか？」

「それはいいですね。大いに、やりましょう」

潮風が答えた時、店員がお盆にミルクとパン、カステラを乗せて運んできた。さっきの娘ではなく、中年の女性だった。

「はい。お待たせしました」

店員が、お盆をテーブルの上に置きながらいった。

「ほら、春浪さんがからかうから、あの娘、こなくなっちゃったじゃないですか」

龍岳がいった。

「さっき、春浪さんのことを、人買いだと思ったんですよ」

潮風もいった。

「俺は、そんなに人相が悪いかなあ」

春浪が笑い、店員の顔を見た。店員が、ぷっと吹き出して、そそくさと奥へ消えた。

「まあ、それはそれとしてだ」

店員が、いなくなると、春浪の表情が、急にひきしまった。

「その吉川氏の原稿がむりということになると、穴埋めはどういうことになるのだ？」

春浪が、皿の上のカステラをフォークで二つに割りながらいった。

「神隠し事件を、繰り上げるしかないでしょう」

潮風がいった。

「ぼくが、書くんじゃないでしょうね？」

龍岳が、あわてた。

「君が書いてくれるなら、一番いいと思うが、そのために、連載のほうの力が削《そ》がれては困るし、やはり、予定どおり榊原さんに頼むことにしましょう？」

潮風がいった。

「うむ。俺はそれでいいと思うが、時間的にどうかなあ？」

春浪がいった。

「きっと、やってくれますよ。なにしろ、はじめて〈冒険世界〉に登場するのです。少しぐらいむりをしても、やると思いますがね。でも、これは、かえって小説から始めるよりも、榊原さんにはよかったかもしれません。はじめて、〈冒険世界〉に登場する女流作家が、神隠しについて書くというのは、神秘的な感じがするじゃありませんか」

龍岳がいった。

「よし。それでは、どうせ、やるのだから、少し長めにしよう。天風君の分の五十枚そっくり、神隠しでやってしまおう。となると、少し具体的な話が欲しいが、龍岳君、だれか協力してくれそうな人はいるかね？　時子さんのともだちの家族はどうだ？」

「いや。だめです。昼間、時子さんが病院を訪ねたのですが、できるだけ内密にと頼まれたそうです。黒岩さんが、話を聞きたいというのも断ったそうですから」

龍岳が、首を横にふった。

「家族の立場になれば、当然と思うが、それでは記事にならんなあ」

春浪が、顎《あご》に手を当てていった。

「図書館のほうもあたってはみますが、あまり神隠しの資料はなさそうです」

龍岳が期待できなさそうな顔をした。

「その七十六年前の神隠し事件を知っているという老人が、倒れてしまったのは残念だったね」

春浪がいった。

「そうなんですよ。昨日までは、あんなに元気だったのに」

龍岳がうなずく。

「歳が歳だからね。昨日、ぼくが訪ねた吉川先生だって、突然、ぼけてしまったそうだ」

潮風がいった。

「なんだか、ついておらんな。それとも、だれか、〈冒険世界〉にうらみのあるやつが、原稿にできんようにじゃまをしておるのかな？」

春浪が、笑いながらいった。

「まさか、そんなこともないでしょうが、黒岩さんも悔しがっていました」

龍岳がいった。

「どうだ、潮風君。君、その神隠しがあったという佐久の村まで取材にいってこんか。まだ、そのころのことを知っておる人間もいるにちがいない」

春浪がいった。

「はあ。それはかまいませんが、編集のほうは、どうします？」

「なに、締め切りまで時間があるからだいじょうぶだ。俺がなんとかするよ。それに、取材だって、三〜四日もあれば充分だろう。しかし、原稿を書くのは榊原女史だから、女史を連れていきたまえ」

「えっ、榊原さんと一緒ですか？」

潮風が、びっくりしたような声を出した。

「そうだ。女史となら楽しい取材になるだろう」

春浪が、微笑した。

「は、はあ。それは、もう」

潮風が、照れたように答えた。

「だが、不埒《ふらち》なことをしてはいかんぞ。いや、まあ、しても構わんが、その時は、きちんと責任を取りたまえよ」

「とんでもない。ぼくは、なんにもしませんよ」

潮風が、まじめな顔で、手を横にふった。

「ただ問題は、榊原女史が、君とふたりで取材にいくというかどうかだね」

春浪が、冗談をいった。

「ああ、そうですね。嫌だといったら、どうしましょうか？」

潮風が、いつもの強気な態度にもかかわらず、いかにも困ったという顔をした。

「なに、潮風君と一緒にいくのを断るような女性がいるわけはないよ」

龍岳がいった。

「それならいいのだが」

潮風は、まだ真剣な表情をしている。

「潮風君。蒸しパンが、ちっとも減っておらんぞ」

春浪がいった。

「で、春浪さん。いつ出かけたらいいのですか？」

潮風がいった。春浪と龍岳が、にやにやしているのに、潮風だけは、あくまでも真剣だ。

「早いほうがいい。明日、立てれば明日がいいだろうし、むりでも明後日にはいったほうがいいね」

「そうすると、〔ハリー彗星観測会〕までにはもどれますね」

龍岳がいった。

「まあ、向こうでの取材しだいだろうが、もどってきてくれんと困るよ。桂月さんに、今度の会は、妙齢の婦人が二人も出席する予定だといったら、それは楽しみだとよろこんでおったからね。帰ってきてくれんと、俺が桂月さんに叱られる」

「じゃ、どんなに遅くとも、十八日までには」

「というのは、うそだよ。もちろん取材が優先だ。いい原稿を書くための取材なら、遅くなってもかまわんよ。観測会には時子さんもきてくれるから、桂月さんも文句はいうまい。なあ、龍岳君、時子さんはきてくれるね？」

「ええ。時子さんは、春浪さんに誘われたものだから、もう有頂天になっています。天風さんが、裸踊りをやるかもしれないから、やめたほうがいいといったのですが、そういうのを見るのも、社会勉強のひとつだといっていました」

龍岳が、笑いながらいった。

「あっははは。さすがは、時子さんだ。社会勉強はいいね。だが、天風君の睾丸《きんたま》を見て、なにを勉強するのだ?」

春浪が、おもしろそうにいった。

「ぼくは知りませんよ。時子さんに聞いてください」

龍岳がいった。

「いや、天風さんの、あれだけはやめてもらいましょう。結婚前の婦人の前で、ああいうものを出してもらっては困ります。それに、天風さんがやれば、きっと信敬君もやりますよ。ふたりも、あんなことをやられてたまりますか!」

潮風が、とんでもないという調子でいった。

「いやあ、どうも、潮風君は榊原女史と会ってから、人間が変わったようだね」

春浪が茶化した。

「そんなことはありません。ぼくは、もともと、天風さんには、文句をいいたかったのです」

潮風が、むきになっていった。


「このところ、龍岳君といい潮風君といい、艶《つや》っぽい話の花盛りだね。うむ、俺もひとつ、神楽坂《かぐらざか》あたりの芸者とでも、浮名を流すか」

春浪がいった。

「それはそれとして、春浪さん。吉川先生のほうの話も、なんとかなりませんかね」

龍岳が、話題が自分のほうに及んできそうになったので、急いで、話題を変えた。

「なんとかならんかというのは、どういうことだい?」

「潮風君もいうように、歴史に残らず、栄え、滅びた国というのは、おもしろいですよ。ぼくは、絶対、記事にするべきだと思います」

「しかし、かんじんの吉川氏が、ぼけてしまっては、どうしようもないじゃないか?」

「そのロシア人に、連絡をしてみたらどうです」

龍岳がいった。

「うん。ぼくも、そう、思っていたんだ」

潮風がうなずいた。

5

ハレー彗星《すいせい》の迷信《めいしん》と奇信《きしん》

迷信《めいしん》と云《い》ふ事《こと》は何処《どこ》にもある事《こと》でハレー彗星《すいせい》が出現《しゅつげん》に付《つき》て数《すう》ケ月前《げつまえ》から種々《しゅじゅ》の流《る》伝《でん》風説《ふうせつ》の種《たね》を蒔《ま》いて居《い》る殊《こと》に不思議《ふしぎ》に感《かん》ぜられるのは文明《ぶんめい》の先進国《せんしんこく》と云《い》ふ米国《べいこく》辺《あた》りですら人《ひと》が騒《さわ》いで居《い》るといふ事《こと》であるが此処《ここ》に奇縁《きえん》とでも云《い》ふのか無《む》論《ろん》天象《てんしょう》の事《こと》が人事《じんじ》に何等《なんら》の関係《かんけい》もない事《こと》は判《わか》り切《き》つた話《はなし》であるが過《す》ぐる西暦《せいれき》一千六十六年《ねん》に出現《しゅつげん》した時《とき》はノーマンデーが勝利《しょうり》を得《え》た時《とき》で英国《えいこく》ではウイリヤム戦捷王《せんしょうおう》が着《き》たと云《い》つて非常《ひじょう》に恐《おそ》れを抱《いだ》いた而《しかして》ヴイクトリヤ女皇陛下《じょおうへいか》の宝冠《ほうかん》の意匠《いしょう》もハレー彗星《すいせい》を用《もち》ひられたとは平山博士《ひらやまはかせ》が曾《かつ》て講演会《こうえんかい》で述《の》べられた所《ところ》であるが星移《ほしうつ》り物変《ものかわ》りて同彗星《どうすいせい》の又出現《またしゅつげん》する本年《ほんねん》に不思議《ふしぎ》や英皇帝《えいこうてい》エドワード陛下《へいか》が崩御《ほうぎょ》あらせられ其後《そのご》大葬《たいそう》の日《ひ》が恰《あたか》もハレー彗星《すいせい》が近地点《きんちてん》の当日《とうじつ》であるとは之《これ》が奇縁《きえん》とでも云《い》ふのかと取沙汰《とりざた》するがある。

（五月十二日〈時事新報〉）

カーブに差しかかり、電車ががくんと揺れた。吊り革に捕まっていた潮風のからだが、隣りの女性のからだを押すような形になった。

「曲がります。ご注意ください」

チンチンと鈴が鳴り、車掌がいった。しかし、そのことばは、少しばかり遅すぎた。立っていた全員が、前方に倒れかかった。

「あっ、これは失敬！」

潮風があわてて、からだを離そうとしたが、なかなか態勢を立てなおせなかった。電車の一番前に立っていた女性が、潮風と壁の間に押しつけられた。

潮風の重みを全身で支えたのは、細かい滝縞《たきじま》のお召《めし》の着物に、葡萄鼠《ぶどうねずみ》の縮緬《ちりめん》羽織、潮染《うしおぞめ》の帯をしめた束《そく》髪《はつ》の、気品のある美女だった。榊原静乃だった。

「いえ、だいじょうぶです」

静乃が、にっこりと笑った。ようやく、電車が直線コースにもどり、潮風のからだももとにもどった。

「車掌の注意が遅いものだから……」

潮風が、いいわけを口ごもりながらいった。

「からだは細いですけれど、これで、とてもじょうぶにできておりますの。どうぞ、ご心配なく」

静乃が、きれいな声でいった。

「ここのカーブは、いつも、こうなるのですよ。わかっているのに、同じことを繰り返してしまう」

潮風がいった。

「それより、すみません。わたしのために、潮風先生にお供をさせてしまって」

静乃が、頭を下げた。

「いや、ぼくも調べることがありますから。それに、ここのところ、慶應義塾にはごぶさたしているので、挨拶《あいさつ》しなければならん教授連もたくさんおるのです。ところで、榊原さん。潮風先生というのはやめてくれませんか」

潮風がいった。

「では、なんとお呼びすれば?」

「河岡でも、潮風でもいいですよ」

「では、潮風さんと呼ばせていただきます。そのかわり、わたくしのことも、静乃と呼んでください。榊原といわれると、どうも、堅苦しくていけませんの」

静乃がいった。

「承知しました。ところで、榊……いや、静乃さん。さっきの取材のことですが……」

潮風が、そこまでいった時、車掌の声が、それを打ち消した。

「まもなく、日比谷、日比谷でございます。新宿線、深川線、青山線は、お乗り換えです」

いい終わるか終わらないうちに、電車がスピードを落とし、日比谷の停留所に止まった。

「日比谷、日比谷。お降りのかた、お乗りのかたは、お早く願います」

声に促されて、七～八人の客が降り、座席に空席ができた。

「静乃さん、お座りなさい」

潮風がいった。

「いえ、わたくしは、だいじょうぶです」

静乃が答えた。

「しかし、また、カーブでぶつかるといけません」

「それでは、ご一緒に」

ふたりが、座席に腰を降ろした。商人らしい風体《ふうてい》の人々を中心に、十人ほどの客が乗り込むと、電車は、またゆっくりと走りはじめた。

「さっきの話の続きですが、やはり、取材にいくのはむりですか?」

潮風がいった。

「はい。今度はちょっと。いえ、さっきも申しましたように、取材にいきたくないとか、潮風さんとご一緒するのが、嫌だというのではありません。今度だけが、どうしても都合が悪いのです。ですから、この次の時には、必ず、ご一緒させていただきます」

静乃が、すまなそうな顔をした。

「そうですか。それは残念だなあ。では、ぼく、ひとりでいってきましょう。しかし、原稿のほうは、お願いできますね」

潮風がいった。

「ええ、よろこんで書かせていただきます。でも、雑誌に書くのははじめてというのに、五十枚も書かせていただいてよろしいのでしょうか」

静乃が、信じられないという口調をした。

「それはもう、春浪さんが太鼓判を押したのですから、まったく、問題はありません」

潮風が、大きくうなずいた。

「しかし、静乃さんは、文章修行を、どこでしたのですか?」

「特に先生についたということはありません。ただ、昔から本や雑誌が好きで、読むことだけは、たくさん読んでおりますから、見よう見真似《まね》です」

静乃が、恥ずかしそうにいった。

「いや、見よう見真似で、あれだけ書ければたいしたものです。何年も小説を書き、文士と名乗っている人間の中にも、ひどいのがいますからねえ」

潮風が笑った。

「でも、ほんとうに助かりました。あなたのおかげで、ぼくが苦労しないですみましたよ。ところで、静乃さん。吉川先生をごそんじでしょう？」

「はっ？」

「あれ、研堂さんから聞いておられませんでしたか。あの、大谷探検隊の資料を調査しているという、歴史学者です」

「ああ、あのかたですか。たしかに、以前、石井先生からお聞きしました。それが、なにか？」

静乃が、けげんそうな表情をした。

「いえ、実は今回、その吉川先生に原稿をお頼みしようと思ったところ、先生がぼけてしまわれましてね。だめになってしまったのです。それで、結局、神隠しの原稿を繰り上げということになったわけですが、それはともかく、聞いて見ると、その吉川先生の研究というのが、非常におもしろいのです」

潮風がいった。

「ああ、西域に知られざる国があったという話ですね」

静乃がいった。

「そればかりではありませんでね。その国が、実にふしぎな滅びかたをしたのだとか」

「それは、どういうことでございますの？」

「それは、わからんのです。吉川先生は、親しい一部の学者仲間以外は、家人にも話さなかったということでしてね。で、そのことは、大谷探検隊が持ち帰った資料の中の竹簡に書かれているのだそうですが、これが紛失してしまったのです。いや、実際、なくなったものかどうかはわからんのですが、なにしろ、先生がぼけてしまわれたので、行方不明でしてね」

「はあ……」

静乃が答えた。

「で、こう説明しても、静乃さんには、ぼくがなにをいわんとしておるのかわからんかもしれませんが、実は、なんとか、この吉川先生が研究していたことがらを探り出して、静乃さんに原稿にしてもらえないだろうかということです。もちろん、次号には神隠しの原稿があるので、まだ、先の話でいいのですがね」

潮風がいった。

「ああ、そういうことでございましたか。ええ、それはわたくしにできることでしたら、ぜひ、やらせていただきます。わたくしも、詳しくはありませんが、中央アジアの歴史や遺跡には興味がございます」

静乃が、なっとく顔で答えた。

「そんなふうに、研堂さんに聞いておりました」

「しかし、資料が見当たらないということでは、原稿を書くといっても……」

「そのへんは、ぼくが、なんとかしますよ。どうも、だれかに貸したのではないかと思われるふしがあるので、その借り主を探してみます。それと、いま、正倉院を研究かたがた三高でロシア語を教えているロシア人の若い考古学者が、どこかで吉川先生の話を聞き、非常に興味をもっているそうです。この男などに話をきけば、原稿の種になるかもしれません」

潮風が、窓の外に目をやりながらいった。電車は愛宕山《あたごやま》の前を通るところで、桃色に塗られた愛宕塔が見えた。

「そのロシアの考古学者というかたも、その滅びた国の研究者なのですか？」

静乃が、興味深げに質問した。

「詳しくは知りません。なんでも、明日、西本願寺にくるといっていました」

「そうですか」

「どうです、静乃さん。その男に会ってみませんか。ぼくも、会いたかったのだが、取材にいかねばなりません」

「おもしろそうな、お話ですわ」

静乃がうなずいた。

「そうですか。それでは、ぜひ、お願いしましょう。ひとりで取材しにくければ、龍岳君にでも、一緒にいってもらいましょう」

潮風が、笑顔でいった。

「ああ、そうしていただければ、心強いですわ」

「もっとも、龍岳君がいくとなると、時子さんがついてくるかもしれません」

潮風がいった。

「時子さんは、龍岳先生の許嫁《いいなずけ》でいらっしゃるのですか?」

「いえ、許嫁というわけではないのですが、いずれ、所帯をもつのではないでしょうかね?」

「わたくし、時子さんには、一度、お会いしただけですが、お優しそうなかたですわ。龍岳さんと、お似合いでしてよ」

静乃が笑った。

「潮風さんは、これと決まったおかたは、おいでで して?」

「えっ! いや、とんでもない。ぼくのような、なんの取柄もない無骨な男には、惚れてくれるような女性はおりません」

潮風がいった。

「まあ、ご謙遜を……。ところで、時子さんのお兄さまも、まだ、おひとりでいらっしゃるのでしょう?」

「ええ、そうです」

「なぜ、ご結婚なさらないのでしょう。ご誠実そうなかたですのに」

「黒岩さんに、興味がおありですか?」

潮風が、複雑な表情で質問した。

「刑事さんとしては、興味がございます。でも、殿方としてはどうでしょうか。わたくし、どういうわけか、いままで殿方に、女として魅かれるという経験がございませんの。どこか、おかしいのでしょうか」

静乃が笑った。

「おかしいだなんて、そんな……」

潮風が、困ったような顔でいい、話題を変えた。

「黒岩さんも、神隠し事件に、大いに興味を持っているようです。警察事件としての立場から、一度、取材が必要でしょうね」

潮風がいった。

「はい。そのつもりでおります。でも、あのいくつかの神隠し事件は、ほんとうに、なんなのでしょう」

静乃が、潮風の顔を見あげるようにいった。

「静乃さんも、気をつけてください。どうも、美しい女性が神隠しにあっているようですから」

潮風がいった。

「まあ、美しいだなんて恥ずかしい」

静乃が、顔を伏せた。

「まもなく、三田四国町、三田四国町」

チーンと鈴が鳴り、車掌がいった。


紙焼き写真が、きちんと整理されて詰められた大きな茶箱に顔を突っ込むようにして、探しものをしている男が、その後方に立っている男にいった。

「美人の写真なら、なんでもいいのかい?」

「ああ。なんでもいい。あるだけ見せてくれないか」

最初の男が、博文館からほど近い薬研堀《やげんぼり》町の写真館・麗水館《れいすいかん》主人の田端英雄《たばたひでお》、後者が博文館写真部の木川専介《せんすけ》だった。

「いままで博文館で撮った写真を全部、引っ張り出してみたんだが、とても百人は揃わなくてね。ただ、女性というだけでいいのなら、数はあるけれども、美人となると少ないよ」

木川が笑った。

「そりゃあ、そうだろう。全部の女性が美人では、美人の価値がなくなってしまう。で、何に使うんだって?」

田端が質問した。

「ほら、今度、うちで創刊した〈日曜画報〉というのがあるだろう」

木川がいった。

「ああ、あれなら、親父がとっている」

田端が答えた。

「そいつは、ありがたい。で、その〈日曜画報〉で、美人百選という企画をやってみようかということになったのだが、これが芸者や役者は入れずに、素人ばかりでやろうというんだよ」

「それは、おもしろい。いままで美人の写真を載せた雑誌はいくらもあるが、たいてい芸者か役者だからね」

「なにしろ、これはいけると踏んで発刊した雑誌なんだが、いまひとつ、売れゆきがぱっとせんので、いろいろ、変わった試みをしようと思ってね」

木川がいった。

「週刊雑誌というのは、たしかにむずかしいかも知れんなあ。それに、あの大きさも読みにくい。絵や写真はいいが、あれでは電車や汽車の中で読むこともできんよ。……これなんか、どうだい？　去年、撮影したものだが、なかなか美人だと思うが」

田端が一枚の写真を、ふり向いて木川の手に渡した。マーガレート髪の矢がすりの女学生の写真だった。

「うん。いいね。そうそう、こういうのを、二十枚ほど頼む」

写真に目をやった木川が、うれしそうにいった。

「二十枚もいるのか？」

「もっとあれば、それにこしたことはないがね」

「そんなには、無理だろ。独身でなければいけないのか？」

「いや、この際だ。若奥さんでもいいことにしよう。読者は、人の妻ではつまらんかもしれないが、そんなことをいっておったのでは、写真が集まらんからね」

「これも、美人だぞ」

田端が、また別の写真を、木川に渡した。二百三高地髷《まげ》の鼻筋の通った美人だった。

「この髷だと、少し古い写真だな」

木川がいった。

「四年くらい前の写真だ。お見合い用に撮ったやつだから、いまは、もう、子供の二人もおるかもしれん」

田端が笑った。

「髪ふり乱して、こめかみに膏薬《こうやく》を貼っておるのか？」

木川も笑う。

「しかし、こうして、古い写真を探すよりも、外に出て、美人を見つけて撮影するほうが早いんじゃないか」

田端が、木川のほうに向き直り、背中を伸ばしていった。

「それも、考えてはいるが、なにしろ、人数が人数だろ。それに、雑誌に使うというと、十人に九人までは断るんだよ」

木川がいった。

「ほう。いまの若い娘は、よろこんで撮影されたそうだが、そんなものかね」

田端が感心するようにいった。

「俺の一番下の妹など、今年十六だが、そんな機会があったら、飛びついて、こっちが断っても撮影してくれといいそうだがな」

「その、妹さん、撮らせてくれるか?」

「だめだ。美人という条件があっては、使いものにならん」

「お前に、似ておるのか?」

「いや、あまり似ておらんね」

「じゃ、美人ではないか」

「おい。それが、写真を貸してくれと頼む友人にいうことばか」

田端が笑った。そして、ふたたび、箱の中を覗《のぞ》きはじめた。

「あんまり厳選しなくていいぞ。俺のほうで選ばせてもらうから」

木川がいった。

「いや、厳選しているわけじゃないが、若い女性の写真は少ないのだ……ん。この写真、こんなところに、しまってあったのか!」

田端がびっくりした表情で、大きな声を出した。

「どうしたんだ?」

木川がたずねる。

「いや、俺の親父が師匠の下岡蓮杖《しもおかれんじょう》先生からいただいた写真なんだ。桐《きり》の箱に納めておいたのが、先日、久しぶりに箱を開けてみたら空《から》になっていてね。結局、見つからなかったんだが、こんなところにあったとは。たぶん、子供たちのいたずらだろう。しかし、よかった」

田端が、ほっとした表情でいった。

「下岡先生の写真だって、見せてくれ！」

木川が、興奮した口調で田端の手元を覗きこんだ。それもそのはずだった。下岡蓮杖といえば、長崎に写真館を開いた上野彦馬《うえのひこま》と並んで、横浜に写真館を開いた、日本写真界の草分けで、若い写真師にとっては、神様的な存在だった。その下岡の写した写真が目の前にあるのだ。興奮しないほうがおかしかった。

「これだよ」

田端が、ハガキほどの大きさのガラス湿板写真を、そっと取りあげた。木川が腰を折り、膝《ひざ》をついて写真に目をやった。どこかの庭園のような場所を写したもので、その隅に横向きの島田髷の美人が写っていた。撮影者の気持ちが、実際、どうであったかはわからないが、それは偶然、美人が風景に入り込んだというものではなく、美しさにひかれて隠し撮りをしたように見える写真だった。

「ガラス写真だね。あれ、これ人物が入っているじゃないか」

「そうなんだ。だから、下岡先生の写真の中でも、特に珍しいものなんだよ」

田端が、ちょっと得意そうな顔をした。下岡は、上野彦馬が、坂本龍馬《さかもとりょうま》などの肖像写真を多く撮影したのに対し、風景、風俗を専門とし、人物写真は数が少なかったからだ。

そこに写っているのは、和服姿の美人だった。後ろに小さな池があり、橋が写っている。

「いつごろ、撮影したものなのだ？」

木川が質問した。

「たしか、箱には文久元年とあったよ。横浜に写真館を開業する前の年のものだ」

田端がいった。

「ふーむ。すごい写真だな。この女性は、だれだろう。きれいな人だ」

「美人だね」

田端がうなずいた。

「おい、田端！」

木川が、大きな声を出した。

「……ん」

「この写真、美人百選に使わせてもらえんだろうか。写真はぜったいに傷つけんように、管理するから」

「いや、それはまずい。これは、親父がなにかの折りに、先生からいただいたものだし、先生の許可なく、雑誌に載せることはできんよ」

「先生の許可をいただければ、載せてもいいか。たしか、まだ、浅草でご健在だったな」

木川がいった。

「いや、だめだ。お前の頼みだから聞いてやりたいが、これは、先生に失礼だ。かんべんしてくれ」

田端がいった。

「そうか、そうだろうなあ。たしかに、お前のいうとおりだ。残念だが、あきらめよう。しかし、江戸時代の女性とは思えない美人だよ。……待てよ？」

写真の女性を見つめていた木川が、首をひねった。

「どうした？」

田端がいった。

「いや、たいしたことじゃないんだが、この女性に、よく似た人を、最近、見たことがあるような気がしてね。どこで、見かけたのだったかなあ」

木川が、腕を組んで目をつぶった。

「どうだい、龍岳君。兄の俺が褒めるのもおかしいが、たしかに、このスチューはうまいだろう？」

黒岩が、うまそうにシチューをすすっている龍岳にいった。

「ええ。これは、うまいです。精養軒《せいようけん》のスチューよりも、ずっとうまい」

龍岳が、スプーンを空中で止めて、時子と黒岩の顔を見た。

「ほんとうに？」

時子が、うれしそうな顔をする。

「ほんとうですよ。実際のところ、ぼくは、西洋料理と日本料理をくらべれば、日本料理のほうが好きです。しかし、このスチューなら、毎日食べてもあきないですよ」

龍岳がいった。

「毎日というのはいいすぎだと思うが、たしかにうまい。時子、最大の傑作だな」

黒岩が笑った。

「ほんとに、これなら、自慢してもいいです」

「あら、うれしい」

時子が、龍岳のことばに、ほんとうにうれしそうな表情になった。

「なんだ。俺が褒めた時より、龍岳君が褒めたほうが、うれしそうだな」

黒岩がいった。

「お兄さまったら！」

時子が、一瞬に顔を赤くしていった。

「あれ、俺は何か、悪いことをいったのかな？」

黒岩がとぼけた。

「スチュー以外のお料理も、召し上がってください」

時子は、黒岩をにらみつけると、龍岳にいった。

「はい。いただいています。この蛤《はまぐり》もうまいですね」

龍岳がいった。

「それは、芥子《からし》酢味噌《すみそ》あえです。お口に合いますかしら」

時子がいった。

「合います、合います。この魚は何ですか？」

「それは、さわらです」

「うまい魚ですね。ぼくなど、鯵《あじ》と秋刀魚《さんま》と鯖《さば》以外は、種類もさっぱりわからんですよ。下宿のおばさんには、いつも聞くんですが、ちっとも覚えないものだから、このごろは教えてもくれなくなりました。いや、しかし、いい味つけだ」

龍岳がいった。

「それは、ただ、煮付けただけでしてよ」

時子が笑った。

「龍岳君は、食えさえすればなんでも、うまいんじゃないか」

黒岩も笑いながらいう。

「ちがいますよ。そんなことはありません。時子さんの料理がうまいのです」

龍岳が、必死で黒岩のことばを否定した。

「ははは。よかったな、時子。今夜は、いいお客さんで」

「ええ、ほんとうに」

黒岩と時子が、顔を見合わせた。

「ところで、黒岩さん。例の首無し女のほうは、どうなりました」

形勢不利とみたのか、龍岳が突然、話題を変えて、黒岩に質問した。

「うん。それが、全力をあげて捜査をしておるのだが、手がかりがない。被害者ではないかという問い合わせが、いくつかきておるのだが、いまのところ、どれもちがうようだ。この事件は、被害者の身元がわからんことには、どうにもならんからね」

黒岩がいった。

「死体を投げ込んでいるところを、見た人間はいないのですか?」

龍岳がいった。

「出てこんね。だいたい、どこで投げこまれたのか見当がつかんのだよ。へたをすると、お宮入りになってしまうかもしれん」

黒岩が、憂鬱《ゆううつ》そうな顔をした。

「こちらが早く解決してくれんと、神隠し事件のほうにかかれんからなあ」

「その後、同じような事件は、発生しているようですか?」

「いや、このところ、聞いていない。少なくとも、警察に報告されたものはないようだ。といっても、実際に事件が起こっていないのかどうかは、まったくわからんよ」

「先月の終わりに、小石川で一件、発生していたそうです」

「らしいね。それは、時子から聞いた。しかし、何度も同じことばかりいっているようだが、実にふしぎな事件だ。なにが起こっているのか、それすら、わからないのだからなあ」

「でも、神隠しなどあるはずがないですから、だれかに誘拐されるのでしょう?」

時子が、口をはさんだ。

「まあ、そう見るのが妥当だ。もし、あれが病気で、突然、ふらふらとどこかへ歩いていってしまうというような性質のものなら、歩いているところを見た人間が必ずいるはずだ。ところが、それが一件もない」

黒岩が食事の手を止めていった。

「ですが、いなくなった娘さんたちが、だれかと話をしていたとか、一緒に歩いていたというような目撃者もいないんですよ」

龍岳がいった。

「それなんだよ。ほんとうに、忽然《こつぜん》と消えたとしか思えない。そして、突然、帰ってくる。よほど、巧妙な犯人だな」

黒岩がいった。

「ひとりの人間でしょうか。あるいは、そういう誘拐の組織かもしれませんね」

龍岳がいった。

「それはわからんが、俺は犯人は、ひょっとしたら女ではないかと思うのだ」

「女？」

「そうだ。だって、被害者は、いずれも若い娘ばかりだろう。それも、まじめな娘ばかりだ。往来で見知らぬ男に声をかけられ、なんといわれるのか知らないが、そのまま、ついていくとは考えられん。その点、相手が女だったら、娘の警戒心も、だいぶちがってくるのではないか」

「なるほど」

「また、目撃者にしても、娘が男と外で話したり、歩いたりしていれば、気にかけるかもしれないが、女どうしなら気がつかずに、すれちがってしまうということもあるだろう。それにしても、どの事件の場合も、これといった目撃者がいないというのは、ふしぎではあるがね」

「そうか。女ですか。いや、ぼくは、これといった根拠があったわけではないのですが、頭から犯人は男と決めつけていました」

龍岳が、なっとく顔でうなずいた。

「それでも、わからないのは、その連れ去る目的ですわ。いったい、なにをするのでしょう。ことに、犯人が女ということになれば、さっぱり、わかりません」

時子が、首を横に振った。

「わたし、囮《おとり》になって、捕まってみようかしら？」

「おい。ばかなことをいってはいかんぞ、時子！」

黒岩が、びっくりするほど、大きな声を出した。

「冗談でしてよ、お兄さま。そんな危ないことはしません。それに、囮になるといっても、いつ、どんなところで連れ去られるのかわからないでしょう」

時子が、笑った。

「そりゃそうだが、お前なら、ほんとうにやりかねないからな」

黒岩は、まだ真剣な表情だった。

「龍岳君、俺がそばにいない時は、なるべく、ついていてやってくれ」

「はい。でも、いくら時子さんでも……」

龍岳が時子の顔を見た。

「あら、龍岳さん。いくら、時子さんでもというのは、どういう意味でして？」

時子が、口をとがらせた。

「あ、いや。これは失言、失言」

龍岳が笑った。

「潮風君が、信州に調べにいくそうだね」

黒岩がいった。

「ええ、ひょんなことから、榊原さんが〈冒険世界〉に、神隠しの記事を書くことになりましてね。一緒に取材にいくことになったのです」

「ぼくは、その榊原という女性には会ったことはないが、時子の話だと大変な美人だそうじゃないか」

「ええ。古風な面だちの美人です。潮風君がぞっこんでしてね。それで、春浪さんが、一緒に取材旅行をするお膳《ぜん》だてをしたのです」

龍岳が説明した。

「ほう。潮風君が惚れているのか。それは残念だなあ。時子が、あまり美人だというから、一度、会ってみたいと思っていたのだが」

黒岩が、笑いながらいった。

「ほんとうですか？」

「ほんとうだよ。俺だって男だからね。美人はきらいじゃない。おしとやかな女性だということだし……。時子のようなお転婆《てんば》ばかり見ていると、たまには、おしとやかな女性に会ってみたくなるものだ」

「また、お兄さまったら。そんなこと、おっしゃるのでしたら、もう、わたし、あしたから食事の用意も、洗濯もしてさしあげませんことよ」

　時子がいった。

「いや、それは困る。いまのことばは取り消すから、洗濯してくれ。そういえば、猿股《さるまた》を取り替えんといかんな」

「お兄さま、龍岳さんの前で、食事の最中に、そんなお話しないでください」

　時子が、黒岩の顔をにらみつけていった。

「まあ、いいじゃないか。ほかの人間じゃなし、龍岳君だ」

　黒岩が、おもしろそうな表情でいった。

6

新川柳《しんせんりゅう》　面笑子選

ハレー彗星《すいせい》

ハレー星《せい》「下界《げかい》の奴《やつ》は馬鹿《ばか》だナア」　流星
狂死《くるいじに》をすれば世界《せかい》も面白《おもしろ》し　同
研究《けんきゅう》をまだ終《おわ》らぬに夜《よ》が白《しら》み　散蓮華
箒星《ほうきぼし》つい寝忘《ねわす》れて又翌日《またあした》　不二丸
箒星《ほうきぼし》狂女《きょうじょ》の街《まち》にさまよひて　同
午後三時《ごごさんじ》又地下室《またちかしつ》で星《ほし》の論《ろん》　蝶の舞
五月二十日は物干台《ものほしだい》の騒《さわが》しく　柳雫
高利貸《こうりかし》箒星《ほうきぼし》の世《よ》も金《かね》ならん　静紫
人類《じんるい》の野性《やせい》を論《ろん》ずるハレー星《せい》　同
彗星《すいせい》の予期《よき》に反《はん》して花盛《はなざか》り　同
箒星《ほうきぼし》ちとタイムスの筆《ふで》が過《すぎ》　蔦雄
満洲《まんしゅう》は暗黒《あんこく》として箒星《ほうきぼし》　同

箒星博士《ほうきぼしはかせ》聊《いささか》持《も》て余《あま》し　油坊主
（五月十三日〈読売新聞〉）

龍岳が、絹を裂くような女性の悲鳴を聞いたのは、一番地海岸を目の前にした、京橋区明石町《あかしちょう》のホテル〔メトロポール〕の二階の階段を上がった時だった。龍岳は、からだをびくっとさせると、左右に客室の並ぶ、長い廊下を覗《のぞ》き込んだ。廊下には人影は見えず、悲鳴のあがったのが、どの部屋か見当がつかなかった。

龍岳が、息をひそめて、廊下の奥を見つめていると、一番奥の部屋のドアが開き、頭の禿《はげ》あがった赤ら顔の男が、茶のガウンの腰紐をしめながら廊下に出てきた。その後ろに、やはり、ガウンを着た粋筋と思われる女性が、ぴったりと寄り添っている。

「どうしました？」

龍岳がいった。

「いや、この部屋じゃない」

男が首をふった。その時、やはり悲鳴を聞いたらしいホテルの従業員がふたり、フロントのほうから階段を駆けあがってきた。

「なにごとです?」

先に昇ってきたほうの、フロントマンらしき男が、龍岳に問いかけた。

「わからない。ぼくも、ここで声を聞いただけなのだ」

龍岳が答えた。

「そうですか」

フロントマンも答え、龍岳と同じように廊下の奥を覗き込んだ。そして、後ろの若いボーイにいった。

「いま、お客さまがおいでなのは、何号室と何号室だ?」

「は、はあ」

突然、質問されたボーイが、あいまいな返事をした。

「なんだ、わからんのか。では、ひと部屋ずつ、ノックをしてみたまえ」

フロントマンが、怒った口調でいった。

「はい」

ボーイが、おどおどしながら答え、龍岳たちに一番近い、右の海側の部屋のドアを、まずノックした。フロントマンは、廊下をつかつかと一番奥まで進み、ガウンのふたりのところにいくと、ていねいに頭を下げていった。

「どうぞ、お客さま。お部屋にお入りください。なんでも、ございません」

「でも、すごい声だったたじゃないの」

女がいった。

「はい。おそらく、虫でもお見つけになったのでございましょう」

「そうかしら?」

女は、まだ、なっとくしがたいという顔だった。

「お寝《やす》み中でございましたのでしょう。どうぞ、ごゆっくり、お寝みください」

フロントマンが、ふたりのガウン姿に目を向けていった。

「う、うむ。これ、おトク。部屋に入ろう」

赤ら顔の男が、女を促した。

「はいよ、あんた」

女が答え、ふたりは部屋にもどり、ドアが閉められた。その直後だった。廊下の、ほぼ中央の右側の部屋のドアが開き、着物姿の若い女性が、うつろな表情でよろけながら出てきた。榊原静乃だった。

「静乃さん!」

静乃の姿を認めた龍岳が、思わず駆け寄った。

「あっ、龍岳さん。た、たいへんです」

静乃が、舌をもつれさせながらいった。

「どうしました?」

龍岳がたずねる。

「あ、あのロシアの先生が、死んでいます!」

静乃が、龍岳にすがりついた。

「なに!?」

龍岳より先に、大きな声を出したのは、フロントマンだった。

「お客さまが死んだ……」

そういうやいなや、フロントマンは、ドアが開かれっぱなしになっている、ロの二十三号室に飛び込んだ。龍岳とボーイが後に続いた。蒼《あお》い顔をした静乃は、両手で顔をおおって、ドアの外の壁に寄りかかるように立ち、室内に入ろうとしなかった。

その部屋は、シングルの、さほど広くない部屋だった。ベッドの上にはなにもなく、足下の青い絨《じゅう》毯《たん》の上に、ベッドとテーブルの間にはさまるようにして、金髪の西洋人が、目を見開いたまま、仰向けに倒れていた。見た目には、どこにも傷のようなものはなく、血も流れていなかった。しかし、その目を見開いた顔は、苦痛に歪《ゆが》んでいた。

倒れた男を見たフロントマンは、一瞬、ぎょっとしたように立ち止まったが、気持ちを取り直して、男に近づき、上半身のところで、しゃがみこむと、男の左手を少し持ち上げ、脈を確かめた。そして、まっ青な顔で震えている若いボーイに、湿った声でいった。

「警察に連絡しなさい。それから、支配人に、すぐきてもらうように」

「は、はい」

ボーイが、どもりながら答えて、ほっとしたという表情で、部屋の外に飛び出していった。

「目を閉じさせていいものでしょうかな？」

フロントマンが、龍岳の顔を見上げて質問した。

「いや、警察がくるまでは、そのままにしておいたほうがいいでしょう」

龍岳が、軽く首を横にふった。

「そうですな。では、こうしておきましょう」

フロントマンは、胸のポケットから白いハンカチを引き抜くと、それを広げて、倒れている男の顔に、そっとかぶせた。そして、ぼそっといった。

「当ホテル、始まっていらいの事件ですよ」

西本願寺の尾崎から、〈冒険世界〉編集部の河岡潮風に、電話がかかってきたのは、午前十一時のことだった。例の三高のロシア人教師ウラジミール・ネボカトフが上京し、ホテル［メトロポール］に滞在しているという知らせだった。連絡を受けた潮風は、これを早速、龍岳と静乃に知らせた。自ら面会にいきたいところだったが、この日の夕方に予定されている佐久いきの準備や、それまでにすませておかなければならない編集上の仕事の都合でやむを得なかった。

連絡を受けた龍岳は、ネボカトフに電話をし、午後一時十五分から一時間の約束で面会の許可をとると、静乃と午後一時にホテルのロビーで合流することに決めた。ところが、龍岳が、少し遅れて午後一時五分すぎにホテルにきてみると、静乃の姿が見えなかった。ボーイにたずねると、ネボカトフの部屋番号を聞いて、二、三分前に二階に上がっていったということだった。そこで、龍岳も部屋をたずねようとして、階段の上まできた時、悲鳴を聞いたというわけだった。

「このお客さまは、あなたがたのお知り合いですか？」

フロントマンが、死体に目をやりながら質問した。

「いえ。知り合いではありません。ですが、これから面会の約束があって、うかがったところでした」

龍岳が説明した。

「たしか、ロシアのかたですね」

「そうです。ウラジミール・ネボカトフという三高の教師で考古学者ですよ」

龍岳は、そう答え、廊下で震えている静乃のことを思い出し、フロントマンに軽く会釈すると、部屋の外に出た。その時、階段のほうから、ボーイに案内されて、でっぷりと肥《ふと》った黒い背広の男が走ってきた。支配人らしかった。

「警察がくるまで、ホテルを出んようにしてください」

男は、青い顔で龍岳と静乃を見ると、釘《くぎ》を刺し、大きく息を吸い込んで、部屋の中に入っていった。

「なにがあったのです、静乃さん?」

龍岳が、壁によりかかっている静乃に質問した。

「わかりません。部屋に招かれ、挨拶《あいさつ》をしたとたんに、ばったりと倒れて、そのままでした」

静乃が、か細い声でいった。

「そうですか。しかし、なぜ、ぼくを待たずに、ひとりで……」

「はい。ロビーにきましたら、龍岳さんのお姿が見えないので、わたくしが時間をまちがえたのかと思いまして、この部屋のノックをしたのです」

「そうでしたか。ぼくは、五分ほど遅れてしまったのです」

「すみません。では、やはり、お約束の時間は一時十五分でございましたのですね。わたくし、もしかしたら、一時だったのではなかったかと思ってしまって」

静乃が、すまなそうにいった。

「いや、それは、遅れたぼくが悪かったのです。それにしても、とんでもない事件に巻き込まれてしまいましたね。これは、調べに時間を取られてしまうかもしれない。ぼくは、春浪さんに電話を入れてきます。それから、黒岩さんにも電話しておきましょう。そのほうが、めんどうがなさそうだ。静乃さんも、どこかに連絡するなら、警察がくる前のほうがいいですよ」

龍岳がいった。

「はい。わたくしは、どこといって……」

静乃が答えた。

「そうですか。じゃ、ぼくはとにかく、電話してきます。すぐ、もどってきますから」

龍岳は、部屋の中で、なにやらぼそぼそと話合っている支配人とフロントマンに声をかけると、小走りに、廊下を階段のほうに急いだ。


龍岳が、警視庁の黒岩に電話をしたのは、やはりまちがっていなかった。ふつうであったら、現場に居合わせた龍岳と静乃、とくに、ふたりきりの部屋で、目の前で人に死なれた静乃に対する事情聴取は、かなり、めんどうなことになるはずだったが、黒岩が駆けつけてきたため、一般の場合にくらべ、はるかにかんたんにすんだのだ。

もっとも、それは、ロシア人の死因が、医師によって、脳溢血《のういっけつ》と判定され、殺人事件の可能性はないと判断されたからであって、必ずしも、黒岩の力によるものではなかったが、それでも、その警察の人間のふたりに対する接しかたひとつを取っても、黒岩がいることによって、だいぶ、ちがっていたことはたしかだった。

「いや、とんだ災難だったね」

事情聴取を終えて、応接室でお茶を飲んでいる龍岳と静乃のところに、京橋署長と話を終えた黒岩が入ってきていった。

「ありがとうございました。黒岩さんにきていただいて、ほんとうに助かりました」

龍岳が、ソファから立ちあがって、おじぎをした。静乃も、それに従う。

「まあ、刑事という仕事では、こんな時ぐらいしか、役に立てんからね」

黒岩が笑いながら、龍岳の向かいのソファに腰を降ろした。

「それにしても、榊原さん、おどろかれたことでしょうなあ」

黒岩がいった。

「はい。もう、なにがなんだか、さっぱり、わかりませんでした」

静乃が答えた。

「それはそうでしょう。自分としゃべっておった人間が、いきなり、目の前で脳溢血で死んでしまえば、だれだっておどろきますよ」

黒岩がいった。

「しかし、これは、どういうことだろうなあ?」

龍岳が首をひねった。

「なんのことだい?」

黒岩が質問する。

「いや、このところ、ぼくたちがなにか調べようとすると、その関係者が、みんな変なことになる。死んだのは、今回がはじめてだけれども、あの佐藤老人が意識不明になってしまったし、吉川先生もぼけてしまった」

龍岳がいった。

「なるほど。でも、吉川先生以外は、別に不審なところはないだろう。吉川先生にしても、たしかに、なにか衝撃を受けた結果、ああなったのかもしれんが、だれかが、直接、手を下したというわけじゃないだろう?」

黒岩がいった。

「それに、今日のロシア人と吉川先生は、調べていたのが同じことかもしれないという共通点もあるが、佐藤老人のほうは、関係ないじゃないか」

「いえ、ぼくも、だれかがぼくたちのじゃまをしていると思うのではないのですが、あまりに偶然が重なるので、ちょっと、気になっただけです。神隠しの件もありますし」

龍岳がいった。

「昔の人は、ハリー彗星《すいせい》が現れると、悪いことが起こると信じていたようですが、なんだか、不吉な予感がしますね」

「おいおい、科学小説家が、そんなことをいっちゃ困るね」

黒岩が笑った。

「それはともかく、榊原さん、お疲れになったでしょう。もう、すっかり、話はお聞きしたので、帰っていただいて結構です。ただ、さっき、署長もいっておりましたが、また、いくつかお話を聞くことがあるかもしれませんので、その時は、どうか、よろしくお願いします」

「はい。どうぞ、なんでも、おっしゃってください。できるかぎりの、ご協力はさせていただきます」

静乃が、頭を下げた。

「龍岳君、榊原さんを、家までお送りしてくれ」

黒岩がいった。

「いえ、だいじょうぶです。ひとりで帰れます」

静乃がいった。

「遠慮せんでください。ぼくが、送りますよ。たしか、静乃さんのお宅は牛込でしたね」

龍岳がいった。

「はい。そうですが、ほんとうにだいじょうぶです。少し、疲れただけですから」

「そうですか。じゃ、俥《くるま》を呼びましょうか?」

黒岩がいった。

「では、それだけ、よろしく、お願いいたします」

「じゃあ、ちょっと、頼んでくる。俥がくるまで待っていてください」

黒岩は、席を立つと急ぎ足で部屋を出ていった。

「送りますよ」

また、龍岳がいった。

「いいえ、ほんとうに、だいじょうぶですから。龍岳さんは、方角もちがいますし」

静乃が頭を下げた。

「そうですか。では、ぼくは博文館にいくことにしましょう。事件を春浪さんに説明しておきます」

「はい。どうぞ、そうしてください。そういえば……」

静乃が答え、ちょっと、ことばを止めた。

「はっ?」

「いえ、お話はさっきのことと関係ありませんが、龍岳さんが、以前、お書きになった『吸血怪魔島』というお話、あれは、なにか元になるものがおありなのですか? それとも、まったくの想像でお書きになったのですか?」

「ああ、あれは、まったくの想像です。もちろん、西洋の吸血鬼の伝説を参考にしてはおりますけどね。あれが、なにか？」

龍岳がいった。

「いいえ。どうということではないのですが、とても、おもしろく読みましたので、一度、おうかがいしたいと思っていましたものですから」

静乃が、にっこり笑っていった。

「それは、どうも、ありがとうございます」

龍岳がいった。

「榊原さん、俥がきましたよ」

ドアが半分ほど開いて、黒岩が声をかけた。

「あ、はい」

静乃が、ソファから立ちあがった。龍岳がそれに続く。

「じゃ、黒岩さん。ほんとうにありがとうございました」

ドアのところで、龍岳が頭を下げた。静乃も無言で会釈した。

「お気をつけて、お帰りなさい」

黒岩は静乃にいい、それから龍岳に向かって、小声でいった。

「今夜よければ、家にきてもらえんだろうか？」

「はい。だいじょうぶですが。これから、博文館にいくつもりですので、その後でもいいですか？」

龍岳がいった。

「かまわんよ。八時にはもどれると思う」

黒岩がいった。

「できれば、春浪さんにも一緒にきてもらいたいんだが」

「わかりました。話してみます」

龍岳が、前を歩いていく静乃の後ろ姿を見ながらいった。


黒岩四郎の家に、龍岳と春浪がやってきたのは、ちょうど七時三十分だった。黒岩が、まだ帰宅していないかと案じたふたりだったが、すでに着替えをすませていた。

「やあ、春浪さん。よくきてくれました。まず、一献。龍岳君には、時子が菓子を買ってきた」

小さな卓袱台《ちゃぶだい》を真中にして座った春浪に、黒岩が笑顔で酒を薦めた。

「これは、どうも。家内に酒は慎めといわれておるのだが、この匂いを嗅《か》ぐと、とてもやめられんなあ」

春浪が、うれしそうに、猪口《ちょこ》をさしだした。

「そんなに、酒ってうまいものですか?」

龍岳が、なんともうれしそうな春浪の顔を見て質問した。

「うまいねえ。俺は神や仏というものには、疑いを持っていないことはないが、この酒という飲物を作った神さまだけは、心から尊敬するよ。酒は、地球上、最大の傑作だ」

「春浪さんは、ほんとうに酒が好きなんだなあ」

黒岩が、笑う。

「どうぞ、よろしいだけ召し上がってください。たくさん、用意してありますから。ただ、あまり、お薦めして、奥さまに叱られても困りますけれど」

時子がいった。

「でも、春浪さんの奥さんは、本気では怒らないでしょう」

龍岳がいった。

「いやいや、なんの。龍岳君の前ではおとなしくしておるが、ふたりきりになると、それは恐い。俺はいつも、家の中を逃げ回っておるよ」

「まあ、うそばっかり」

時子が笑った。

「いや、ほんとうですよ、時子さん。蛇頭夜叉《じゃとうやしゃ》のような顔をして、追いかけてくる」

「そりゃ、春浪さんが、よほど、奥さんを困らせるからですよ」

龍岳がいった。

「そうかなあ」

春浪が、左手で後頭部をさすった。

「どうも、俺の分が悪い。話を替えよう。それで、黒岩君、話というのは、なんだね?」

「はあ。実は、今日の昼間起こった、例のロシア人の死亡事件なんですがね。ちょっと、ひっかかるところがありましてね」

黒岩がいった。

「どういうことです?」

春浪より先に身を乗り出したのは、龍岳だった。

「ロシア人の死因が、はっきりしないんだ」

「あれ、脳溢血じゃなかったんですか?」

龍岳がいった。

「一応、そういうことにしておいたが、ほんとうは、どうも、ちがうらしい……」

黒岩が小声で続けた。

「あのロシア人は、殺されたらしいのだ」

「なんだって!?」

春浪が、口に運びかけていた猪口の手を止めた。

「だれが殺したんです。……まさか?」

龍岳がいった。

「うん。その、まさかなんだよ。ぼくは、榊原女史が怪しいと思っている」

「そんな、お兄さま!」

時子が、びっくりした声を出した。

「静乃さんが、殺す理由はなんですか? 昼間の話では、死体には不審はなかったといっていたでしょう?」

龍岳がいった。

「そうなんだよ。かすり傷ひとつなかった。だから、医者も首をひねっているのだ。しかし、脳溢血でないことは確からしい」

「心臓病ということもあるかもしれません」

「ぜったいにないとはいえんがね。三高に電話で問い合わせたところ、そんな話は聞いたこともないといっていた。昨日まで、健康そのものだったそうだよ」

黒岩が説明した。

「だから、殺されたかもしれないというのだったら、どうして殺されたのですか。あんな大男を女の力で、殺すことはできないでしょう。第一、外傷はないというし」

龍岳が、首をひねった。

「傷は、見落としているかも知れんからね。とにかく、三高とも相談して、明日には解剖してみるつもりでいる。それで、死因ははっきりすると思うよ」

「でも、お兄さま。もし、静乃さんが犯人だったとしたら、殺す理由はなんなのですか？」

時子が質問した。

「それは、わからない。だが、たとえば、突然、襲われそうになって、突き飛ばしたら、当たりどころが悪くてということも考えられるだろう。もっとも、それなら、どこかに傷がありそうな気はするがね。あるいは、ふたりは顔見知りで、榊原女史が、なにか脅迫でもされたのかもしれない」

「えっ、静乃さんは、あのロシア人を知っていたのですか？」

大きな声を出したのは、龍岳だった。

「いや、わからんよ。ただ、そんな可能性もあるということだよ」

「でも、ぼくの見たかぎり、以前からの知り合いではないようでしたよ」

「会ったことがなくても、おどかすことはできるだろう。なにか、榊原女史の秘密を握っていたとか」

「どんな、秘密があるのですか？」

時子が、怒ったような声を出した。

「おいおい、時子。そんな恐い顔をしないでくれ。俺は、まだ、榊原女史を犯人だと決めたわけじゃないんだ。だけど、どうも、腑《ふ》に落ちないところがあるし、もし殺人事件だとしたら、第一発見者を疑うというのは、捜査の鉄則なのだよ」

黒岩が説明した。

「腑に落ちないところというのは、どういう点だい？」

春浪が質問した。

「まず、それまで、元気だった人間が、会釈を交わした後に、突然、倒れてしまったという説明は、なっとくしがたいですね。それから、龍岳君やホテルのボーイなどの話を聞くと、悲鳴があがってから、女史が出てくるまでには、かなり、時間があったというんですよ」

「しかし、あれは、目の前でロシア人が倒れたので、足がすくんでしまったのだといっていましたよ」

龍岳がいった。

「それは、ぼくも聞いたがね。君は、あの場に居合わせたのだから、わかるだろう。悲鳴がしてから、出てくるまでに、時間がかかりすぎていやしないかね？」

黒岩が、冷静な表情で龍岳の顔を見た。

「そういわれれば、そんな気もしますが……」

「とにかく、この事件での榊原女史の行動は、不審な点が多いよ。君と待ち合わせをしていながら、ひとりで先に面会にいったというのも、なにか不自然だね」

「では、やっぱり、黒岩君は静乃君が、犯人ではないかと思っておるわけか？」

春浪が、酒をぐっとあおっていった。

「正直、半分、半分というところです。それに、もし犯人でないとしても、なにか知っているような気がしてなりません」

「なにかというと？」

「たとえば、実際は殺人犯人を目撃しているのに、なぜか、隠しているというようなことです」

「なぜ、隠すのだ？」

「それも、わかりません。でも、しゃべったら、殺すとでもいわれたのかもしれませんし」

「でも、あの時、部屋の窓は閉まっていたし、廊下にもだれも出てきませんでしたよ」

龍岳がいった。

「時間があったから、窓から逃げた後、榊原女史が窓を閉め、鍵をかけたのかもしれないよ」

黒岩がいった。

「なるほどねえ。だが、静乃君が犯人だとしても、別の犯人だとしても、殺人の動機がわからんね。ロシア人は、なにか取られているのかい？」

春浪がたずねた。

「わかりませんが、少なくとも、金や時計といった貴重品は、盗まれた形跡はありませんね。ただ、西域だかなんだかに関する書類が、たくさん鞄《かばん》の中に入っていたので、その中から、なにか抜き取られていたとしても、われわれにはわかりませんが」

「それは、取られていないでしょう。だって、ぼくも静乃さんも、所持品の検査は受けていますよ。それとも、静乃さんは、なにか、それらしいものを持っていたのですか？」

龍岳がいった。

「いや、なかった」

黒岩が、首を横にふった。

「わたし、みなさんのお話を聞いているだけですけれど、やっぱり、静乃さんが人殺しの犯人だなんて思えなくなってよ」

時子がいった。

「そうだなあ。いくら、静乃君が第一発見者とはいっても、俺も黒岩君には悪いが、ちょっと、この話は信じられんよ」

春浪が、黒岩の顔を見て、すまなそうにいった。

「ぼくも、もちろん、榊原女史が犯人ではないほうがいいに決まっています。ただ、なんというか、刑事としての勘が可能性を否定しきれないのです」

黒岩がいった。

「そうか。その道の人間の勘というのは、正確だからなあ」

春浪が、腕を組んだ。

「しかし、そうなると、やはり、問題は動機だ。静乃君に、そのロシア人を殺さなければならなかった理由があるのだろうか？」

「あったとしたら、なんでしょうね？　でも、ぼくも、ちょっと信じられないなあ。だって、人を殺したら、もっと、取り乱すんじゃないですか。静乃さんは、脅えていたけれども、冷静でしたよ」

龍岳がいった。

「実際の犯人を知っているのだとしても、あんなに落ち着いてはいられないでしょう。それに、いくら脅かされたとしても、それこそ、黒岩さんという強い味方がいるのですから、真実を説明するような気がしますがね」

「たしかに、あれが殺人なら、榊原女史は最初に疑われることはわかっているはずだから、それを考えると、ずいぶん、大胆というか不用意という気はするけれども、とっさの殺人だとすれば、後のことなど考えてはいないだろうね。ただ、女史が犯人だとしたら、龍岳君のいうように、実に落ち着いている。あれは、演技ではないような気がするし、いや、ぼくも、よくわからんですよ」

黒岩がいった。

「なんにしても、解剖で、死因がはっきりすればいいわけだ。なに、ロシア人は病死にちがいないよ。それは、明日になれば、わかるのだろう?」

春浪が質問した。

「ええ、午前中にはわかります」

黒岩が答えた。


「おまいさん、これ、なんだい?」

旧佃島《つくだじま》の鮮魚商・魚金こと金田松造の妻サキが、土間の隅の空《から》の手桶《ておけ》の中を覗き込みながらいった。

「これって、なんでえ?」

板の間で、売掛帳をつけていた松造が、顔を上げずに、サキに向かっていった。

「この手桶の中に、丸めてある紙!」

サキがいった。

「ああ、忘れていた。そいつは、昼間、辰さんからもらったんだ。なんでも、漁をしてる時、なんとかいうホテルのほうから、船の中に風で飛んできたんだそうだぜ。なんだか知らねえが、別嬪《べっぴん》さんの絵が描いてあるから、おめえにやろうって持ってきてくれたんだよ。見てみな。江戸時代のもんじゃねえかと思うんだが、唐紙の破けたところにでも貼っておきゃいいと思ってな。見てみな」

松造が、明るい口調でサキにいった。

「へえ。どれどれ?」

サキは、松造に促されて、手桶の中の半紙ほどの大きさの紙を、暗い電灯の下で広げた。それは、墨で描かれた女性の上半身の絵だった。そういったことに知識のないサキが見ても、それは江戸時代より古い時代のもののように見えた。

「へえ、ほんとだ。こりゃ、美人だねえ。これが、船の中に飛んできたのかい？」

「おうよ。でな、そいつを、俺がもらったってことは、こいつは、近々、こんな別嬪と出会えるって、仏さんのお告げじゃねえかと思ってな」

「なにいってんだよ、ばかばかしい。でも、なんだか、神様か仏様みたいな顔した、きれいな女の人だねえ。こりゃ、ひょっとすると、弁天様かも知れないよ」

「弁天さんが飛び込んできたとなりゃ、こりゃ、いいことがあるにちげえねえな」

「でも、おまいさん、これ、ずいぶん古いもんだよ。江戸時代より、古いよ」

「そうかね。そうだとすると、ほんとに、弁天さんになるぜ」

「なにが？」

「ほら、根岸《ねぎし》のご隠居、古い書画だの骨董《こっとう》だのっての集めてるじゃねえか。うまくすりゃ、買ってもらえるかもしれねえ」

「あ、ほんとだ。でも、根岸のご隠居には、いつもお世話になってるんだから、売ろうなんていわないで、あげたらいいよ。きっと、損にはならないんだから」

サキが、土間に上がってきて、絵を松造の横に置きながらいった。

「うん。そうだな。人間、欲かいちゃいけねえや。もらった絵でもうけちゃ、それこそ弁天さんに叱られる。よし、明日にでも、ご隠居のところにいってこよう。案外、値打もんで、ご隠居、よろこぶかもしれねえや」

松造が、手を止めて、絵を見ながらいった。

「でも、どこから、こんなもんが飛んできたんだろうねえ」

サキが首をかしげた。

「おおかた、ホテルの客が、窓から、ごみといっしょにでも捨てたのが、風に飛ばされたんだろうよ。でも、こんな別嬪の絵を捨てるこたあねえだろうに。まあ、なんか箱にでも入れてしまっといてくれ。坊主がいたずらしねえように、手の届かないところに置いといてくれよ」

「あいよ」

サキは答えると、その絵をくるくると丸め、居間のほうに持っていった。

「さて、何時だ？　なんでえ、もう十一時すぎてんのか。そろそろ、寝るか。蒲団《ふとん》敷いてくれ」

松造がいった。

「あいよ」

サキが答えた。

7

今年《ことし》の天文界《てんもんかい》

彗星《すいせい》の当《あた》り年《どし》

ハリー彗星《すいせい》に次《つい》で直《すぐ》に新顔《しんがお》の或彗星《あるすいせい》が現《あらわ》れるだらうとの予《よ》測《そく》は昨年《さくねん》二月頃《がつごろ》真先《まっさき》にハリー彗星《すいせい》を見附《みつ》けた伊太利《イタリー》天文台《てんもんだい》のウオルフ氏《し》辺《あたり》から出《で》た説《せつ》ださうだが今《いま》になつて見《み》ると之《これ》は其当時《そのとうじ》ハリー彗星《すいせい》を撮影《さつえい》した写真《しゃしん》の種板《たねいた》に小《ちい》さな瑕《きず》があつて神経過敏《しんけいかびん》な学者《がくしゃ》の眼《め》に「此奴《こいつ》も彗星《すいせい》らしいぞ」と映《えい》じたものらしい△何《なに》は兎《と》もあれ今年《ことし》は彗星《すいせい》の当《あた》り年《どし》で昨年《さくねん》から持越《もちこ》したものにダニエル、ウイクネルなどの諸星《しょせい》があり、元日早々《がんじつそうそう》トランスヴアルでは一九一〇年《ねん》のA彗星《すいせい》を発見《はっけん》した更《さら》に光度《こうど》の薄《うす》い望遠鏡的彗星《ぼうえんきょうてきすいせい》では週期性《しゅうきせい》のスウイフト（一月《がつ》）第《だい》二テンペル（二月《がつ》）が既《すで》に現《あらわ》れた筈《はず》だが何《いず》れも望遠《ぼうえん》鏡《きょう》には落《お》ちなかつた続《つづい》て今年中近日点《ことしちゅうきんじつてん》を通過《つうか》すべき彗星《すいせい》はタレスト（十月《がつ》）スピターレル（同）の二つで明年近日点《みょうねんきんじつてん》を通過《つうか》し且《か》つ今年中観測《ことしちゅうかんそく》に便《びん》なる位置《いち》に在《あ》るものはブルックス（八月《がつ》）ファイエ（十月《がつ》）の二星《せい》である

（五月十四日〈やまと新聞〉）

博文館三階編集室の〈実業少年〉編集部で、編集長の石井研堂と、〈日曜画報〉写真師の木川専介が、机をはさんで話していた。

「じゃ、ぼくが直接、頼んでもかまいませんか?」

木川がいった。

「ああ、いいとも。俺は、たしかに榊原女史を〈冒険世界〉に紹介したが、後見人じゃないからね。そんなことは、そっちで、自由にやってくれたまえ」

机の上に校正刷りを置いた石井が、赤鉛筆をもて遊ぶようにしながらいった。

「わかりました。では、今度、編集部にきた時に、教えてください。頼んでみますから」

「うん。そうしたまえ。ただ、本人はなんというか知らんが、春浪君には、ひとこと、いっておいたほ

うがいいかもしれないな。聞くところによると、来月の〈冒険世界〉に初登場させるということだから、それより前に〈日曜画報〉に出されては困るというかもしれん」

「いえ。美人百選の特集は四週先の予定ですから、次の〈冒険世界〉より後ですよ」

木川が首をふった。

「そうか、それなら本人さえよければ、問題はないとは思うが、ま、ともかく、春浪君には声をかけておいてくれ」

石井がいった、その時だった。

「ぼくが、どうかしましたか?」

編集室の入口のほうで、春浪の声がした。

「おお、春浪君、そこにおったのか!」

石井が、春浪のほうを見ていった。

「いや、いまきたところですが、なにか、ぼくの悪口でもいっておったのでしょう」

「いやいや、そうじゃない。そういうのを、下司《げす》の勘ぐりというのだ。いや、被害妄想といったほうがいいか。はっははは」

石井が笑った。

「いいえ、どうせ、ぼくは下司です」

春浪が、おどけていった。

「だから、いい直したではないか。いや、実は、木川君がきてね。今度、〈日曜画報〉で〔美人百選〕というのをやるから、例の榊原女史を、写真に撮って載せさせてもらえないかというんだ。それで、それなら、春浪君に相談したほうがいいといっておったとこなのだよ」

石井が説明した。

「ああ、その美人の写真の話なら、俺も坪谷さんに聞いたよ。なんでも、芸者や役者ではなく、素人《しろうと》の女性ばかりを集めるのだそうじゃないか」

春浪が、木川の隣りの椅子に腰を降ろしながらいった。

「そうなんですよ。まあ、素人美人の写真は、一昨年の〈時事新報〉の美人写真募集がありますが、今度の〈日曜画報〉では、素人美人の写真を、編集部で集めようというわけなんですよ」

「おもしろい企画だね。俺が〈写真画報〉をやっていた時も、やりたいと思いながら実現せんかったのだ」

春浪がいった。

「ただ、意気込みはいいのですが、かんじんの写真が集まらないんです」

木川がいった。

「それで、静乃君に白羽の矢を立てたというわけか。たしかに、女史は美人だからね」

「どうですか？　本人がいいといえば、かまわないでしょう？」

「うーん。どうだろうなあ。いや、ぼくも静乃君の売り出しかたを、どうしたらいいものか、迷っておるのだよ。美人の冒険小説家とするほうがいいか、それとも、あくまでも、謎の女流作家とするほうがいいか」

「そりゃ、美人で売り出したほうがいいですよ。樋《ひ》口一葉《ぐちいちよう》だって、もちろん、小説はいいけれど、美人だから人気になったというところがあったわけでしょ。それに、謎の作家ということにしたら、読者は女流だと信じないで、男の作家が女名で書いているのかと思うかもしれませんよ」

木川がいった。

「うん、そうかもしれんな」

石井がうなずいた。

「そうですかね。じゃ、美人作家ということで、大々的に売り出すことにするか。それなら、なるべく、顔をあちらこちらに出したほうがいいね」

春浪がいった。

「じゃ、かまわんですね」

木川がうれしそうにいった。

「今度、あの人が、ここにくるのは、いつですか？」

「うむ。いつと決めてはおらんが、いま、龍岳君や潮風君と神隠しの取材をやっておるから、今日か明日には顔を見せると思うよ。ひょっとすると、電話がくるかも知れんから、俺から話しておいてやろう」

「ああ、そうしてもらえると助かります。龍岳君に、黒岩時子さんのことを頼んであるのですが、こちらは、どうなるかわからないんです」

「時子さんは、龍岳君もいやがるかもしれんし、黒岩君がなんというかだね」

「刑事さんだから、だめだというかもしれませんね」

「さあ、そのへんは、聞いてみなけりゃわからんだろう。大年増《おおどしま》の写真特集をやるのなら、ぴったりの人物を知っておるのだがなあ」

「だれですか？」

「うちの山の神だ。あっははははは！」

春浪が、おもしろそうに笑った。

「春浪君、あんないい細君を捕まえて、そういうことをいってはいかんよ。しかし、そういう特集をやるのなら、うちにもひとりおるぞ」

石井も笑いながらいった。

「ふたりとも、自分の奥さんをひどいなあ。でも、そっちの特集のほうが、すぐ、写真が集まりそうですね」

木川も笑った。

「だが、実際、百人も集めるのは大変だろう？」

春浪が、まじめな顔にもどっていった。

「ええ、それで、ともだちの写真館に借りにいったのですが、五枚ほどしか集まりませんでした」

「それは、本人の許可を取ったのかい？」

春浪が質問した。

「いえ、内緒で使ってしまって、あとで文句がきたら謝って、謝礼を払おうということにしているのですが。そうでないと、先に断られてしまいそうなんですよ」

木川がいった。

「しかし、それは、きちんとしておかんと、後で問題が起こったら大変だよ。その件は浅田君とも、相談しておいたほうがいい」

春浪がいった。

「うん。春浪君のいうとおりだ。浅田君は、雑誌をやるのははじめてだから、よくわかっておらんのだろう。他人の写真、特に嫁入り前の婦人の写真などをかってに使用したら、騒ぎが起こるかもしれんよ」

石井もいった。

「そうですか。わかりました、相談してみます」

木川が、真剣にうなずいた。

「そうしたまえ」

春浪がいった。

「はい。ところで、春浪さん。そのともだちの写真館で、すごいものを見ましたよ」

「すごいもの?」

「ええ。下岡蓮杖先生の写したガラス写真です」

木川が、目を輝かせていった。

「ほう。それは、珍しいものを見たね」

春浪にかわって、石井がいった。

「それも、風景写真じゃなくて、美人の隠し撮り写真らしいです。文久二年だかに、撮影したものだそうですが、この美人が、榊原女史そっくりなんですよ。ともだちに、その写真を見せられた時、はて、どこかで見た美人だと思ったのだけど、思いだせなくて、後で彼女そっくりだと気がつきました。実は、それで、写真を撮らせてもらおうと思いたったわけなんですけどね。春浪さんも、研堂さんも、あの写真を見たら、びっくりしますよ。ほんとに、うりふたつといっていいくらいに似てるんですから」

木川が、早口にいった。

「ふーん。文久二年というと、歳のころからいえば、静乃君のお祖母《ばあ》さんぐらいになるのかな。もしかしたら、ほんとうに、お祖母さんかもしれないぞ。その写真は、どこで撮影したものなのだい?」

春浪が質問した。

「さあ、それは、わからないらしいです。どこか、名のある庭園の中のようなのですが」

木川が答えた。

「静乃君は、大阪にいたとかいっていましたね」

春浪が、石井に問いかけた。

「たしか、彼女を紹介してくれた友人から、そう聞いたような気がするが、生まれが大阪かどうかはわからんよ」

石井が答えた。

「では、それはおもしろい話じゃないか。めったに、人物を撮らない下岡蓮杖が、静乃君そっくりの美人の写真を撮っていたというのは、男というのは、だれでも美人には弱いということだな」

春浪が、木川を見ていった。

「静乃君に話してやろう。よろこぶかもしれない。その友人の写真館というのは、どこだって？」

「薬研堀町の麗水館です」

木川が説明した。

「館主は、若い人なのかね？」

「ええ、ぼくより、ひとつ上です。昔、同じ先生について勉強したんですよ。もっとも、田端は親父さんも写真師で、その師匠が下岡先生なんです」

「そうか。今度、一度、家族の写真でも撮影してもらいにいってみるかな。木川君の知り合いだといったら、少しは負けてくれるだろうか？」

春浪がいった。

「ええ。負けますよ。なんなら、いく前に、ぼくにそういってください。田端に連絡しておきます」

木川が、まじめな口調でいった。

「ははは。冗談、冗談。同じ会社の歳上の人間が、負けろといったんじゃ、君の立場がないだろう」

春浪が、笑いながらいった。

招福寺は、山裾《やますそ》の、小高い見晴らしのいい場所にあった。

どんな、おもしろい話が飛び出すかと、勢いこんで、この亀沢村にやってきた潮風だったが、取材をはじめてみると、もう、七十六年前のハレー彗星《すいせい》や、その時の神隠し事件を、はっきりと記憶している古老は、ひとりも残っていなかった。年配の村人の中には、親や親戚から、その時の話を聞いている者もあるにはあったが、それらは、およそ正確さを欠き、ほとんど、民話に近い伝説になってしまっていた。

隣りの田月村にも、もう当時のことを知っている人間はいないという。がっかりした潮風は、期待はできそうになかったものの、なにか古い文書でも残っていないかと、村はずれの招福寺の和尚《おしょう》をたずねることにしたのだった。

照顧却下と書かれた札の貼ってある山門をくぐった潮風が、取次の小僧に案内された八畳ほどの部屋は、古いがきれいに掃除されていた。この寺は、臨済宗の禅寺だった。奥の床の間には観音像の大幅がかけられ、次の間の額には、〔莫妄想〕という洪川《こうせん》和尚の豪健な筆跡があった。

開かれた縁側の向こうには、本堂が高く聳《そび》え、庭から細道が背後の山に続いている。坂道を挟んで、りんごの木が植わっていた。

「お待たせをいたしましたな」

潮風が、庭を見ていると、歳のころ四十ぐらいの、予想より若い和尚が廊下から声をかけた。

「あ、これはご住職、お忙しいところを恐縮です」

潮風が、深々と頭を下げた。

「なんの。こんな山寺のこと。たいした用もありません。さあ、どうぞ、楽になさってください。東京の雑誌記者のかたとか？」

和尚がいった。

「はい。博文館で出している〈冒険世界〉という雑誌の編集助手をしている河岡潮風と申します」

「ああ、〈冒険世界〉のかたですか。なるほど。わたしは、北溟《ほくめい》といいます。こちらにくる前は、八王子の寺におりました」

和尚が自己紹介した。和尚は、〈冒険世界〉を知っているようだった。

「して、本日のご用向きは？」

「はい。実は、亀沢村に神隠しの取材にきたのです」

「神隠し？　ははあ、七、八十年前に起こったという事件ですかな」

「そうです。ご住職は、ごぞんじですか？」

「いや、檀家《だんか》の人間に、ちらりと聞いたことがあるだけです。しかし、そんな昔の神隠し事件を、いまごろなんで？」

和尚が、ふしぎそうな顔をした。

「ええ、それが、いま東京で、昔、この村で起こったといわれる神隠し事件と、よく似た事件が二つ、三つ発生したものですから、それで……」

潮風がいった。

「なにか、かかわりがあるのではないかというわけですな」

「そんなところです。それと、〈冒険世界〉の主旨は、神隠しといわれている現象を、科学的に分析して説明しようということでして、それで、いろいろ資料を集めておるのですが、たまたま、この村出身の老人に、七十六年前のハリー彗星出現の時に、同じような事件があったということを聞きましたものですから」

「すると、神隠しとハリー彗星が関係あるというのですか？」

「ではないかと思って、調べているのですが……」

「なにか、おわかりになりましたか？」

「それが、もう、この村にも隣り村にも、当時のことを知っている人はいないということで、それで、こちらのお寺に、なにか古い記録でも残っていないかと思いまして、うかがったようなわけなのです」

潮風が説明した。

「なるほど、なるほど。お話は、よくわかりました。しかし、当寺には、そういった記録は残っておりませんな。というのも、もともと、住む人のない廃寺だったものを、四十年ほど前に、前の住職が臨済宗の寺として、再建したものでしてね。わたしも、よくは知りませんが、その住職が入った時は、荒れ放題に荒れて、仏像ひとつ残ってはいなかったそうですよ」

和尚が首を、横にふった。

「はあ、そうなのですか。これは、東京の老人に聞いたのですが、以前は、ここは尼《あま》寺だったということですね？」

潮風が質問した。

「それは、前住職が住まわれる前の話です。廃仏毀釈《はいぶつきしゃく》で廃寺になっていた、この寺に、どこからか、渺《びょう》常《じょう》という尼僧《にそう》がやってこられて、寺を再建したということです」

和尚が説明した。

「それが、また、その尼さんが死なれて、廃寺になったということですか？」

「詳しくは知りませんが、亡くなられたわけではないようです。その渺常尼は、亀沢村をはじめとして、近隣の村の人々からも、大変慕われていたようですが、六十年ほど前に、どうしても、ここを離れなければならないと、立ち去ったということですよ」

和尚がいった時、小僧が盆に茶を載せてきて、ふたりの前に置いた。

「なんのもてなしもできませんが」

「いえ、いえ。突然、おうかがいして、もてなしなどしていただいては、こちらが困ります。おもしろいお話をうかがうだけで、もう、充分です」

潮風がいった。

「おもしろい話ですかな？」

「ええ。いや、わたしは寺の経営は、よく知りませんが、ご住職というものは、そんなふうに、廃寺にやってきて住みつき、また、去っていってしまうものかと、はじめて知りました」

「なに、こういうことは、そう、めったにあることではありません。ましてや、いまの時代では、ほとんどありませんが、昔のことですからね。どうか、仏教というものが、そんなふうにいいかげんなものだとは思わないでください」

和尚が、ちょっと困ったような顔をした。そして、一礼して、部屋を出ていこうとする小僧に声をかけた。

「重鎮《じゅうちん》、わたしの部屋の床の間にある、渺常観音を持ってきておくれ」

「はい。和尚さま」

小僧が答えた。

「渺常観音？」

「ええ。なんでも、その昔、この村を訪れた彫刻家が、渺常尼の美しさに魅せられて、観音様のお顔に託《たく》して彫ったのだそうです。それが、どうしたわけか、村人の家の物置の中に眠っておったということで、五、六年前に当寺に寄贈してくれたのですよ。たぶん、七十年ぐらい前に彫られたものだと思いますが、当時の、この寺にまつわるものといえば、それだけでしょう。ただ、残念ながら、お顔以外が彫りあがっていないので、本堂へ安置できずに、わたしの部屋に置いてあるのです」

和尚がいった。

「なんでも、お美しいかただったそうですね？」

「ははあ、聞いておられましたか。二十代の若さで、すっかり悟られたような、それはお美しいお姿をしていたと伝えられておりましてね。実際、その観音様のお顔も、お若く、美しくていらっしゃる」

「和尚様、お持ちいたしました」

部屋の入口に姿を現した小僧が、紫の袱紗《ふくさ》に包んだ、一尺ほどの観音像を運んできた。

「よしよし、こちらに貸してごらん」

和尚は、観音像を受け取ると、潮風の前で袱紗の結び目をほどいた。

「これです」

和尚がいった。

「拝見します」

潮風が、観音像を手に取って、その顔を覗くようにした。

「こ、これが、渺常尼ですか！」

潮風が、目を大きく見開いて、和尚にたずねた。

「時子、昨日のロシア人の怪死事件だがな、お前のいうとおり、やはり、榊原女史は犯人ではないようだ」

久しぶりに、七時という早い時間に帰宅した黒岩が、夕飯のしたくをしている時子に声をかけた。

「えっ、じゃあ、死因がわかったのですか？」

時子が、調理の手を止めて、振り返った。

「わかったとも、わからんとも、なんともいえないが、少なくとも、榊原女史の犯行でないようだ。おそらくは、病死だろう」

黒岩がいった。

「なんだか、よくわかりませんわ」

時子が、ガスの火を弱くして、黒岩のほうに向き直った。

「なに、昨日いったように、今日、死体を法医学教室で解剖したのだが、その結果、脳に異常があったことがわかったのだ」

「強く、ぶつけたとか、そういうことですか？」

「いや、そうじゃない。それが、飯のしたくをしている時に、こんなことをいうのはなんだが、頭蓋骨《ずがいこつ》にも頭皮にも、なにひとつ傷がないにもかかわらず、脳が、まるで手でも突っ込まれてかきまわされたみたいに、ぐじゃぐじゃになっていたんだよ」

「えっ！」

時子が、さすがに顔をしかめた。

「それは、どういうことですの？」

「わからん。鑑定人の帝大の先生も、あんな脳を見たのは、はじめてだといっていた。いや、列車の飛び込みや自動車にはねられた死体などでは時折りあるそうだが、その場合は、当然、頭蓋骨が潰れているとか、割れているとか、そういうことがあって、脳がぐちゃぐちゃになっているというのだ。それが、脳味噌だけ、ぐちゃぐちゃというのは、わからないと首をかしげている」

「そんな……」

「なんにしてもだ。頭蓋骨に傷をつけずに、そんなことはできる人間はいないというのが結論だ。だから、榊原女史は犯人ではない」

黒岩が、きっぱりといいきった。

「そうでしょう。わたし、そう思っていましたもの。静乃さんが、人殺しなんかするわけなくってよ」

時子が、にっこりしていった。

「しかし、行動には疑問があったのだ」

「でも、その脳は、どうしたのでしょう。病気で、そんなことになることはないのですか？」

「鑑定人は、脳腫瘍《しゅよう》のひどいものかもしれんといっている。だが、そんなに、ぐちゃぐちゃになるほど悪化しておれば、とうの昔に死んでいなければおかしいし、死んでいなくても、ふつうの生活をして、歩いたり、話をしたりできるわけがないというのだがね」

黒岩が、肩をすくめた。

「お兄さまは、その脳をご覧になったのですか？」

時子が質問した。

「いや、見ないよ。俺は、お前とちがって、死体を見ただけでも、気分が悪くなるほうだからな」

黒岩が笑った。

「あら、わたしだって、死体は気持ち悪くってよ。でも、よく見なければ、捜査ができませんわ」

時子がいった。

「なんだか、お前が刑事みたいだな。お前は、別に死体を調べることなんかないんだぞ」

黒岩がいった。

「わたし、刑事になろうかしら？」

「女の刑事などおるものか」

「あら、いまはいないかもしれないけど、いてもおかしくはなくってよ。犯罪捜査でも、男より気がつくところがあるかもしれませんわ」

時子がいった。

「まあ、首無し女の死体の検査などは、女がやるほうがいいかもしれんな。俺も婦人の裸体を見るのは嫌いじゃないが、水膨れの首のない女の裸体には、思わず、目をそむけたよ」

「あの事件も、ちっとも、捜査が進みませんね」

「うん。毎日、自分の女房ではないかとか、娘ではないかという問い合わせはくるのだが、どれもちがう。死体の身元さえわかれば、たいして、むずかしい事件とは思えんのだが、顔がないと人間というのは、だれだかさっぱりわからんものだね」

「そういう時のために、わたし、お背中に入れ墨でもしておこうかしら」

時子がふざけた。

「それなら、腕に龍岳命とでも入れたらいい」

黒岩もおどけた。

「また、お兄さま。知らない！」

時子が、ぷっと頬をふくらませて、黒岩に背中を見せた。

「じゃ、四郎命というのは、どうだ？　それなら、すぐ、俺の妹だとわかる」

「お兄さま、わたしを首無し死体にする気ですか？」

「おいおい、最初に入れ墨をしようかといったのは、お前のほうだぞ」

「あら、そうでしたっけ！」

時子が、ぺろりと舌を出して笑った。

「そうだよ。ところで、今夜のおかずはなんだい？」

「鰈《かれい》の煮付です」

「うまそうだな」

「ええ。瓦斯《ガス》になってから、とても、おいしく煮えますの」

時子が、うれしそうにいった。

「科学の世の中になったね。このあいだまで、瓦斯で料理を作るなど、考えてもいなかったからね。鑑定人に聞いたのだが、解剖器具なども、いまは、ずいぶん便利になったらしいよ。それにしても、あのロシア人の脳は、どうなったというんだろうなあ」

黒岩が、また話をもどして、腕組みした。

「でも、病気だって、その人、その人で、症状がちがうのですもの。やはり、脳腫瘍だったにちがいありませんわ」

「まあ、そう考えないわけにはいかんだろうね」

「春浪先生や龍岳さんには、もう、お知らせしたのですか？」

「いや、まだだ。医者が、もう少し調べてみるといっていたから、結果がはっきりしてからがいいと思ってね」

「だけど、静乃さんが、犯人じゃないということは、もう、はっきりしたのでしょう」

「それは、はっきりした」

「じゃ、そのことだけでも、お教えしておいたほうがいいのじゃないかしら。だって、春浪先生、昨日は、とっても、困ったような顔をしてらしたのですもの」

時子がいった。

「そうだなあ。それじゃ、飯の前に、ちょっと電話をしてこようか」

黒岩がいった。

「それが、よろしいですわ」

時子がうなずいた。

早稲田大学応援隊長の吉岡信敬と、かつて早稲田大学野球部で鉄腕投手と謳《うた》われた河野安通志《こうのあつし》が、池《いけ》上本門寺《がみほんもんじ》に参詣《さんけい》することになったのは、それほどの理由があったわけではない。

この日、吉岡の遠い親戚にあたる中学生が出場する野球試合が、羽田のグラウンドであり、それを応援にきた吉岡と、ただの観客として、ぶらりと散歩がてら、やってきた河野が出会って、話をしているうち、ちょっと、寄っていこうかということになったのだ。

というのは、翌十五日は、戸塚グラウンドで、早稲田対一高の野球試合が行われる予定だったが、この二年間、連続して早稲田は、苦杯をなめていた。実力的に一枚落ちる一高に連敗している早稲田は、今年は、なにがなんでも勝たねばならないと決死の覚悟だった。

当然、応援隊長の信敬は、その試合で応援の指揮を取るはずであったし、河野もOBとして応援を予定していた。そこで、どうせ、帰り道なのだから本門寺に寄って、早稲田の必勝を祈願してこようと、話が決まったというわけだ。

ふたりが、蒲田《かまた》梅屋敷前で京浜電車を降り、梅園、菖蒲《しょうぶ》園を過ぎて、髯題目《ひげだいもく》を見ながら、総門をくぐった時は、もう、八時半を回っていた。信敬が親戚の中学生と、そのともだち数人に夕食をふるまったからだった。

この日は、五月の半ばにしては、少し、寒い日だったが、そのせいか、あたりには、ほとんど人影がなかった。燈籠《とうろう》の灯と星明かりを頼りに、ふたりが六層十六階の石段を登りはじめた時、小紋の着物姿の若い娘が、小走りに石段の中腹を登っているのが見えた。参詣客ではなく、使い帰りで近道でもしているようだった。

「大村の肩のぐあいは、実際、どうなんだい?」

信敬がいった。

「うん。いまは、すこぶるいいようだ。しかし、一高に油断をさせるために、まだ、痛みが残っていると、わざといっているんだよ」

河野が答えた。

「安部《あべ》先生は、そういう、卑怯《ひきょう》な態度は、よくないといっておるがね」

「そうか、それならいいが。いや、明日は、なんとしても勝ってもらわなければならん。三年連続で負けようものなら、世間になんといわれるかしれん。そうでなくても、いまは慶應のほうが強いと思われておるのだ。早稲田の名誉のためにも……」

躍るような口調の信敬のことばを、さえぎるように河野がいった。

「おい。いまなにか、女の呻《うめ》くような声がしなかったか？」

「女？　前を登っていた娘はどうした？」

信敬が、石段の上のほうを覗《のぞ》くようにしていった。

「いないぞ！　なにかあったにちがいない。いまのは、たしかに、押し殺したような女の声だった！　いってみよう‼」

河野が、石段を二段ずつ駆け上がりはじめた。信敬が、それに続く。ふたりは、一気に六層の石段の五段目、娘の姿が消えたと思われるあたりまで駆け登った。そして、左右の木立の中を、耳を澄ましながら覗き込んだ。両側とも、鬱蒼《うっそう》とした木立で、なにも見えなかった。ただ右側の奥で、がさがさっと人のもつれ合うようなもの音がした。

「こっちだ！」

信敬が叫び、半間ほどの側溝を飛び越え、雑木の木立の中に駆け込んだ。後ろに続く河野が、闇の奥に向かって怒鳴った。

「どうした、だいじょうぶか‼」

「助けて、助けてください‼」

河野の声に答えるように、闇の中から、若い女の声が聞こえた。続いて、ざざっと、二、三人の人間の走る音が聞こえた。三間ほど先の闇の中に、かすかに人の姿が見えた。

「いたぞ。河野、これ！」

信敬が、河野の手に野球のボールを手渡した。それは親戚の中学生が、早稲田野球部長で、学生野球の父といわれる安部磯雄《いそお》のサインをもらってほしいと渡したボールだった。

「よし！」

ボールを受け取った河野は、闇の中を走り去ろうとする人影に向かって、力いっぱい投げつけた。さすがは、日本一の投手といわれた河野だった。ボールは狙いたがわず、せまい木々の間を走り抜けようとしていた人影の顔の部分に、しゅっと音を立てて命中した。

「やった!!」

信敬が、飛びはねるようにいった。大学は卒業したとはいえ、まだ、稲門倶楽部《とうもんクラブ》というクラブチームの主戦投手を務める河野の速球が、顔に当たったのだった。当たった相手は、倒れて、ふつうだった。へたをすれば、命を落としかねないようなボールの威力だった。

実際、その時、河野は自分で、やりすぎたかとあわてたほどだった。しかし、ボールを受けた人影は、声もあげず、逃げる速力も変わらずに、そのまま、闇の奥に消えていった。

「追おう！」

信敬がいった。

「いや、それより、あの娘のほうを……」

河野がいった。

「おい。どこにおる。だいじょうぶか？」

河野のことばに、信敬が闇に向かって、声を発した。

「はい。だいじょうぶです。こっちです、こっちです」

二間《けん》ほど、脇のほうから、娘の泣き声が聞こえた。

「よし、いま、そこにいく。心配するな。もう、だいじょうぶだ！」

信敬が声をかけながら、くぬぎの木の根に寄りかかって座り込んでいる娘のほうに近づいていった。

「いったい、どうしたのだ？」

信敬が娘に手を貸してやりながら、質問した。

「はい。お使いの帰り道、お寺を通って近道をしようとしていましたら、この木立の中から、いきなり人が出てきて、後ろから、手で口をふさがれました」

娘が、まっ青な唇を、わなわなと震わせながら説明した。

「信敬君、ともかく、庫裏《くり》にでもいって話をしよう」

河野が、まだ悔しそうに、闇の中を睨《にら》みつけながらいった。

「うん」

信敬が答え、娘に向かっていった。

「歩けるかい？」

「はい」

娘が、うなずいた。

「そうか。では、だいじょうぶだ。なに、ちゃんと、家まで送ってあげるから心配せんでいい。ぼくは、早稲田大学の吉岡信敬だ」

「えっ、吉岡さん！」

娘が、びっくりしたような声を出した。

「そうだよ。こっちは、河野安通志君だ。元、早稲田の鉄腕投手だ」

吉岡が説明した。

「知っています。父が買ってきた運動雑誌で、お顔を見たことがあります」

娘がいった。

「そうか。なら、もう安心だろう」

「はい」

娘の声が、すっかり落ち着いた。

「あのボールを、まともに顔に受けて、少しもひるまんというのは、どういう男なのだ？」

石段のほうへ歩きながら、河野が、なんとも腑《ふ》に落ちないという声でいった。

「よほど、面の皮の厚い奴《やつ》にちがいない」

信敬が、冗談をいった。

「しかし、必ず、怪我をしたはずだ。犯人を探す手がかりにはなる」

河野が、自分にいい聞かすようにいった。

「顔は見えたのか？」

信敬が質問した。

「いや」

河野が首をふった。

8

欧州《おうしゅう》に於《お》ける危惧《きぐ》

十三日ベルリン発電

欧州《おうしゅう》にては十九日午前《ごぜん》五時《じ》四十二分《ふん》吾地球《わがちきゅう》がハリー彗星《すいせい》の尾中《びちゅう》に入《はい》る可《べ》く仏蘭西《フランス》の天文学者《てんもんがくしゃ》フランマリオン氏《し》は自説《じせつ》として伝《つた》へられたる人類《じんるい》の死《し》又《また》は燥狂《そうきょう》の説《せつ》は全《まった》く無根《むこん》の説《せつ》なる事《こと》を主張《しゅちょう》しつゝあるも尚一般《なおいっぱん》に其結果《そのけっか》に就《つい》て懸念《けねん》しつゝあり

△世界《せかい》の転覆《てんぷく》　伊太利国《イタリーこく》にてはハリー彗星《すいせい》と衝突《しょうとつ》して世界《せかい》は転覆《てんぷく》すべしとの迷信盛《めいしんさか》んに行《おこ》なはれ羅馬法王《ローマほうおう》に対《たい》して其《そ》の救済法《きゅうさいほう》を哀願《あいがん》しつゝあり△仏国《ふっこく》パリイ市《し》及《および》ライン河畔《かはん》のキヨルン市《し》にては当日《とうじつ》一般《ぱん》に業《ぎょう》を廃《はい》し「カーニヲール」祭《さい》を執行《しっこう》し肉食《にくしょく》を謹《つつし》み祈禱《きとう》を上《あ》ぐ

（五月十五日〈中央新聞〉）

珍しく、午前十時前に出社してきた押川春浪が、編集部に寄らず、直接、博文館二階の写真部の部屋に入っていった時、写真師の木川専介は、外に出かける準備をしているところだった。

「あっ、春浪さん。おはようございます」

木川が、頭を下げた。

「やあ、おはよう。出かけるところかね」

春浪がいった。

「ええ、昨日、お話しした、友人の田端のところに……」

木川がいった。

「また、写真を借りにかい？」

「いえ、そうじゃないんです。実は、昨晩、田端の家に放火事件があったんです」

「なに、放火？」

「ええ、夜中の二時近くに、なに者かが、油を滲《し》みこませた新聞紙に火をつけて、写真館の中に投げ込んだというんですよ」

「で、燃えてしまったのか？」

「それが幸い、便所に起きた田端の父君がもの音に気がついて、消し止めたものですから、床をほんの少し焦がしただけで済んだということです」

木川が、ほっとした口調でいった。

「ああ、それはよかった。だれも怪我もなかったたわけだね」

春浪が、確認した。

「それは、だいじょうぶだそうです」

「しかし、放火とはひどいことをするな。で、犯人は捕まったのかい？」

「いえ。まだですが、田端の話では、たぶん、捕まらないだろうとのことです」

「このところ、放火事件というのも、聞かなかったがなあ。人にうらまれるような、心当たりもないんだろうね」

「だれが、どんなことをうらんでいるかわからないものの、少なくとも、自分には思い当たるふしはないといっていましたよ」

「そうか。でも、まあ、ほんとうに、よかった。じゃ、とにかく、いってきたまえよ。話は、後からにしよう」

「はっ、なんですか？」

木川が、春浪のことばに聞き返した。

「うん。昨日、君に頼まれた、静乃君の写真のことだがね。昨晩、電話があったので話してみたら、写真は、ぜったいにいやだというんだ」

春浪がいった。

「えっ、だめですか！」

木川が、ちょっと声を大きくした。

「それで、君とも相談しようと思っていたんだが、出かけるところなら、後にしよう。ただし、今日は午後は取材で、戸塚グラウンドにいくから、帰りが少し、遅くなると思うが」

春浪が、取材ということばに力をこめていった。

「一高—早稲田戦ですね」

木川が、小さく笑っていった。

「そう。取材にいくのだ。いっておくが、決して、試合を見にいくのではないからな。この取材は、ぜひとも、主筆たる俺がやらねばならん仕事だ」

春浪が、おどけた調子でいった。

「はい。わかっています。でも、それでしたら、いま話を聞いてしまったほうが……。ぼくも午後、取材があって、何時に帰れるかわからないのです」

「そうか。じゃ、ちょっと打ち合わせをしよう」

そういって、春浪は、部屋の中程にある作業台の前の椅子に座った。木川も、隣りに腰を降ろす。

「いや、実際、俺も困ったよ。〈日曜画報〉だけでなく、〈冒険世界〉にも写真を載せるのは、いやだといってきかないんだ。静乃君が、あんなにむきになったのを、はじめて聞いたよ」

春浪が、苦笑いをした。

「なんで、いやだというんですか？」

木川が質問した。

「さあ、ただ、写真はきらいですの一点張りでね。あれだけの別嬪《べっぴん》だから、美人作家として売り出すほうが、世間の注目を浴びると思うんだがなあ」

「実力で認められるのではなく、美人だということで評判になるのが、気にいらんのでしょうかね？」

「うん。そうはいわなかったが、それもあるのかもしれんね。さて、どうしたものかな？」

春浪が、腕を組んだ。

「盗み撮りをして、載せてしまうというわけにもいきませんしね」

木川が笑った。

「それは、まずいよ。まあ、あれだけ、いやがっておるのだから、しばらく様子を見て、徐々に攻めてみるか。そのうち、気が変わるかもしれん。そうなると、時子さんを引っ張り出したいなあ。時子さんが、〈日曜画報〉に載るということになれば、静乃君の気持ちも変わるかもしれんだろう」

「そうですね。じゃ、春浪さん、今度は時子さんを口説いていただけませんか？」

「やってみるか。だが、せっかく美人を相手にして、写真に出てくれと口説くだけじゃ、つまらんなあ」

春浪が、笑った。

「では、本気で口説いてみたらどうです？」

「いや、やめておこう。龍岳君と黒岩君に、半殺しの目に遇わされそうだ。半殺しじゃ、すまんかな」

「すると、とにかく、まずは時子さんを口説いて、それから静乃女史ということですね」

「うん。そうしよう。時子さんが、うんといったら、時子さんに静乃君を誘ってもらうという手もあるな」

春浪がうなずいた。

「ああ、それはいいですね」

木川もうなずく。

「ところで、下岡蓮杖の写真の件だけれどもね、静乃君に話したら、それは興味を示していたよ。ただ、よくは知らないが、自分の祖母とか、親戚ということはないだろうといっていた」

「関係ありませんか？　じゃ、ただの他人の空似というわけですね。でも、春浪さんも、あの写真を見たら、ほんとうにびっくりしますよ。だまって、これは静乃女史だといったら、百人が百人、信用すると思いますね」

木川がいった。

「一度、見てみたいものだね。今日は、放火事件でばたばたしておるところだから、ぜひ、今度、一緒に連れていってくれたまえ」

春浪がいった。

「ええ。田端というのは、気性のさっぱりした男ですから、春浪さんとは、うまが合うような気がしますよ」

「そうか。こっちのほうは、いけるのかい？」

春浪が、猪口《ちょこ》を傾けるしぐさをした。

「きらいじゃないほうですよ。もっとも、春浪さんほどは、やりませんが。でも、春浪さん。酒はやめたんじゃないんですか？」

木川が、笑いながらいった。

「う、うん。まあな、一週間は、うまくいったんだがなあ」

春浪が、照れくさそうに頭をかいた。

「いや、どうも酒の話は閉口するね。俺も、すぐ禁酒すると触れまわっては、結局、また飲んでしまうからなあ。ただ、不言実行ということばがあるが、こと、酒に関しては、どうも、口に出して禁酒を宣言せんと、自分にいい聞かせられんのだ。それでいて、すぐ破るから、笑い者になってしまうんだよ」

「笑い者にはしてませんけど、みんな、春浪さんのからだを心配してるんですよ」

木川がいった。

「うん。そいつは、身に滲みてわかってはいるんだ……」

春浪が、ごしごしと頭をかいた。その時、背後から春浪を呼ぶ声がした。

「春浪君、ここにおったのか」

編集局長の坪谷水哉だった。

「あっ、坪谷さん」

春浪が、振り向いた。

「君、今日の午後、時間は空いているかね?」

坪谷がいった。

「は、はあ。取材の予定がひとつ……」

春浪が、口ごもりながらいった。

「戸塚方面の取材だろう。すまんが、そいつをがまんして、ぼくに付き合ってもらえんかな。どうしても、一緒にいってもらいたいところがあるのだ」

「はい。まあ、戸塚のほうは、どうしてもというわけではありませんから」

春浪が、ちらりと木川のほうを見て、情けなさそうに答えた。木川が、必死で笑いをこらえていた。


試合は午後二時開始の予定だったが、一時には、もう満員で立錐《りっすい》の余地もない状態だった。四年前に中止になってしまった早慶戦にくらべ、早稲田にとっては格下の一高との試合に、これだけの観客が集まるのは珍しいことだった。早稲田の二年連続の負けが、かえって人気を煽《あお》ったのだ。

両校選手の練習が終わり、休憩時間に入った時、早稲田の応援隊が、赤の大三角旗を先頭に、四列縦隊でグラウンドに入場してきた、続いて系列校の早稲田中学、早稲田大学の選手中に先輩を擁する麻布中学の応援隊が、これに続いた。〔天狗倶楽部〕の面々は、むしろを十数枚つなぎ合わせた、大きなむしろ旗をかついで、一塁後方のスタンドに陣取っていた。

一高の応援隊は、南無八幡大菩薩《なむはちまんだいぼさつ》と書いた大旗や、敷布を三枚縫いつけた大物、三人持ち、五人持ちの大白旗をわっしょい、わっしょいのかけ声で振っている。さらに、一高得意の石油缶叩きで、気勢をあげていた。

龍岳は、むしろ旗からは、少し離れた場所に陣取っていたが、それを河野安通志が見つけて、人をかき分け、隣りに腰を降ろした。

「春浪さんが、こられないらしいね」

座りながら、河野がいった。

「だそうだ。今日は、ぜったい、応援にいくと張り切っていたのに」

龍岳がいった。

「日ごろの行いが悪いんだよ」

河野がふざけた。

「でも、時間が取れれば、後から駆けつけるといっていたそうだよ」

「入れるかな」

「まあ、春浪さんなら、学生も、なんとかするだろう」

「春浪さんは、毎日、仕事の帰りに、近くのお稲荷さんに、必勝祈願にいってたんだってさ」

龍岳がいった。

「そいつは、知らなかった。実は、ぼくも昨晩、信敬君と池上の本門寺にいったんだよ」

河野がいった。

「そうか。まあ、今年は、なにがなんでも勝たなければ、早稲田としても、かっこうがつかんものなあ」

「ところが、妙なことになって、お参りしそこなってしまった」

河野が笑っていった。

「妙なことって?」

龍岳が、聞き返す。

「いや、たまたま、若い娘が、怪しい人間に、かどわかされそうになったところに出くわしてね。信敬君と、ふたりで助けたんだ」

「若い娘のかどわかし？」

龍岳が、身を正すようにして、河野の顔を見つめた。

「詳しく、話してくれないか！」

「かまわんが、小説の材料にでもするのかね？」

河野が、龍岳の真剣な顔つきを見て、けげんそうな表情をした。

「いや、そうじゃないんだ。いま、ぼくが調べている神隠し事件と関係があるんじゃないかと思ってね」

龍岳がいった。その時、スタンドのそこここから、いっせいに拍手が湧《わ》き起こった。一高の選手たちが、全力で走って守備位置につき、早稲田の一番バッター・原が、ボックスに入ると、審判が高らかにプレーボールを宣告した。一瞬、グラウンド全体がしんと静まりかえり、それから、わっーという歓声に包まれた。ふたりの会話も、しばらくは、中断せざるを得なかった。

試合は、両校、再三ランナーを出しながらも、決定打が出ず、三回を終えて零対零だった。ひとりランナーが出るたび、応援団は猛烈な声援を送った。吉岡信敬は、はじめ早稲田の応援席で指揮をとっていたが、やがて、〔天狗倶楽部〕の応援席に飛び込んできて、むしろの大旗を絶叫しながら振り回しはじめた。

「なるほど。すると、犯人の姿は、はっきり見えなかったのだね？　数もふたりか三人かわからないわけか」

信敬が、旗を振る姿を見ながら、龍岳がいった。

「なにしろ、木立の中は、まっ暗だったからね。たぶん、三人くらいじゃなかったかと思うんだが、逃げ足が早いんだよ。だが、いまもいったように、ひとりには、まちがいなく、ボールが当たっている。力いっぱい投げつけたから、ひょっとすると、骨が折れているかもしれんよ。たしかに、手応えはあったんだ」

河野が、自信ありげにいった。

「デッドボールでも骨折することがあるのに、君に狙われたのだから、たまらないね。しかし、そんな、手がかりがあれば、警察も探しやすいね。犯人は捕まるかもしれないな」

「でも、君が調べている神隠し事件と、果たして関係があるのだろうか？」

「なんともいえないんだ。これまでの事件の目撃者が、いまのところ、ひとりもいないから。いうまでもないけど、その犯人たちは、男だったのだろう？」

龍岳がたずねた。

「と、思ったが……。というより、はじめから、女などとは考えなかったが……」

河野が、ちょっと考え込むようなしぐさをした。

「男だろうなあ。だって、ぼくのボールを顔面に受けて、よろめきもせず、そのまま、逃げていったんだからな。女だったら、悲鳴ぐらいあげるだろう。しかし、なぜ？」

「いや、調べている神隠し事件の犯人の女性説が出てるんだ。黒岩さんが、そうじゃないかというんだけどね」

龍岳が説明した。

「なるほどね。それとも、あの中に、ひとりぐらいは女もいたのかな。とにかく、ひとことも声を出さなかったんで、よく、わからないよ」

河野がいった。

「かどわかされそうになった娘は、なんといっていた？」

「それが、いきなり後ろから首に手をかけられて、口を押さえられたところまでは、はっきりしているけれど、後はもう恐くて、なにがなんだか、わからなかったそうだ」

「そうかも、しれないなあ」

龍岳がうなずいた。

「もし、ほかの事件の犯人と同じやつらだったら、もっと、本気で追いかければよかったなあ。ぼくも信敬君も、そんな事件の話なんて知らないから、とりあえず、娘を助けるということばかりに気を取られて、追いかけるのは、あきらめてしまったんだよ。だいたい、その時は、かどわかしかどうかもわからなくてね。好きな男とでも、逢引《あいびき》しているのかと考えたくらいなんだ」

河野が笑った。

「警察には、届け出たんだろう?」

「うん。庫裏《くり》のほうで、交番に連絡して、巡査が親と駆けつけてきたよ。その後、交番で届けをしたようだ」

「すると、その娘の家なんかはわかるな」

龍岳がうなずいた。

「話を聞きにいくのかい?」

「いや、まだ、決めてはいないけど、もし、同じ犯人による事件だとしたら、なにか手がかりが見つかるかもしれないからね」

「科学小説作家をやめて、探偵になったほうがいいんじゃないかい?」

河野が笑った。

「うん。これで、ひとつの事件を調べていくというのは、なかなか、おもしろいね。黒岩さんが、時子さんのことを、事件に首を突っ込んで困るって苦笑しているけど、実際、おもしろいよ」

「そういえば、一昨日、三高のロシア人教師が死んだ時、君、その現場に居合わせたんだって?」

「ああ、ぼくは、死ぬところを目撃したわけじゃないんだけどね。潮風君の代理の仕事で、会いにいったら、その直前に死んでしまったんだよ。あれには、おどろいた」

「あの、なんとかって、美人作家を見て、そのロシア人が、血を昇らせて死んでしまったんだって、信敬君が、まじめな顔でいってたよ」

「まさか、そんなこともないけど、死因がはっきりしないんだ。病死ではあるんだけどね」

龍岳が、ため息をついた。

四回表の早稲田の攻撃が始まった。この回の先頭打者・山脇が、一高投手・井上の直球を、もののみごとに打ち返した。球は左中間に転々とする。早稲田側観客席から、洪水のような歓声があがった。山脇は二塁を蹴って、三塁に到達した。信敬が、操り人形のように大旗を振り回して、「早稲田、早稲田!」を連呼する。

「大チャンスだ!」

河野がぐっとからだを、グラウンドのほうに乗り出した。

「次は伊勢田だな。ここは、バントかヒッティングか？」

龍岳がいった。

「うーん。むずかしいところだが、ぼくなら、強打だ」

河野がうなずいた。


時刻は、もう午後九時を過ぎていた。〈中学世界〉に頼まれた、読み切りの十五枚の小説を書いていた龍岳は、三枚を書いたところで、話が先に進まなくなってしまい、万年筆を放り出して、畳の上にあお向けになっていた。階下で、この家の主の杉本フクが、玄関を開ける音が聞こえたのは、そんな時だった。

龍岳が、だれがきたのかと、なんとなく、聞き耳を立てていると、階段の下から、フクの怒鳴る声がした。

「鵜沢さん。黒岩刑事さんですよ」

「はい！」

龍岳は、跳ねるように飛び起きると、汚い襖《ふすま》を開け、廊下に向かっていった。

「どうぞ、お上がりください」

「遅く、すまんね。じゃまするよ」

黒岩の声がした。

「こんばんは」

時子も、一緒だった。

「いや、夜分遅く、申しわけない」

龍岳が、押し入れから、煎餅《せんべい》のような座蒲団《ざぶとん》を二枚引っぱりだして、部屋の中央に並べ終えた時、ふたりが部屋に入ってきた。

「さあ、どうぞ」

龍岳がいった。

「ありがとう。仕事中だったようだね」

黒岩が、文机の上の書きかけの原稿を見ていった。

「いえ。話が進まなくなって、ひっくりかえっていたところです」

龍岳が答えた。

「調子、悪いのですか？」

学校帰りではないらしく、唐桟《とうざん》の着物姿の時子が質問した。

「なに、いつも、こんなものです。ぼくは、締め切りが迫ってこないと、調子の出ないほうですからね。まあ、一種のさぼり病です」

龍岳が笑った。

「ところで、なにか、事件に進展でもあったのですか？」

「榊原女史が、暴漢に襲われたそうだ」

黒岩がいった。

「なんですって!?」

龍岳が、目を見開いて、黒岩の顔を見つめた。そして、急いで続けた。

「怪我をしたのですか？」

「うむ。顔を殴られたとかで、目の下にあざができたそうだが、たいしたことはないらしい」

「まだ、会ってはいないのですね」

「うん。電話で話しただけなんだがね。あの例の事件のことで、ちょっと、聞きたいことがあったんで、夕方、電話をして、明日にでも会いたいといったら、そういうんで、びっくりしたよ」

「襲われたのは、いつのことなんです？」

龍岳が、たずねた。

「昨日の晩、十一時ごろのことだといっている。原稿書きに疲れて、外の空気を吸いたいと、家から、ほんの五、六間はなれた路地で、星を見上げていたら、いきなり背後から背の高い、若い男に首を締められ、口を手で塞《ふさ》がれたそうだ。で、女史が暴れて、大声を出したところ、『ちきしょう！』と呻《うめ》くようにいって、顔を拳《こぶし》で殴りつけて、逃げていったという。女史の声に驚いて、近所の人が出てきたので、それ以上、ことなきを得たがね」

黒岩が説明した。

「そうですか。でも、たいしたことがなくてよかったですよ」

龍岳が、ほっとした口調をした。その時、開いたままの襖の陰から、フクがお盆に茶を乗せて現れた。

「お茶をどうぞ」

「あっ、すみません。おばさん」

時子が、頭を下げた。

「どうぞ、おかまいなく」

黒岩がいった。

「いいえ。また、なにか、事件が起こったんですか？」

フクが黒岩に質問した。

「いえ。事件というほどのもんじゃないんですが」

黒岩が答えた。

「そうですか。じゃ、どうぞ、ごゆっくり」

フクは、それ以上、口をはさまずに、湯飲み茶碗の乗った、お盆を置いて降りていった。

「でも、何者が、なんの目的で、静乃さんを？　ロシア人の事件と関係があるのでしょうか？」

龍岳が、茶碗を黒岩と時子の前に置きながらいった。

「わからんね。また、話が元にもどって、やはり、あのロシア人の死が殺人だったのだとしたら、今度も関係あるかもしれない。時子は、あの事件とは関係なく、神隠し事件のほうの犯人じゃないかといっている」

「ああ、そうか。その可能性がありますね」

龍岳が、うなずいた。

「なんにしても、ぶっそうな話だ」

「静乃さんは、犯人の顔をはっきりと見ているのですか？」

「いや、残念ながら、はっきりとは見ていないようだよ。痩《や》せぎみで背が高かったというところまではわかったそうだが。若いというのも、顔を見たのではなく、身のこなしと声でわかったといっている」

「近所の人は、見なかったんでしょうかね？」

「女史の声で、戸を開けた時は、もう男は逃げた後だったらしい。女史が、すぐ警察に知らせてくれれば、ひょっとしたら、挙動不審な男を捕まえることができたかもしれなかったんだがね」

黒岩が、残念そうな顔をした。

「静乃さんは、通報しなかったのですか?」

龍岳がいった。

「そうなんだよ。騒ぎが大きくなるのが、いやだったらしい。一昨日の調べで、いやになったのだろう。まして、今度は自分が被害者だから、めんどうになると思ったんだろうね」

「じゃ、この事件は、警察では調べてないんですか?」

「うん。女史が、届けを出したくないというし、いまさら、しょうがないだろう。ただ、明日にでも、ぼくには事情を説明してくれるということになっているんだ」

黒岩がいった。

「ぼくも、ご一緒させてください」

「わたしも」

龍岳と時子がいった。

「時子はともかく、君には、ぼくのほうからも、そうしてもらおうと思っていた。まったく、ぼくもじれったいよ。首無し事件さえ解決してくれれば、一緒に捜査ができるんだが」

黒岩が、ほんとうに、いらだちを押さえきれないという口調でいった。

「しかし、女史が襲われたのは、ひっかかるなあ。いや、ぼくは一昨日、榊原女史をロシア人の件で疑っていただろ。ところが、その疑いが晴れたと思ったら、今度は、逆に襲われたというんだからね。どういうことなんだろう。偶然にしては、気になるね」

黒岩が、顎《あご》に手を当てていった。

「で、結局、あのロシア人の死因は、病死と断定されたわけですね?」

「むずかしいところなんだがね。そう断定せざるを得ない解剖結果だったからね。昨日、電話で話したように、なんにしても、脳があんな状態になるというのは、あり得ないことなんだよ。もっとも、そういう意味でいえば、病死でも、あり得ないんだが……」

黒岩がいった。そして、続けた。

「それとも、やはり、あれは殺人で、犯人は電波で頭の中だけぐじゃぐじゃにする機械でも使ったのかね。そういう機械は、考えられないかい？」

「科学小説でなら、どんな殺人方法も可能ですけど、現実にはねえ」

龍岳がいった。

「そんな機械が発明されたなんて、聞いたこともないものなあ」

黒岩がいった。

「ともかく、君も気をつけてくれ。なにか、いやな予感がしてならん。それから、時子。お前は、ほんとうに注意しなければいかんぞ。榊原女史が襲われたとなると、人ごとではなくなってきたからな」

「はい。気をつけます」

時子が、真剣な顔でいった。

「静乃さんを襲ったのが、神隠しの一味かどうかだけでもわかればいいんですがね。それで、実はですね、黒岩さん。明日にでも、おうかがいしてお話するつもりでいたんですが、昨日の夜、河野安通志君と吉岡信敬君が、池上の本門寺境内で、どうも、かどわかされそうになったらしい娘さんを助けたんですよ。ごぞんじありませんでしたか。これは、警察に届けも出しているはずですが」

龍岳がいった。

「河野君が？」

「はい。ぼくも、今日、戸塚のグラウンドに野球の試合を見にいって、はじめて知ったのです」

「うん。で、犯人は？」

「逃げられたそうです。なんでも、ふたりか三人組らしかったといっていますが、これも、神隠し事件と関係があるのかないのか……」

時子がいった。

「その人は、記憶とはなんともないのでしょう？」

「ええ。河野君たちの、目の前で起こった事件だったので、すぐ助けたそうです」

龍岳がいった。

「その犯人は、男だったかい？」

黒岩がいった。

「のようです」

「そうか。すると、それも神隠しと関係あるとすれば、残念ながら、ぼくの犯人、女性説ははずれだな。女史を襲ったのも男、その事件も男か……」

「それで、逃げる犯人のひとりに、河野君が野球のボールを投げつけたところ、かなりひどく、顔にぶつかったにもかかわらず、少しもひるまず逃げていったといってましたよ」

「ほほう。顔にボールが命中したのか。それは、犯人探しの有力な手がかりになりそうだね」

黒岩がいった。

「はい、ぼくも、そう思っているんです」

龍岳が答えた。

「静乃さんは、叩かれてあざになったっていうんですもの、野球のボールが当たったら、それはひどい傷ができるんじゃないかしら？」

時子がいった。

「うむ」

時子のことばを聞いた黒岩が、ちょっと、首をかしげるようなしぐさをして、低い声でいった。

「いやあ、春浪さん。ほんとうに、いい試合でしたよ。あの大井の左翼前の一打、あれこそ、気迫の一打です。あれを、見なかったなんて、春浪さんも、ほんとうにしょうがない」

吉岡信敬が、飲めない酒に酔い、また同じことをいった。昼間の声援で怒鳴りすぎて、ひどいかすれ声になっている。

「しょうがないといってもだね、信敬君。さっきから、いっておるように、俺だって見たかったんだよ。だが、坪谷さんの命令じゃしかたないじゃないか。俺が、グラウンドに駆けつけた時は、ちょうど君が胴上げされているところだったんだ。もう、三十分早くいければ、その場面を見ることができたんだがなあ」

春浪が、ひどく悔しそうにいった。その時、廊下側の襖が開いて、春浪の妻の亀子《かめこ》が入ってきた。そして、手にしていたお盆から、あさりの佃煮《つくだに》の入った小器を、春浪と信敬の前に置いていった。

「信敬さん、これ、うちで作った佃煮なんですよ。

召しあがってみてくださいね」

「あっ、これは、どうも。いただきます」

信敬が、軽く会釈して、佃煮に箸《はし》をつけた。

「これは、うまいです。店で売っているのより、柔らかいし、味つけが濃すぎない」

「そうでしょう。最近、作りかたを覚えた、わたしの自慢料理なんですよ」

亀子が、うれしそうに笑った。

「すっかり、得意になっておってな。だれがきても、食わされるんだ。でも、食わされたほうは、まずくとも、まずいとはいえんから、うまいと世辞をいうだろ。すると、これが、すっかりその気になってしまって、鼻の高いこと」

春浪がいった。

「あら、信敬さん。いまの、お世辞ですか？」

「とんでもないです。ほんとうにうまいから、うまいといったのです」

信敬が、顔の前で手を横にふった。

「信敬君。むりせんで、正直にいっていいのだぞ」

春浪が笑った。

「まあ、いやな人」

亀子が春浪に、ちょっと、ふくれ面をして見せ、続けた。

「それはそうと、あなた。今夜は信敬さんに、泊まっていっていただくのでございましょ」

「うん。泊まっていくな、信敬君」

春浪がいった。

「はい。すみませんが、よろしく、おねがいします。すっかり、いい心持ちになってしまって、もう、帰るのがいやになりました」

信敬がかすれる声で、亀子にぺこりと頭を下げた。

「どうぞ、ご遠慮なく。それにしても、信敬さんはいいですわね。ほんのちょっと召しあがっただけで、そんなに気持ちよくお酔いになれて」

「まったく、うらやましいよ。俺なんか、いくら飲んでも、なかなか、いい気分になれん」

春浪が、ふっと、つまらなそうに息を吐いた時、柱の時計が十一時を告げた。

「もう、こんな時間か。信敬君、今日は応援で疲れただろう。寝たくなったら、俺にかまわんで寝たまえよ」

「では、わたしは、向こうのお部屋にお蒲団を敷いてきますから、お休みになりたくなられたら、いつでもどうぞ」

亀子が、信敬にいって、部屋を出ていった。

「はい。ありがとうございます」

信敬が、亀子の後ろ姿に軽く会釈した。そして、春浪にいった。

「河野君は、結局、きませんでしたね。こられればくるといっておったんですが、小鰐《しょうがく》さんや清君たちとでも、飲んでいるのかな。でも、ほんとうに、今日は勝ってよかった。三年続けて負けたら、世間から、なんといわれるかわかりませんよ」

信敬はうれしそうだった。

「昨晩、本門寺に必勝祈願にいったんだって？ 河野君から、ちらりと聞いたんだが」

「そうなんですよ。あれが、効いたにちがいない。実際は、参詣《さんけい》はできなかったんですがね。そうだ、春浪さん。水くさいじゃありませんか！」

信敬が、突然、まじめな表情で、大きな声を出した。春浪が、手酌のとっくりを止めて、信敬の顔を見た。

「なにが、水くさいんだ？」

「ぼくに内緒で、龍岳君たちと、若い娘のかどわかし事件を調査しているそうじゃないですか」

「ああ、あれか。別に、君に内緒にしてたわけじゃないんだよ。あれは、最初、龍岳君が黒岩君に頼まれて調査を始めたんだが、そのうち、ひょんなことから、〈冒険世界〉で神隠しの記事をやろうということになってね」

春浪が説明した。

「それを、ぼくにも、ひとこと教えておいてくれれば、昨日の賊《ぞく》なんか、逃がさないですんだんですよ」

信敬が、口をとがらせていった。

「昨日の賊？」

「あれ、河野君から聞いていませんか？」

「いや、なにも聞いておらん」

「そうですか。いえ、昨晩、その必勝祈願にいった本門寺で、娘がかどわかされそうになったところを、ぼくと河野君で助けたんです」

「ほんとうか！」

「ええ。残念ながら、賊には逃げられましたけど、河野君が、顔にボールを叩きつけましてね」

「ほう」

春浪が、うなずいた時、襖がふたたび開いて、亀子がいった。

「あなた、黒岩さんから電話ですよ」

「そうか」

春浪が、立ちあがった。

「信敬さん、お茶漬でも、お持ちしましょうか？」

「いや、もう、いろいろ、ちょうだいしましたから、腹はいっぱいです。恐縮ですが、水を一杯ください」

「はいはい。わかりました」

亀子がうなずいた。

春浪の電話は長かった。たっぷり、十五分もしゃべってから、部屋にもどってきた。そして、信敬の顔を見ていった。

「信敬君、まだ、だいぶ酔っておるかね？」

「はあ？」

信敬が、質問の意味がわからないという顔をした。

「いや、これから、ここに龍岳君と黒岩君がくるんだが……」

「この時間にですか？」

「うん。ついては、君にも、ぜひ話に参加してもらいたいんだ」

春浪の口調は、至極《しごく》まじめだった。

「なんの話なんですか？」

信敬が質問した。

「いま、話していた、かどわかし事件の話だよ。君に手を貸してもらうことになるかもしれない」

「なんだか知らないけど、おもしろそうですね。わかりました。とにかく、冷たい水で顔を洗ってこよう」

信敬が立ちあがった。

9

愈々近《いよいよちか》づける珍客《ちんきゃく》ハリー

最近《さいきん》の観測《かんそく》

天界《てんかい》の珍客《ちんきゃく》ハリー彗星《すいせい》は愈々近《いよいよちか》づいて来《き》た此《こ》の十日の天文《てんもん》台《だい》の観測《かんそく》に拠《よ》れば尾《お》は三十度《ど》の角《かく》を示《しめ》し次《つい》で十三日夜《にちよる》は頭《あたま》は一等星尾《とうせいお》は四十五度《ど》に拡大《かくだい》して居《い》た何《なん》でも現下《げんか》の長《なが》さは二千万哩以上《まんマイルいじょう》に達《たっ》して居《い》る彗星《すいせい》が地球《ちきゅう》と最《もっと》も接近《せっきん》する場合《ばあい》即《すなわ》ち十九日《にち》に於《お》ける距離《きょり》は千四百万哩《まんマイル》で地球《ちきゅう》は其《そ》の透明《とうめい》なる尾《お》の中《なか》に包《つつ》まるゝ訳《わけ》である△彗星《すいせい》の目下《もっか》の速度《そくど》は一秒時間《びょうじかん》二十八哩地球《マイルちきゅう》の速度《そくど》は同《おな》じく十八哩《マイル》だが双方正反対《そうほうせいはんたい》の方面《ほうめん》に動《うご》いて居《い》るから地球《ちきゅう》が尾《お》に包《つつ》まるゝ場合《ばあい》の速力《そくりょく》は一秒実《びょうじつ》に四十六哩《マイル》一時間《じかん》十六万哩《まんマイル》と云《い》ふ眼《め》にも留《とま》らぬイヤ人間《にんげん》などの想像《そうぞう》も及《およ》ばぬ早《はや》さである

（五月十六日〈東京朝日新聞〉）

中央アジアの探検家として著名な鳥居龍蔵《とりいりゅうぞう》博士を、龍岳と黒岩が訪問することになったのは、まったく突然のことだった。どういう経緯からか、ロシア人の考古学者が変死したことを知った鳥居から、警視庁の黒岩に電話が入ったのだ。

鳥居の説明によると、鳥居は、その青年に会ったことはないが、二、三度手紙のやりとりをしたことがあり、その死因について、ちょっと興味ある話があるので、会えないかということだった。首無し女事件で、てんてこまいの状況にある黒岩だったが、この件だけは他人にまかせる気がせず、自ら、鳥居をたずねることにした。

本来なら、この事件の調べは京橋警察署で行う性質のものであったが、一応、死因は病死と判定されていたので、越権行為の心配もなかろうと、刑事としてではなく、私人として、鳥居をたずねることにした。そして、話が専門的になった時のことを考えて、龍岳に同行してもらうことにしたのだ。

ただ、鳥居の仕事の都合から、突然、その日の午前中にきてくれといわれ、黒岩も龍岳も、いささかばたついたが、とにもかくにも十一時に、ふたりは本郷明神町の鳥居の家を訪れることができたのだった。

「どうも、すっかり、むりをいってすみませんでした。実は、今日の午後から大阪のほうに出張の用事がありまして、どうしても、いましか時間が取れなかったのです」

ふたりを応接室に案内した鳥居が、一見、精力的な探検活動をしている学者とは思えない、いかにも温厚そうな顔で、申しわけなさそうにいった。

「とんでもありません。わたしのほうこそ、わざわざ、ご連絡をいただき、恐縮です」

黒岩がいった。

「わたしは、むりについてまいりまして……」

龍岳が頭を下げた。

「なになに、よろしいですよ。なにも、刑事さんにだけしか、お話できないという内容ではありません。あなたは、科学小説家だそうですね」

「はい」

「でしたら、ぼくのほうこそ、あなたに、科学的想像の見地から、お話をお聞きしたいくらいのものですよ」

鳥居が、小さく笑いながらいった。

黒岩が、切り出した。

「先程は、あのロシア人の死因について、お話があるとのことでしたが」

「そうなのです。法医学教室の鑑定人の医者に友人がおりましてね。ネボカトフ君が死んだことと、その死因が、いかにもふしぎだということを聞いたのです」

「先生は、あのロシアの青年を、ごぞんじなのですか！」

黒岩が、ちょっと、びっくりしたような声を出した。

「ええ。実は、昨日、会う約束をしていたのです」

「そうでしたか。やはり、考古学のお仕事でですか？」

「そうです。かれは、純粋に考古学者、ぼくは人類学が専門ですから、まったく、同じ分野ではないのですが、以前から、おもしろい資料を見つけたので、会ってもらえないかといっていましてね。今度、ようやく時間が取れて、上京するからと、つい数日前に手紙がきて、昨日が約束の日だったのです」

鳥居が説明した。

「それにしても、死んだとはおどろきました。しかも、あんな死にかたをするとは……。これは、なにかの因縁かもしれませんね」

「といいますと?」

「いえ。これは、ぼくの専門ではないので、よくは知りません。かれは西域の古代王朝を調べておったのですが、その国が滅亡した時、人々の脳が腐って死んだという伝説があるらしいのです」

「脳が腐って?」

龍岳がことばを繰り返した。

「あのロシア青年の場合は、腐ってはいなかったようですが、常識では考えられない状態だったそうですね」

鳥居がいった。

「ええ。ぼくは見ておりませんが、医者の話では、まるで、手を突っ込んでかきまぜたようだったと……」

黒岩がいった。

「その伝説と、似ているじゃありませんか」

鳥居がいった。

「あの、鳥居先生。歴史学者の吉川彦太郎先生をごぞんじですか」

龍岳がいった。

「ええ。ネボカトフ君と、同じ研究をしているかたですね、お会いしたことはありませんが。その吉川先生が大谷探検隊から借りている資料を、ネボカトフ君が見せてもらいに上京したわけなのでしょ?」

「はい。ところが、数日前に、その資料が紛失し、吉川先生は突然、ぼけてしまわれたのです」

龍岳が説明した。

「突然、ぼけたとは、どういうことです?」

鳥居が質問した。

「それが、まさに突然だそうでして、外でだれかと会って帰ってきた翌日に、自分がだれかもわからないような状態になってしまわれたそうなんです」

「それは、ほんとうですか⁉」

鳥居が、真剣な顔でいった。

「はい」

「その吉川先生が、会われた相手というのは、まさか若い婦人ではないでしょうね？」

「それが、わからないらしいのです。しかし、なぜ？」

龍岳が、首をひねった。

「さっきの西域の古代王朝ですがね、ネボカトフ君の手紙によれば、なんでも、隆盛を誇っていた、その国に、どこからともなく、ひとりの婦人が現れて、巫女《みこ》として、国王のお気に入りになっていた。ところが、ある時、その国で王女をはじめ、数人の若い娘が、行方不明になるという事件が起こった。そして、その犯人として、婦人が捕らえられたが、婦人は妖術を使って、国王一族を腑抜《ふぬ》けの状態にし、さらに取り押さえようとする国民を、ひとり残らず倒した。それも、手ひとつ触れず、脳を腐らせて、皆殺しにしたというのですよ」

「それは……」

黒岩が、思わず、唾《つば》を飲み込みながらいった。

「もちろん、伝説なんですがね。歴史学者は、その国の存在さえ否定しているのですが、ネボカトフ君や吉川先生は、それを史実として、研究していたらしいのですよ」

「先生は、どう思われますか？」

龍岳が質問した。

「ぼくも、科学者としては、その話は信じがたい。だから、実際、ネボカトフ君に手紙をもらっても、まじめに考えてはいなかったのです。ところが、その死因を聞いて、びっくりしてしまってね……。それに、その伝説では、国王が腑抜けにされたというが、吉川先生のぼけの話とも、妙に符号する。ネボカトフ君の死には、若い婦人は関係していませんか？」

「……いいえ」

黒岩が、龍岳の顔をちらりと見ていった。なぜか、黒岩は静乃のことを、鳥居にいいたくないようだった。

「そうですか。それと、もうひとつ、ネボカトフ君のいうには、その王朝が滅びた時、大彗星《すいせい》が接近したらしいということで、たぶん、それは、ハリー彗星だと思われると書いてありました」

「ハリー彗星？」

龍岳と黒岩が、同時にいった。

「これもまた、奇妙な符号でしょ。ハリー彗星の接近した年に滅びた国を研究している人間が、滅びた原因とそっくりの死にかたをしたり、吉川先生がぼけてしまわれたり……」

「その古代王朝の、王女の行方不明事件というのは、どういうことなのでしょうか？」

黒岩が質問した。

「さあ。ぼくには、先程お話しした以上は……。その巫女というのも、何者だったのでしょうね」

鳥居が、ふうっと、息を吐いた。

「そういえば、ネボカトフ君は、その巫女と思われる婦人の肖像画を手に入れたというようなことも書いてありましたよ。すこぶる美人だそうです。まあ、こういう伝説には美人はつきものですがね」

「そんな、何百年も前の肖像画があったのですか？」

「それが、手紙では詳しくはわからなかったのですが、なぜか、その肖像画が室町時代ごろの日本で描かれているというのです。それは、どういうことなのか、ぼくには皆目わかりませんがね」

「西域の古代王朝の女性の肖像画が、室町時代にですか……」

黒岩が、龍岳と顔を見合わせていった。

「九尾の狐《きつね》、玉藻《たまも》の前《まえ》みたいな話ですね」

龍岳がいった。

「いや、科学的な捜査をしている警視庁の刑事さんに、お話しする内容ではないとは思ったのですが、いかにも、ネボカトフ君の死が、因縁めいているので、つい。しかし、吉川先生までが、そんなことになられているとは、まったく、奇妙な話です。あなたは、どう思われます」

鳥居が龍岳にいった。

「怪奇小説のような話ですね。西洋に、ピラミッドを暴いた探検隊が、次々と死んでいくという話があるそうですが、それみたいですね。なにか、この古代王朝を調べると祟《たた》りがあるといったような。あ、いや、これは、ぜんぜん、科学小説家らしくない意見です」

龍岳が、頭をかきながらいった。

「この科学時代になっても、科学では割り切れないこともありますからね」

鳥居がうなずいた。


「どう、思うね？」

黒岩が、ライスカレーのスプーンを止めて、龍岳にいった。鳥居龍蔵の家からほど近い洋食屋のテーブル。

「静乃さんのことですか？」

龍岳が聞き返した。

「うん。もちろん、女史のことも含めて、この奇妙な事件、全体のことだよ」

黒岩がいった。

「どう考えたらいいのでしょう。それにしても、神隠し事件と、吉川先生やロシア人の事件が、つながりがあるとは思いませんでしたね」

「たしかにあるとはいいきれないが、まさに、その古代王朝の伝説というのと、いま、われわれがかかわっている事件は、そっくりだ。とすると、その巫女に相当する人物が、榊原女史ということになる。女史が、その巫女と同じ能力を持っているとしたら、ネボカトフ君を殺したのは、やはり、女史にちがいない」

「しかし、伝説はともかくとして、実際、そんな殺しかたが……」

「だが、それでネボカトフ君の死因が説明できるんだ」

「たしかに、そうですね。だとすると、静乃さんは、恐ろしい殺人鬼、それも、ふつうの人間にはない能力を持った鬼女というわけですか」

龍岳が、とうてい信じがたいという表情で、ため息をついた。

「でも、もし、そうだったとして、その伝説に出てくる女性と静乃さんが、どう、つながるんだろう?」

「その鍵を、吉川さんやネボカトフ君が握っていたんじゃないだろうか。佐藤老人もそうだ」

「それで、口封じをしたというわけでしょうか」

「それが、一番、説明はしやすいね」

黒岩がいった。

「ネボカトフ君が見つけたという、肖像画は見ましたか?」

龍岳が質問した。

「いや、ホテルでの所持品の中にはなかったよ。ひょっとすると、榊原女史は、その絵のためにネボカトフ君を、殺したのではないだろうか。けれど、それもふしぎな話だな。なぜ、西域の古代王朝の女性の絵が、室町時代に日本で描かれているんだ」

黒岩が自問するようにいった。

「見当がつきません。それに、もし、静乃さんが神隠し事件の犯人でもあるとしたら、その目的はなんなのでしょう。いったい、誘拐した娘たちになにをしたというんでしょうか?」

「それなんだよ。それが、ぼくにも、皆目、見当がつかんのだ。犯罪というものには、動機が必要なはずだが、榊原女史には、それが見当たらない」

「だけど、黒岩さん。静乃さんが、一連の事件の犯人だとしたら、その静乃さんを襲った暴漢というのは、何者ということになるのですか。まったくの偶然ですが、それとも、事件と関連があるのですか?」

「ぼくは、榊原女史が襲われたというのは、うそだと思う」

黒岩が、確信ありげにいった。

「うそ? では、怪我などしていないということですか?」

龍岳が質問した。

「いや、実は、君に、その確認をしてきてもらいたいと思っていたのだが、顔に怪我をしたのは、事実だろう。しかし、暴漢に襲われたのではなくて、河野君の投げたボールが当たったのだと思うんだ」

「あっ!! じゃ、河野君や信敬君が遭遇した事件の犯人は静乃さんということですか!?」

「ぼくは、そう思う」

黒岩がうなずいた。

「そうか。そうだとすると、静乃さん以外に共犯者がいるということになりますね。……それにしても、なんのためなんでしょう?」

龍岳が、また、さいぜんと同じ疑問を口にした。

「……いや、やはりぼくには、あの静乃さんが、ネボカトフ君殺しの犯人で、誘拐魔とは、とうてい信じられませんよ」

「ぼくも、そうは思いたくないよ。でも、状況は女史に不利だ。けれど、犯人でなければ、それにこしたことはない。とにかく、調べてみよう。ただし、これはまだ、時子にも黙っていてくれ」

「春浪さんにもですか?」

「いや、春浪さんは別だ。けれど、くれぐれも榊原女史には、ぼくが疑っていることをもらさないようにいってほしい。万一、春浪さんが、それらしいことを女史に話してしまった場合、女史が犯人なら警戒してしまうだろう。また、犯人でなかったとしたら、立腹して、それが春浪さんや〈冒険世界〉との関係を壊すことになってしまうかもしれない。それと、もうひとつ。鳥居博士から聞いた話は、黙っていてくれたまえ」

黒岩がいった。

「わかりました」

龍岳が、うなずいた。

「これは、いよいよ、〔ハリー彗星観測会〕どころじゃなくなってきましたね」

「うん。ぼくは、どっちみち、参加できそうもないと思っていたが……」

黒岩がいった。

「昨日のようすでは、春浪さんも半ばあきらめていたみたいですよ」

龍岳がいった。

「ともかく、今日、君と時子で、予定どおり、女史を見舞いにいってくれ。充分、気をつけてね」

「わかりました」

龍岳が答えた時、南のほうから、ドーンと腹に響く音が聞こえた。十二時を告げる午砲《ごほう》だった。

牛込区赤城元町《あかぎもとまち》の榊原静乃の家は、こじんまりした借家だった。あたりは、芸者の置家や、三味線、小唄《こうた》などの稽古所《けいこ》が多く、粋な町並みの中に、その家はあった。

「まあ、よくきてくださいました。どうぞ、おあがりください」

静乃は、龍岳と時子の突然の訪問に、ちょっとびっくりしたようだったが、にこやかな表情でふたりを迎えた。ふだん着の黄八丈《きはちじょう》姿の静乃は、外で会う時とかなり印象がちがったが、その美貌《びぼう》は、いささかも変わらなかった。

化粧は、ほんのりという程度だったが、暴漢に殴られてできたという右目の下のあざは、ほとんど目だたなかった。じっと、集中して見つめれば、ああ、なるほど、少し青いかなという程度にすぎなかった。

「いきなり、やってきまして……」

茶の間に通されると龍岳は、座蒲団《ざぶとん》に腰を降ろしていった。

「なにを、お見舞いにお持ちしたらいいのか迷って、結局、こんなものに」

時子が、手にしていた風呂敷包みを解いて、ひとつひとつ新聞紙にくるんである、鶏のたまごを畳の上に十個並べた。

「まあ、たまごを。どうも、ありがとうございます。遠慮なくいただきます」

静乃は、そういって台所にいき、小型の竹ざるを持ってくると、そっとたまごをざるに移した。

「いま、お茶を入れますから、ちょっと、待ってください」

「どうぞ、おかまいなく、黒岩さんから、静乃さんが暴漢に襲われたと聞いて、びっくりして駆けつけたのですが、お元気そうですね」

龍岳が、鉄瓶のお湯を急須《きゅうす》に注いでいる静乃にいった。

「どうも、ご心配をかけてすみません。たいしたことはなかったのですが、顔を叩かれて、あざができてしまったもので、昨日は一日、家におりました。でも、今日は、もう、ほとんど目だちませんでしょ」

静乃が、台所から振りかえっていった。

「ええ。傷にならなくて、なによりでした」

龍岳がうなずいた。

「襲ったのは若い男だそうですね？」

「はい。背の高い、若い男でした。わたしが、足にでもしがみついていれば、捕まえられたかもしれなかったのですけど、顔を叩かれたはずみで、尻《しり》もちをついてしまいまして、そのすきに逃げられてしまいました。さあ、お茶をどうぞ」

静乃が、お盆の上のお茶を、龍岳と時子の前に置きながらいった。

「交番に届け出なかったのですか？」

時子が質問した。

「ええ。いろいろ質問されるのがいやで……」

静乃が、ことばをとぎらせた。

「神隠し事件と、同じ犯人でしょうかね？」

龍岳がいった。

「どうなんでしょう？　夜、家からちょっと離れたところでというのは、似ておりますわね」

静乃がいった。

「兄は、同じ犯人にちがいないだろうといっておりました」

時子がいった。

「そうですか。でも、なんで、わたしなどを襲ったのでしょう？」

静乃が、わからないという口調で、小さく、首を横に振った。

「同じ人を、二度襲うこともないだろうとは思いますが、これからも、充分、気をつけてください」

「はい。気をつけます」

静乃が、頭を下げる。

「時子さんも、気をつけてくださいよ。今夜は、黒岩さんも徹夜で帰れないといっていたし、戸締まりは厳重にして」

龍岳が、時子のほうを向いていった。

「そんなに、お兄さまはお忙しいのですか？」

静乃がたずねた。

「ええ、なんですか、今日は、あの首無し女事件のことで、有力な手がかりがあったから、徹夜作業になるということでした」

「ぼくが、泊まるというわけにもいきませんからね」

「だいじょうぶでしてよ。兄がいないのは、今夜がはじめてではありませんもの」

時子がいった。そして、続けた。

「それに、神隠し事件は、みんな、外で起こったことですもの。家の中にいれば安全ですわ」

「とは、思いますがね。とにかく、ふたりとも注意をしてください。ところで、静乃さん。例のロシア青年の件ですが、黒岩さんの話によると、残された鞄《かばん》の中に、なんだか、おもしろいものがあったそうですよ」

「おもしろいものといいますと？」

静乃がたずねた。

「なんでも、西域の古代王朝の滅びた原因を、こと細かく書いた研究資料だそうです。ロシア語なので、よくはわからないらしいのですが、その中に、非常な秘密が書かれているとか。もしかすると、吉川老人がぼけてしまった原因や、ネボカトフ君の死因も、それで解けるかもしれないといっていました」

「あのかたは、そんな資料をお持ちだったのですか？」

静乃がいった。

「だそうです」

龍岳が答えた。

「兄ったら、ロシア語なんか読めもしないのに、どこからか辞書を借りてきて、昨晩、一生懸命調べてましてよ。でも、結局、なんにもわからないから、明日にでもロシア語のできる人に見てもらうといっておりました。わたしが、最初から、そうなされればよかったのにといったら、なんだか、ぶつぶついってましたわ」

時子が、ちょっと、笑っていった。

「その資料は、いま、お兄さまがお持ちなのですか？」

静乃が、興味深そうに質問した。

「いいえ。ちょっと、厚目の帳面で、家の兄の机の上に乗っています」

時子が答えた。

「静乃さん、いずれ原稿を書く時のために、見たいでしょう？」

龍岳がいった。

「はい。でも、わたしは、ロシア語はわかりませんから、読めるかたに翻訳してもらってでないと」

静乃がいった。

「ああ、そうですね。ぼくたちのまわりで、ロシア語の読める人といったら、中沢臨川《なかざわりんせん》さんぐらいかなあ。でも、なにが書いてあるのか、興味津々《しんしん》といったところですね」

「ええ、ほんとうに」

静乃がうなずいた。

「さて、それでは、時子さん。そろそろ、失礼いたしましょうか。お見舞いにきて、ぐずぐずしていても、かえってご迷惑になりますから」

龍岳がいった。

「いえ、迷惑だなんて、とんでもありませんわ」

静乃がいった。

「それより、おふたりがお忙しくていらっしゃるでしょう。これから、どちらに？」

「ここから近いですから、早稲田大学の図書館にでもいこうと思っています」

龍岳が答えた。

「神隠しの資料探しですか？」

「そうです」

「すみません。わたしの仕事なのに、龍岳さんに頼ってしまって」

「なに、いいですよ。これで、資料を探すという仕事も、やってみると、なかなか、おもしろいですからね」

「わたしも、明日には外に出ても、みっともなくない顔になると思いますので、いろいろあたってみようと思います。うまくいけば、被害者の女性の親御さんに会えるかもしれません」

「それが、うまくいくといいですね。それでは、どうぞ、おだいじに」

龍岳と時子が、頭を下げた。

「ほんとうに、ありがとうございました」

「いえ、静乃さんが元気とわかって、実際、安心しました。春浪さんも、ほっとされるでしょう」

龍岳がいった。

「どうぞ、春浪さんに、よろしくお伝えください。それから、時子さん。お兄さまのご質問の件は、明日にでも、わたしのほうから警視庁に、おうかがいしますとおっしゃってください」

静乃が、会釈しながらいった。

「やあ、潮風君、お帰り！」

編集室の入口に、河岡潮風の姿を見つけた春浪が、大きな声を出した。他の編集部で居残り仕事をしていた四、五人が、その声で顔をあげ、潮風のほうを見た。

「やあ」

「お帰り」

それらの編集部員から、口々に潮風に声がかかった。

「どうも。いま、帰ってきました」

潮風が、部屋に一歩入ったところで立ち止まり、全員を見回して報告した。

「なにやら、収穫があったらしいね？」

春浪が、自分の席から潮風にいった。

「ええ、それが……」

潮風は、小声であいまいな返事をすると、春浪の隣りの自分の席に腰を降ろした。

「春浪さん、すみませんでした。お帰りになるところを、引き止めてしまって。ぜひ、お見せしたいものがあったものですから」

潮風がいった。

「なに、かまわんよ。俺も、早く、取材の収穫を知りたいからね」

　この夜は、早めに編集部を引き上げる予定をしていたが、佐久の取材を終え、飯田町に到着した潮風から、しばらく待っていて欲しいと電話が入ったので、楽しみに待っていた春浪だった。

「で、神隠しの謎が判明したのかね？」

「いえ。それが、残念ながら、神隠しに関しては、まったく、なにもわかりませんでした」

　潮風が、申しわけなさそうに、首を振った。

「なにも？」

「はい。もう、当時を知っている人が、向こうにはひとりもいないのです。それで、話があやふやで……」

「そうか。じゃ、むだ骨だったのか。でも、さっきの電話じゃ、おどろくような発見があったといったじゃないか？」

　春浪が、ふしぎそうな顔をした。

「それなんですが、まあ、これを見てください」

　そういいながら、潮風は、かがみこんで、机の脇に置いてあった旅行鞄の尾錠《びじょう》をはずすと、中から唐草模様の風呂敷に包まれた、長さ一尺ほどの品物を取り出し、机の上に置いた。

「土産かね？」

　春浪が質問した。

「あっ、しまった。すっかり、お土産を買うのを忘れていました。すいません！」

　風呂敷包みを開きかけていた潮風が、手を止めていった。

「いや、そんなものは忘れてもかまわんが、土産ではないのか」

　春浪が、ふたたび動き出した潮風の手元を見ながらいった。

「村はずれにある招福寺というお寺から、借りてきたものです」

「仏像かい？」

　春浪が、風呂敷の下の紫の袱紗《ふくさ》のすきまから見えている削られた木を見ていった。

「そうなのですよ。渺常《びょうじょう》観音という、未完成の観音様なのですが、この顔を見てください」

潮風が、袱紗をほどいて、顔が下向きになっていた観音様を春浪に手渡した。

「ふむ。……ん、これは？」

観音像を見た、春浪がびっくりした声を出した。

「春浪さんも、びっくりしたでしょう。ぼくも、これを見せられた時は、ほんとうにおどろきました。だって、これじゃ、静乃さんをモデルにしたとしか思えないじゃないですか！」

潮風が、春浪の反応を見て、満足そうにいった。

「うむ」

春浪が、もう一度、唸《うな》り、しげしげと観音像の顔を見た、その美しい観音様の顔は、まさしく、榊原静乃の顔だった。似ているという程度ではなかった。静乃そのものだった。

「なに観音だって？」

しばらく、観音像を見つめていた春浪が質問した。

「渺常観音といって、いまから、七、八十年前に、そのお寺にいた渺常という尼《あま》さんをモデルにして、旅の彫刻家が彫ったものだそうです」

「ふーん。しかし、なんで、静乃君に、こんなにそっくりなんだ？　なにか関係あるのかい？」

「さあ、それはいまのところわかりませんが、この尼さんは、どこからともなくやってきて、廃寺を建て直して住み、また、十数年後に、どこへともなく去っていったというのです。あるいは、静乃さんの先祖かもしれませんね。明日にでも静乃さんに、聞いてみようと思います」

潮風が、やや興奮した表情でいった。

「実は、俺は実物を見ていないんだが、似たような話が、こっちにもあるんだ」

春浪が、落ち着いた声でいった。

「といいますと？」

潮風が、興味深げに質問した。

「木川君の友人の写真師が、文久二年だかに、下岡蓮杖が写したという写真を持っているんだが、その写っている婦人の顔が、静乃君に瓜《うり》二つだというんだよ。俺も、ぜひ、見せてもらおうと思っているんだが、たまたま、その家が昨日の夜、放火されて、ぼや騒ぎがあったんだ」

春浪が説明した。

「文久二年ですか？　それはまた、この観音像とも時代がちがいますねえ」

潮風がいった。

「木川君は、俺がその写真を見たら、ぜったいおどろくといっておったから、その写真もきっと、この観音像くらい、静乃君に似ておるのだと思うが、なぜ、そんなにあちこちに、静乃君に似た像や写真があるのだ？」

春浪がいった。

「ああいう美人は、どこにでも、いつの時代にでもいるというものではなかろう」

「静乃さんは、その写真の話は知っているのですか？」

「うん。やはり、現物を見てはおらんと思うが、話は俺がしたからね」

「なんといっていましたか？」

「自分にも、昔のことはよくわからないが、自分と血のつながった人の写真ではないと思うといっておった」

春浪が説明した。

「そうですか。すると、この観音像も、偶然ということになるのですかね？」

潮風が、なんだか、つまらなそうな顔をした。

「それは、本人に聞かなければ、わからんがね。ところで、潮風君。その静乃君なんだが、君が東京にいないあいだに、いろいろあってね」

春浪が、ちょっと、いいにくそうにいった。

「なにが、あったのですか！」

潮風が、表情を厳しくした。

「ひとつは、君が出かけた日に会ったロシアの青年が、静乃君と挨拶《あいさつ》を交わしたとたんに、いかにも奇妙な死にかたで死んでしまったのだ」

「えっ！」

「病死であるらしいんだが、どうも、はっきりしないところがあってね。それから、もうひとつは、一昨日の晩だが、静乃君が自宅近くで、暴漢に襲われて、顔に怪我をしたんだ」

「顔に⁉」

「うん。といっても、目の下を殴られて、あざができた程度で、今日の昼間の電話では、もう、ほとんど、目立たないそうだ」

「そうですか」

潮風が、いかにも、ほっとしたようすでいった。

そして、続けた。

「その暴漢というのは、なにものなのです?」

「俺は、例の神隠し事件と、同じ犯人ではないかと思う。静乃君の話では、犯人は背の高い、若い男だったそうだ。ただ……」

そこまでいって、春浪が、ことばをとぎらせた。

「なんですか?」

潮風がたずねた。

「これは、ほんとうは君にはいわんほうがいいのかもしれないが、黒岩君は、静乃君を疑っておる」

春浪が、声を一段、落としていった。

「疑っている? なにをですか。そのロシア人を殺したとでも?」

潮風が、小声だが、怒ったような口調でいった。

「いや。その件は、たしかに一時は、疑ったらしいが、死因が病死のようで、殺人とは考えられないということで、決着がついたんだよ」

春浪がいった。

「じゃ、黒岩さんは、なにを疑っているんです⁉」

潮風がいった。

「神隠し事件のほうだ」

「神隠し事件のほう? すると、黒岩さんは、犯人は女性の可能性があるといってましたが、それが、静乃さんだと……」

潮風が、とても信じられないという顔で、ことばを途中で止めた。それから、ひと呼吸入れて、怒鳴るようにいった。

「証拠はあるんですか!」

「潮風君、そう興奮するな。まだ、犯人と決まったわけじゃない。実際、俺も黒岩君の説には賛成できん。ただ、黒岩君がいうには、さっきいった暴漢に襲われたというのは、嘘《うそ》かもしれんというのだ」

春浪がいった。そして、潮風がなにかいいかけようとするのを、手で制して続けた。

「実は、静乃君が暴漢にあったという夜、信敬君と河野君が、池上の本門寺で、若い娘がかどわかされそうになるところに出くわしてね。その時、河野君が暗闇の中で、結局、逃げられてはしまったんだが、犯人の顔に野球のボールをぶつけたんだ」

「じゃ、静乃さんのあざは、そのボールの当たった跡だと？」

「黒岩君は、その可能性があるといっておる」

「そんな、ばかな。なんで、静乃さんが、若い娘をかどわかさなけりゃならないんです!?」

潮風が、吐き捨てるようにいった。

「それは、黒岩君もわかっておらんようだがね」

「ほかに、なにか、疑うようなことがあるのですか？」

「うん。いくつかはあるらしいが、なにもいわない」

「そんな、そんなことあるわけないですよ。黒岩さんは、そんな人じゃないと思っていた。見そこないましたね！」

潮風が、怒りをどこにぶつけていいかわからないという表情をした。

「そう、怒らないでくれ。さっきもいったように、黒岩君だって、静乃君を犯人だと決めたわけじゃないんだ。ひょっとするということなんだよ」

春浪が、なだめるようにいった。

「ひょっとでも、あんまりですよ。わかりました。黒岩さんが、そんなことをいうのなら、ぼくがこの手で真犯人を捕まえて、静乃さんの無実を晴らして見せますよ！」

潮風の声は厳しかった。

「それでね、今夜、もしかすると、静乃君が犯人かどうか、はっきりするかもしれないんだ」

春浪がいった。

「えっ!!」

潮風が、春浪の顔を凝視した。

10

ハレー彗星《すいせい》近《ちか》づけり

人《ひと》は其一生《そのいっしょう》の中《なか》に於《お》いて、此《こ》の彗星《すいせい》を一度《ど》より多《おお》く見《み》る能《あた》はざるべく、若《も》し再《ふたた》び見得《みう》る人《ひと》あらば、其人《そのひと》は稀《ま》れなる長寿《ちょうじゅ》者《しゃ》ならざるべからず、何《なん》となれば、此《こ》の一回前《かいまえ》、即《すなわ》ち千八百三十五年の此彗星《このすいせい》を見《み》たる人《ひと》は、其《そ》の記憶《きおく》を有《ゆう》する最幼《さいよう》年者《ねんしゃ》も、今《いま》は早《は》や八十以上《いじょう》の高齢《こうれい》なるべく、八十以上《いじょう》の高《こう》齢《れい》にて世《よ》に生存《せいぞん》するものは極《きわ》めて稀《まれ》なるを以《もっ》てなり、今日《きょう》幸《さいわい》に此彗星《このすいせい》を見《み》るの機会《きかい》を有《ゆう》する者《もの》も復《ま》た次《つぎ》の機会《きかい》を有《ゆう》する者幾許《ものいくばく》かあるべき、今日少壮《きょうしょうそう》の人《ひと》にして次《つぎ》の機会《きかい》を有《ゆう》せんと欲《ほっ》せば、百歳《さい》の寿《じゅ》を保《たも》たざるべからずして、是《こ》れは先《ま》づ不可能《ふかのう》なるべし、さればハレー彗星《すいせい》の監望《かんぼう》は、吾人《ごじん》の生涯中《しょうがいちゅう》に於《お》ける、重要《じゅうよう》な事件《じけん》の一として、当然其《とうぜんそ》の機会《きかい》を尊重《そんちょう》して可《か》ならん

（五月十七日〈萬朝報〉）

月も星もない暗い夜だった。時刻は午前二時十二分。まさに、草木も眠る丑《うし》三つ時だった。二人引きの人力車が、牛込区原町の裏道を、小さな提灯《ちょうちん》の明かりひとつで、飛ぶように疾走していた。俥《くるま》は、迷路のような小道を、迷うようすもなく、小さな路地に入り、一軒のこぢんまりした平屋の前で、静かに、ぴたりと止まった。黒岩の家だった。

俥が止まると、座席から、闇に吸い込まれそうな黒っぽい無地の着物姿の女性が、あたりに目を配りながら降りてきた。提灯の明かりにほの見える顔は、美しい。榊原静乃だ。

静乃は、ふたりの人力車夫に、目で合図した。男たちはうなずくと、素早い動作で、玄関の格子戸のところにいき、しゃがみこんで、鍵穴のあたりになにか細工した。こんなにもかんたんにと思うほど、やすやすと鍵がはずれた。男たちが、すーっと音もなく戸を開けた。

それを見て、静乃は着物の懐から探見電灯を取り出し、明かりをつけると、猫のような身のこなしで

玄関に入り、一瞬ためらったが、草履を脱いで上がり框《かまち》にあがった。その後ろに、ふたりの男が、これは土足のまま続いた。短い廊下を進むと、時子の寝ている居間だった。ぴたりと閉まっている障子を、静乃が静かに開けた。

静乃の照らした探見電灯の明かりの中に、萌黄《もえぎ》唐《から》草《くさ》の夏掛蒲団《ぶとん》が見えた。男たちが、それを見て、静乃の指図を仰ぐようなそぶりをした。静乃が、小さく首を横に振った。そして、蒲団の足元の側の襖《ふすま》を開けた。そこは、黒岩が寝室と仕事に使用している部屋だった。

奥の、ついたての脇に、本や硯《すずり》や書類が、きちんと整理された文机があった。静乃は、探見電灯を照らしながら、机に近づいた。男ふたりは、居間の入口で、静乃の行動を目で追っていた。静乃が、机の上に表紙を上にしてある帳面に目をやり、躊躇《ちゅうちょ》なく、それを手に取った。そして、小さくうなずき、その帳面を着物の懐にしまった。

その瞬間、ふたつの部屋に、いきなり、電灯の明かりが灯った。

「あっ‼」

静乃が、驚いて、押し殺したような声をあげた。

「やっぱり、あなただったのですね、榊原さん」

ついたての後ろから、落ち着いた男の声がして、黒岩四郎が静かに姿を現した。静乃と黒岩の視線があったのは、ほんの一秒ぐらいのことだった。静乃は、無言で居間の敷居のところまで、後じさりすると、ふたりの男に目で合図した。それから黒岩に向かって、冷静な口調でいった。

「近寄らないでください。さもないと、時子さんの命がありません」

そのことばと同時に、ふたりの男は掛蒲団を払いのけた。蒲団の上に、髯面《ひげづら》の学生服の男が、目をらんらんと輝かせて、腕組みをして寝ていた。

「やっ‼」

男たちが、びくっとしてたじろいだ。髭面の男は弾かれるように、蒲団の上に仁王立ちになった。それは、吉岡信敬だった。

「時子さんでなくて、申しわけありませんなあ」

信敬が、静乃の背後から、声をかけた。静乃の目が、大きく見開かれ、黒岩と信敬を交互に見やった。男たちが、いまにも、信敬に飛びかかろうと身構えた。

「およしなさい。もう、逃げられない」

黒岩が、三、四歩、静乃のほうに近づいていった。障子が開きっぱなしになっている廊下のほうから、龍岳と春浪が、ぬうっと姿を現した。台所からは、潮風が出てきた。その後ろに時子がいた。

「家の周りを、二十人の早稲田応援隊の連中が取り囲んでいます」

黒岩がいった。

「いくら、あなたでも、ここからは逃げ出せんでしょう」

静乃が、身構えていたからだだから力を抜き、大きく息を吐いた。

「わかりました。抵抗はいたしません。ただ、この者たちは、わたしにお金で雇われただけのことです。どうか、見逃してやってください」

静乃の口調は、やわらかだった。

「そうもいかんよ、静乃君」

春浪が、首を横に振った。

「でも……」

静乃が、すがるような目で、黒岩を見つめた。

「では、ともかく、応援隊の連中に見張っていてもらいましょう」

黒岩がいった。

「おい！」

万事了解したという顔で、信敬が、玄関のほうに向かって怒鳴った。

「三井、荒島。きてくれ！」

「おう」

春浪たちの後ろから、学生服と薩摩《さつま》がすりの着物の学生が居間に入ってきた。

「すまんが、このふたりを寄宿舎に連れていって見張っていてくれんか」

信敬がいった。

「心得たが、もう俺たちは、ここを引き上げていいのか？」

薩摩がすりの学生がいった。

「逃げ出そうなどとしないと約束してくれますね」

黒岩が、静乃にいった。

「はい。ですから、どうか、ふたりは……」

「わかりました。悪いようにはしません。ぼくを信じてください」

黒岩が静乃にいい、学生のほうを向いて続けた。

「どうも、ごくろうでした。後で、ぼくも寄宿舎のほうにいくので、手荒なことはしないでくれたまえ」

「わかりました。さあ、きたまえ」

学生たちは、ふたりの男の腕をつかんで、廊下を歩いていった。最早、観念したのか、男たちは抗《あらが》おうとはしなかった。

「さて、こうして、みんなで立っていてもしかたがない。座ろうじゃありませんか」

「うん。それがよかろう」

黒岩のことばに春浪が答え、廊下に近い部屋の入口に腰を降ろした。龍岳も隣りに座る。信敬は、寝ていた蒲団を三つ折りにして、隣りの部屋に運び込み、その蒲団に寄りかかるようにして、敷居の少し内側であぐらをかいた。

その横に、黒岩と潮風と時子が並んだ。部屋の一番奥の要の位置に座る形になった静乃は、きちんと膝《ひざ》を揃えた。

重苦しい空気が、部屋の中に充満していた。

「わたし、お茶を入れてまいります」

一度、腰を降ろした時子が、立ちあがった。

「ぼくも、手伝おう」

龍岳が、時子の後を追って、台所に入っていった。

潮風は、ぐっと下唇をきつく嚙《か》んだまま、畳の一点を見つめている。

龍岳は、自分が茶を入れる手伝いをしているうちに、話が始まってくれるのを期待していた。そうでなければいいと思い続けていたことが、無残にも打ち砕かれ、まるで裁判の被告人のように、静乃がたくさんの目に見つめられているのを見ているのが、辛かった。だが、龍岳と時子が茶を入れているあいだ、居間では、ただ沈黙が続いているだけだった。

「わたし、自分でも、なにがどうなっているのか、わからないのです」

静乃が、いかにも、しゃべりだすのが、苦しいという表情でいった。それが、きっかけだった。

「わたしは、自分で自分のことが、よくわかりません。わたしは、いったい、何者なのでしょうか？　そして、何をしようとしているのでしょうか？」

静乃が、全員の顔を見回していった。

「なんだと？　自分が何者だって？　往生際が悪いね。いまさら、狂女のふりをしても、むだなことだ」

静乃のことばぶりが気にさわったらしく、信敬が荒い声を出した。

「待ってくれ、信敬君。静乃さんは、われわれを愚《ぐ》弄《ろう》しようとしていっているんじゃない。とにかく、怒らずに話を聞いてやってくれ」

潮風が、信敬に頭を下げた。

「いや、ぼくは怒っているわけじゃないが……」

潮風の予期しない言動に、信敬が困って、ことばを濁らせた。

「ありがとうございます、潮風さん。吉岡さんがお怒りになるのもむりがございません。でも、わたしは、狂女のふりをしているわけでも、ふざけているのでもありません。ほんとうに、自分自身、何者なのか、何をしているのか、よくわからないのです。この期に及んで、この場をごまかそうとしているわけでもありません。真実、わたしには、自分のことがわからないのです」

静乃が、着物の袖《そで》の裏で、涙を拭《ふ》いた。

「お泣きにならないで、静乃さん」

時子が、着物の袂《たもと》からハンカチーフを取り出して、静乃に渡した。

「ありがとう、時子さん」

静乃が、礼をいった。

「ぜんたい、自分で自分が、わからないというのは、どういうことなのです？」

龍岳が質問した。

「はい、それは、なぜ、わたしが若い娘さんをかどわかしたり、どうして、あのロシアの青年を殺してしまったのかということです」

静乃がいった。

「じゃ、やはり、どちらの犯人も静乃さんだというのですか！」

潮風が悲痛な声でいった。

「そうでございます」

静乃が答えた。

「なぜ、あのロシア青年を殺したのです？」

龍岳がいった。

「いや、龍岳君。ちょっと待ってくれ。話が込み入っているから、わかりやすいように順序立てて、最初から説明してもらうことにしようじゃないか」

黒岩が、龍岳を制した。

「なんでも、お聞きください。包み隠さず、お答えできることは、お話いたします」

静乃がいった。

「では、おたずねしましょう。榊原さん、あなた、ほんとうの名前はなんというのです？」

黒岩がいった。

「わかりません」

「では、出生地は？」

「それも、わかりません」

「歳は？」

「それも……」

静乃が、悲しそうに首を横に振った。

「記憶亡失か？」

春浪が、黒岩の顔を見た。

「そうでなければ、説明がつきませんね」

黒岩がうなずき、質問を続けた。

「では、話題を変えましょう。あなたが、最初に、娘さんを誘拐したのはいつのことです？」

「今度は、四月の終わりでした」

「今度はというと、以前にも誘拐したことがあるのですか？」

黒岩の表情が険しくなった。

「それが、あるような気もしますが、わかりません」

「いったい、何人の娘さんを誘拐したのです？」

龍岳がたずねた。

「七人です」

「その目的は？」

「それが……」

「では、娘さんたちに、なにをしました？」

「ただ、あの娘たちの気を失わせて、二晩ほど添い寝をしました」

「どういうことなのですか、それは？」

龍岳が首をかしげた。

「わかりませんが、そうしなければならないという強い衝動にかられるのです」

「若い婦人が、若い婦人と、添い寝をするために、誘拐するわけか」

信敬が、理解しかねるという表情でいった。

「聞きにくいことを聞くが、まさか、女どうしで淫《みだ》らな行為をするというわけではありますすまいな」

「そんなことはありません。ただ、添い寝をするだけです」

「そうすると、娘たちは、あんなふうに、腑抜《ふぬ》けになってしまうのですか」

「はい」

「あなたが、あの娘たちに、なにかするのではないのですか？」

「そうかもしれません。でも、思い出せません」

「黒岩君。君はなにをしたと思うのだ」

春浪がいった。

「いや、ぼくにも皆目」

黒岩が首をふった。

「佐藤老人を昏睡状態にしてしまったのも、あなたですね？」

黒岩がいった。

「はい？」

「それは、なぜ？　これも、理由を説明できませんか？」

龍岳がいった。

「いいえ。それは、ああしないと、わたしの身に困ることが起こると思ったのです」

「なにが、起こると思いました？」

「わたしの正体が暴かれてしまうと……」

「あなたは、正体がわかると困る人物なのですか？」

黒岩がいった。

「そうです」

「どうして？」

黒岩の質問に、静乃が首を横に振った。

「それが、説明できません。ですが、佐藤老人の話を龍岳さんや黒岩さんに、あれ以上、聞かれてはならないと思ったのです。吉川先生やロシア青年のご研究も同じです。どうしても、やめていただかなければならないと思いました。そうしないと、わたしの正体がわかってしまうからです」

「もう一度、お聞きしましょう。どうして、正体がわかると困るのです？」

「なぜでしょうか？」

静乃が、黒岩の目を見つめていった。それは、すがるようなまなざしだった。

「吉川先生から、竹簡を盗んだのも静乃さんですか？」

龍岳がいった。

「はい」

「麗水館に放火したのも、あなたですね？」

「春浪先生から、あの写真館に、わたしそっくりの女性の写真があるとお聞きして、焼いてしまわなければならないと思ったのです」

「それも、やはり、あなたの正体を暴露することになるから？」

「はい」

「なるほど。すると、あなたは、今度の一連の事件のすべてを自分のやったことだと認めるのですね」

「認めます」

「そして、その理由は、少女誘拐を除けば、いずれも自分の正体が明らかにされるのを防ぐためだった。しかし、なぜ、正体が明らかになってはいけないのか、自分自身わからない。そういうことですか？」

「おっしゃるとおりでございます」

「それは、ぼくにとっては、いかにも奇妙な説明だが、あなたのことばはうそとも思えない。では、別の質問をしましょう。あなたは、誘拐した少女たちとは添い寝をしただけだというが、佐藤老人やロシア青年、吉川先生には、なにをしました」

「はっきり、覚えておりませんが、額に手をかざしたように思います」

「額に手をかざした？」

「すると、老人は倒れて、意識不明になりました」

「どういうことです？」

「わかりません。でも、そうすれば、相手が死んだり、意識がなくなったりするとは、わかっておりました」

「どうも、なにか、禅問答をやっておるようだな」

ふたりのやりとりを見つめていた春浪が肩をすくめた。

「もっとも、記憶を失っておるのでは、しかたないかもしれんが」

「ロシア人の青年から、何か盗みましたか？」

「はい。わたしに似た女性の姿の描かれた古い絵を盗み、窓から海に向かって捨てました。これも、そうしなければいけないという衝動が起こったのです」

「やはり、そうでしたか。あなたが、暴漢に襲われたという話は、狂言ですね？」

「ええ。事実ではありません。池上の本門寺で顔に野球のボールをぶつけられたのを隠すためと、あなたにわたしが疑われているのを知ったからです」

「それは、衝動ではなくて、自分で考えてしたことですか？」

「それが、どちらともいえないのです。衝動のようでもあるし、自分で考えているようでも……」

静乃が、自分自身なっとくできないという口調をした。

「なんとも奇妙だ。なぜ、罪をはっきりと認めながら、その行動の理由が根本的なところで説明できんのだろう？」

春浪が腕組みをし、龍岳の顔を見た。

「静乃君。くどいようだが、どうして君は正体が判明することを、そんなに恐がるのか。それは、人を殺してまでも隠さねばならないことなのか、説明はできないのかね？」

「できません。できればいたします。ですが、ほんとうにできません。わたし自身、自分が何者であるのか知りたいのです。でも、どうしても、思い出すことができないのです。わたしは、何者なのでしょうか⁉」

静乃の声が、一段甲高くなった。同時に、全身ががくがくと小刻みに震え出した。額に脂汗が滲《にじ》み出ている。顔の色が、見る見る、まっ青になった。

「どうしたんです、静乃さん」

隣りの時子が、びっくりして、肩に手をかけてゆすぶった。その時には、静乃はもうしっかりと目を閉じて、まったく、呼びかけにも反応しなかった。

「蒲団をこっちへ！　寝かせたほうがいい！」

黒岩が叫んだ。

11

西《にし》ケ原《はらのうじ》農事試験場《しけんじょう》

ここは彗星《すいせい》の電流《でんりゅう》が農作物《のうさくぶつ》に如何《いか》なる影響《えいきょう》を及《およ》ぼすやを試《し》験中《けんちゅう》にして五百間《ひゃくけん》ある電線両端《でんせんりょうたん》の銅盤《どうばん》を地中深《ちちゅうふか》く埋《う》め電流《でんりゅう》計《けい》にて計《はか》りつつあり、昨日《きのう》は前日《ぜんじつ》に比《ひ》し甲《こう》の電流計《でんりゅうけい》の指針《ししん》は一ボルト余《よ》の増加《ぞうか》乙《おつ》の電流 計《でんりゅうけい》即《すなわ》ち電流《でんりゅう》の写真《しゃしん》は大《おおい》なる波瀾《はらん》もなく此所《このところ》二三日経験《にちけいけん》せし後《のち》ならでは比較研究《ひかくけんきゅう》は出来《でき》ざる由《よし》なり、尚後方《なおこうほう》の農園《のうえんこ》小高《だか》き所《ところ》には理科大学生《りかだいがくせい》が望遠《ぼうえん》鏡《きょう》を据付《すえつ》け彗星《すいせい》の尾《お》は如何《いか》なる物体《ぶったい》より成立《せいりつ》するか、及《およ》び光線《こうせん》の屈折度《くっせつど》合如何等《あいいかんとう》を験《けん》しつゝあり

（五月十八日〈東京朝日新聞〉）

赤城元町の静乃の家で、催眠術実験が行われることになったのは、午後二時のことだった。前日の夜中に、静乃が黒岩の家で倒れた時から、一睡もせず、そばにつききりの潮風をはじめ、被験者の静乃と、催眠術の権威として春浪に招かれた施術者である渋江保のほか、立ち合い人として春浪、黒岩、時子、龍岳が集合していた。

雨戸が閉められて、明かりといえば、わずかに一本のろうそくが灯っているにすぎない室内には、緊張した空気が充満していた。部屋の中央の文机の上に、鏡が立てかけられ、その前にろうそくの光がゆらめいていた。

「八十五、八十四、八十三、八十二……」

静乃は、鏡に映ったろうそくの灯をじっと見つめながら、ゆっくりと、数字を百から少ないほうへ数えていた。

ほとんど、表情のない顔が、かすかに前後に揺れ、催眠状態に入りつつあることが、素人《しろうと》の龍岳たちにも見てとれた。七十五まで数えたところで、静乃の声が止まり、いつのまにか目が閉じられていた。

「完全に、催眠状態に入ったよ」

厳しい表情をした、背広姿の渋江が、龍岳たちの顔を見まわして、うなずいた。

「ほんとうに、だいじょうぶでしょうね？」

潮風が、心配そうに渋江に念を押した。

「だいじょうぶ。催眠術は、決して、相手のからだや精神に害をおよぼすものではない。しかも、この場合は、心を閉ざすようにかけられている枷《かせ》を解くだけの催眠だ。なんの心配もいらない」

自信に満ちた渋江のことばが、龍岳たちに、安堵《あんど》感を与えた。渋江は、静乃に向かって、優しい口調でいった。

「静乃さん。気持ちを楽にしてください。わたしは、いまから、あなたの心の奥に入っていきます。あなたの心に掛けられた錠を開くためです。わかりますね」

「はい」

「よろしい。では、錠を開けにいきましょう。いいですか。……さあ、わたしは、いま、どんどん、あなたの心の奥に向かっています。あなたの心の錠は、もうすぐ、開かれます。わかりますね。いま、わたしは、あなたの心の鍵穴に鍵を差し込みました。どこか、痛みますか？」

「いいえ」

「そう。では、鍵を回します」

「鍵が回りません」

静乃が、苦しそうな声を出した。

「いや、回りますよ。しばらく回していなかったので、回りにくいだけです。何も心配はないのです。さあ、鍵が回りました。苦痛はないはずです」

「はい。苦痛はありません」

「そうです。それで結構です。はい、錠が開きました！　そうですね、静乃さん？」

「はい。開きました」

「静乃さん。いまこの瞬間に、あなたの心は、あらゆる束縛から解き放されました。わたしたちの問いに、すべてを明らかになさい」

「はい。すべてを明らかにいたします」

「よろしい。それでは、そっと、目をお開けなさい」

「はい」

静乃が、渋江の声に目を開けた。やや、うつろに見えるその目は、正面にあるろうそくの灯を見つめた。

「どなたからでも、お聞きになりたいことをどうぞ」

渋江がいった。だが、すぐには、だれも口を開こうとしなかった。

「まず、黒岩君から、質問したほうがいいのではないかね？」

一瞬、間をおいて、春浪がいった。

「はあ。みなさんが、それでよろしければ、そうさせていただきましょう」

黒岩がいった。龍岳も潮風も、小さく首をたてにふり、反対意見はなかった。

「では、質問します。榊原さん、あなたは少女誘拐とロシア青年殺しの犯人にまちがいありませんか？」

黒岩が質問した。

「はい」

「榊原さん。あなたの本名は何というのですか？」

「わたしには、姓名はありません。あるのは認識番号だけです」

静乃が、静かな口調で答えた。

「認識番号？　なんだ、それは？」

春浪がいった。

「それをいってごらんなさい」

渋江が、静乃にいった。

「恒星間知性探査体—323です」

静乃の口から、まったく聞きなれぬことばがついて出た。

「それが、名前ですか？」

黒岩が、いかにも戸惑った口調でいった。

「いえ、認識番号です」

静乃が答える。

「恒星というのは、空の星のことかね？」

黒岩が、なんとも困ったような表情で龍岳の顔を見た。

「そのようですね」

龍岳は黒岩に答え、静乃を見つめて質問した。

「静乃さん、あなたは、どういう人なのです?」

龍岳が、興奮のあまり、要領の悪い質問のしかたをした。しかし、それが、一気に謎を解く結果をもたらした。

「わたしは、人すなわち、この地球の人類ではありません。あなたがた地球人類が、その存在をさえ知らない、犬狼星の第二遊星から派遣された知性探査体です」

「犬狼星の第二遊星?」

春浪と龍岳が、同時に質問した。

「すると、静乃さんは、その犬狼星の遊星からきた宇宙人類というわけなのですか?」

潮風が、悲痛な声を出した。

「いえ、わたしは、その遊星の人類ではありません。その遊星の人類によって作製された知性探査体です」

「知性探査体とはなんです?」

龍岳が質問した。

「知性探査体とは、宇宙空間に存在する知性体を調査する人造の生物と機械の中間のようなものですが、それに相当するものは、まだ、この地球には存在しません」

「人造の生物!? 静乃さんが、人間ではなく、人造の生物だというのか……。まさか、そんな!」

今度は、春浪が、自分の感情の昂《たかぶ》りを押さえきれないという口調で、怒鳴るようにいった。

「うそだ! 静乃さんは、ぼくたちにでたらめをいっているのだ!」

潮風がいった。

「いえ、潮風さん。これは、でたらめではありません。わたしは、うそいつわりない、恒星間知性探査体です。人造人間と呼ぶのが、もっとも適切かもしれません」

静乃が、首を横にふった。

「では、あなたのからだの中には、機械が詰まっているのですか?」

「いいえ。機械ではありません。わたしは人造人間ですが、地球人類とまったく同じ肉体構造をしています。血液も流れていますし、神経もあります」

「うーむ。まるで、科学小説のような話だ」

春浪がうなった。

「すると、人造人間のあなたは、この地球に人類の調査にでもきたというのですか？」

龍岳がいった。

「はい。正しくは、人類だけでなく、地球の生物や文明の調査のためです」

「なるほど。あまりにも破天荒《はてんこう》な説明で、ぼくには、どう理解したらいいかわからない。でも、静乃さん。ぼくは、あなたのことばを信じましょう」

「ありがとう。龍岳さん」

「とはいうものの、あなたが地球にやってきた方法のひとつを考えてみても、いったい、どうやって光の速さで二十年もかかる星からきたのか……」

「宇宙船。地球のことばでいえば、宇宙飛行機に乗ってきました」

「いつのことです？」

「いまから、五千年ほど前のことです」

「五千年前？」

「はい。一万年前に、わたしの遊星からうち出された宇宙飛行機は、宇宙空間に浮かぶ、数々の遊星に次々と探査体を投下しながら、宇宙を飛行していきました。そして、この地球に投下された探査体がわたし、つまり323号だったのです」

「あなたの遊星の人は、なぜ、自分で地球に降りなかったのです？」

龍岳がいった。

「その宇宙飛行機には、人は乗っていませんでした」

静乃が答えた。

「無人の宇宙飛行機だったのですか？」

「そうです。第二遊星人類は、地球人類とは異なり、寿命の長い種族です。平均の寿命は二万年もあります」

「寿命が二万年？　ほんとうかね⁉」

春浪が、たまらず口をはさんだ。

「はい。ですが、長寿であっても、肉体的に宇宙飛行には適さないのです」

「なぜ？」

龍岳がいった。

「それは、わたしにはわかりません。わたしには、第二遊星人類が、どのような姿をしているのかも知らされていません」

「地球人類のような姿ではないのですか？」

「想像さえつきません。わたしの記憶には、第二遊星人類の形態や文明にかかわる資料はありません。とにかく、第二遊星人類は自ら、宇宙飛行をすることができません。ですから、わたしのような人造の生命を作って、宇宙空間に送り出し、宇宙の文明と接触しようとしているのです」

「その第二遊星人類というのは、地球人類と同じような姿をしておるのではないのかね。でなければ、君をこんな姿には作れないではないか」

渋江がいった。

「いまも申しましたように、わたしには、第二遊星人類の姿はわかりません。ですが、わたしが、地球人類と同じ姿をしているのは、理由があります」

「どんな理由です？」

龍岳が質問した。

「わたしは、この地球に宇宙飛行機から投下された時は、人間の姿はしておりませんでした」

「では、どんな姿を？」

「はっきりと記憶がありませんが、一種の植物の種のようなものだったと思います。それは、わたしだけではありません。どの遊星に送られた知性探査体も、みんな同じ種なのです」

「それが、どうして、人間の姿に？」

「その説明は、わたしにはできません。ですが、その種は目的の遊星に投下されると、その遊星の最高の知性を持った生物そっくりに成長する仕組みになっているのです。ですから、わたしは、この地球で万物の霊長といわれる人類の姿になったのです」

「そんなことが……」

時子が、はじめて口を開いた。

「そうだとも、そんなことがあるものか……」

潮風が、泣きだしそうな声をだした。

「いや、いまのわれわれ地球人の知恵では、とても考えられないことだが、科学力の発達した宇宙空間の遊星でなら、充分、考えられることだ」

渋江がいった。五、六年前、春浪に対抗するような形で、春浪以上に科学的な知識に基づいた、五十冊もの科学小説や冒険小説を発表した渋江のことばには説得力があった。

「人間の姿になる人造生物の種か?」

春浪が、だれに向かっていうとなく、つぶやいた。

「地球へきた目的は、生物や文明を調査するためだといいましたが、調査をして、どうしようというのですか?」

龍岳がいった。

「ウエルス氏の科学小説に出てくるような、地球侵略の下見ですか?」

「いいえ。第二遊星人類に、地球侵略の意志はありません。第二遊星人類は宇宙飛行のできないからだの生物です。ただ、多くの遊星の人類のことを知りたかったのです」

「それだけですか?」

「それだけです。いまの地球人類には、その行動は理解しにくいことかもしれません。けれど、侵略も征服も関係のない宇宙間の友好のためなのです。宇宙空間には、あなたがた地球人類や第二遊星人類のほかにも、たくさんの高い文明を持った人類が存在しているはずです。第二遊星人類は、そういった生物たちと、やがていつの日か、友好関係を結びたいと思っているのです。この大宇宙空間に生きる宇宙人類は、皆友人であるべきなのです」

静乃の声は冷静だったが、そのことばは熱を帯びていた。

「まさしく、静乃君のいうとおりだ。二十世紀は、地球の上でつまらぬ争いをしている時代ではないのだ」

春浪がいった。

「ぼくも、そう思います。宇宙空間に住む人類は、みんなともだちでなくちゃいけない。でも、よかった。あなたに地球侵略の意志がないと聞いて、ほっとした」

龍岳がいった。

「すると、静乃君。君はもう、この地球のことを、第二遊星に伝えたのかね？」

春浪がたずねた。

「いえ、まだです」

「なぜ？」

「地球人類は、まだ宇宙空間へ通信を送る技術が完成していないからです。わたし自身には、第二遊星に通信を送る手立てはありません。わたしの任務は、その遊星の文明が、宇宙空間の通信ができる時代がくるのを待ち、その時がきたら、その星の手段によって、第二遊星に通信することなのです」

「では、その時がくるまで、何千年でも何万年でも生き続け、待ち続けるというわけですか？」

龍岳がいった。

「はい。それが、わたしの使命です。もう、五千年待ちました」

静乃がいった。

「そ、そんな話は信じられない！」

潮風が、顔を歪《ゆが》めた。

「潮風君、君の気持ちはわかるよ。しかし、信じないわけにはいかんだろう。静乃君が五千年生き続けているという話で、今度の事件の大半が説明つきそうだ。信州・佐久の尼寺の渺常尼というのは、静乃君、君だね？」

春浪がいった。

「はい」

「下岡蓮杖の写真に写っているのも君だ。室町時代の肖像画というのも、君をモデルにしたものなのだろう？」

「はい。つい、絵師に請われてモデルになりました。あの時代の絵が、いままで残ると考えておりませんでした。正体を隠さねばならないのに、軽率でした。写真は、いつ撮影されたのか気がつきませんでした」

「いつの時代にも、君は、その若さのままなのだね」

春浪が、自分をなっとくさせるようにいった。その時、柱の時計が三時半を告げた。

「お茶を入れ替えましょう」

時子が立ちあがった。

「では、西域の古代王朝を滅ぼした婦人というのも、君自身だったのか？」

黒岩がいった。

「そうです」

「だが、地球を侵略するつもりのない君が、なぜ、その王朝を滅ぼしたのだ」

「滅ぼすつもりはなかったのですが、わたしの正体が暴かれそうになったので、やむを得ませんでした。わたしの任務は、その遊星の人類に正体を知られず、探査を続けることです。自らの安全を守るためには、そうせざるを得なかったのです。わたしにも、はっきりと説明はしきれませんが、わたしの脳には、自らを守るためには、地球人類の殺害もやむを得ないという機能が組みこまれているようです。身に危機が迫ると、わたしは、何よりもまず、保身行動をとるようになっています。ただ、古代王朝の人々を殺害してしまったのは、過失です。決して、殺害する気はなかったのですが、自分の力の制御ができなかったのです」

静乃が、長い説明をした。

「しかし、なぜ、ひとつの王朝を……」

春浪がいった。

「他人によけいな詮索《せんさく》をされず、自分の身を守るためには、小さな国の王族に接近するのが、最上の道でした。そこで、わたしは夢瑠璽《ムルジ》国という小国の王室にとりいり、うまく、巫女《みこ》として自分の地位を得たのです。ところが、あの彗星《すいせい》、ハリー彗星の出現が、わたしの計画を妨げたのです」

「どういうことです？」

龍岳が、ほとんど自然な状態と変わらない態度で口を動かす静乃に質問した。

「わたしは種として地球に投下され、地球人と区別がつきがたく成長しました。外見は、みなさまごらんのように、地球人類そのものであるはずです。ですが、異なる点もあります。わたしは、地球人類と同じように食事をいたしますが、たとえ食べなくても、なんら、その機能に影響はありません。眠らないでいようと思えば、眠る必要もありません。からだは地球人類より、はるかにじょうぶで病気もしませんし、けがもほとんどしないのです。野球のボールがぶつかっても、薄いあざができた程度ですんだのは、そのためなのです」

「けれど、あなたのからだの中の器官は、地球人類と同じにできているわけでしょう？」

「はい。探査体は、対象知性体に、すべての部分でそっくりになるのです。ですから、わたしの心臓も脳も、地球人類と同じです。ただ、少しだけ、地球人類よりじょうぶにできているのです。なぜなら、わたしは、探査報告を第二遊星に通信するまでは、何万年でも何十万年でも、存在し続けなければならないからです」

「なるほど」

龍岳がうなずいた。

「そのために、わたしは、あなたがた地球生物には、ほとんど知覚されない宇宙磁気を摂取しています。というより、それがわたしの生命活力の源でもあるのです」

「宇宙磁気？」

「はい。宇宙空間に存在する磁性の流動体です」

「パラチエルススの主張した説だ。メスメリズムの元になる磁気説だね。やはり、宇宙には磁性流動体が存在するのか」

この方面の研究に詳しい渋江が、わが意を得たりという表情をした。

「あなたがた地球人類が唱える宇宙磁気説、動物磁気説とは少し異なりますが、磁性流動体は存在します。ですが、おそらく地球人類は永久に、これを発見することはないでしょう。俗にいう精気というのが、それに当たります。わたしには、この宇宙磁気を摂取する能力があり、その磁気力によって、ほとんど無限の命を保つことができます。わたしは地球人類になりすまし成長して、夢瑠璽国の王朝に仕えました。ところが、ハリー彗星の接近によって、わたしの体内の宇宙磁気は消耗し、活力を失い、そのままでは生命活動停止の危険にさらされることがわかったのです」

「なぜ？」

　春浪がいった。

「わかりません。ただ、この地球に降り立って初めてのハリー彗星の接近で、それがわかりました。このハリー彗星接近による、わたしの生命力の消耗は、まったく予想外のことで、探査体としての予測項目には入っていませんでした。わたしは、そのまま機能停止、つまり死を覚悟しました。ところが、その時、自己生存機能が働き、地球人類が一度、体内に摂取した精気、すなわち磁性流動体を大量に吸収することによって、消耗した活力を復活することができることを見つけたのです」

「ふむ。それで、その古代王朝の若い女性を次々と襲ったわけか」

　春浪がうなずいた。

「そのとおりです」

「なぜ、若い女性ばかり？」

　黒岩が質問した。

「子供や老人の精気は量が少なく、男性を襲うのは危険すぎました。しかし、その行為が発覚したため、わたしは国王によって捕縛され、死刑を宣告されました。それで、やむなく、国王一族を滅ぼしたのです」

「脳を腐らせたとか？」

　黒岩がいった。

「緊急時にのみ操れる念動により、脳の血管を切ったのです。ですが、それはほんの一部の人間だけで、そのほとんどは、痴呆《ちほう》状態にすることですみました」

「例のロシアの青年の奇怪な死や、吉川先生の痴呆状態は、あなたの念動によるものだったのですね」

「はい。申しわけありませんでした」

「なるほど。おおよそのことは、わかりましたよ」

　黒岩がうなずいた。

「西域の王朝を滅ぼした後、あなたはどうしたのです？」

　龍岳が質問した。

「世界各地を訪ねて歩き、いつの日か第二遊星に通信する資料を収集しました。長い年月でした。わたしが日本にやってきたのは、室町時代のことです。以後、なるべく、目立たぬように、ひっそりと生きてきましたが、ハリー彗星が近づくと、どうしても人間の精気の摂取が必要となり、その都度、罪もない少女たちを襲いました。それが、各地に神隠し現象として伝わっているのです」

「いまさら、尋ねる必要もないことだが、七十六年前の佐久の神隠しも、渺常尼のあなたがやったことですね」

「はい」

「しかし、前回は三人、今度は七人というのは？」

黒岩がいった。

「その理由もわかりませんが、ハリー彗星接近による生命活力の消耗は一定ではありません。前回は、それほどでもありませんでしたので、三人の少女から精気を摂取するだけですみました。ですが、今回は著しく消耗しています」

「あの人たちは、元どおり元気になるのですか？」

じっと話に聞きいっていた時子が、心配そうにいった。

「はい。わたしに精気を吸収されたことについては、記憶がもどらないはずですが、それ以外は半年も立てば、すっかり元どおりになります。未婚の若い女性の回復力は早いのです。わたしが、少女ばかりを襲いました理由のひとつには、それもありました」

「よかった。じゃ、佳枝さんも元気になりますのね」

時子が、うれしそうにいった。

「吉川先生は、どうなるのです？」

龍岳がいった。

「吉川先生の場合は、精気を吸収したのではありませんし、ご高齢ですから……」

「元にはもどらないのですか」

「お許しください」

「任務遂行のために、ひっそりと生きるはずのあなたが、積極的にわれわれに近づいた理由はなんですか？」

龍岳が質問した。

「うむ。俺も、それを聞きたかったのだ」

春浪がいった。

「龍岳さんが、〈冒険世界〉に発表された『吸血怪魔島』という小説を読んだからです。あの中で、龍岳さんは宇宙空間から飛来した怪生物が地球人類の血を吸って、永遠の命を保つと書かれました。わたしの身の上と似てはおりませんでしょうか？」

「ははあ。そういわれると、血と精気のちがいはあるものの、似ておるね」

春浪がいった。

「わたしは、もしや、龍岳さんがわたしの存在に気づかれて、あの小説を書かれたのではないかと思ったのです。もし、そうであったら、任務のために排除する必要があります」

「ぼくは、ただ、思いつきで書いたのだが……」

龍岳がいった。

「ところが、ちょうど、その調査時期とハリー彗星の接近が重なり、わたしは、また次々と罪を犯すことになりました。これまでのハリー彗星の接近の時には、神隠し事件として隠せたわたしの行為も、はるかに文明の発達した今回は隠すことができず、それなりの手を打ったものの、みなさんに暴かれてしまったというわけです」

静乃が、淡々とした口調で説明した。

「すべての謎が解けましたね」

黒岩が、ふっとため息をつきながらいった。

「黒岩さん。静乃さんは、どうなるのですか？　ロシア人殺しの犯人として、逮捕されてしまうのですか？」

潮風が、叫ぶようにいった。

「ぼくには、なんとも答えようがない。宇宙空間からきた人造人間の榊原さんを、いったい、日本の法律で裁くことができるのかどうか……」

黒岩がいった。

「それに、静乃君の自白以外に、証拠は何もないわけだろう。ロシア青年の件ひとつとってみても、法医学の鑑定人でさえ、あれを殺人と断言できんわけだ……」

春浪がいった。

「どう思う、龍岳君?」

「思うままをいっていいですか」

「いってみたまえ」

「ぼくは、死んだネボカトフ君や吉川先生にはお気の毒だと思いますが、この事件はこのまま、公にせず、胸の奥にしまっておきたい気がします。あるいは、それはまちがいかもしれません。でも、そうしておくのが、一番いい解決法のように思われます」

龍岳がいった。

「そうか。俺も、そう思っておったのだ」

春浪がいった。

「どうかね、黒岩君」

「ぼくには、どうにも判断がつかないというのが正直なところです。事件については、警察では、ぼく以外にだれも真相を知りませんから、黙っていることは可能です。ただ、このままでは、悩むのは榊原さん自身ではないですか」

黒岩がいった。

「ご心配いりません。わたしは、数週間、遅くとも一か月のうちに機能停止、すなわち、死を迎えます」

静乃がいった。

「なんですって?」

潮風が、ヒステリックな声を出した。

「わたしは、任務遂行のためには、いま申しあげましたように、自己防御をする機能がついておりますが、こうして、みなさんに、その正体を知られてしまったのですから、これ以上の任務遂行は不可能となりました。そこで、自己防御機能が解除されましたから、もう、わたしは少女から精気を吸収することもありません。今回のハリー彗星接近による生命活力消耗ははなはだしく、おそらく、もうわたしのからだは一か月とはもたないでしょう」

「そ、そんな!」

潮風がいった。

「正体が発覚したから死んでしまうなんて……」

「これは、任務を遂行できなかった知性探査体の宿命です。たまたま、わたしの場合は、ハリー彗星接近による体力消耗という形での機能停止ですが、別の知性探査体が、別の遊星上でなんらかの原因で任務を遂行できなくなっても、やはり機能停止は避けられません」

「それは、あなたの意志にかかわりなく、停止するのですか？」

龍岳が質問した。

「いいえ。最終判断はわたし自身がします。そして、自己防御機能を解除して、停止機能を発動させます」

「つまり、自殺するということですか？」

「そうなります」

「そんな、静乃さん。人間は、そんなにかんたんに死ぬものではなくってよ」

時子がいった。

「ありがとう、時子さん。でも、わたしは、人間ではありません。宇宙人類の手によって生み出された人造の生物です。地球人類にとっては、所詮、怪物でしかありません」

静乃がいった。

「ちがう！　静乃さんは怪物なんかじゃない‼　たとえ、宇宙人類に作られた人造人間であっても、人間に変わりはない！」

潮風が怒鳴った。

「そのとおりだ、静乃さん。なにも死ぬことはない。だいたい、五千年も任務遂行だけのために生きてきて、正体が発覚したから機能を停止されるということに、疑問はないのか？」

春浪がいった。

「それは……」

静乃がいった。

「ないわけはないでしょう？」

潮風がいった。

「あなたが、なんの感情も持たない機械なら、役に立たなければ、壊されるのもいたしかたないかもしれません。しかし、静乃さん、あなたはわれわれと同じように、からだ中に血が流れ、感情を持ち、命を持った人間だ。死んではいけない」

「でも、これは、知性探査体として生まれた人造人間の宿命です」

「そんな宿命なら、お捨てなさい」

龍岳がいった。

「あなたは自分の失敗で任務を遂行できなくなったのではない。本来なら予定どおりの任務を全うできたはずなのに、ハリー彗星という予期せぬ障害物があったのだからしかたないではないですか」

「でも、わたしは創造主の意志にしたがわなければなりません。すべての知性探査体は、そうしているはずです」

「それは、わからない。だれにもわからないことじゃないですか。静乃さん、あなたを作った宇宙人類は、きっと、あなたの行動をとがめたりはしませんよ。これまで五千年間、きちんと働いてきたのです。これからも、任務をお続けなさい。精気の吸収については、人間を襲わなくてもいい方法が見つけられるかもしれない」

「いや、それより、静乃さん。あなたは、もう、任務は放棄して、ふつうの人間として生きればいいのです」

潮風がいった。

「ふつうの人間として？　地球の人類としてですか？」

「そうです。人間として、お生きなさい。ぼくと、いっしょに暮らしましょう。ぼくとではいやですか。ぼくは、静乃さん、あなたと暮らしたい……」

潮風が、上気した顔で、一気にいった。

「潮風さん……。それは、わたしも、これまでの罪を、お許しいただいて、あなたや、みなさまと同じ地球人類として生きていくことができたら、どれほどうれしいかわかりません」

静乃がいった。

「それなら、なにも問題はない」

潮風がうれしそうに笑った。

「でも、人造の人間に、そんなことは許されるとは思えません……」

静乃が、潮風の顔を見つめていった。

「いいえ。あなたがなんといおうと、ぼくには静乃あたりを沈黙が支配し、時計の時を刻む音ばかりが、部屋の中に響いた。


さんは、ほんとうの人間です。ぼくが恋したひとりの人間です！」

潮風のほほを、一滴のしずくが流れ落ちた。

「ありがとうございます、潮風さん。わたしのような者を……。でも、やはり、わたしは地球人類としては生きられません。生きながらえるには、どうしても、人間の精気を必要とするのです。ハリー彗星が接近しているあいだは、まだ、数人ぶんの精気が必要となります。でも、もう、わたしは人間を襲うことはいたしません」

静乃が、きっぱりといいきった。

「なんとか、人間の精気を吸わずに、生きることはできないのですか？」

潮風がいった。

「できません。人間の精気を吸う以外の方法はないのです」

静乃の声は、さびしそうだった。

「なに、きっと、なにか方法があるにちがいない」

春浪が、自分にいい聞かせるように、うなずいた。

12

彗星奇談《すいせいきだん》

何処《どこ》でも大騒《おおさわ》ぎ

記者《きしゃ》の一人《ひとり》は昨朝《さくちょう》の九時《じ》某下駄店《ぼうげたてん》に行《い》つた其処《そこ》には一人《ひとり》の老婆《ろうば》があつて若《わか》い者《もの》を相手《あいて》に彗星《すいせい》の恐《おそ》るべきを説《と》いて居《い》る聞《き》けば老婆《ろうば》は一昨日《さくじつ》から断食《だんじき》して全世《ぜんせ》界人類《かいじんるい》の為《ため》に其《そ》の無事《ぶじ》なるを祈《いの》つて居《い》た見《み》れば顔《かお》は真蒼《まっさお》になり恐怖《きょうふ》の念《ねん》は有々《ありあり》と面《おも》に溢《あふれ》て居《い》た

都下各学校《とかかくがっこう》では一年《ねん》二年《ねん》の生徒《せいと》即《すなわ》ち十四五歳《さい》の児童《じどう》には先生《せんせい》から新聞《しんぶん》は決《けっ》して読《よ》んではならぬと云《い》ふ厳命《げんめい》を伝《つた》へて居《い》るので彗星《すいせい》の事《こと》に関《かん》しても七八十のお婆《ばあ》さん達《たち》と同《おな》じ考《かんが》へを持《も》つて居《い》る者《もの》が少《すく》なくない六月《がつ》には試験《しけん》があるから本来《ほんらい》ならば復習《ふくしゅう》に忙《いそが》しい筈《はず》であるのにそんな事《こと》はそつち除《の》けにして学校《がっこう》の遊《あそ》び時間《じかん》などには彼方《かなた》に一団《だん》此方《こちら》に一団《だん》さも心配《しんぱい》さうに集《あつ》まつて密々話《ひそひそばなし》をして居《い》る中《なか》には帰宅《きたく》するもの若《も》しくは父兄《ふけい》は休《やす》ませたものが大分《だいぶ》あつた

以上《いじょう》の如《ごと》き事《こと》は其処此処《そこここ》で演《えん》じられた殊《こと》に若《わか》い馬鹿者《ばかもの》は前《ぜん》夜来花柳《やらいかりゅう》の巷《ちまた》に足《あし》を入《い》れて明後日《あさって》は命《いのち》がないからと駄々羅《だだら》遊《あそ》びに夜《よ》を明《あ》かした向《む》きもあつてお蔭《かげ》で各遊郭《かくゆうかく》は可《か》なり繁《はん》昌《じょう》したとの事《こと》ハレー彗星《すいせい》たるもの之《これ》を見《み》たらさぞや笑《わら》つて居《い》るだろう

（五月十九日〈二六新報〉）

龍岳、潮風、時子、静乃の四人が、曲がりくねった高尾山の凸凹《でこぼこ》道を、提灯《ちょうちん》の明かりを頼りに辿《たど》りはじめて、もう三時間が経過していた。

第一の見晴らし台を過ぎ、木々の間に見えていた煌々《こうこう》たる光に満ちた本坊の朱塗りの伽藍《がらん》も、いまは鬱蒼《うっそう》とした深樹の陰に隠れ、夜陰を破る僧侶たちの読経の声も、もう、まったく聞こえなかった。

「あっ、痛っ！　根が出っぱっている。気をつけて」

木の根に足を取られた龍岳が、提灯で、後ろに続く時子の足下を照らしていった。

「はい」

時子が、荒い息を吐きながら答えた。

「だいぶ、きつそうですね」

龍岳がいった。

「いいえ。だいじょうぶです」

時子が、やや青ざめた顔で、首を横にふった。

「静乃さんも、だいじょうぶですか?」

「ええ、わたしは、このくらいの道では……」

いいかけた静乃が、はっとしたようにことばを止めた。自分は、ふつうの人間ではないからといいかけて、やめたようだった。

「潮風君、しっかり、手を引いてあげたまえよ」

「いや、面目ないが、ぼくのほうが、静乃さんに手を引かれているのだ」

潮風が、照れくさそうに、提灯を前方に突き出しながらいった。

「時子さん、ごめんなさいね。わたしが、どうしても高尾山に登りたいなどと、無理をいったものだから」

静乃がいった。

「あら、お謝りになることはなくてよ。わたしも、ぜひ、登って見たかったのですもの。いやならば、はじめからこないことよ」

時子が、立ち止まって、白い歯を見せた。静乃を巡る、龍岳たちが予想もしていなかった事件の出来《しゅったい》によって、春浪が計画していた〔天狗倶楽部《てんぐクラブ》〕有志の高尾山頂における〔ハリー彗星《すいせい》観測会〕は中止と決定した。静乃の身の上を聞いてしまった春浪には、ハレー彗星を肴《さかな》に、どんちゃん騒ぎをする気持ちが起こらなかったのだ。

この中止決定で、一番がっかりしたのは、時子だった。高尾山のてっぺんで〔天狗倶楽部〕の面々と、一夜をハレー彗星を見ながら語り明かせるのを、心から楽しみにしていたからだ。

がっかりしている時子に、思わぬ、高尾山いきの誘いがかかったのは、この日の午前中のことだった。静乃さんが、どうしても高尾山に登ってハレー彗星を見たいといっているので、潮風君が一緒に登らないかといっているると、龍岳が知らせてきたのだ。

時子は、もちろん同行すると答えた。黒岩も龍岳や潮風と一緒ならと、反対しなかった。四人が高尾山の麓《ふもと》の浅川村に到着したのは、午後五時を回っていた。

「もう、頂上まで二、三丁です。がんばればひと息だ。しかし、思ったより険しい山ですね。これなら、ちゃんと山登りの服装をしてくればよかった」

龍岳がいった。

「だが、龍岳君。ハリー彗星を見るのに、登山の服装はおおげさじゃないか」

潮風が笑った。

「それはそうだが、ご婦人連が歩き辛いだろう。どっちにしても、あと少しの辛抱だ」

龍岳の声に、三人がうなずいた。

ぼんやりした提灯の光が一列にならんで、四人は、ふたたび無言になり、足を急がせた。山はただ、闃《げき》寂《せき》として、風音もしない。時折、遠くの山麓《さんろく》から、犬の遠吠えが聞こえるばかりだ。龍岳たちは、きっと、自分たち以外にも、頂上から箒星《ほうきぼし》を眺めようという人々がいるにちがいないと考えていたのだが、その予想は、みごとに外れた。

あるいは、もうすでに、頂上に登っている人もあるのかもしれないが、それまでのところ、登山者にはひとりも出会っていなかった。昼間、東京の空全体に、薄雲が広がっていたせいかもしれなかった。

龍岳たちも、せっかく高尾山に登っても、曇《くも》り空でハレー彗星が見えない事態を危惧《きぐ》した。だが、それでも登ってみたいとの静乃のことばに、晴れてくれることを信じて登りはじめたのだった。

第一見晴らし台で、四人が空を見上げた時は、西のほうは、もう完全に雲が切れていた。どうやら、ハレー彗星は見えそうだった。

突然、覆いかぶさっていた木々が途切れ、四人が頂上に出たのは、四十分ほどしてからだった。あたりは一本の木もなく、一面の草原になっている。遥か下に八王子の町が薄赤く映っている。四人のほかに、人影はひとつも見当たらない。

空はみごとに晴れ渡り、群星燦々《さんさん》銀砂子のごとく、銀河は北より南に渡って、一片の雲もない。風は寒いが、四人の気持ちは爽快《そうかい》だった。

「あっ、あれ！　箒星が見えます！　なんと、きれいだこと!!」

最初にハレー彗星を見やったのは時子だった。灰白色の、壮大無比な美しい長い尾を持つハレー彗星は、銀河の東、すなわち東北東の地平線から起こって、高く四人の頭上を越して、その先端は南西を指していた。

地平線と四十五度の角度をなして、ペガスス座、わし座を横切り、あたかも銀河を弓と見立てるならば、弦の形に輝いていた。

「すばらしい、眺めだ」

龍岳が空を仰いでいった。

「なるほど、これなら、苦しい思いをして登ってきたかいがある」

潮風も、いかにも満足げに、ハレー彗星を見やりながらいった。

「ほんとうに。……わたしは、いままでに六十回以上も、この箒星を見てまいりました。でも、これほど、美しい姿を見たのは、今夜がはじめてです」

静乃が、感嘆の息を吐いた。

「最後に、こんな美しいハリー彗星を見られるなんて、なんと幸運なことでございましょう」

「いや、静乃さん。あなたが、このハリー彗星を見るのは、今度が最後じゃない」

「えっ!?」

潮風の声に、静乃がびっくりしたような声を出した。

「もう、七十六年だけ、あなたには人間として生きていただきたいのです。そのために、人間の精気が必要だというのなら、ぼくの精気をあげましょう」

潮風が、きっぱりとした口調でいった。

「ですが、潮風さん……。それでは、あなたが」

静乃がいった。

「いいのです、静乃さん。あなたは、ぼくのからだが病に冒されていることを、とうにお見とおしでしょう。いずれにしても、そう長い命ではないはずです。ぼく自身は、長くて、あと五年の命と思っています。静乃さん、あなたは、今度の危機を乗り越えるのに、ぼくの何年分の精気を必要とするのですか？三年分では足りませんか。もし足りるなら、それをあげます。ぼくは、あなたと二年だけ一緒に暮せれば、もう思い残すことはない」

潮風がいった。

「ぼくの精気を吸収なさい。ぼくは、あなたのために死ぬのなら、なんの悔いもない。そのかわり、ひとつだけ、あなたにおねがいがあります」

「なんでしょうか？」

静乃がいった。

「ぼくという人間が、この世の中に存在したという証を、あなたの手で残していただきたいのです」

潮風が、思いきったように、語気強くいった。

「……はい。よろこんで」

静乃が、溢《あふ》れる涙の顔で、うなずいた。

「時子さん。あちらにいってみましょう。ひょっとすると、この星明かりで、江ノ島の海が見えるかもしれない」

それまで、潮風と静乃の会話に耳を傾けていた龍岳が、座をはずそうと歩きだした。

「ええ」

時子が答え、龍岳のからだにもたれかかるようにして、潮風と静乃が向かい合って立っている草原に背を向けた。

「それにしても、美しい空だ」

龍岳が、また、空を仰いでいった。

「静乃さんの生まれた星は、どのあたりにあるのでしょう？」

時子も、満天の星の輝く空を見上げた。その時、さわやかな風が、遠くの木々の葉を鳴らし、草原を波立たせた。

龍岳が、潮風たちのほうを振り向いた。さっきまで、ふたつだった影が、いつのまにかひとつになっていた。

エピローグ

河岡潮風君《かわおかちょうふうくん》逝《ゆ》く

曩《さ》きに本誌《ほんし》にあつて、驚《おどろ》くべき才筆《さいひつ》を揮《ふる》ひつゝありし潮風《ちょうふう》河岡英男《かわおかひでお》君《くん》は、突如《とつじょ》として病魔《びょうま》の犯《おか》す処《ところ》となり、去月《さるつき》十三日終《つい》に其本来《そのほんらい》の信条《しんじょう》たりし精力主義《せいりょくしゅぎ》と活動主義《かつどうしゅぎ》とを抛《なげう》ち、溘焉《こうえん》として白玉樓中《はくぎょくろうちゅう》の人《ひと》となり了《お》はんぬ。行年《ぎょうねん》二十五歳《さい》！　由来天才《ゆらいてんさい》は呪《のろ》はるゝもの也《なり》。故人《こじん》も或《あるい》は其類《そのたぐい》か。遺著《いちょ》「五々の春《はる》」発售《はっしゅう》されて文名頓《ぶんめいとみ》に上《あが》りしも、今《いま》はかたみこその怨《うらみ》深《ふか》かり。されど知《し》ると知《し》らざるとに論《ろん》なく、惜《お》しまれて逝《ゆ》く故人《こじん》は、其短《そのみじか》き存在《そんざい》が無意味《むいみ》にあらざりしを微笑《ほほえ》みて可《か》也《なり》。超《こ》えて十五日牛込区改代町伝久寺《にちうしごめくかいたいちょうでんきゅうじ》に葬《ほうむ》る。噫《ああ》!!

（大正元年八月号〈冒険世界〉）

唐桟《とうざん》の着物に割烹着《かっぽうぎ》をつけた、束髪《そくはつ》の若い女性は、縁側の籐《とう》椅子に腰をかけ、配達されてきたばかりの〈冒険世界〉をぱらぱらとめくっていたが、河岡潮風の死亡記事のページで、ぴたりと手を止めた。

食い入るように記事に見入る女性の両眼から、真珠のような涙が溢《あふ》れ出し、ほほを伝って、ぽたぽたと割烹着の膝《ひざ》に落ちた。それでも、女性は涙をぬぐおうとはせず、じっと、記事に目をやっていた。

部屋の片隅で、五色の布の毬《まり》を転がして遊んでいた一歳ほどの、色の白い女の子が、その女性の涙に気がついた。

「あーちゃま」

幼女が、ふしぎそうに、母親の顔を見上げた。

「いいえ、なんでもありません」

母親は割烹着の袖《そで》で、涙をぬぐいながら答えた。

「あーちゃま」

幼女は、ふたたび母親に声をかけると、そのそばに這《は》いずるように近寄ってきて、〈冒険世界〉の表紙を、おもしろそうにながめていた。それから、母親の膝に上半身をもたせかけるようにして、顔を覗《のぞ》き込んだ。

その幼女のしぐさに、母親は思わず雑誌を持っていた手を離した。雑誌が割烹着を滑って、畳の上に落ちた。

「彰子は、お父さまがおいでにならなくても、お母さまとふたりで、元気に生きていけるわね」

母親は、幼女を両手で胸に抱きしめた。ぎゅっとからだを抱きしめられた幼女は、しばらく、ふしぎそうな表情をしていたが、やがて、涙の顔で自分を見ている母親に向かって、あどけない顔でにっこりと笑いかけた。

「お母さまを許してね」

静乃は、もう一度、娘を抱きしめた。

『時の幻影館』初刊時あとがき

セピア色の時代――〔明治〕の魅力にとりつかれて四半世紀がすぎました。明治時代を舞台にしたSFを書くことは、SF作家を目指した時からの、ひとつの目標だったのですが、ノンフィクションから入った明治の研究を、フィクションに生かせる自信ができたのは、まだ、ここ数年のことです。

最初の明治SF小説を書く時、一年に一作ぐらいずつ、書いていこうと心に決めていました。ところが、その最初の作品が刊行されると、もう、気持ちを止められなくなってしまいました。

明治を舞台にした小説は、ぼくのこれまでの表看板であるユーモアSFに比べると、資料調べに時間を要します。書きはじめてしまえば、むしろ、ユーモアSFよりも楽なくらいなのですが、それまでにかかる時間がちがいます。にもかかわらず、早く、次の作品を書きたいという衝動が突きあげてきて、押さえきれないのです。そこで、予定を変更してはじめた連作が、このシリーズです。

現在、ぼくは三つの明治を舞台にしたシリーズを持っていますが、ぼくの場合、興味の対象が、明治時代の中でも末期なので、このシリーズも、舞台設定を、明治四十三年から四十四年ごろに置いています。

明治時代の末期に、なぜ興味をひかれるのかは、説明をはじめると長くなるので省略しますが、この時代は、ほんとうに魅力に溢れた時代で、興味が尽きません。そういう意味では、ぼくの明治SFの主人公は、特定の個人ではなく、明治という時代だということになるかもしれません。

他のシリーズと同じく、このシリーズの登場人物は、ほとんど実在ですが、あまり有名人はでてきません。これも、特定のヒーローを作りたくないと思った結果です。そして、それらの登場人物についても、あまり説明をつけませんでした。特に、リアルタイム小説を目指しているので、登場人物たちの、後の人生などについては、一切、触れませんでした。

この点は、読者諸氏には、大変、不親切なのですが、これについては、ぼくなりに、ちょっと、おもしろい試みをしました。というのは、三つのシリーズの登場人物たちのほとんどについて、その伝記をノンフィクションで書いていることです。

『快男児 押川春浪』（會津信吾氏と共著・パンリサーチ出版局）『明治バンカラ快人伝』（光風社出版）という二冊のノンフィクションを読んでいただければ、時代背景も、登場人物についても、よく理解していただけるはずです。これは、実在の人物を登場させても、フィクションとノンフィクションは、はっきり区別をしておこうという、ぼくの考えかたから試みたことです。

自分では、一連の明治ＳＦを、このノンフィクションとの関係から、〔参考書付小説〕と命名していますが、もちろん、参考書を読まなくても、充分におもしろく読んでいただける自信はあります。ただ、ノンフィクションのほうも読んでいただければ、より、おもしろく読めるはずであることは、まちがいありません。本書を読まれて、この時代は、どんな時代だったのだろう、この人物は、どういう生涯を辿った人なのだろうと、興味をいだかれたかたは、ぜひ、読んでみてください。

どうも、話がＰＲじみてきましたが、最後に、もうひとつだけＰＲしておきます。本書をおもしろく読んでいただけたかたには、『星影の伝説』（徳間文庫）という、鵜沢龍岳、押川春浪、黒岩時子らが活躍する、本書と同年代、同設定の長篇作品も刊行されていますので、お手に取っていただければ幸いです。
本シリーズは、これからも続けていく予定ですので、どうか、ご声援ください。

平成元年十月

横田順彌

復刊あとがき

いきなりですが、大変にうれしいです。このシリーズがふたたび読者の皆さんに、読んでいただける日がこようとは考えてもいませんでした。この書に収録された『時の幻影館　秘聞◉七幻想探偵譚』、『星影の伝説』ともに二十六〜七年前に執筆した作品ですが、とうの昔に絶版となっておりました。現在、ぼくは小説をほとんど書かず、近代日本奇想小説の研究・紹介の仕事ばかりやっているので、若い読者の中には、ぼくが小説を書いていたことを知らないかたもいるようです。

　このシリーズは短篇三十三、長篇四と、ぼくの幾つかのシリーズのうちで、もっとも数が多く、愛着のあるものでした。そのうちの短篇集三冊と長篇三冊が、「明治小説コレクション」（全三巻）としてリバイバルされることになったわけです。明治小説コレクションと副題があるように、明治時代を舞台にした作品群です。この「あとがき」から読んでいるかたもあるかと思いますから、内容には触れません。幻想ミステリーとだけいっておきます。といっても、ミステリー色は薄く幻想ＳＦといったほうが適切でしょう。短篇のほうは、小説の基本である起承転結を重視して、一篇を四章に分けていますが、「結」の部分が「迷」、あるいは「？」となっているのがミソです。起承転結ならぬ起承転迷です。そして当時（明治時代）の歴史的事件をストーリーに絡めるという手段を用いました。——内容をバラし過ぎました。この辺にしておきましょう。

長篇は山あり谷ありで、執筆当時は、日本ではおそらく誰も書いていなかったテーマを扱っています。こちらも明治時代に起こった事件や現象を、混ぜ込んであります。いまとなっては記憶が定かではないのですが、先に短篇を書き始めて、これでは、物足りないと思い、長篇に手をつけたような気がします。小・中学校で習った人物も何人か登場しますが、いまでは、すっかり忘れられてしまった偉人にも参加してもらいました。登場人物の八割は実在の人物です。けれどストーリーの中で取った言動が、事実かどうか、これは内緒です。

なぜ、明治時代にこだわったかといいますと、日本が鎖国を解き、世界の先進国と肩を並べるために人々が全力で立ち向かい、勢いを感じる時代だったからです。こんな活気のあった時代は、近代では明治時代だけでしょう。加えて、当時の若者のバンカラ気質に、魅力を抱きました。若者だけではありません。大人も子供もスマートホンを片手に下を向いて歩いてはおらず、みんなが胸を張って前を見て歩いていた時代です。もちろん、現在と比べれば不便なことばかりだったでしょう。その中で人々は、元気いっぱいに活動していたのです。タイムスリップしてみたいとは、思いませんか？　ぼくはしてみたかったのです。しかし、それは無理な話ですので、小説の中で人々を動かしてみました。すると、まるでぼくが見てきたかのように登場人物が動いてくれました。

小説を書くには、それなりに苦労があります。けれど、このシリーズはあまり苦労しませんでした。背景や事実関係の調べには、時間を要しましたが、主人公たちは、ほとんどぼくの思うように動いてくれました。こういうことは、滅多にあることではありません。一度、明治時代の地図や写真で、当時の知識を頭の中に入れてしまうと、あとは、主人公たちが勝手に働いてくれました。その結果が、これだけの長いシリーズになった理由です。

ともかく、おもしろく読んでいただける自信はあります。楽しんで読んでください。第二巻、第三巻もよろしくお願いいたします。

なお、現在ハレーと呼ばれている彗星は、当時はハリーとも呼ばれ、新聞によってまちまちでしたが、人々はハリーと呼ぶほうが多かったため、新聞、雑誌、会話、地の文で使いわけをしています。食べ物のシチューなども、当時はスチューと呼ばれていたので、そのように表記しました。ご了承ください。

最後に今回、初めての楽屋裏話を書きます。というのは、この短篇シリーズの注文がきた時、同じ枚数、同じ締切日の原稿がありました。それをどうにか書きあげて紙袋に入れておいたのですが、それぞれの編集者氏に、袋を間違って渡してしまったのです。どちらも一回の読み切り短篇でした。ところが双方とも、別に文句はなく、それどころかシリーズ化が決定しました。そして、もうひとつのシリーズを乗せた雑誌は早々に休刊となってしまいました。もし間違えなければ、こんなに長いシリーズにはならなかったわけです。いろいろおもしろいことがあるものです。

平成二十九年六月

横田順彌

編者解説

日下三蔵

横田《よこた》順彌《じゅんや》の明治小説は、どれも面白いが、とりわけ完成度の高い《押川春浪《おしかわしゅんろう》＆鵜沢龍岳《うざわりゅうがく》》シリーズの初期六冊を、全三巻で復刊できることになった。ここ十何年か、ずっとその機会をうかがっていたので、今回、柏書房と縁があって、ようやく実現したのは感慨深い。

現在、横田順彌は明治時代の研究家としても有名だが、元々はＳＦ作家として活躍していた。星新一《ほししんいち》、小松左京《こまつさきょう》、筒井康隆《つついやすたか》といった一九六〇年代以前から活動していた、いわゆる「日本ＳＦ第一世代作家」に続いて、七〇年代前半にデビューした「第二世代作家」の一人だ。山田正紀《やまだまさき》、梶尾真治《かじおしんじ》、川又千秋《かわまたちあき》、かんべむさし、堀晃《ほりあきら》らが同期に当たり、七〇年代後半から八〇年代にかけてのＳＦブームの中核を担ったグループである。

横田順彌は幼い頃からＳＦに熱中。法政大学法学部在学中から、宇宙塵《うちゅうじん》、ＳＦマガジン同好会、一の日会などのファングループに所属して、ファン活動を行っていた。一方、高校生の時に古本屋で見つけた押川春浪の冒険小説『海底軍艦』を読んで、明治時代にこんな面白いＳＦがあったのか、と驚愕。埋もれたＳＦ作品を求めて古書蒐集を開始する。

六八年に大学を卒業して印刷会社に就職。働きながらファン活動を続ける。六九年、鏡明《かがみあきら》や川又千秋らとともに同人誌「ＳＦ倶楽部」を創刊し、七三年までに十冊を刊行した。七〇年、平井和正《ひらいかずまさ》の紹介で「週刊少年チャンピオン」の「ＳＦショートミステリー」コーナーに「宇宙通信『Ｘ計画』」を発表して作家デビュー。

七一年、前年に同人誌「サイレントスター」に発表したシリアスな短篇「友よ、明日を……」が「ＳＦマガジン」３月号に転載される。この号には「新人競作」として「宇宙塵」から転載された梶尾真治のデビュー作「美亜へ贈る真珠」も掲載されている。

また、この号には「日本ＳＦ英雄群像　第二次大戦前のヒーローたち」として戦前のＳＦ作品を紹介した読み物も発表。タイトルは名調子でスペースオペラを紹介した野田昌宏《のだまさひろ》の連載「ＳＦ英雄群像」を踏まえたものだろうが、横田順彌も七三年からそれに匹敵する「日本ＳＦこてん古典」を同誌で連載し、大きな話題を呼んだ。この古典ＳＦ研究が、どのような発展を見せたかについては、第二巻の解説で詳しく見ていくことにしよう。

七八年から作家専業となる。ＳＦ作家としては、ダジャレ、ナンセンス・ギャグ、言語実験を多用した「ハチャハチャＳＦ」で人気を博し、「ヨコジュン＝ハチャハチャＳＦ」というイメージで見られていた時期が長かった。

《荒熊雪之丞《あらくまゆきのじょう》》シリーズ、《ふぁん太爺《たじい》さんほら吹き夜話》、《早乙女《さおとめ》ボンド之介《のすけ》》シリーズなどの連作をはじめ、『宇宙ゴミ大戦争』（77年1月／ハヤカワ文庫ＪＡ）、『脱線！たいむましん奇譚』（78年12月／講談社）、『銀河パトロール報告』（79年8月／双葉社）、『対人カメレオン症』（80年6月／講談社）、『予期せぬ方程式』（81年5月／双葉ノベルス）と、この時期の短篇集は破壊的な傑作ぞろい。

『ポエム君とミラクルタウンの仲間たち』（79年6月／奇想天外社）以下の《ポエム君》シリーズのようなメルヘンタッチの作品もあったが、ハチャハチャSFが活動の中心であったことは間違いないだろう。だが、当時のインタビューで、これから書きたい作品は、という質問には、必ず「明治もの」と答えており、実際に押川春浪の臨終の様子を描いた「大正三年十一月十六日」という好短篇も発表している。そういえば、この作品を収めた『予期せぬ方程式』には、平賀源内《ひらがげんない》作「風流志道軒伝」、巌垣月洲《いわがきげっしゅう》作「西征快心篇」の翻案も収録されていた。

横田順彌は、ついに春浪の詳細な評伝『快男児 押川春浪 日本SFの祖』（87年12月／パンリサーチ出版局／會津《あいづ》信吾《しんご》と共著）を刊行。この本は、翌年の第九回日本SF大賞を受賞した。

徳間文庫版カバー
（装丁・丸山浩伸／装画・百鬼丸）

八八年五月、満を持して新潮文庫から刊行された『火星人類の逆襲』が横田明治SFの第一作である。H・G・ウェルズ『宇宙戦争』が実際の事件という設定で、イギリスに次いで日本にも攻めてきた火星人に、押川春浪ら天狗倶楽部《てんぐクラブ》の面々が立ち向かう、というストーリー。文句なしの傑作で、九一年二月にはコナン・ドイル『ロスト・ワールド』を下敷きにした続篇『人外魔境の秘密』も刊行された。

次に著者がスタートしたのが、本コレクションで集大成する《押川春浪&鵜沢龍岳》シリーズであった。まずは、シリーズの既刊本リストを掲げておこう。

1　星影の伝説　89年11月　徳間文庫
2　時の幻影館　秘聞◉七幻想探偵譚　89年12月　双葉社　→　92年7月　双葉文庫
3　夢の陽炎館　続・秘聞◉七幻想探偵譚　91年9月　双葉社
4　水晶の涙　92年7月　徳間文庫
5　颪の月光館　新・秘聞◉七幻想探偵譚　93年12月　双葉社
6　冒険秘録　菊花大作戦　94年3月　出版芸術社
7　惜別の宴　95年3月　徳間文庫
8　押川春浪回想譚　07年5月　出版芸術社（ふしぎ文学館）

1、4、6、7が書下し長篇、2、3、5、8が短篇集である。今回の明治小説コレクションでは、2と1、3と4、5と7を、それぞれ合本にして刊行する。最初の二冊の順番が入れ替わっているのは、書下し長篇の1よりも雑誌発表の作品をまとめた2の方が実質的なシリーズ第一巻といえるため。つまり双葉社と徳間文庫から三冊ずつ出た短篇集と長篇を、この形でまとめると作中の時系列に沿って読むことができる訳だ。

6はタイトルに「冒険秘録」とあるように、天狗倶楽部の面々が明治天皇誘拐事件を解決する冒険もので、SF的な事件は起こらないシリーズ外伝的な作品。8は7でシリーズが一段落したあと、井上雅《いのうえまさ》

双葉文庫版カバー
（装丁・鈴木邦治／装画・北見隆）

双葉社単行本版カバー
（装丁装画・北見隆）

彦《ひこ》編のアンソロジー《異形コレクション》を中心に発表された新作をまとめたものである。

　このシリーズは、双葉社の月刊誌「小説推理」で漢字一文字タイトルの幻想ミステリとしてスタートした。その最初の七篇をまとめた単行本が『時の幻影館　秘聞◉七幻想探偵譚』である。各篇の初出は、以下の通り。

蛇　「小説推理」　88年6月号
縄　「小説推理」　88年9月号
霧　「小説推理」　88年12月号
馬　「小説推理」　89年3月号
夢　「小説推理」　89年6月号
空　「小説推理」　89年9月号
心　「小説推理」　89年12月号

　雑誌「冒険世界」の主筆で押しも押されもせぬベストセラー作家・押川春浪、彼に憧れて小説を書き始めた若き科学小説家・鵜沢龍岳、警視庁の腕利き・黒岩四郎《くろいわしろう》刑事、その妹で好奇心旺盛な女学生・黒岩時子《ときこ》。彼らが出会う数々の怪事件には、いつもこの世ならざる真相が隠されていた……。

ＳＦであり、幻想小説であり、ミステリでもあるという贅沢《ぜいたく》な連作だ。明治に惚《ほ》れ込んで、その魅力を知り尽くした著者が、街の匂いまで再現するような濃密な描写でストーリーを語っていくのだから、その面白さは格別である。

彌次《やじ》将軍の吉岡信敬《よしおかしんけい》や冒険旅行家の中村春吉《なかむらはるきち》といった濃いキャラクターが次々と登場するが、彼らは皆、実在の人物なのだから恐れ入る。作中で言及されるちょっとしたニュースなども、すべて当時の資料に基づいており、「時代考証」という点では完璧な小説といっていい。

シリーズ最初の長篇『星影の伝説』はハレー彗星《すいせい》の接近を扱っているが、一九一〇（明治四十三）年にハレー彗星が接近し、空気がなくなる、地球が滅亡するといった騒ぎになったのは史実である。もちろん、そうしたことを知らなくても充分に楽しめるところに、この連作の凄さがある。長篇作品では短篇シリーズよりも、さらにＳＦ味の強い事件が起こるが、それも短篇でキャラクターの性格や関係性を丁寧に紡いできたからこそ描ける訳だ。

作者は書いていてさぞ楽しかっただろうと思うが、読んでいる我々も、この明治の世界に浸るのはたまらなく楽しい。この第一巻を読み終えた貴方には、それに同意していただけるものと確信している。第二巻以降も、どうぞお楽しみに。

本書は、『星影の伝説』（一九八九年・徳間文庫）と『時の幻影館』（一九九二年・双葉文庫）を底本とし、若干の加筆・表記統一をしたうえで一冊にまとめたものである。

横田《よこた》順彌《じゅんや》 明治小説《めいじしょうせつ》コレクション 1

時《とき》の幻影館《げんえいかん》 星影《ほしかげ》の伝説《でんせつ》

二〇一七年九月一〇日 第一刷発行

著 者 横田《よこた》順彌《じゅんや》

編 者 日下《くさか》三蔵《さんぞう》

発行者 富澤凡子

発行所 柏書房株式会社

東京都文京区本郷二－一五－一三（〒一一三－〇〇三三）

電話（〇三）三八三〇－一八九一［営業］

（〇三）三八三〇－一八九四［編集］

印 刷 壮光舎印刷株式会社

製 本 小髙製本工業株式会社

ISBN978-4-7601-4895-0